달의 연대기

달의 연대기

하창수 소설집

bookin

작가의 말

'달에서 살다온 때'를 그린 11가지 이야기

언제부턴가, 나는 달에 가 살다오곤 했다. 소풍 가듯 딱 하루만 있다 올 때도 있었고, 수학여행 가듯 꽤 여러 날을 가 있기도 했고, 기분이 내키면 한해를 온통 달에서만 지내다 오기도 했다. 내게 그건 그다지 신기한 일이 아니었다. 가령, 내가 아직 가보지 못한, 피츠제럴드의 단편소설 「5월의 첫날」 속 코모도어 호텔이 있는 뉴욕 44번가보다 신기할 게 없었다는 얘기다.

이번 작품집에 수록한 중, 단편들은 모두, 하루든 한해든, '달에서 살다온 때'와 관련이 있다. 이해를 돕기 위해 — 이해에 도움이 될는지 모르겠지만 — 각 제목 앞에 연도를 표기해놓았다. 그 시작은 1995년이었는데, 이후로 지금까지, '달'과 관련된 중편이나 단편은 작품집을 출간할 때 수록하지 않고 빼놓았다. 그렇게 모인 게 11편이다.

어떤 것들은 지극히 개인적이라 달과의 연관성을 파악하기가 쉽지 않을 수도 있을 텐데, 헨리 데이비드 소로의 다음과 같은 언설이 힌트가 될는지 모르겠다.

"젊었을 때는 자신이 가진 것들을 그러모아 달까지 다리를 만들기도 하고 지상에 왕궁이나 사원을 짓지만, 나이가 지긋해지면 오두막 한 채를 지을 뿐이다."

어느 해 달에서 만난, 갓 스물이었던 친구의 안부가 궁금하다.

2018년 이른 여름,

소양강변 부설재不設齋에서

차 례

1995

달의 거리

그날, 시작된 지는 얼마 되지 않았지만 몹시 추운 겨울이었다. 몇 번이나 일어서려던 내 발길을 붙든 것은 창밖으로 하염없이 휘날리던 눈발이었다. 눈이 그치면 일어서려던 내 결심은 11시를 넘기면서 갑자기 밀어닥친 취기로 젖은 솜처럼 가라앉아버렸다. 잊을 만하면 한번씩 껌벅이던, 그리 크지 않은 유리창의 윗부분을 가리고 있던 손톱 크기의 붉고 푸른 알전구를 바라보며 나는 맥주잔을 들이키고 있었다. 나는 벽에 붙어 있던 벨을 눌렀다. 아래쪽에서 "네, 갑니다," 하는 남자의 목소리가 들려왔다. 잠시 뒤 나무 계단이 삐걱거리는 소리와 함께 남자의 머리가 쑥 올라왔다.

"뭘로 드릴까요?"

"독한 걸로 한 병 주세요."

수염이 삐죽삐죽 돋아난 코밑을 쓱 문지르던 남자가 아래쪽을 한번 내려다보고난 뒤 고개를 끄덕거렸다. 아래층으로부터 끊임없이 소리들이 밀려올라오고 있었다. 술잔이 부딪치는 소리와 고함 소리, 씨발, 불규칙한 리듬의 웅얼거리는 노랫소리.

“양주로 드릴까요?”

“오징어도 한 마리 구워주세요. 마요네즈 말고 고추장으로.”

“얼음은 어떻게.”

“괜찮아요.”

“예, 조금만 기다리세요.”

계단을 내려간 그는 한참 뒤에야 올라왔다. 그가 이층으로 올라온 것은 내가 여러 대의 담배를 피우고 난, 자정이 가까워 올 무렵이었다. 미처 느끼지 못하는 사이에 취객들의 떠드는 소리는 완연히 줄어들었고, 그때까지 들을 수가 없었던 느린 곡조의 팝송이 나직하게 들려왔다. 그는 사각으로 된 초록 빛깔의 양주병을 한 손에 들고 가늘게 찢긴 오징어가 담긴 희고 널따란 접시를 다른 한 손에 들고 왔다. 접시 한 귀퉁이에는 애기똥만한 고추장이 얌전히 놓여 있었다.

“손님들이 한꺼번에 나가버려서.”

그는 양쪽 입꼬리를 위로 죽 찢으며 웃었다. 그리곤 술과 안주를 탁자에다 내려놓고는 내 맞은편 의자에 걸터앉았다. 그가 내게 물었다.

“이제껏 혼자였어요?”

내가 고개를 끄덕이자 그는 탁자 위에 수북이 얹혀 있던 빈 맥주병을 바라보았다. 내가 9시쯤 카페로 들어섰을 땐 벌써 아래층은 손님들로 꽉 차 있었다. 그의 모습을 그때는 보지 못했었다. 40대 중반쯤으로 보이는 여자 혼자서 바쁘게 움직이고 있을 뿐이었다. 나는 한꺼번에 맥주 10병을 시켰고, 그것을 두어 시간에 걸쳐 마셨다. 창가의 구석자리에 앉아 조용히 맥주를 마시던 연인인 듯한 두 남녀가 10시쯤 일어선 뒤에는 간간이 여자들이 올라와 담배를 피우고는 내려갔을 뿐 이층에는 나 혼자만 남아 있었다.

"한 잔 하실래요?"

나는 홀짝 비워낸 가늘고 긴 둥근 잔을 그에게로 내밀었다. 그가 계단 입구를 돌아보고는 가볍게 고개를 끄덕끄덕했다. 잔을 채워주자 그가 반쯤 마셨다. 나는 오징어를 씹으며 창밖으로 눈길을 돌렸다. 눈발이 빗금을 그리며 날리고 있었다. 퍼덕거리던 알전구는 거의 빛이라고 할 수 없이 흐릿하게 변해 있었는데 가만히 보니 꺼져 있었다. 취했나…… 취했구나, 하고 나는 들리지 않게 중얼거렸다. 멀리서 다가오는 풍경처럼 어두운 유리창 안에 내 얼굴이 어슴푸레 박혀 있었다.

그는 잔을 마저 비워낸 뒤 내 앞에다 놓고는 술을 채웠다. 그리곤 슬그머니 일어나 구석의 창가자리로 가서 앉았다. 그는 창 아래 비스듬히 기대어 있던 기타를 들고는 몇 번 줄을 퉁겼다. 한동안 줄을 고르던 그가 내 쪽을 힐끔 보고는 기타를 치며 노래를 부르기 시작했다.

그날 마구 비틀거리는 겨울이었네
그때 우리는 섞여 있었네……

그의 입에서 노래가 흘러나오는 순간, 나는 소름이 돋는 게 느껴졌다. 그 이유를 알 수는 없었다. 노랫말 때문일 수도 있었고, 쇳소리가 섞여 있는 그의 거친 목소리 때문인지도 몰랐다. 아니면 취기가 만들어낸 감상 때문이었을지도 몰랐다. 그가 부르고 있었던 노래는 그해의 이른 봄

한 심야극장에서 죽었다는 어느 젊은 시인의 시에 그가 곡을 붙인 것이었다.[1)]

사내들은 있는 힘 다해 취했네
나의 눈빛 지푸라기처럼 쏟아졌네
어떤 고함 소리도 내 마음 치지 못했네
이 세상에 같은 사람은 없네……

비트가 강한 그의 노래가 빠르게 한 굽이를 돌아가고 있었다. 그는 유리창 위에 마치 악보라도 붙여둔 것처럼 시선을 고정시킨 채 노래를 불렀다.

나는 지금 그때 그 노래를 묘사할 자신이 없다. 어떤 종류의 음악이었는지를 모르기 때문이기도 하겠지만, 그가 불렀던 그 노래는 내가 들어왔던 그 어떤 노래들과도 달랐기 때문이다. 그러나 무엇보다도 빠르고 경쾌한 리듬에 묻혀들던 기이한 슬픔으로 인해 단지 그의 노래를 기억할 뿐 그 노래에 대해 설명할 수가 없다.

모든 것이 나의 잘못이었지만
벗어둔 외투 곁에서 나 흐느꼈네
어떤 조롱도 무거운 마음 일으키지 못했네
나 그 술집 잊으려네

---

1) 기형도(1960~1989)의 시 「그 집 앞」이다. 이 시에 곡을 붙인 것은 신용택(1960~2009)이라는 언더그라운드 가수였다.

이 세상에 같은 사람은 없네

그토록 좁은 곳에서 나 내 사랑 잃었네

노래를 끝낸 그는 한동안 기타를 든 채로 고개를 푹 숙이고 있었다. 나는 그가 내 쪽으로 고개를 돌리기를 말없이 기다렸다. 그리고 그가 나를 바라보았다. 나는 그에게 희미하게 웃으며 물었다.

"그 노래, 제목이 뭡니까?"

그는 둥글지만 작은 눈을 찌그러뜨리며 "그 집 앞이요," 하고 대답했다. 걷어붙인 셔츠 밖으로 드러난 그의 팔뚝이 무척 단단해 보였다.

"직장이 요 근천가부죠?" 하고 그가 내게 물었다.

"뭐 꼭이 직장이라기보다는, 그저 이 동넬 자주 들러요. 제 고객들이 여기가 젤 많거든요."

"뭐 하시는데요?"

그는 대답을 기다리는 듯 내 눈을 줄곧 응시했다. 하지만 나는 대답을 하지 않을 작정이었다.

"노래를 아주 잘 부르십니다. 이렇게 말해도 되는지 모르겠지만."

그는 내 말에 별 반응을 보이지 않았다. 그가 물었다.

"무슨 띠세요?"

"띠요?"

"예."

"쥐띱니다."

"서른하나— 저랑 갑장이네요, 하하!"

그의 웃음소리는 크지 않았다. 크게 웃을 필요가 없었을 것이다. 하지만 그의 표정은 웃음소리보다 훨씬 크고 활달했다. 그의 눈이 둥글면서도 작은 이유를 나는 알 수가 있었다. 잘 웃는 사람은 대부분 눈이 실제보다 작아 보인다는 사실을 나는 경험으로 알고 있었다.

"이리 오실래요?"

내가 말하자 그는 기타를 창문 밑에 기대어놓고 내게로 왔다. 의자를 살그머니 끌어당기거나 탁자 밑으로 밀어넣거나 하는 그의 모습은 큰 덩치에 어울리지 않을 정도로 정갈했다. 나는 그가 착한 사람일 거라는 사실을 그의 움직임을 통해 충분히 알 수 있었다. 그것 역시 경험에서 나온 직감이었다. 나는 수없이 많은 사람들을 만나왔다. 덕분에 그 사람의 생김새나 몇 개의 행동만 보고도 그가 어떤 성격의 사람인지를 알아낼 수 있었다. 그동안 해온 일 때문이었지만, 실은 철이 들기 전부터 나는 그랬다.

열 살이나 위였던 육군 하사관 형이 휴가를 나왔다가 놓고 간 주간지들을 책상 위에 쌓아놓고 나는 하루에도 수십 장씩 주간지 속의 사진들을 베껴내곤 했다. 내가 가장 좋아한 것은 외국의 여배우들을 그리는 거였다. 그들의 얼굴은 윤곽이 뚜렷해서 그려놓으면 때깔이 났다. 대부분 흑백이었지만 그들의 촉촉이 젖은 입술은 루주의 붉은 색보다 더 매혹적이었다. 그리고 하나같이 금발이어서 흑발보다 그리는 재미가 있었다. 연필로 연하게 칠해놓고 살살 문지르면 그들의 머리칼은 햇빛을 퉁겨내는 강의 표면처럼 윤기가 흘렀다.

나는 내가 그린 여배우들을 친구들에게 팔아먹곤 했다. 그 돈으로 만화방에서 만화를 보았다. 만화를 보고 집으로 돌아오는 날이면 나는 내가 본 만화의 주인공들을 떠올리며 그것들을 공책에다 빽빽이 그렸다. 내가 그린 그림들 앞에서 아이들은 벌린 입을 다물 줄 몰랐다. 만화가가 되려는 생각을 단 한번만이라도 가졌었다면 아마도 내 인생은 완전히 달라졌을지도 모른다. 그런데 이상하게도 내 미술 성적은 늘 미나 양이었다. 그 사실에 대해 친구들은 나보다 더 놀라워했다. 안타까워하는 친구들도 있었다. 내가 만화가나 화가가 되려는 꿈을 꾸지조차 않은 건 순전히 담임선생의 이해할 수 없는 안목 때문이었다. 어쨌든 중학교에 입학하고 얼마 있지 않아 학교를 그만둔 뒤로는 학교 근처에도 가보지 못했으니 설사 그런 꿈을 꾸었다 해도 헛꿈에 불과했을 것이다.

중풍으로 쓰러져 5년인가 6년인가를 방구들만 지고 살았던 아버지가 세상을 떠나고 나는 이복형이었던 육군 중사와도 헤어졌다. 14살 때였다. 학교에 갔다오니 집 앞에 얼룩무늬가 그려진 군용 스리쿼터가 서 있었다. 추리닝을 입은 머리가 짧은 젊은이들이 트럭에 짐을 실어 나르고 있었다. 때 전 옥양목 한복을 입은 채 녹슨 철문가에 서 있던 어머니는 나를 한번 힐끗 보았을 뿐이었다. 슬그머니 내가 다가가자 어머니가 가라앉은 목소리로 말했다.

"너으 형이 집을 처분했다."

그뿐이었다. 그 후로 나는 며칠 더 학교를 다녔지만 곧 어머니를 따라 서울로 올라갔고 더 이상 학교 같은 데는 다니지 못했다. 어머니와 나는 어머니의 먼 친척뻘 된다는 유난히 털이 많이 나고 뚱뚱한 남자의 소개로 같은 사무실에서 일을 할 수가 있었다. 사람들은 그곳을 흥신소라고 불렀지만 사무실 어디에도 그런 말이 적혀 있지는 않았다. 사무실로 오르는 낡은 적산가옥 입구에는 '현대상사'라는 세로로 긴 편액이 붙어 있었다. 어머니는 현대상사 직원들에게 점심과 저녁 식사를 지어주었고 그들의 빨래와 사무실 청소를 혼자서 도맡았다. 내가 하는 일은 아침이고 밤이고를 가리지 않고 하루 종일 사무실에서 지내며 서류를 정리하는 것이었다. 그 중에서도 특히 어머니를 빼놓고 사무실에서 유일한 여자였던 현정희라는 갓 스무 살이었던 여자를 도와 외근 직원들이 가지고 오는 사진들을 누런 종이 파일에다 하나하나 분류하는 일이었다. 나는 그녀를 누나라고 불렀다.

정희 누나는 못생겼지만 목소리가 가늘고 맑았다. 언젠가 나는 그녀가 〈동숙의 노래〉라는 노래를 부르는 것을 들은 적이 있는데, 그때 그녀의 목소리는 가늘고 맑은 것이 아니었다. 남자처럼 탁했다. 내가 왜 그러느냐고 물었더니 정희 누나는 그 노래를 부른 문주란이란 가수를 흉내낸 것이라고 말했다. 그 노래를 부를 때가 아니면 누나의 목소리는 언제나 가늘고 맑았다. 그래서인지 누나와 전화 통화를 해본 많은 남자들이 순전히 그 누나를 만나기 위해 사무실로 찾아오곤 했었다. 하지만 모두들 크게 실망하는 눈치였다. 그래도 그녀의 목소리 덕분에 올린 건수가 제법 많았던 건 사실이었다. 지금은 이름을 잊었지만 황 전무라는 왜소한 몸에 말할 때마다 왼쪽 눈과 왼쪽 입꼬리를 찌그러뜨리던 남자가 정희 누나를 내쫓을 수 없는 건 다 그 목소리 때문이라고 비아냥거리면서 말한 적이 있었다.

숙직은 대부분 나와 정희 누나의 몫이었다. 여섯 살이나 차이가 났으므로 어머니든 사무실 사람들이든 우리 사이를 이상하게 보지는 않았다. 어쩌면 그녀가 너무 못생겨서 아무려면 무슨 일이 일어나겠느냐고 생각했을지도 모른다. 하지만 연탄난로 위에 올려놓은 주전자 물이 밤

새 바글거리며 끓고 있었듯 내 마음 한구석에선 비릿한 욕망이 그것만큼이나 바글거리며 끓고 있었다는 사실을 사람들은 너무 쉽게 간과했다. 나는 첫눈이 내리던 날 유난히 삐걱거리던 군용침대에서 그녀와 처음으로 잤다. 나는 그녀가 입고 있던 두꺼운 내복을 벗겨내고 퀴퀴한 냄새가 나던 사타구니와 여드름이 돋아나 있던 목덜미를 애무하면서도 어리석다거나 비겁하다거나 하는 생각을 하지 못했다. 하지만 나는 얼마 있지 않아 나 자신이 어리석었고 비겁했다는 생각을 동시에 하게 되었다. 해가 바뀌고 열다섯 살이 되던 해의 이른 봄이었다. 그날은 일요일이었는데 우리는 버스를 타고 홍릉인가로 놀러 갔었다. 버스에서 그녀가 내 손을 꼭 쥐며 말했었다.

"애를 뗐어……."

창밖으로 고개를 돌리고 있던 그녀의 얼굴에 눈물이 주르르 흘러내리고 있었다. 나는 그 말이 무슨 뜻인지를 알았고, 어리석고 비겁하다는 생각이 단도처럼 옆구리로 파고들었다.

"무슨 생각하십니까?"

그가 작은 눈에 웃음을 가득 담으며 물었다.

"아, 예……."

나는 기억의 끈을 슬그머니 놓으며 마주 웃었다. 그가 잔을 기울였다. 짙은 갈색의 술이 찔끔찔끔 그의 목으로 넘어갔다. 그가 빈 잔을 내게 내밀었다.

그는 평범했고, 미남이 아니었다. 그는 운동선수처럼 덩치가 컸다. 그의 목소리는 탁했고, 그 탁한 음성은 자주 갈라졌다. 쇳소리 같은 마찰음이 강하게 섞여 있었다. 조금 전 노래를 부를 땐 더욱 심했었다.

"무슨 일 해요?"

그는 보기와는 달리 집요한 구석이 있는 듯했다. 나는 대답을 하지 않으리라던 내 생각을 바꿀 수밖에 없었다.

"사람 찾아주고 밥 얻어먹고 살지요."

나는 술잔을 털어넣듯 훌쩍 말해버렸다.

"그런 일도 있어요?"

그가 놀란 듯 눈을 둥그렇게 떴다.

"그런 일도 있어요."

"어떤 사람을 찾아주는데요?"

"글쎄요, 뭐 아무나— 다요."

"거참 신기하네."

그는 정말 신기한 듯 내 얼굴을 한참이나 뜯어보았다.

"그럼 저도 한 사람 찾아줄래요?"

나는 손가락으로 이마를 긁으며 겸연쩍게 웃었다.

"저한테는 그게 업입니다. 밥줄이란 얘기죠."

그는 내 말을 선뜻 알아듣지 못하는 듯했다. 그래서 내가 돈을 받아야 사람을 찾아준다고 덧붙여 주었다. 그가 물었다.

"얼마나요? 많이 들어요?"

"뭐, 형씨가 부탁하면 그저도 해줄 수가 있죠."

그가 순하게 웃었다.

"그 고마운 말씀이네요."

그는 흰 빗금을 그리고 있던 창문으로 고개를 돌렸다. 그리곤 무심하게 말했다.

"종종 들르세요. 열 시부터 파장할 때까지는 늘 여기 있으니까. 문 닫는 날 빼고는."

나는 손바닥으로 술잔을 감싸쥐었다. 갈색의 액체가 기름처럼 보였다. 술잔을 물끄러미 들여다보며 내가 말했다.

"사실 오늘이 처음은 아닌데, 형씨 노래들은 건 오늘이 처음입니다."

"아, 그거요?"

그가 뒷머리를 긁적였다. 얼굴이 약간 붉어지는 것 같았는데 술기운 때문은 아닌 듯했다. 그의 시선이 창문 아래 비스듬히 기대어 있던 기타에 머물러 있었다.

"다른 데선 돈 받고 노래 불러주는데, 여기선 아니에요. 잘 아는 누님이 주인이라 심부름만 해요."

"오늘 제가 들은 건 완전히 행운이군요."

"그렇게 생각해주면 고맙지요."

"기왕 이렇게 됐으니 가끔씩 형씨 노래 들었으면 좋겠네요. 형씨가 찾으려는 사람이 얼마짜린지는 모르겠지만 형씨 노래보다야 비싸겠습니까?"

아마 그날 우리가 나누었던 대화는 거기까지였을 것이다. 누굴 찾고 싶다거나 하는 얘기를 그는 내게 하지 않았음에 틀림없다. 만약 그가 내게 부탁을 했다면 나는 틀림없이 들어주었을 것이고, 그랬다면 우리의 삶도 좀은 달라졌을 것이다.

그해 겨울 동안 우리는 서로 만날 수가 없었다.

나는 15년 가까이 일했던 '현대용역'('현대상사'가 용역회사로 간판을 바꾼 건 1980년대 중반이었다)에서 나와 그동안 모아놓았던 4천70만 원과 어머니가 사두셨던 성북역 부근의 열세 평짜리 공용주택을 처분한 3천7백65만 원을 몽땅 쓸어서 청량리 ㅈ백화점 근처의 낡은 3층 건물 한 귀퉁이에 '재근상사'라는 간판을 걸고 느닷없이 사장이 되어버렸다. 연전 돈을 떼먹고 달아난 채무자를 찾아준 게 인연이 된 50대의 한 남자가 옆구리를 찌른 탓도 있었지만 언제부턴가 내심 혼자서 일을 해보고 싶었던 것이 무엇보다 크게 작용한 결과였다. 그 남자는 월급 같은 건 받지 않을 테니 자기한테 이사 자리를 달라고 했다.

"내 주변엔 물건들이 지천으로 깔려 있다구. 그것만으로도 족히 3년은 먹고살 수 있을 테니 걱정을 말란 말야. 헌데 그러자면 나도 뭐이 직함 하나는 있어야지. 그러니 이사 직함 꽝 찍힌 명함 오백 장만 만들어줘."

그는 월급 대신 건당 수수료 2할만 달라고 했다. 나는 그가 하자는 대로 했다. 내가 그렇게 한 이유는 그를 믿기 때문이었다. 그 믿음에는 그가 내 의뢰인이었을 때 보여준 두터운 호의가 깔려 있었지만, 그가 지독하게 외로운 사람이라는 것 때문에라도 나는 그를 믿지 않을 도리가 없었다. 그는 나를 친자식처럼 여겼다. 일찍 한 결혼에 실패하고 자식도 없었던 그는 틈만 나면 술자리를 마련해 나를 부르곤 했다. 내가 술값을 치르려하면 내 등짝을 후려치며 부리나케 지갑을 열던 그를 보면서 나는 무능력자로 인생을 일관했던 아버지를 떠올리곤 했다. 하지만 그의 생김새나 말투나 행동거지는 천박하기 이를 데 없었다. 눈동자는 검은자위가 흰자위 위에 떠 있는 사목蛇目이었고, 뭉툭한 들창코에 입술은 거두 달리고 앞니가 삐드러져 나와 입을 다물어도 잘 닫히지 않는 건순노치乾脣露

齒였다. 관상쟁이가 그를 봤으면 배신을 밥먹듯하고 거짓말을 달아놓고 사는 자라고 온갖 흉을 늘어놨을 생김새였다. 말투도 거칠고 매사에 삐딱하고 투박하고 도무지 정이 묻어나질 않았다. 가만히 듣고 있으면 허풍이 뚝뚝 듣기고 과장이 넘쳐흘렀다. 몸을 움직이는 데도 철없는 어린 개처럼 겅중거렸고, 어울리지 않게 눈물도 많았다. 실제 그도 알고 나도 아는 주위의 사람들은 하나같이 그와 사귀는 일을 뜯어말렸다.

"이 사람아, 자네는 코흘리개 적부터 숱하게 사람 봐왔으믄서 어찌 그리 그 인간만은 볼 줄을 모르는가. 인물로 보나 말거지로 보나 행동 하나하나를 보나 그 인간 어디에 믿을 구석이 있냔 말이야."

그런 말을 들을 때마다 나 역시 사람들의 생각과 다르지 않다는 걸 느끼곤 했다. 그런데도 끝내 그를 저버릴 수 없었던 건 확실히 기이한 일이었다. 어머니가 폐를 앓고 있을 때 경동시장을 샅샅이 뒤져 탕재를 지어왔던 그를 생각하면 나는 그에게 쏟아지던 모든 비난들을 물리칠 수밖에 없었다. 어머니가 돌아가셨을 때 그가 장례를 주관해준 것도 그를 외면할 수 없는 이유 중의 하나였다. 생각해보면 사람을 보는 기준이 그를 뜯어말리던 사람들과 나는 많이 달랐다. 첫인상이 아무리 고약해도 여러 번 만나 얘기를 나눠보면 그 첫인상만큼 엉터리인 것도 없다는 것, 다른 이의 얘기보다 자신에 관한 얘기를 더 많이 하는 사람은 천성적으로 외롭고 그 외로움을 업처럼 지고 다니는 사람은 결코 배신 같은 걸 하지 않는다는 것, 눈에 보이는 행동거지로 그 사람을 판단하는 일만큼 위험한 일도 없다는 것— 철이 들기 전부터 사람의 얼굴 사진을 보는 게 취미였고 15년 가까이 사람 찾는 일밖엔 하는 일이 없었던 내가 지닌, 이른바 노하우라는 거였다.

그가 한번은 술이 잔뜩 취해서 내게 그랬었다.

"나도 나를 잘 몰라."

나는 그 말만큼 진실한 말을 들어본 적이 없었다. 그래서인지는 몰라도 내가 느닷없이 사업을 망치고 교도소에 가게 된 뒤에도 나는 그 남자를 탓하지 않았다.

5억 가량의 사채를 끌어다 쓰고 잠적해버린 전직 경찰 간부를 쫓는 와중에 주거침입과 퇴거불응, 그리고 공갈 혐의로 내가 구속된 것은 '재근상사'를 시작한 이듬해 봄이었다. 그 건을 물어온 것은 바로 그 남자였다. 구치소로 면회를 온 '현대용역' 시절의 동료로부터 그가 사채업자였고, 경찰 간부사건 역시 그가 나를 이용해 자신이 빌려준 사채를 받기 위해 꾸민 거라는 얘기를 들었을 때, 나는 그저 웃고 말았다. 설사 그렇더라도 내가 구속까지 된 건 무엇보다 우리가 쫓은 사람이 경찰 간부였다는 것 때문이었다. 쫓지 말아야 할 사람을 쫓았던 것이다.

"이제 알거지가 되었으니 어쩌지?"

전에 동료였던 사람이 측은한 눈길로 그렇게 말했을 때도 나는 자신있게 대답했었다.

"그 사람이 무슨 수를 낼 거야."

하지만 남자는 면회를 오지 않았고, 편지 한 통 보내지 않았다. 그럴 때조차도 나는 그가 이번 사건에 연루되었기 때문에 나타나지 않는 거라고 생각할 수밖에 없었다. 일이 잘 끝나든가 아니면 재수 없게 형을 살게 되더라도 출소하면 예전처럼 그가 날 보살펴줄 수 있으리라는 믿음을 나는 저버리지 않았다.

봄이기는 했지만 구치소는 몹시 추웠다. 4월 첫 주에 나는 재판을 받았고 항소는 기각되었다. 주거침입과 퇴거불응의 혐의는 풀렸지만 공갈 혐의가 상습 공갈이 되고 사생활침해가 추가되는 바람에 변호사가 약속했던 징역 1년에서 6월이 추가되고 말았다. 하지만 이상하게도 나는 마음이 평온했다. 이렇게 인생을 살아갈 수도 있을 것 같다는 기분이 들었다. 체념이라면 체념이고, 달관이라면 달관이었지만, 둘 모두 아닐 수도 있었다. 아무 옷이나 입고 아무 신발이나 신고 아무 곳으로나 훌쩍 떠나버린 듯한, 그런 나그네가 된 것 같았다.

교도소에 수감되어 있는 동안 나는, 카페 '섬'에서 기타를 치며 「그 집 앞」이라는 시에 곡을 붙여 부르던 나와 동갑인 남자를 가끔씩 떠올렸다. 그를 떠올린 이유로 꼭 집어낼 만한 건 없었다. 면회 올 사람이 아무도 없었던 때문이었는지도 모른다. 하지만 폐를 앓다가 3년 전에 돌아가신 어머니보다 그 사람이 더 많이 생각난다는 건 확실히 기이한 일이었다.

나는 몇 번인가 그에게 편지를 쓴 적도 있었다. 하지만 부칠 수가 없었다. 내 얘기를 그가 얼마나 이해해줄 수 있을지도 불안했지만 괜히 부담을 주는 것 같기도 했다. 그러나 보낼 수 없는 편지를 쓰는 일은 멈추지 않았다. 그럴 때마다 나는 그가 불렀던 「그 집 앞」이라는 시를 쓴 시인의 시집을 받아볼 수 있다면 좋겠다고 썼다. 나는 그 시인이 누구인지 늘 궁금했었다. 시간이 흘러가면서 그 「그 집 앞」이란 제목만 또렷했을 뿐, 시는 한 줄도 제대로 기억할 수 없었다.

그러던 어느 날이었다.

간수에게 데미 무어라는 미국 여배우를 그려준 덕분에 나는 낮 시간

동안 면담실에서 지낼 수 있었다. 거기서 짜파게티를 얻어먹었다. 그리고 이제껏 그린 것보다 훨씬 많은 여배우의 얼굴을 그렸다. 간수들의 주문은 다양했다. 가족들의 사진을 들이밀기도 했고, 벌거벗은 남녀의 사진을 내놓는 경우도 있었다. 마다할 처지도 아니었고, 마다할 이유도 없었다. 나는 그들이 원하는 대로 그려주었다. 가끔씩 그들은 혀를 차면서 내게 말하곤 했다.

"이 아까운 재주를 놔두고 남으 여자 꽁무니나 캐고 다녔단 말야?"

그럴 때마다 나는 그저 흐흐거리며 웃을 수밖에 없었다. 그들이 내게 한 것은 살면서 수도 없이 들어온 말이었다. 내가 그려준 그림을 보고 감탄하지 않은 사람은 아무도 없었다. 동해안의 해안초소에서 일 년 가량 방위로 근무할 때 김 병장이라는 행정반 고참이 휴가를 다녀오며 내게 수채화용 색연필을 사다준 일이 있었는데 그때 이후로 내가 그린 인물화는 훨씬 세련되었고 내 그림에 보내주는 감탄의 강도 또한 한층 세졌다. 푸른 눈동자와 붉은 입술이 제 빛깔을 찾기 시작한 것이다. 김 병장이 제대를 하며 들고 간 '추억록' 속에는 내가 그려준 국내외 여배우들의 얼굴이 서른 장도 넘게 끼워져 있었다. 그가 제대를 하며 내게 한 말도 교도소 간수들의 그것과 다르지 않았다.

"너 제대하면 날 꼭 찾아와. 내가 잘 아는 극장 간판 그리는 형이 있는데 널 꼭 만나게 해주고 싶다. 남의 여자 뒷조사나 하고 다니는 일은 더 이상 하지 마라. 너한테 아부하는 건지는 모르겠다만, 니가 그린 강수연이는 정말 죽인다. 소피 마르소도 죽이고."

그러나 김 병장이 떠나고 나자 나는 금방 김 병장을 잊었다. 방위 소집이 해제될 때까지 나는 수없이 많은 '김 병장'들의 추억록에 끼워넣을 여배우를 그렸고, 그들 역시 떠날 때면 비슷한 말들을 남겼다. 하지만 동해안 해안초소를 떠난 뒤 나는 그 어떤 '김 병장'도 찾아가지 않았다. 정확히 말하면, 그렇게 하질 못했다. 소집 해제 날짜를 어떻게 알았는지 흥신소 직원이 부대 앞에서 나를 기다리고 있었고, 그 다음날부터 다시 사람 찾는 일을 시작한 것이다. 그게 내 운명이라고 나는 너무도 쉽게 생각해버렸다. 이런 운명이라도 있다는 게 얼마나 다행한 일인가, 하고 생각하면 나는 외로움이 조금 덜했다.

사실 나는 사람을 찾아다니는 일이 좋았다. 수없이 옮겨 다닌 주민등록지를 하나하나 추적해가다가 갑자기 들려버린 것처럼 감쪽같이 사라진 사람일 경우, 이제부터 시작이야! 하고 중얼거리던 나는 뭐라 형언하기 힘든 희열에 싸인 채 온몸을 떨곤 했다. 낡은 사진 한 장을 들고 와서 그 사진 속의 주인을 찾아달라고 할 때도 꼭 그랬다. 수학여행에서 50~60명이 한꺼번에 단체로 찍은 사진을 들고 와서는 그 중의 한 사람을 지목하며 이 사람을 꼭 좀 찾아주세요, 하고 부탁하는 경우도 있었다. 그럴 때 의뢰인에게 들려주는 한 마디가 있었다.

"제대로 찾아오셨습니다."

의뢰인들이 거의 완벽한 자료들을 가져올 때보다는 수학여행 단체사진처럼 바래고 낡거나 누군지 알아보기 힘든 사진을 갖고 올 때 오히려 성공 확률이 높은 경우가 있었다. 정확한 이름과 몇 개의 가명, 별명, 그리고 사라지기 직전까지 살았던 주소 따위를 완벽하게 갖추고서 의뢰해 올 때면 사실 나는 당황했다. 굳이 왜 날 찾아온 건지 이유를 알 수 없었고, 맥이 빠졌다. 어쨌든, 작든 크든, 또렷하든 흐릿하든, 일단 사진을 보면 나는 뭔가 영감이 떠올랐다. 모든 건 다 있는데 사진만 없을 때가 가장 당혹스런 순간이었다. 그럴 땐 동사무소 직원에게 뒷돈을 찔러주고서라도 주민등록 대장에 붙어 있는 증명사진을 복사해오라고 의뢰인에게 일부러 시켰다. 그러면 대부분의 의뢰인은 당연히 거절했다. 내가 수고비를 더 받아내려고 그러는 줄 알고 의뢰를 포기하거나 수임료를 올려주거나 — 그들의 태도는 그 둘 중의 하나였다.

나는 사람의 얼굴을 기억하는 데는 귀신 같은 구석이 있었다. 그 귀신 같은 구석에는 사진과 실제 사이에 존재하는 시간의 거리를 최소화시키는 능력도 포함되어 있었는데, 가령 예닐곱 살 먹은 어린아이 때의 사진만 보고도 그가 아무리 나이를 먹었다 해도 그 나이 먹은 얼굴을 정확히 그려낼 수가 있었다. 찾고 났을 때의 얼굴과 내가 예상한 얼굴 사이에 차이가 있다 해도 그건 차이라고 할 수 없는 차이였다. 어디서 그런 얘기를 듣고 찾아온 사람들이 대부분이라, 의뢰인들은 대부분 나를 깊이 신뢰했다. 사람 찾는 장사에도 단골이란 게 있었다면 아마도 나는 돈을 자루째 긁어모았을 것이다.

"너, 임준태라고 아냐?"

소피아 로렌 비슷하게 생긴 지나 데이비스라는 미국의 여배우를 그리고 있을 때 간수 하나가 내 등 뒤에서 물었다. 들어보지 못한 이름이었다. 그 비슷한 이름을 가진 남자를 찾아준 일은 있었지만, 임준태는 아니었다. 내가 연필꼭지를 입에 물고 자근자근 씹으며 간수를 돌아보았다.

"누군데요?"

"며칠 전에 들어온 친군데, 운동 시간에 널 봤다더라고."

"저를요?"

나는 고개를 흔들고는 다시 그림을 그리기 시작했다. 광대뼈가 불거져 있는 얼굴이라 그리기가 힘들지 않았다. 하지만 예쁜 구석이 없어 재미가 덜했다.

"그 자식 가수라고 하던데 노래 우라지게 못 부르더만. 얼마나 고함을 질러대는지."

나는 바늘에 찔리기라도 한 듯 화들짝 놀라며 돌아보았다. 간수가 뒤로 물러나면서 나를 노려보았다.

"왜, 아는 놈이야?"

"저…… 덩치가 크고 머리가 벙거지 뒤집어쓴 것 같지 않았나요?"

"머리야 밀었으니 알 수는 없고 덩치는 컸지."

"가수라고 그랬나요?"

"그 놈이 그런 게 아니라 누가 그러더라고. 노래 불러보라고 시킨 건 나였지만. 헌데 그렇게 불러가지고야 어디 가수라고 할 수가 있나."

"하여튼 그 사람이 절 봤대요? 운동 시간에요?"

간수가 도끼눈으로 나를 째려보면서 천천히 고개를 주억거렸다.

"저어…… 부탁 좀 드릴게요."

내가 그렇게 말하자 알겠다는 듯 간수가 고개를 끄덕이고는 면담실 문을 열고 밖으로 나갔다. 얼마 있지 않아 문이 다시 열렸는데, 그때까지 나는 아무것도 할 수가 없었다. 어쩌면 나는 그때 간수가 말한 가수가 그가 아니기를 바라고 있었는지 모른다. 하지만 빠끔 열린 문으로 들어선 수의 차림의 남자는 바로 그였다.

담요를 목 밑까지 끌어덮으며 그가 길게 한숨을 내쉬었다. 어둠과 고요함이 그의 한숨소리를 과장스럽게 키워내고 있었다. 나는 그의 담요

안으로 손을 집어넣었다. 내 손이 그의 손에 닿자 그가 흠칫 놀랐다. 나는 그의 손을 꼭 쥐었다.

"임 형이 그날 그랬잖아요. 찾을 사람이 있다고."

천정을 향해 있던 그의 얼굴이 낮게 풀썩거렸다. 흐, 하는 짧은 웃음이었다.

"그 사람 누구였어요?"

"찾아주시게요?"

"여기서 나가면 나야 뭐 또 하던 일을 해야 할 테니까."

그는 또 풀썩 웃기만 했다. 나는 그의 뭉툭한 얼굴의 윤곽을 따라 어둠을 깎아내며 침을 삼켰다. 그는 들어온 지 한 달이 채 되지 않았었다. 면담실에서 나와 얘기를 나누는 동안 그는 "비겁했지요, 뭐," 하는 소리만 계속했었다. 하지만 나는 그가 한 일이 왜 비겁한 것인지 알 수가 없었다. 이 세상에는 그가 비겁했다고 한 일보다 훨씬 더 비겁한, 비교할 수 없을 정도로 비겁한 일을 하고도 아무렇지 않게 살아가는 수많은 사람들이 살고 있었다. 나는 그것을 너무도 잘 알고 있었다. 그가 비겁했다고 자책하는 그 일은, 자선공연을 하고 받은 기부금을 동료들과 나누어 썼다는 것이었다.

"재근 씨보다 내가 먼저 나갈 테니까, 내가 찾아봐야겠어요."

"누군지는 모르겠지만 사람 찾는 일이 생각만큼 쉽지가 않아요."

"찾다가 못 찾으면 재근 씨 나올 때 그때 다시 부탁할게요."

그가 담요 속에서 손을 뺐다.

"그런데, 재근 씨는 사람 찾아주는 일이 재밌어요?"

"대답하기 어려운데요."

“가만히 생각해보니까 재근 씨는 참 잘못하고 있는 것 같아요.”

“왜요?”

“대부분은 재근 씨한테 부탁하는 사람들 마음이잖아요. 찾으려는 사람한테는 뭐든 절실한 이유가 있겠지만, 그 상대방을 생각하면 좀 그래요. 그 사람들 중에는 영영 숨어버리고 싶은 사람도 있지 않겠어요?”

“그렇죠. 당연히 그렇죠.”

“나도 살면서 헤어진 사람들이 많아요. 다시 만나고 싶은 사람들도 많고요. 어릴 때 헤어진 친구나 학교 다닐 때 음악 선생님이나 노래에 너무 매달린다고 싫다고 떠나버린 옛날 애인이나…… 그 사람들이 보고 싶긴 해도 찾을 생각은 안 했어요. 그 사람들이 날 만나고 싶어하지 않을 수도 있다는 생각 때문에요. 헤어지는 데는 그럴 만한 이유들이 있는 거잖아요. 그래서 난 헤어지는 건 죽는 거다, 그런 생각을 갖고 있어요. 죽으면 그뿐이잖아요. 나중에 죽어서 다시 만날 수 있다 해도, 그건 다른 문제죠.”

그는 담요에서 빠져나온 손으로 자신의 눈두덩을 찍어냈다.

“임 형이 찾고 싶어하는 사람은, 그럼 어릴 때 헤어진 친구나 음악 선생님이나 옛날 애인이나 그런 사람은 아니겠군요.”

그가 슬며시 내게로 고개를 돌렸다. 내가 물었다.

“누구에요?”

“누군 것 같아요?”

“글쎄요, 임 형하고 마음이 같은 사람이겠죠. 임 형을 만나고 싶어하든가, 임 형처럼 상대의 마음이 겁나는 사람이든가.”

그가 먼지가 날릴 만큼 풀썩거리며 웃었다. 하지만 한참 동안 우리는 말이 없었다. 철제 의자가 시멘트 바닥을 날카롭게 긋는 소리가 들려왔고, 그 소리가 정적 속으로 사라졌을 때 슬그머니 그의 손이 내 담요 속으로 기어들어왔다. 그의 찬 손이 내 손을 꼭 쥐었다.

"아주 오래된 얘기 하나 해 드릴게요."

침이 넘어가는 소리가 뇌성처럼 크게 들려왔다.

"고등학교 다닐 때였는데, 늘 다니던 길에 악기사가 하나 있었어요. 집으로 갈 때면 나는 늘 그 악기사 앞에서 걸음을 멈췄어요. 진열대에 놓여 있던 바다빛깔 전자기타가 갖고 싶었는데 당연히 나한테는 그걸 살 수 있는 돈이 없었고, 그렇다고 부모님한테 말씀을 드릴 수도 없었어요. 그냥 구경만 했어요. 학교랑 집이랑 오가면서요. 어떤 땐 일부러 그걸 보러 가기도 했었어요. 그게 좀 비싼 거라, 아주 오랫동안 안 팔리고 그냥 거기 있었어요. 그런데 하루는, 그 기타를 사려고 청년 하나가 흥정을 하고 있는 걸 봤어요. 돈이 모자랐는지 청년이 그냥 나오더라고요. 그날 밤 난 그 악기사로 몰래 들어갔어요."

내 손을 쥔 그의 손이 떨리고 있었다. 그는 한숨을 내쉬었고 나는 반대편 손으로 그의 떨리는 손을 덮었다.

"기타를 훔쳐내기는 했는데 그걸 어떻게 해야 할지 모르겠더라고요. 집으로 가지고 갈 수도 없고, 어디다 맡길 수도 없었어요. 방법은 한 가지밖에 없었어요. 그 길로 떠나버렸어요."

그렇게 떠난 뒤로 그는 고향에 다시는 가지 않았다고 했다. 나는 뭐라고 해야 할지 아무 생각도 나지 않았다. 한참 뒤에야 나는 그에게 물었다.

"임 형은 혹시 그때, 임 형이 훔쳐낸 그 전자기타를 사려고 했던 사람을 찾고 싶은 거 아닌가요?"

"……."

하지만 내 물음에 대해 그는 끝내 어떤 대답도 하지 않았다. 하지만 설사 그가 내게 말해주었다고 해도 우리의 삶이 지금보다 크게 달라지지는 않았을 것이다. 찾고 싶은 사람을 찾는다고 해서 삶이 달라지지 않을 거라는 것을 무슨 믿음처럼 내가 가지게 된 것은, 바로 그때부터였다.

내 손에는 지금 환하게 미소를 짓고 있는, 청년이라고 하기에는 나이가 좀 들었지만 청년처럼 건강해 보이는 한 남자의 사진이 쥐어져 있다. 그리고 사무실 가득 그 남자가 부르고 있는 절규하는 듯한 노랫소리가 흐르고 있다. 나는 그 남자의 웃고 있는 얼굴 저편에, 아주 오래된 어두운 거리가 보인다. 그의 손에는 푸른 바다빛깔의 전자기타가 들려져 있고, 그는 그 어두운 거리를 빠르게 걸어가고 있다. 단 한 사람의 기억에서만 외롭고 스산하게 존재하는 거리— 그곳은 이제 어디에도 없다. 밤하늘에 뜬 달만이 그 어두운 거리를 비추고 있을 뿐.

1997

달 클럽

나는 점심식사를 하기 전에 굴을 먹으러 가던 프루니어에서 어떤 젊은 여자를 만났어요. 그 여자가 낙태를 했다는 걸 난 알고 있었죠. 난 그녀에게로 가서, 그 얘기가 아닌 다른 얘기를 했고, 집으로 가는 길에 줄거리를 생각하고는 점심식사를 하지 않고 그날 오후에 그 얘기를 썼어요. 그것이 「흰 코끼리와 같은 산들」입니다.

— E. 헤밍웨이, 『파리 리뷰』와의 인터뷰에서

"평론가들 죄다 죽었군."

갤러리 'UP'에서 한 원로 화가의 전시회를 보고 나오던 한경수는 씹듯이 중얼거렸다. 전시회가 열리기 두어 달 전부터 신문, 잡지 할 것 없이 대단한 작품들이 전시될 거라고 떠들어댔었다. 하지만 전시회를 둘러본 그의 심경은 40년 넘게 그림을 그려온 장유평이라는 대화가에 대해 그동안 가져왔던 애정을 송두리째 몰수해버리고 싶을 정도였다. 노익장이라고 하기에도 미심쩍은 그림들이 부지기수였다. 그러면서 뱀대가리처럼 꾸물거리며 일어나는 것은 신문과 잡지에 도배하다시피 해놓은 비평가들의 글— 그것에 대한 반발심이었다. 한통속이기는 기자들도 마찬가지였지만.

한경수는 화랑 출입문을 흘끔거리고는 반들반들한 대리석 바닥에다 가래침을 툭 뱉었다. 그때 옆구리가 우루루 떨렸다. 외투 안주머니에서 꺼낸 호출기 문자판에는 588282라는 숫자가 찍혀 있었다. 그의 한쪽 입꼬리가 비틀려 올라갔다. 오빠, 빨리 전화 좀 해줘요— 간드러진 목소리가 들리는 듯했다. 그는 화랑으로 도로 들어가려다가 고개를 흔들었다. 골목 밖으로 길 건너편 공중전화 부스가 눈에 들어왔다. 그는 문자판에 찍힌 번호를 지워내고는 호출기를 주머니에 찔러넣었다.

"무슨 일이야?"

송수화기는 얼음처럼 차가웠다. 그래서인지 그의 입에서 튀어나온 목소리마저 퉁명스러웠다.

"오빠, 아침에 신문 봤어?"

"아니."

"박두영 교수, 그 분 왜 그러지?"

"뚱딴지같이—."

"조영선이 꺼 엄청 씹었더라?"

말끝마다 억양이 그악스럽게 올라가는 여자의 말투가 오늘 따라 몹시 귀에 거슬렸다. 조영선의 작품에 박두영이 혹평을 했다는 그녀의 말이 귓바퀴에서 바짝 얼어 부스 아래로 떨어졌다. 등골이 서늘했다. 혹평한 사람이 박두영이라면 이해 못할 게 없었다.

"읽어줘요?"

"공중전화야. 사서 보지 뭐. 무슨 신문이야?"

"ㅈ일보."

한경수는 부스 창밖을 물끄러미 내다보며 고개를 주억거렸다. ㅈ일보라면 근자에 때 아닌 좌우논쟁을 일으킨 신문이었다. 거기에 박두영이 조영선의 그림을 혹평한 글을 실었다는 건 당연한 일이었다. 30대 중반인 조영선은 1980년대에 줄곧 민중계열에 속한 작가였고, 이른바 걸개그림에 관한 한 나름대로의 성과를 이룩한 화가였다. 그의 그런 이력 때문이라면 박두영이라는 비평가나 ㅈ일보라는 매체는 충분히 혹평할 수도 있는 일이었던 것이다. 하지만 1990년대에 들어와서, 특히 조영선이 3년 동안 미국 유학을 다녀온 1990년대 중반 이후의 그의 그림들은 전과는 사뭇 달랐다. 서너 점의 '오브제'를 제외하면 캔버스에 오일을 사용하는 정통적인 서양화였거니와 그의 극사실주의적 기법이 택한 소재들 역시 1980년대의 그것들과는 한참이나 거리가 멀었다. 그럼에도 불구하고 그의 그림이 박두영 교수로부터 혹평의 대상이 되었다는 사실은 한경수로 하여금 쓴웃음을 짓게 만들었다. 장유평에 대한 평론가들의 주례비평과 자연스럽게 맞닿자 손아귀에 틀어쥔 송수화기가 더욱 서늘하게 느껴졌다.

"별일 없지?"

"오빠는?"

"맨날 그렇지 뭐."

"오늘 저녁에 뭐해?"

"— 모임 있어."

"실버포인트?"

"그래."

"모임 이름말이야. 언제 들어도 멋있어. 나, 나가두 돼?"

"쓸데없는 짓 하지 마."

"다 아는 사람들인데 뭐 어때?"

"다 아니까 하는 소리야."

"쳇! 오빠랑 연애하는 거 모르는 사람 어딨다고—."

"끊어."

송수화기를 내던지듯 내려놓는데 뭐라고 중얼거리는 여자의 음성이 들려왔다. 삐, 하는 소리와 함께 전화기의 입에서 카드가 빠져나왔다. 한경수는 날름 내민 혓바닥 같은 그것을 한참 동안 내려다보다가 뽑아냈다. 그러고는 주머니에서 호출기를 꺼내 전원을 꺼버렸다.

교보문고로 가는 도중에 경수는 가판대에서 ㅈ일보를 한 부 사서 주머니에 찔러 넣었다. 맵고 찬 바람이 연신 목덜미를 파고들었다. 도로가의 인도를 버리고 골목으로 들어가 종종걸음을 치는데 뒷덜미를 낚아채는 것 같은 느낌이 들어서 그는 흘낏 뒤를 돌아보았다.

그의 시선이 닿은 곳은 시꺼먼 카페 유리창이었다. 그는 조심스럽게 유리창 앞으로 다가갔다. 카페 안에는 손님이 아무도 없었다. 종업원인 듯한 젊은 남자가 기하학적으로 생긴 벽난로 앞에서 밸브 같은 것을 만지작거리고 있었다. 벽난로는 벽돌로 만들어진 것이 아니라 청동제품 같았다. 하지만 경수는 그런 게 자신의 주의를 끈 거라고는 생각되지 않았다. 그는 카페 유리창에 바짝 이마를 디밀고는 마치 사람들로 꽉 찬

군대 면회실로 들어선 이등병처럼 안을 허둥허둥 둘러보았다.

"……!"

벽난로가 있는 벽에서 완만한 기역자로 꺾인 곳에 커다란 패널이 하나 걸려 있었다. 그의 종종걸음을 멈추게 만든 것이 그 패널이었다는 것이 믿어지지가 않았지만, 그것을 보았다면 분명히 그는 걸음을 멈추었을 거라는 생각이 들었다. 패널은 엄청나게 컸다. 200호쯤 될 듯싶었다. 패널에는 웅장한 건축물을 찍어놓은 사진이 들어 있었다.

경수는 유리창을 벗어나 오른쪽에 붙어 있는 출입문을 밀고 카페 안으로 들어섰다. 벽난로 앞에 붙어 서 있던 젊은 남자가 웃는 얼굴로 인사를 보냈다. 경수는 버릇처럼 한쪽 입꼬리를 비틀어 올리며 잠깐 웃어 보이고는 곧장 패널이 붙은 곳으로 걸어갔다.

패널 사진 속의 건축물은 독일 카셀 시에 있는 프레데리치아눔Fridericianum 미술관이었다. 경수는 패널 앞에 한동안 얼어붙어 있었고, 그의 눈동자는 미술관 앞 잔디밭 위에 세워진 조나단 브로프스키의 조각품에 붙박여 있었다. 〈하늘로 가는 길 위의 남자〉— 60도의 경사로 기울어진 전신주같이 생긴 긴 관 위를 붉은 셔츠를 입은 한 남자가 걸어올라가고 있었다. 남자는 팔을 앞뒤로 흔들며, 그렇게 하늘에까지 가려는 듯 거침없이 걷고 있었다. 분명히 정지한 조각이었지만, 조각 속의 붉은 셔츠를 입은 남자는 또한 분명히 움직이고 있었다. 정지하고 있으나 움직이는 것— 예술이 아니고서는 보여줄 수 없는 환상이었다. 경수는 뒷머리가 뻥 뚫려서 서늘한 바람 한 줄기가 빠져나가는 것을 느꼈다.

고작 인구가 20만 명에 불과한 카셀이라는 소도시는 1955년 이래로 4,5년에 한번씩 대규모 현대미술 전시회인 도쿠멘타Documenta를 개최하면서 인구의 서너 배에 가까운 관람객을 끌어들이는 문화소비 도시다. 프레데리치아눔은 바로 그 도쿠멘타의 본관 구실을 하는 미술관으로 지금 경수의 시선을 묶어놓고 있는 사진은 1992년 여름에 개최된 제9회 카셀 도쿠멘타의 모습이었다. 그런 설명이 패널 아래에 붙은 흰 셀로판 위에 인쇄되어 있었다.

"주문하시겠습니까?"

"아, 예."

경수는 패널이 붙어 있는 벽과 테이블 하나의 간격을 가진 복도 건너편 자리에 앉았다. 그는 여전히 패널을 주시하고 있었다. 털 몇 올이 불안하게 돋아 있는 그의 오른쪽 손이 턱과 눈을 차례로 쓸고 지나갔다. 젊은 남자가 메뉴판을 경수에게로 내밀었다.

"홍차."

자객이 품에서 비수를 꺼내는 듯한 경수의 재빠른 대답에 젊은 남자가 어깨를 으쓱해 보이고는 벽난로 쪽으로 걸어갔다. 얼마 뒤 젊은 남자가 와서 홍차를 테이블에 놓아주고, 찻잔 속의 붉은 물빛 위로 피어오르던 하얀 김이 천천히 스러지고, 그렇게 홍차가 완전히 식어갈 때까지 경수의 눈은 패널에서 다른 곳으로 움직이지 않았다.

카페의 출입문이 열렸다가 닫히며 40대 중반쯤으로 보이는 짧은 머리의 여자가 카페 안으로 들어선 것과 경수의 입에서 긴 한숨이 쏟아져나온 것은 거의 동시였다. 그제야 경수는 처음으로 시선을 패널에서 거두었다. 그의 표정은 누군가를 살해하고 막 돌아서는 살인청부업자의 그것을 연상시켰다. 봄바람 속에 묻어 있는 실낱 같은 차가움, 혹은 차가운 바람 속에 묻혀 있는 한 조각의 온기— 둘 중 어떤 게 더 어울릴지는 알 수 없었지만 패널에서 돌아온 경수의 표정은 그랬다. 순도 99퍼센트의 광물에 숨겨져 있는 1퍼센트의 이물질.

경수는 식어버린 홍차를 천천히 입속으로 흘려 넣었다. 떫은맛이 혓바닥을 눌렀다. 그의 고개가 가볍게 흔들렸다. 그는 지금, 골목으로 종종걸음을 쳐가던 자신을 붙든 것이 프레데리치아눔이 아니었다는 생각을 하고 있었다. 경사진 관 위를 걸어오르는 남자의 형상이 그의 발길을 붙들 수는 없었다. 프레데리치아눔이나 하늘을 걸어오르는 남자의 조각은 카페 안에 숨어 있었을 뿐이었다. 하지만 그들의 기운이 그의 발길을 잡아챘을 가능성까지 부인하고 싶지는 않았다.

향기가 모두 달아나버린 홍차는 그저 떫은 물 한 컵에 지나지 않았다. 경수는 외투 주머니에 찔러놓았던 ㅈ일보를 꺼내들었다. 앞부분을 뭉텅 건너뛰고 가운데쯤을 펼쳤다. 아시안게임 기사로 도배된 스포츠면을 넘겼다. 박두영 교수의 글은 그로부터 두어 장 뒤 문화면의 오른쪽 가장자리에 세로로 길게 놓여 있었다. 그 분량은 문화면 전체의 5분의 1쯤 되어 보였다.

"위험한 선정성, 남는 건 미의 상실뿐"

박두영의 글 한가운데를 갈라놓고 있는 굵은 고딕체의 카피였다. 경수의 입꼬리에서 피식, 바람이 샜다. 그로서는 동의할 수 없는 문구였다. 선정성이라는 말은 조영선이란 여성 화가의 그림에 대한 올바른 해석일 수 없었다. 우선, 조영선의 그림 중에서 성性과 관련되어 있는 건 단 하나도 없기 때문이었다. 조영선은 성기나 성행위를 직접적으로 묘사하지도 않았거니와 그것들을 상징하는 어떤 표현이나 기법도 사용하지 않았다. 따라서 조영선의 그림에 대한 선정성이라는 박두영의 지적은 성적인 것과 관련이 없었다. 그렇다면 선정煽情이란 결국 '까발김'일 터이고, 그것은 조영선이 취하고 있는, 대상을 소름끼치도록 정밀하게 그려내는 극사실주의 기법과 관련된 것임이 분명했다. 그리고 박두영의 글을 훑어나가던 경수는 그걸 확인했다.

— 슈퍼리얼리즘이라고 하든 포토리얼리즘이라고 하든 주관을 배격하고 대상을 오로지 객관적으로 묘사하려는 극사실주의가 당도하는 곳은 결국 무의미다. 현실의 생생하고 완벽한 재생이라는 덕목은, 1960년대 후반 미국과 유럽 각지에서 창도되어 '팝아트'의 영향권 하에서 진작될 때만 해도 큰 반향이었고, 유의미한 무엇이었다. 그러나 기계적으로 확대된 화면은 작가의 감정이 일체 담겨져 있지 않다는 극사실주의의 순정성을 오히려 위협하는 효과를 가져오며, 나아가 작가의 기계적 재해석이라고 아니할 수 없다. 그것은 곧 객관성의 상실이며 엄연히 또 다른 작가의 주관적 작업이 되고 마는 것이다. 내용과 형식, 의도와 결과 사이에 존재하는 이러한 괴리를 조영선의 일련의 극사실주의적 작업은 고스란히 안고 있다. 이런 것을 어찌 미적 완성을 유일한 목적으로 삼고 있는 예술 행위라고 할 수 있는지 모르겠다. 어쩌면 그녀의 무시할 수 없는 이력 가운데 하나인 이른바 '걸래그림'들을 그려내던 시절로 되돌아가면 이미 그녀의 오늘을 예견할 수 있을는지도 모를 일이다.

"하아……!"

경수의 입에서 또 한번 헛바람이 새나왔다.

"의도가 너무 빤해."

식어빠진 홍차를 홀짝 들이키고 난 경수는 오른쪽 손날로 목덜미를 툭툭 치며 좀 큰소리로 중얼거렸다. 박두영의 글 중에서 따옴표로 인용된 '걸래그림'은 분명히 악감을 가진 표현이었다.

"이것들, 판 벌이자는 수작 아니야?"

그랬다. '걸래그림'이란 지나간 1980년대, 집회와 시위가 벌어지는 곳이면 어디서나 볼 수 있었던, 과장스런 미학적 산물이었던 '걸개그림'에 대한 비겁한 패러디였다. 또한 박두영이 '그녀의 무시할 수 없는 이력'이라고 표현하고 거기서 오늘의 조영선을 예견할 수 있다는 식의 표현은 시비를 걸고 싶다는 강력한 의사표현이었다.

경수는 가만히 고개를 들었다. 고개를 등 뒤로 돌려 여전히 벽난로 곁에 붙어 서서 밸브를 만지작거리고 있는 젊은 남자를 바라보았다. 젊은 남자가 주문할 게 있냐고 눈짓으로 묻고 있었다. 경수가 그에게 "버번 콕," 하고 대답했다.

박두영의 글을 읽고 나서 경수는 신문을 접어 테이블 한쪽으로 밀쳤다. 그는 늘 화장기 없는 얼굴에 청바지 차림으로 다니길 좋아했던 조영선을 떠올렸다. 몇 번 만나긴 했지만 친한 사이는 아니었다. 실제로 그의 그림을 경수는 좋아하지도 않았다. 그런 만큼 그에 대해 아는 바도 많지 않았다. 지방의 미술대학에서 교수 노릇을 하고 있는 선배의 옛 애인이었다는 가십거리 정도가 그에 대해 아는 바의 전부였다.

물끄러미 테이블을 내려다보고 있는데 짙은 갈색 매니큐어가 시꺼먼 술잔과 함께 그의 눈앞으로 다가들었다. 화장품 냄새도 함께였다. 고개를 들었다. 좀 전에 카페로 들어왔던 40대 중반의 여자였다. 경수의 얼굴에 미소가 어렸다. 여자도 웃고 있었다. 여자가 "앉아도 돼?" 하고 묻고 있었다. 경수의 얼굴이 훨씬 더 펴졌다. 그제야 골목을 빠져나가던 그의 종종걸음을 멈추게 한 것이 카페 안에 붙어 있던 패널이나 패널 속의 조각품이 내쏜 기운 따위가 아니었다는 걸 그는 알았다. 그의 걸음을 붙든 것은 지금의 카페가 위치해 있는 장소였다.

"누님."

"잘 있었어?"

여자의 진홍색 입술이 껌을 씹듯 오물거렸다.

"갤러리 관두셨다는 얘길 듣긴 했었는데, 부산에 있을 때라—."

"벌써 3년 됐지?"

"그쯤 됐죠. 여기가 거기, 맞죠?"

새삼스럽게 카페 안을 둘러보는 경수에게로 여자의 나직한 목소리가 흘러왔다.

"나, 이혼한 얘기는 알아?"

천장에서 길게 내려온 화장실 안내판 뒤편에 붙어 있는 10호짜리 유화에 눈을 주고 있던 경수가 고개를 돌려 여자를 마주했다. 그의 고개가 가볍게 끄덕여졌다. 여자의 남편은 경수의 대학 선배였다. 지난해 여름, 제주도 어느 호텔에서 대학 2학년짜리 계집애와 음독자살을 시도한 40대의 미술평론가가 바로 그였다. 계집애만 죽고 그는 병원에서 깨어났다. 그가 살인혐의로 곤욕을 치르다가 무혐의로 풀려나자마자 한국을 떴다는 얘기를 '실버포인트'의 회원 하나로부터 전해들은 적이 있었다. 한국에 있을 때 선배는 '실버포인트'의 일원이었다. 그의 빈 자리를 경수가 차지했다.

"왜 그렇게 웃어?"

"누님 뵈니까 좋아서 그러죠."

"그게 아닌 것 같은데?"

"갤러리보다 카페가 좋아요?"

경수는 말머리를 돌렸다. 여자가 담배를 피워 물었다.

"담배 끊었어?"

경수의 고개가 끄덕끄덕 움직였다. 여자는 한때 촉망받는 화가였다. '실버포인트'가 전폭적으로 그를 민 덕분이긴 했지만 어쨌든 그는 화단에서 가장 입에 많이 오르내리는 여성작가 중 하나였다. 그를 두고 '아득한 동화적 향기를 품고 있는, 여자 샤갈'이라고 말한 것은 나중에 그녀의 남편이 된, 경수의 선배 김석천이었다. '실버포인트'라는 비평가 동인을 결성하는 데 주도적인 역할을 한 것이 김석천이었고, 동인이 결성되고 맨 처음 거론한 것이 바로 윤규원이었다. 그래서 세간에는 김석천이 윤규원을 띄우기 위해 의도적으로 '실버포인트'를 만들었다는 얘기가 떠돌기도 했다. 하지만 당시 미술평론으로 김석천이 누리던 성가는 엄청난 것이었고, 소문 따위가 그의 성가에 흠집을 내진 못했다. 김석천은 대단한 야심가였다. 모 기업의 셋째 며느리가 되면서 캔버스를 떠났던 윤규원으로하여금 다시 붓과 나이프를 들고 캔버스 앞에 서게 만들 정도였으니. 김석천이 주도하는 '실버포인트'를 든든한 배경으로 삼고 있던 윤규원은 제일 잘 팔리는 작가의 하나가 되었다. 그의 그림은 지나치다 싶을 만큼 고가로 팔려나갔다. 그들의 결혼식은 윤규원이 그림을 팔아 벌어들인 돈으로 구입한, 작지만 요지에 위치한 갤러리 '바르비종'에서였다. 이제 카페 '바르비종'으로 바뀐.

경수의 고개가 슬쩍 화장실 쪽으로 다시 돌아갔다. 좀 전 그가 훑으며 지나간 10호짜리 유화 〈먼 길에서 돌아오는 소녀〉였다. 그것은 김석천이 '여자 샤갈'이라고 추켜세웠던 그의 마지막 작품쯤 될 것이다. 그때는 어쩌면 김석천이 제주도에서 정사情死를 감행할 정도로 빠져 있던 하영미라는 어린 학생을 '천재 소녀화가'라고 떠벌이던 무렵이었을 것이다.

"약속 있어?"

여자의 목소리에 쓸쓸함이 묻어 있었다. 경수는 여전히 웃는 얼굴로 여자를 보았다.

"교보문고에서 만날 사람이 있어요."

"누군데?"

"강범진이라고, 같이 평론하는 친구에요. 이번에 책이 하나 나왔는데, 사인회를 한대요. 평론집은 아니고, 시집이죠. 시인부터 먼저 된 친구에요. 같이 가실래요?"

"범진 씨야, 나도 알지. 그치만 안 갈래. 가서 무슨 우세를 당할라고."

"누님 많이 변하셨네요. 그렇게 사실 필요가—."

경수는 제 손등으로 입을 툭 쳤다. 그러고는 예의 그 환한 웃음을 여자에게로 보냈다. 여자가, 담배연기가 눈에 들어갔는지 눈살을 찌푸렸다. 더 이상 그에게서는 아득한 동화의 향기를 느낄 수가 없었다.

'실버포인트' 정기 모임이 열리는 인사동 카페 '왕비'의 출입문을 밀고 들어서자마자 벼락처럼 목소리 하나가 경수의 귀를 때렸다. 엉거주춤 걸음을 멈추고 어둑한 실내를 훑는데 터틀셔츠를 입은 건장한 남자가 자리를 박차고 일어나며 누군가에게 삿대질을 하고 있었다. 미술 관련 계간지에서 편집주간으로 있는 박동현이었다. 그는 '실버포인트'에 속해 있는 사람들 중에서 유일하게 평론가가 아니었는데, 동인 결성의 주도자였던 김석천이 언론쪽 인물로 영입한 초창기 멤버였다. 당시 그는 모 신문사 문화부 기자였다.

"어느 씨발놈이 그 따위 소릴 해!"

박동현으로부터 손가락질을 당하고 있는 사람은 Y대학 조교수로 있는 평론가 임희욱이었다. 어둑한 속에서도 그의 얼굴이 시뻘겋게 달아 있다는 걸 확인할 수 있었다. 그는 당황한 듯 이리저리 고개를 돌리고만 있을 뿐 아무 대답도 하지 못했다. 경수를 제외하고 나머지 회원들은 모두 출석해 있었다. 고양이걸음으로 살그머니 다가가 회원들에게 눈인사를 보내던 경수에게로 박 주간이 화살을 날렸다.

"이봐 한 선생, 당신도 들어봤소?"

영문을 모른 채 멀뚱히 박동현의 얼굴을 올려다보는데 주위에서 "박 주간님 왜 이렇게 흥분하세요, 그딴 흰소리 한두 번 들어봐요? 이제 그만 하세요," 하고 누군가 말리는 소리를 냈다. 그러자 박동현은 오히려 셔츠 소매를 끌어올려 팔뚝을 드러내며 더 큰소리를 내질렀다.

"흰소리 한두 번?"

사람들이 저마다 고개를 떨어뜨리거나 설레설레 저었다.

"누가 그래? 도대체 어떤 시러배 잡놈이 그런 소릴 하냐고, 나 참 기가 막혀서. 김석천이가 나가고 나니까 막 잡아먹겠다 이 말이지? 천만의 말씀. 막말로, 김석천이는 욕해도 나는 욕 못해. 왜냐. 김석천이 그 사람이 기집애들만 갖고 오냐오냐 할 때 나 박동현이는 이찬주, 김정표, 백창현이, 이런 작가들 얘기했어. 우리 실버포인트가 어째서 김석천이의 연애질에 도매금으로 넘어가야 돼? 지금 와서 우리가 기둥서방이란 소릴 들어야겠어? 아니, 씨발, 막말로, 기집애들 작품 갖고 떠들어댄다고 그년들이—."

박동현이 다혈질이라는 걸 모르는 회원들은 없었다. 하지만 오늘 따라 박동현의 태도는 이해가 되질 않았다. 누구는 그런 얘길 했었다. 김석천이 한국을 떠나면서 박동현 주간을 빠른 시일 안에 '실버포인트'에서 제거해야 한다고 충고했다고. 그런 얘기를 한 사람은 박동현이 미술평론가가 아니기 때문이라고 덧붙였지만, 그건 사실이 아니었다. 평론가라는 게 회사의 부장이나 과장 같은 직급도 아니고, 화가처럼 캐릭터가 분명한 것도 아니었다. 미술에 대해 글을 쓰거나 책을 내거나 하면 누구나 평론가라 불렸다. 그림을 좋아하는 사람이라면 누구나 평론가라 해도 그리 과장은 아니었다. 미술대학을 나와서 대학교수를 하고 논문을 쓰고 비평문을 써야만 평론가라고 누구도 못 박지 않았고, 못 박을 수도 없었다. 김석천이 당대를 풍미한 평론가임에는 분명했지만 한번도 그가 평론가를 규정하는 얘기를 한 적은 없었다. 때로 평론가의 자질을 운운하긴 했어도.

"반성할 건 반성하고 넘어갑시다."

박동현의 펄펄 뛰는 꼴이 보기 싫다는 뜻인지 퉁명하게 내쏜 것은 '실버포인트'에서 막내격인, 그래도 경수보다 두 살이 위인 H대 전임강사로 있는 회원 3년차 우중식이었다. 요즘 들어 미술 쪽보다는 영화 쪽에 더 관심을 가지고 감독이나 배우를 대상으로 하는 글을 상당수 발표해서 문화평론가라는 직함을 하나 더 얻고 있는 사람이었다. 연초에 개봉돼서 히트를 친 〈여자의 방〉을 맨 먼저 극찬하고 나서서 영화판에서는 꽤 안목 있는 문화계 인사로 대접받고 있는 중이었다. 그런 배경 탓이었을까, 박동현의 다혈질에 정면으로 맞서고 나선 우중식의 위세가 제법 당당했다. 박동현이 코를 실룩거리며 내뱉었다.

"반성?"

하지만 우중식은 박동현과의 설전을 각오한 듯했다.

"반성이 별란 겁니까? 반성이라면 지레 겁먹는 꼴도 우스워요. 젠장, 우리더러 기둥서방이라는 소릴 한다면 그게 어떤 세력이든 그 진의를 짚어볼 필요가 있단 말입니다."

박동현은 우중식의 서슬에 잠시 주춤했다. 우중식이 기세를 타고 목소리를 한 옥타브 높였다.

"따져보면 잘못이 없는 것도 아니죠. 처음부터 김 교수가 길을 잘못 잡은 까닭이지만—."

김 교수라면 김석천을 지칭하는 거였다. 박동현이 씩씩거리다가 풀이 꺾여 자리에 앉았고, 좌중이 잠잠해졌다. 플루트가 픗, 픗, 여음을 뿜듯 실내를 채웠다. 쉐퍼— 경수는 플루티스트의 이름을 입속으로 나직이 중얼거리며 무르팍 위에 올려놓은 책꾸러미를 만지작거렸다. 낮에 교보문고에서 있었던 강범진의 사인회에서 회원들에게 주려고 아홉 권을 구입해 사인을 받아놓았었다. 시집이 아니었다면 아홉 권 모두를 사진 않았을 터였다. 서너 권쯤 샀을까. 경수는 그 서너 권 속에 박동현과 우중식이 포함될 수 있을까, 생각하다가 피식 웃고 말았다. 우중식의 목소리가 쉐퍼의 플루트 소리에 휘감기고 있었다.

"첫 단추를 잘못 끼운 겁니다. 솔직히 윤규원 씨 그림이 과대평가 되었다는 걸 모르는 사람이 어디 있습니까. 그건 그렇다고 칩시다. 하지만 곧바로 정동희나 변희영을 띄운 건 우리 실버포인트가 지금의 비난을 자초한 거죠."

"반성도 지나치면 본질이 흐려져."

점잖게 우중식을 꾸짖고 나선 건 박동현 주간과 함께 초창기 멤버인 K대학 홍연 교수였다. 그는 김석천 못지않게 여성작가의 작품에 큰 관심을 쏟은 평론가였다. 김석천처럼 스캔들이 전혀 없었다는 점에서도 차이가 나지만 홍 교수는 1980년대에 소위 페미니즘 논쟁을 끌어낸 사람이었다. 글은 밋밋하고 찬사 일변도였지만, 어쨌든 김석천과는 달리 여성작가의 작품에 대한 관점이 분명히 서 있는 평론가였다.

"더 나은 거라고 단정하기는 어렵지만, 최근 10년을 끊어서 보자면 여성작가들의 작품의 질은 남성작가들에 비해 결코 뒤질 게 없어요. 어느 분야든 마찬가지지만 우리 미술계에서도 작가의 대부분은 남성이었죠. 그런 점에서 여성작가를 비평의 대상으로 삼는다는 건 일종의 권위에 대한 도전이자 반성이었어요. 언제까지나 충격의 대상으로 여성작가의 작품이 거론될 수는 없는 노릇이었으니까. 나는 개인적으로 우리 실버포인트에 대한 우 선생의 해석 방향이 지나치게 회의적이라고 여겨져요."

박동현의 일그러져 있던 표정이 펴지는 걸 확인하고 있던 경수는 오늘 아침 ㅈ일보에서 박두영 교수로부터 무참하게 '씹혔던' 조영선을 떠올렸다. 우중식이 나섰다.

"홍 교수님 견해는, 그렇다면 윤규원으로부터 시작해서 줄기차게 여성작가를 거론한 것이 우리 동인들의 업적이었다는 말입니까?"

"그렇게 야유조로 말하지 마세요, 우 선생."

나이나 경력으로 홍연 교수에게 밀릴 수밖에 없는 우중식이 입을 다

물어버리자 박동현의 얼굴이 훨씬 더 펴졌다. 경수는 재밌다는 느낌보다는 쓰잘데없다는 느낌이었다. 눈이 얼굴에 붙어 있다고 앞만 보는 것이 아님은 자명한 일이었다. 경수는 우중식이나 홍연 교수나 솔직하게 자신의 생각을 드러내는 건 아니란 생각이 들었다. 조영선을 거론할 필요가 있다는 생각을 한 것은 어쩌면 경수로서는 당연한 일일지 몰랐다. 하지만 아직 자신이 나설 시기는 아니었다.

그런데 뜻밖에도 조영선을 들고 나온 건 H대 이연철 교수였다. 그는 우중식보다 한 살이 위였지만 일찍 강단에 섰고, 일간지들 중에서 유일하게 미술평론을 공모의 대상으로 하고 있는 D일보 신춘문예 출신으로, 공식적으로 평론가의 직함을 얻은 두 명의 멤버 중 하나였다. 둘 중 다른 하나는 경수였다. 경수의 평론이 당선된 것은 1990년대 초였다. 스물아홉 살 때였다. 이연철의 묵직한 음성이 흘러나오자 마침 실내를 흐르던 음악도 플루트에서 바순으로 바뀌어 있었다.

"우 선생 말씀의 요지가 여성작가들에 대한 전반적인 거론이나 검증에 실버포인트가 소홀했다는 것이라면 저도 동의합니다. 분명히 일리 있는 지적이니까요. 가령, 민중계열에 속해 있던 조영선 같은 작가의 변모에 대해서는 정작 우리가 먼저 다루었어야 했던 거죠. 박두영 씨 같은 분이 왜곡시키기 전에 말입니다. 뿐만 아니라 장르 면에서도 지나치게 회화 위주였다는 것은 분명히 잘못된 겁니다. 한국화마저도 외면했질 않았습니까. 지방작가들의 작업을 철저하게 외면했던 건 물론이고."

"따지고 보면 우리가 화단에 끼친 영향력은 1퍼센트도 되질 않습니다. 기둥서방클럽이란 소리를 들을 만큼의 영향력 말이죠."

우중식의 발언이었다.

좌중이 한순간 술렁거렸다. 그러나 왠지 그의 자조적인 언설이 경수에게는 무척이나 썰렁하게 느껴졌다. 그는 마치 여성작가를 조명하는데 '실버포인트'가 기울인 노력들을 우리가 다른 세력들(그런 게 있는지는 모르겠지만)로부터 기둥서방클럽이라고 지칭 당했다고 해서 전면적으로 부인하려는 것처럼 느껴진 때문이었다. 그건 올바른 태도가 아니었다. 손을 둥글게 말아 입술에다 대고 가볍게 기침을 하고난 뒤 경수가 의자 등받이에서 등을 뗐다.

"저는 의견이 다릅니다."

우중식의 시선이 맨 먼저 경수의 옆얼굴에 닿았다. 이연철과 정면으로 눈이 마주쳤고, 박동현 주간의 실룩거리는 얼굴이 보였다.

"조영선 같은 화가를 적극적으로 다루었다고 해서 그 영향력이 10퍼센트쯤으로 높아졌을 거라고는 생각지 않습니다. 누구의 지적이었는지는 모르겠지만 실버포인트를 기둥서방클럽이라고 한 것은 분명히 우리가 여성작가의 작품을 주로 비평의 대상으로 삼았기 때문이겠죠. 윤규원 씨나 정동희 씨나 변희영 씨를 시쳇말로 잘 팔리는 작가로 만드는 데 실버포인트는 분명 일조를 했습니다. 하지만 조영선 씨를 이런 분들처럼 거론했다고 해서 그림값을 더 받게 하고 작품을 더 잘 팔리게 했는가 — 그건 의문입니다."

"한 선생 말씀의 요지는 뭐요?"

박동현 주간이었다.

"기둥서방이라는 말에 연연해할 필요가 없다는 겁니다. 그 어법을 기분 나쁘게 받아들일 필요도 없고, 비아냥거리는 거라고 여길 필요도 없고, 그러니 그런 소리를 듣지 않기 위해 노선을 바꿀 필요도 없다는 말이죠.”

경수의 말은 오늘의 설전이 무의미하다는 것, 거두절미 그것이었다. 하지만 이미 회원들은 기둥서방클럽이라는 지칭으로부터 깊게 상처를 입고 있었으므로 그의 말이 설득력 있게 들릴 리가 없었다.

“이보 한 선생. 뭔가 착각하고 있는 모양인데, 조영선이만 빼고 나면 우리가 거론하지 않은 여성작가들이 그리 많질 않아요. 봅시다. 조각가 남보미, 설치작업 하는 유이진이도 꽤나 띄워줬어요. 그렇다고 그들이 상업적으로도 성공을 했소?”

“박 주간님께선 제 말을 오해하셨군요.”

경수는 목덜미께가 서늘했지만 뜨끈한 땀을 느꼈다.

“상업적 성공 여부는 관계가 없습니다. 하지만 어느 정도는 결과가 그렇게 되어버렸질 않습니까. 그리고 사실 방금 거론한 사람들은 수 명의 평론가가 한꺼번에 비평문을 쓸 만큼 완성도를 가진 작가들이 아니라고 생각합니다. 아직은 실험 단계에 있으니까요. 결국 우리가 기둥서방이란 소리를 들었다면 그건 여성작가의 작품을 비평했기 때문이라기보다는 완성도에 상관없이 마치 주례비평을 하듯 했기 때문이 아니겠습니까? 홍 교수님께서 애써 제기하셨던 페미니즘 논쟁에서 결국 실버포인트가 뒷자리로 밀려난 것도 그 때문이라고 여겨집니다.”

“우리 모임에 여자가 안 끼었다는 게 무척 다행이구만. 그랬다면 우리를 포주라고 했을 거야.”

박동현의 말에 와르르 웃음이 쏟아졌다.

“자, 이제 이 얘긴 그만합시다.”

박동현이 팔뚝까지 걷어붙였던 셔츠 소매를 끌어내리며 흔들었다. 그

때, 시종 묵묵히 앉아 있던 40대 초반의 김기태가 검지손가락을 세워 까닥거리며 앞으로 나섰다. 그는 인천에 있는 E대학에서 오랫동안 학생들을 가르친 사람이었다. 그는 경수가 낮에 교보문고에서 만났던 강범진의 대학 선배였다. '실버포인트' 초창기의 멤버는 아니었지만 미술평론 쪽에서는 현재의 회원들 중에서 가장 연륜이 깊었다.

"난 오늘만큼 영양가 있는 얘기는 이제껏 없었다는 생각입니다."

박동현이 와글거리며 웃었지만 아무도 따라 웃지는 않았다.

"우리더러 기둥서방이라고 한 사람 심정을 이해해요. 그게 사실이니까."

"난 거기서 빼주시오."

역시 박동현이었다. 하지만 김기태 교수가 되받았다.

"전혀 빼주고 싶지 않은데요?"

"왜?"

"석천이 형의 글을 제일 많이 실은 데가 어딥니까. 박 주간 잡지 아닙니까."

"사람잡는구먼."

"박 주간 곤혹스럽게 하려고 이런 말 하는 거 아닙니다. 우리더러 기둥서방이라고 한 사람들을 두둔할 이유도 없고요. 요컨대, 실버포인트가 기둥서방클럽이 된 건 우리 평단의 현주소를 말하고 있어요. 우리가 여자들 얘기만 해서 기둥서방이 된 것처럼, 다른 패거리들은 말하자면 호모들 기둥서방 노릇을 했단 말입니다."

표현이 기묘했다.

"평론가들이 한 게 무어 있습니까? 그럴듯한 대학 나오지도 못했고,

여자고, 아예 대학 근처에도 못 갔고, 지방에 있고, 그런 사람들을 평론가들은 화가 취급도 안 해요. 하지만 이것만큼 무서운 게 또 있어요. 조영선이 얘기 이 교수도 하고 한 선생도 했지만, 그 사람 박두영이한테 매 맞을 때 우린 뭐 했어요? 대학이나 직장에서 먹고살 만큼 돈 나오겠다, 글 쓰고 발표하겠다고 하면 지면 다 내주겠다, 우리는 아쉬울 게 없어요. 아쉬울 게 없다고 먹고 놀았단 말이죠. 이게 뭡니까. 기둥서방 아닙니까."

실내가 물을 끼얹은 듯 잠잠했다. 박동현도 입맛을 쩝쩝 다실 뿐 아무 말도 못했다. 나서서 화제를 돌려놓을 만큼 배짱을 가진 사람은 아무도 없어 보였다. 그야말로 저마다 하나씩의 잘 나가는 기생을 애인으로 둔 기둥서방이 되어가고 있었다.

그때였다.

카페 '왕비'의 출입문이 홀쩍 열리더니 "오빠!" 하는 소리가 경수의 귀를 때렸다. 순간, 경수는 눈을 꾹 감아버렸다. 눈을 떴을 때 출입문 쪽으로 쏠려갔던 회원들의 눈길이 일제히 자신에게로 되돌아오고 있는 것을 그는 보았다. 그 눈빛들이 왜 죄다 벌겋게 충혈돼 있는 것인지, 그는 알 듯 모를 듯했다. 그때 갑자기, 경수의 뇌리로 언설 하나가 스쳐갔다. 달은 외로울 때 얘기를 나눌 수 있는 친구, 라는. 카페 밖 하늘에 달이 떠 있는지, 불현듯 궁금했다.

1998

나는 달

1

제작부장이 아무런 언질도 없이 내 책상에다 던져놓은 건 A4용지 석 장으로 된 인터넷 자료였다. 인쇄물 첫 장 우상단에는 'http://www……' 하는 식의 인터넷 주소가 적혀 있었고, 아래쪽 왼쪽 끝에는 '1/3', 즉 3페이지 중의 첫 번째 페이지라고 명기돼 있었다. 그리고 오른쪽 하단에는 인쇄한 날짜와 시간이 적혀 있었는데 불과 한 시간 전이었다.

"부장님……."

내가 문서를 빠르게 훑고 나서 고개를 들었을 때 이미 제작부장은 출입문을 따고 있었다. 그는 등 뒤로 고개만 돌리고는 한쪽 입꼬리를 묘하게 비틀어 올렸다. 하지만 그뿐이었다. 그는 마치 할 일을 다 했다는 듯 문밖으로 사라져버렸다. 나는 한숨을 뱉어내고는 의자 등받이에 몸을 묻으며 책상 위에 얌전히 놓인 자료를 건너다보았다. 제목인 듯한, 다른 것들보다 굵고 큰 글씨가 눈길을 끌었다.

"무협소설과 비디오?"

나는 팔을 뻗어 인쇄물을 집어들었다.

그것은 1996년 2월 6일에 이○○라는 사람이 쓴, 무협지와 그것을 바탕으로 만들어진 영화나 비디오에 관한 그리 길지 않은 글이었다. 대한민국 사람 중에서 무협소설이나 무협영화, 혹은 무협만화를 한번쯤 접해보지 않은 사람은 없다는 점에서 한국인은 '무협'이란 분야에 매우 익숙하다는 것, 하지만 상대적으로 본격 중국 무협소설을 읽어본 사람은 그리 많지 않다는 것 등이 서두에 언급되어 있었다. 글쓴이는 김용의 『영웅문』 3부작과 임청하라는 홍콩 여배우가 주연을 한 〈동방불패〉라는 영화가 국내에 소개된 1980년대 중반을 이른바 무협지가 붐을 이룬 시기로 잡고 있었다.

(하지만) 실제 한 편에 대여섯 권이나 되는 긴 무협소설을 제대로 끝까지 읽어보신 분은 잘 없더군요. 보통 무협소설하면 두 종류가 있죠. 우선 『영웅문』으로 대표되는 중국 오리지널 작품을 번역해서 서점에서 팔리는 것이 있고, 만화방에서 보는 국산 무협지가 있습니다. 국산 무협지는 거의 공장에서 찍어내듯이 만들어지기 때문에 저는 별로 좋아하지 않습니다만, 골수 무협지 팬들은 이것도 엄청나게 읽죠. 야설록이나 사마달, 금강 등 꽤 이름이 알려진 국산 무협작가들도 있습니다. 어쨌든 이 글에서 추천하는 무협지는 모두 홍콩이나 중국, 대만 작가들이 쓴 오리지널 작품입니다.

글쓴이는 무협지에 관한 한 거의 전문가로 보였다. 글 속에 섣부른 예단의 기미는 보이지 않았고, 분석에서는 자신감마저 느끼게 했다. 그의 글에 따르면, 무협소설의 작가에는 구파와 신파가 있었다. 1940년대 이

전에 주로 활동한 불초생, 왕도려, 이수민 등이 구파에 속하는데 그들의 작품은 오늘날 거의 읽히지 않는다고 했다. 반면 신파는 1960년대부터 시작되는데, 김용, 양우생, 고룡 '트리오'의 작품을 이즈음의 주도적인 중국 무협소설이라고 일컫는 모양이었다.

이중에서도 김용이 다른 작가들을 뛰어나게 능가하기 때문에 그의 작품이 가장 널리 알려져 있습니다. 양우생과 고룡도 각각 특징이 있지만 김용만큼 인정받고 있지는 못하죠. 여기선 세 사람의 대표작 몇 가지만 들어보겠습니다. 김용은 1960년대부터 총 16편의 장편 무협소설을 썼는데 마지막 작품인 『녹정기』 이후에 절필을 했습니다. 그런데 요즘 서점에 가면 김용의 신작이라느니, 김용의 도움을 받아 누가 썼다느니 하는 위작이 상당수 있습니다. 혹시 김용 작품을 읽으실 의향이 있으면 확실한 정보를 가지고 선택하시기 바랍니다.

글쓴이는 김용의 대표작으로 『영웅문』 시리즈를 꼽고 있었다. 1부인 『사조영웅문』과 2부인 『신조협려』, 그리고 3부인 『의천도룡기』는 원래의 표제를 무시한 채 번역가들에 의해 엉뚱한 이름이 붙여지곤 했는데 이런 것들이 무협소설을 제대로 읽으려는 독자들을 골탕 먹이는 짓이라고 글쓴이는 화를 내고 있었다. 한편 이 『영웅문』 시리즈는 따로 떼어져 각각 영화로 만들어지기도 했는데 〈신조협려〉나 〈동사서독〉 등이 이에 속한다고 글쓴이는 적어놓고 있었다.

아기자기한 재미로는 『소오강호』가 있습니다. 이 작품은 『열웅지』니 하는 이상한 이름으로 번역되어 있는데, 임청하가 출연한 영화 〈동방불패〉가 이 작품을 원작으로 각색한 겁니다. 비디오가게에 가면 〈소오강호〉란 영화가 있고 또 〈동방불패〉가 따로 있는데 이 두 영화는 소설의 스토리에 따라 각각 전반부와 후반부에 해당합니다. 그런데 〈동방불패 2〉라는 영화는 이 소설과 아무런 상관이 없습니다.

글은 김용의 다른 작품들을 거론하며 간결하면서도 명료하게 특징들을 언급한 뒤, 양우생과 고룡이라는 무협작가와 작품들의 설명으로 이어져 있었다. 그러고는 와룡생이라는, 무협지와는 그리 친하지 못했던 내게도 무척이나 귀에 익은 작가에 대해 설명해놓았다.

위 세 작가는 사실 무협의 본고장인 홍콩이나 대만과는 달리 우리나라에선 1980년대 중반까지 거의 주목을 받지 못했습니다. 그 대신 대만의 와룡생이 우리나라 무협계를 주름잡다시피 했죠. 우리나라에 무협소설이 처음 등장한 게 1967년이었을 텐데 한 신문에 와룡생의 『정협지』가 『군협지』라는 이름으로 번역되어 연재된 것이 계기가 되었으니까요. 그 이후 와룡생 작품이 많이 번역되었는데, 나중에는 국산 무협지들이 너도나도 와룡생이라는 이름으로 출간되어서 한때는 대본소에 가면 와룡생 작품이 전체의 80퍼센트를 차지하는 일도 있었습니다.

글을 쓴 이○○란 사람은 와룡생의 작품들에 그리 큰 신뢰를 보이지 않았다. 가령, 소설에서 역사적 배경 같은 것에는 신경을 쓰지 않고 무공만을 중시하는 경향이라는 것과 천편일률적인 스토리 전개 등을 따끔하게 꼬집고 있었다. 다만, 글쓴이는 중학생이었을 때 처음으로 무협지를 접한 것이 와룡생의 『생사교』였고, 거기서 깊은 인상을 받은 적이 있다고 술회하고 있었다. 그의 글은 그가 개인적으로 김용의 『영웅문』 제2부인

『신조협려』를 독자들에게 꼭 권하고 싶다는 것으로 끝을 맺고 있었다.

『신조협려』는 정말 아름답고 슬픈 사랑 이야기입니다. 만일 여러분 같으면 14년 후에 만날 것을 약속하고 사랑하는 사람과 헤어질 수 있을까요? 그리고 14년 후에 약속한 장소에서 연인을 만나지 못하자 만길 벼랑 아래로 몸을 던질 수 있을까요? 그것도 남자가…….

2

"임 작가, 최양욱 씨 알지?"

뜬금없이 세 장짜리 프린터 물을 던져주었던 제작부장이 퇴근하기 위해 엘리베이터 앞에 서 있던 나를 편집실로 불러놓고는 또 뜬금없이 물어왔다. 최양욱이라는 사람을 내가 모를 리가 없었다. 벌써 10년도 더 된 일이지만 굳이 기억을 더듬을 필요가 없었던 것이다.

"출판사 사장이잖아요. 인문서당. 제 작품집이 거기서 나왔었는데 모를 리가 있습니까."

"그랬던가? 아무튼 그 사람 최근에 만난 적 있어?"

나는 고개를 저었다. 소설가로 데뷔를 하고 3년쯤 되었을 때 내 첫 작품집이 최양욱이 운영하던 인문서당에서 출간되었고, 그 무렵에는 여러 번 만난 적이 있었지만 이후로는 사석에서조차 그의 얼굴을 볼 수 없었다. 내 작품집이 나오고 얼마 있지 않아 인문서당은 누적되던 적자를 이겨내지 못하고 문을 닫았었다.

"그 사람 꽤 별난 작자더만."

제작부장은 반백의 머리를 손바닥으로 쓸어넘기며 담배를 꺼내 물었다.

"무슨 뜻이에요?"

"돈 엄청 벌었더라고."

"누가요? 최양욱 씨가요?"

"응."

"뭐해서요?"

"뭐긴 뭐야, 출판사 해서지."

"그래요? 제가 알기로는 그 분 출판사 그만둔 게 10년 전인데…… 부도나서—."

"임 작가, 무태출판공사라고 몰라?"

제작부장은 좀 한심하다는 듯한 눈길을 내게 보내며 물었다. 그러고는 탁자 위에 메모지를 꺼내놓고는 그 위에다 '武泰出版公社'라고 써 보였다. 이윽히 건너오는 그의 눈에는 까닭모를 장난기가 어려 있었다.

"몰라?"

그의 물음에 나는 도리질을 쳤다.

"이런 식의 이름을 가진 출판사라면 대부분 얄궂은 덤핑 책 내서 팔아먹는 델 것 같은데요?"

시큰둥한 내 되물음에 그의 눈이 번쩍거렸다.

"맞아. 하지만 덤핑은 아니야."

나는 제작부장의 얼굴을 낮달 쳐다보듯 신기하게 보았다.

"내가 준 거, 그거 읽어봤지?"

제작부장이 그렇게 물어왔을 때에야 나는 뭔가 고리가 찰칵찰칵 맞아들어가는 느낌을 받았다. 나는 점심 무렵 그가 뜬금없이 던져주었던 프린터 물을 가방에서 꺼내놓으며 그에게 물었다.

"무태출판공사라는 델 최양욱 씨가 운영하나부죠? 무협지 만들어 파는?"

제작부장이 한쪽 눈을 찡긋했다.

"글쎄 그렇다는구만."

의외였다. 최양욱이든, 그가 운영하다가 눈덩이처럼 커진 적자를 이겨내지 못하고 문을 닫아버린 인문서당이든, 무협지 따위와 연결될 수는 없는 일이었다. 하기야 10년이라는 세월은 뭔가가 완전히 뒤바뀐다 해도 고개를 끄덕일 수밖에 없는, 충분히 긴 시간이었다. 경찰이 도둑이 되고 도둑이 경찰이 되어 있더라도, 10년이란 세월이 개입되어 있다면 수긍할 수도 있을 것 같았다. 하지만 아무리 그렇다고 하더라도, 차라리 경찰이 도둑이 되거나 도둑이 경찰이 되는 건 인정해줄 수 있더라도 최양욱이 무협지를 만들어내는 출판사를 운영한다는 건, 더구나 그걸로 (얼마인지는 몰라도) 엄청나게 돈을 벌었다는 데는 도저히 수긍할 수 없었다.

"왜? 뭐가 이상해?"

제작부장은 옆구리를 간질이듯 배시시 웃었다. 그는 미끼를 던져놓고는 내가 물기만을 기다리고 있었다.

"부장님은 인문서당이란 델 모르세요?"

"알지. 최양욱이 한국문단에 미친 영향은 누구도 무시하질 못하지. 인문서당이란 이름부터 그렇잖아. 그걸 내가 왜 몰라."

"그런데 그 사람이 무협지나 만들어내는 출판사를 운영하고 있다고요? 그걸로 떼돈을 벌었다고요? 그걸 저더러 믿으라는 말씀인가요?"

"이봐 임 작가, 멀리 갈 거 없어. 자네가 지금 뭘 하고 있는지를 보면 알 거 아냐."

그는 최양욱의 변신을 내게 빗대고 있었다. 중소출판사 가운데서 누구도 따를 수 없을 만큼 많은 종수의 한국문학 서적을 출간한 최양욱이 10년 만에 무협지를 찍어내는 출판사 사주로 변신한 것과 한때 촉망받던 소설가에서 방송국 작가로 몸을 바꾼 작가 임준태를 엮고 있었다. 미끼로는 최상이었다. 나로선 할 말이 없었다. 하고 싶은 말이 없었다고 해야 하나. 제작부장은 담배연기를 내 얼굴에다 끼얹었다.

"최양욱 사장을 한번 만나보시게."

나는 여전히 아무 말도 할 수 없었다.

"이번 아이템을 그걸로 잡아보란 얘기야."

결국 제작부장은 우리 팀이 맡고 있는 다큐멘터리 프로 〈숨은인생찾기〉의 대상 인물로 최양욱을 지목하고 있었다. 내가 멀뚱히 그의 얼굴을 바라보고 있자 제작부장은 이빨 사이로 쩝쩝거리는 소리를 만들어내고는 갓 건져낸 국수다발처럼 찰진 말들을 뽑아냈다.

"최양욱 사장이 무협지를 만들어 돈을 벌었다면 거기엔 남다른 뭔가가 있을 거야. 임 형은 지금 하필이면 왜 무협지인가, 하고 묻고 싶겠지만 무협지란 게 뭔가, 하고 한번 스스로에게 물어봐. 이건 굳이 내 입으로 하고 싶은 얘기는 아니지만 — 문단에선 문학의 위기 운운하는 목소리가 어느 때보다 거칠다며? 그런 목소리의 주된 내용이 뭔가 — 비디오, 영화, 그 딴 게 문학 독자들을 빼앗아간 거라고 일단 생각할 수 있겠지. 영상물의 출판물 잠식 — 그렇다면 무협지는? 무협지는 영상물이 판을 치는 시대가 오기 훨씬 이전부터 그들만의 영역을 확고하게 갖고 있었잖아. 그리고 무협지도 엄연히 출판물이지. 우리가 중고등학교 다닐 때 책가방에다 무협지 넣고 다니던 거 생각하면 — 내 친구 중에는 교과서 대신 책가방에다 무협지를 열 권쯤 넣고 다니면서 읽어대던 놈이 있었어요."

"저는 아직 한 권도 읽어보지 못했는데요."

"그 얘기 하자는 게 아니지. 난, 무협지가 세월이 흘러도 여전히 인기를 끌고 있고, 영상물에 잠식당하지 않는 출판물이라는 점을 얘기하는 거야. 우리가 최양욱을 다루자는 건 그 사람이 무협지 찍어내는 출판사를 하게 된 사연을 캐는 게 오늘날 여러 모로 의미가 있을 거란 거지. 우리 눈에 띄기까지 꼭 10년을 숨어 있었어. 10년이면 꽤 오래 숨어 있었던 거 아니겠어? 한번 캐보자고. 임 작가한테도 득이 될 게 분명해. 피가 되고 살이 되는 된장찌개백반."

제작부장은 할 얘기 다 했다는 듯 경망스럽게 손바닥을 탈탈 털었다. 나는 고개를 숙인 채 가방에서 꺼내놓은 세 쪽짜리 인쇄 자료를 내려다보았다.

한밤중에 먹이를 찾아 어둡고 습하고 외진 곳을 킁킁거리며 빨빨거리고 다니는 쥐새끼를, 방송국 사람들은 아무런 주저 없이 우리 팀의 별명으로 삼아주었다. 제작부장은 물론 〈숨은인생찾기〉를 만들고 있는 네 명의 피디와 네 명의 작가들도 쥐새끼라는 모멸에 가까운 별명으로부터 자유로울 수 없었다. 어떤 사람은 — 사장이었을지 모른다 — 쥐새끼 대신 '제리'라는 단어를 쓴 적이 있었다. 그 사람이 우리 팀에게 이미 오래 전부터 쥐새끼라는 별명이 붙어 있었다는 사실을 알고 있었는지는 알 수 없었지만, 쥐새끼가 제리가 되었다고 해서 우리 중 누구도 위안을 받지는 못했다. 그것은 지난 2년 동안 시청률이 20퍼센트 밑으로 떨어본 적이 없고, 그래서 3분의 1이 잘려나간 구조조정으로부터도 우리 팀은 전혀 영향을 받지 않았으며, 피디와 작가가 번갈아가며 국내외의 이런 저런 상을 여섯 차례나 받았다는 사실 역시 우리 중 누구에게도 위안이 되어주지 못한 것과 비슷했다. 이유는 한 가지뿐이었다. 숨어사는 인생들을 강렬한 스포트라이트 안으로 끌어내어 발가벗겨놓는다는, 도덕적 자괴감 때문이었다. 제작부장이 낚은 최양욱이란 출판인도 이제 우리들의 그 알량한 도덕적 자괴감과는 아무런 상관없이 양지바른 곳에 쪼그려 앉아 내복을 까뒤집어놓고 이[蝨]를 잡는 거지처럼 누추한 몰골을 대중들 앞에 노출시키게 될 터였다.

벌써 2년째 계속되고 있는 편두통이 다시 몰려들고 있었다.

3

꼬불꼬불한 종로4가 뒷골목 허름한 적산가옥이나 기름때가 덕지덕지 붙은 원효로 철공소 부근의 우중충한 3,4층짜리 건물 맨 위층쯤에 최양욱의 출판사가 있으리라 싶었던 내 짐작은 여지없이 무너지고 말았다.

무태출판공사는 신축 건물은 아니었지만 역삼동의 번듯한 6층짜리 빌딩의 위쪽 세 개 층을 모두 쓰고 있었다. 사장실은 맨 위층에 있었는데, 엘리베이터에서 내리자마자 곧바로 비서인 듯한 여자가 사장실 출입구 바로 앞에 놓인 긴 책상에서 뭔가를 열심히 기록하고 있다가 살포시 일어서며 적당하게 밝은 미소로 방문객을 맞았다. 임신 7,8개월쯤 된 듯한 불룩한 배만 아니었다면 그녀는 요즘 한창 잘 나가는 탤런트 김미숙으로 착각할 정도의 미인이었다. 비서의 미모에서부터 주눅이 들어버린 나는 괜히 이리저리 시선을 옮겼다.

"임준태 선생님이시죠?"

그녀의 헐렁한 푸른 원피스가 바람처럼 흔들렸다. 내가 고개를 끄덕이자 사장실 문가에 놓인 소파를 권했다.

"먼저 오신 손님과 얘기가 길어지는 것 같은데, 여기서 잠시만 기다려주세요."

나는 소파에 몸을 주저앉히며 힐끔 그녀를 보았는데 아무래도 얼굴이 눈에 익었다. 그녀를 닮은 탤런트는 아니었다. 머리를 이리저리 굴려보았지만 집혀 올라오는 얼굴이 없었다. 소파에 앉은 지 10분쯤 지났을 때 그녀가 인터폰의 송수화기를 든 채로 버튼을 꾹 눌렀다. 그때 들려온, 임 선생님 오셨는데요, 하는 그녀의 목소리도 역시 귀에 설지가 않았다. 눈을 슬며시 감았다가 떴을 때, 머리를 짧게 자른 앳된 여자의 얼굴이 떠올라왔다. 그와 동시에 송수화기를 내리는 소리가 들렸고 비서의 목소리가 귓속으로 밀려들었다.

"들어오시랍니다."

나는 자리에서 천천히 몸을 일으키며 그녀의 눈을 응시했다. 좀 전에 떠올랐던 여자의 얼굴이 그녀의 얼굴에 정확히 포개졌다. 길게 기른 머리를 얌전하게 뒤로 묶었고 화장이 좀 짙었지만 그녀의 얼굴에는 아직 4,5년 전의 풋풋함이 남아 있었다. 하지만 그녀의 이름은 기억나지 않았다. 내가 떠올린 여자는 시인이었다. 무척 어린 나이에 신춘문예를 통해 등단한.

"이쪽입니다."

그녀가 손을 뻗어 사장실 출입문을 가리켰다. 나는 묻고 싶었던 말을 어금니로 씹어버리고는 손잡이를 비틀었다. 그 순간 나는 그녀를 처음 만났던 곳을 기억해냈다. 모 일간지의 신춘문예 시상식 뒤풀이가 있었던 광화문 근처의 갈빗집이었다.

"예원 씨, 맞죠?"

나는 손잡이를 그러잡은 채로 여자에게로 고개를 돌리며 물었다. 그녀의 눈 밑이 잠깐 실룩거렸다. 그리곤 나직이 웃었다. 그녀가 왜 여기에 있는지 얼른 이해가 가지 않았다. 그녀가 시인 한예원이 맞다면 최양욱이 여전히 '인문서당'을 운영하고 있었어야만 했다. 무협지 출판사 사장의 비서가 되어 있는 시인 한예원은 너무 엉뚱했다.

"잘 지내셨어요?"

고개를 까닥해 보이던 그녀가 오른쪽 손으로 자신의 불룩한 배를 무심히 쓸었다. 괴이한 상상이 뱀처럼 서늘하게 지나갔다. 그녀의 뱃속에 든 아기가 최양욱과 관련이 있다면—.

"여기, 줄곧 근무하신 겁니까?"

나는 출입문 손잡이를 놓았다. 그녀가 고개를 끄덕였다.

"3년쯤 됐어요."

"의외네요."

그녀는 어색하게 웃을 뿐 대꾸는 하지 않았다. 그러고는 앞쪽으로 가볍게 손을 뻗으며 "어서 들어가 보세요," 하고 말했다.

"나중에, 나중에 꼭 차 한 잔 합시다."

"그럴게요."

일한 지 3년쯤 되었다는 얘기는 그녀가 등단을 하고 얼마 있지 않아서부터 근무를 하기 시작했다는 뜻이었다. 4,5년 전의 광화문 뒷골목 갈빗집에서 소주잔을 홀짝이던 단발머리의 소녀 같은 여자에 내가 어느 정도로 끌렸었는지를 기억하는 건 만만한 일이 아니었다. 내가 소설을 발표했던 문예지에 함께 실렸던 그녀의 시로부터 얼마나 애틋한 감상을 가졌었던가를 기억하는 것 또한 고통스럽다고 할 만큼의 일이었다. 아찔한 현기증이 일어난 탓인지 사장실 문손잡이를 비트는 내 손에 힘이 없었다.

"어서 오시게. 이게 얼마만이야!"

사장실로 들어서자 맞은편 통유리에서 쏟아져 들어온 햇빛이 우선 눈을 찔렀다. 그래서일까, 최양욱의 목소리는 마치 빛 속에서 들려오는 것 같았다. 나는 움찔하며 어깨를 털었다. 몇 초는 지난 뒤에야 최양욱의 까맣고 동그란 안경이 시선에 잡혔다. 안경? 내가 기억하는 최양욱에게는 안경이 없었다. 그는 달라져 있었다. 10년 전에 보았던 그가 아니었다. 당연한 일이었지만, 기이했다. 그는 10년 전보다 젊어 보였고, 그 모습은 그의 화려한 변신을 확인시켜 주었다. 어디서도 50대의 사위어가는 기운이 느껴지지 않았다. 그가 내민 손을 마주 잡고 소파에 이끌려 앉은 뒤에도 나는 어리둥절할 뿐이었다. 소파 건너편에 앉아 무표정한 얼굴로 담배를 피우고 있던 젊은 남자가 나를 흘끔 보고는 재떨이에다 담배를 비벼 껐다.

"전 이만 가보겠습니다."

"아, 아냐. 같이 점심이나 하지."

최양욱이 젊은 남자에게 손사래를 치다가 내게로 고개를 돌렸다.

"두 사람 안면이 없던가?"

젊은 남자는 나와 시선이 마주치자 얼른 외면해버렸다. 그러고는 소파에서 벌떡 일어났다.

"오늘 안으로 끝내야 할 원고도 있고— 이만 가보겠습니다."

"사람도 참—."

최양욱은 젊은 남자의 기세에 눌려 엉거주춤 일어서다 말고 손을 내저었다. 숙맥— 그 비슷한 말이 최양욱의 입속에서 우물거려지고 있었다. 젊은 남자는 최양욱에게 고개를 까닥해 보이고는 성큼성큼 걸어서 이내 문을 따고 밖으로 나갔다.

"10년쯤 됐지?" 최양욱이 한쪽 입꼬리를 찢으며 웃음을 머금었다. "난 방송국이라고 해서 얼른 못 알아들었어. 어떻게 방송 일까지?"

"그렇게 됐습니다."

"얼마나 됐는데?"

"그럭저럭 5년, 돼 갑니다."

"저런— 소설은 손 놓은 거야?"

"어떡하다 보니—."

"방송 일도 재미나지?"

"돈벌이는 되죠."

"그래, 다큐멘터리라고?"

최양욱은 주머니에서 뭔가를 꺼내 손바닥에다 톡톡 쳤다. 은단이었다. 그것 역시 10년 전의 그와는 확연히 다른 점이었다. 10년 전의 그는 엄청난 골초였다. 하루에 세 갑을 태웠다는 기억이 났다.

"혹시 저희 프로 보셨습니까?"

"난 텔레비전 안 봐."

텔레비전을 시청하지 않는다는 건 10년 전이나 같았다. 최양욱에게 있어, 적어도 10년 전의 그에게는, 텔레비전은 무용지물이었다. 내 기억이 틀리지 않다면 그가 거처하는 어디에도 텔레비전은 없었다. 그는 영화도 잘 보지 않았다. 그가 하는 일이라고는 문학하는 패거리와 어울려 술판을 벌이지 않으면 밤낮없이 책을 읽어대는 것뿐이었다. 그는 당시의 젊은 작가들이 무사가 칼 쓰듯 소설 속에 마구 영화 얘기를 써대는 걸 극도로 싫어했다. 내가 그의 출판사에서 창작집을 낼 무렵, 나도 그의 극단적인 언어에 난도질을 당한 적이 있었다. 나 역시 영화 얘기를 무사가 칼 쓰듯 써먹어대는 축이었다. 그는 헤밍웨이를 영화의 원작자로 비하시키는 일이 어떻게 가능하느냐고 화를 냈었다. 구로사와 아키라만큼만 다자이 오사무를 안다면 함부로 영화 제목이나 감독의 이름을 들먹이지는 않을 거라고 했었다. 영화를 소설에다 마구 꺼내놓는 건 원고지 매수를 늘이기 위해 연재소설에다 빈번히 남녀의 정사 장면을 그려놓는 것과 다르지 않다는 게 그의 주장이었다. 그건 지면의 낭비라고 했다. 언젠가 내가 한해에 영화를 무려 천 편 이상이나 보았다고 어느 신문 인터뷰에서 밝혀놓은 걸 보고나서 그는 내 뺨을 후려치듯 호되게 퍼부었었다. "니가 무슨 영화평론가냐? 일 년에 천 편이면 하루도 빠짐없이 서너 편을 꼬박 봤다는 얘긴데, 그러고도 영화평론가가 되지 못했다는 게 믿기지 않아. 그 시간에 그 정열로 다른 공부를 했다고 쳐봐. 니미럴—." 나는 그의 얘기에 아마도 이렇게 대꾸했을 것이다. "영화도 공부라고 치면 상당한 공부라고 할 수 있잖겠습니까." 그랬더니 최양욱은 더욱 화가 나서 부들부들 떨기까지 했었다. "자네 『전쟁과 평화』 읽어봤어? 영화로는 봤겠군. 영화 얘기 하는 놈들 흔히 들먹이는 게 '거리'라는 거야. 영화와 문학의 거리, 영상과 문자의 거리— 대체 거리가 뭐야? 도대체 그 거리를 잴 수 있는 자는 어떻게 생겨먹은 거야? 그걸 잴 수 있는 자가 있기는 한 거야? 뒤집어서 얘기해보자. 영화하는 놈들에게 문학은 뭐겠나? 내 듣기로, 007 제임스 본드란 놈이 영화배우 하려고 하니까 어떤 영화감독이 그 자한테 소설 100권이 적힌 목록을 줬다는 얘길 들은 적이 있어. 말하자면 문학은 영화하는 자들에겐 교양적 자료일 수 있어. 그런데 영화가 문학하는 놈들한테 그만한 교양적 자료일 수 있나, 내가 한번 물어보지. 그대는 뭐라 대답할 거야? 모르긴 해도 오늘날 젊은 소설가 놈들이 영화를 소설에다 끌어놓는 건 현학 취미 이상 아무것도 아니야. 그런데 정작에 현학이란 거 그것도 소설에 마구 드러내놓는 게 보기 흉한데, 영화 같은 게 과연 현학의 축에나 들까? 이 작태는 뭐냐면 말이야, 나한테는 문학으로 영화의 밑그림이나 그리겠다는 수작으로밖에 안 보여." 씩씩거리는 최양욱에게 그때 나는 아무런 대꾸도 못했었다. 그가 007 제임스 본드라고 한 게 숀 코너리라는 배우라고 알려주는 것조차 나는 묵살해버리고 말았다. 그런 그가 지금, 무협지로 떼돈을 벌었다는 풍문의 주인공이 되어 있었다.

"저 혹시 몇 년 전에 골든타임 대에 방영돼서 꽤 높은 시청률을 올렸던 〈인간시대〉라는 프로 기억하시나요?"

"엠비시 꺼 말이지?"

"네."

"알지. 〈인간시대〉는 나도 본 적이 있어."

최양욱은 뜻 모를 미소를 짓고 있었다.

"시간대는 뒤로 많이 밀려 있지만, 말하자면 제가 맡고 있는 프로의 성격이 그런 겁니다."

"그래?"

"다른 게 있다면— 뭐랄까, 〈인간시대〉가 평범한 서민들의 그야말로 서민적인 삶을 다룬 거라면 우리가 하는 〈숨은인생찾기〉는 좀 특별한 삶을 찾아내는 거라고 할 수가 있죠. 대상도 유명한 사람, 유명하지 않은 사람, 막론하고요."

내 말이 떨어지기 무섭게 그의 안색이 좀 변하는 듯했다. 얼굴에 퍼져 있던 미소를 얼른 지워내고는 손가락 한 마디쯤 입술을 벌렸다. 나를 쏘아보는 그의 눈에서 강렬한 빛 같은 것이 뿜어졌다. 그는 아무래도 〈숨은인생찾기〉라는 타이틀에서 뭔가 불온한 기운을 느낀 것 같았다. 응하지 않겠구나, 싶었다.

"그 프로 얼마나 됐어?"

"한 2년 됐습니다."

"그동안 어떤 숨은 인생들을 찾아냈지? 내가 알 만한 사람이 있을까?"

"글쎄요—."

나는 최양욱이 솔깃해할 만한 사람이 누가 있을까 궁리하기 시작했다. 선뜻 떠올라오는 사람은 우일愚一이란 법명을 쓰는 스님이었다. 촉망받는 인권변호사에서 어느 날 갑자기 출가해 강원도 어느 산중 암자에 틀어박혀버린 사람이었다. 한해쯤 전에 〈숨은인생찾기〉에서 다룬 인물이었다. 그걸로 내가 꽤 비중 있는 방송작가상을 수상하기도 했었다.

"우일 스님이라고 계시는데, 혹시 아십니까?"

최양욱은 고개를 저었다. 나는 얼른 다른 한 사람을 떠올렸다.

"정영애 씨라고, 유명한 영화배우였는데 미국 정치인과 결혼을 해서."

"아, 그 여자는 알아. 남편이 워컨가 뭔가 하는 사람이었지? 하원의원이었을 걸."

"맞습니다."

"그래, 그 여자는 기억나. 박통 때잖아. 미국놈 접대해주고 졸지에 의원 마누라 됐다고 한때 시끌시끌했었지. 그 여자가 자네 프로에 나왔었단 말이지?"

내가 고개를 끄덕이자 그는 무슨 뜻인지 은단 두 알을 입에다 털어넣더니 천장을 물끄러미 올려다보았다. 그 자세로 물었다.

"또 어떤 숨은 인생이 있었나?"

"혹시 황종열 장군이라고 모르세요?"

"제주도에서 택시 운전수하는 사람?"

최양욱은 정확히 알고 있었다. 그는 여전히 고개를 젖혀 천장에 시선을 박아놓고 있었다. 그 모습이 묘한 느낌을 주었다. 나는 그동안 내가 까발려낸 숨은 인생들을 하나씩 그에게 '고백'하기 시작했다. 자백인가?

노년에 채식운동가로 변신한 대학교수 구인모 선생, 달동네에다 교회를 세우고 전도사로 살아가는 유명한 프로복서 김웅, 정치깡패였다가 미국으로 밀입국해 오랫동안 불법체류자로 살다가 컴퓨터 회사를 설립한 오장순, 연극배우가 된 구두닦이 이성민— 한 사람씩 읊어질 때마다 최양욱은 아는지 모르는지 고개를 가만히 까닥거렸다.

"최 선생님, 혹시 여섯 살 때 미우주항공국 연구원으로 뽑힐 정도로 천재였던 소년이 나이가 들어 평범한 시간강사가 되어버린 얘기, 들어보셨나요?"

"최문규 얘기구만." 최양욱의 고개가 천천히 내려왔다. "그 사람도 자네 프로에 나왔었나?"

내가 고개를 끄덕끄덕하고 난 뒤, 한동안 긴 침묵이 흘러갔다. 그는 다시 천장으로 눈길을 들어올렸고, 이따금 고개를 떨어뜨리곤 은단 두 알을 입속으로 털어넣었다. 최양욱은 눈을 감았다가 뜨기도 했고, 슬쩍슬쩍 내 표정을 훑기도 했다. 그러다가 한참만에야 입을 열었다.

"자네 짜장면 먹을 텐가?"

그는 내 대답도 듣기 전에 인터폰을 눌렀다.

4

전철을 타고 방송국으로 돌아오는 30분 남짓 동안 나는 오직 한 가지 사실에서, 그리고 그 사실이 가져다준 충격에서 벗어나지 못했다. 그것은 최양욱이 짜장면을 먹었다는 사실이었다. 그것은 최양욱의 변신을 가장 선명하게 보여주는 장면이었다. 내게 있어서 최양욱은 '짜장면을 먹지 않는 사람'이었다. 내가 아는 한 그는 아무리 긴박하게 허기를 메울 일이 있어도 중국집은 절대로 들어가지 않는 사람이었다. 물론 짜장면은 짬뽕이나 라면으로 대체될 수도 있다. 하지만 유독 내가 '짜장면을 먹지 않는 사람'으로 그를 기억하는 것은 분명히 그가 그렇게 얘기했기 때문이었다.

내가 소설가로 등단을 하고 2년 좀 지났을 무렵, 한 계간 문예지에 첫 장편소설을 전작으로 발표했을 때였다. 신인작가에게 문예지의 거의 1/3에 해당하는 지면을 할애하는 건 무척 드문 일이어서 그것만으로도 화제가 됐었다. 그는 손수 내게 전화를 걸어와서 장편에 대한 칭찬을 침이 닳도록 해주었다. 그러고는 시내 나오는 길에 '인문서당'으로 걸음을 해주었으면 좋겠다는 얘기를 했다. 마땅히 할 일도 없었던 나는 그의 전화를 받고 곧장 '인문서당'으로 갔다. 오전 11시쯤 됐던 것 같다.

"임 형 소설 읽고 깜짝 놀랐어. 이제 겨우 서른이 된 작가한테서 이런 소설이 나왔다는 게 믿기지 않더란 말이야. 대단해, 좋아, 아주 좋아."

나와 악수를 나누고 손을 떼기 무섭게 최양욱은 그런 말을 쏟아냈다. 나는 겸연쩍기도 했지만, 한편으론 누군가로부터 내 소설에 대해 대놓고 칭찬을 듣는다는 게 기분이 좋았다. 그래서 무심코 뱉은 말이 짜장면이었다.

"이렇게 칭찬까지 해주셨는데, 가진 게 별로 없으니 짜장면이라도 대접하고 싶네요."

그러자 최양욱은 허허거리며 웃더니, 나 짜장면은 안 먹어, 하고 말했다.

"예?"

"얼렁뚱땅 먹어치우는 거, 나 싫어해요."

내가 바보처럼 입을 딱 벌리자, 그는 얼굴에서 웃음을 지워내며 자기가 불고기를 사줄 테니 대접할 생각일랑 하지 말라고 면박하듯 말했다.

"전 사실 짜장면을 병적으로 좋아합니다."

그때만 해도 나는 겨우 서른 살이었다. 무안을 당하고도 그냥 넘어갈 정도로 노련한 인생을 살 만한 나이가 아니었다. 내 대꾸에 최양욱은 정색을 했다.

"짜장면, 그 좋은 음식이지. 우리나라 사람들같이 후딱 해치우길 좋아하는 사람들한텐 딱 맞아. 그런데 말이야, 혹시 짜장면 때문에 후다닥 해치우는 버릇들이 심해진 건 아닐까?"

"지나친—."

최양욱이 내 입을 틀어막듯 손을 쑥 내밀었다.

"억견이 아니야."

그렇게 시작된 그의 얘기는 프랑스 사람들이 음식을 즐기는 얘기와 스페인 어느 마을에 가면 점심을 먹는 데 두 시간 이상이 걸린다는 것으로 이어졌고, 멀리 갈 것도 없이 음식을 대하는 우리네 옛 사람들의 정중한 태도만 보아도 짜장면이나 라면 같은 걸 간식도 아니고 한 끼의 정식으로 삼는 게 얼마나 잘못된 일인가에 대해 열변을 토했다.

"뭐든 한 끼만 때우면 그만이라는 식으로 사는 동네에서 진득한 건 곧 악덕이지. 점심 때 식당을 봐. 주문한 지 5분도 안 돼서 음식 빨리 안 나온다고 난리들이야. 식당 주인도 인이 박혀서 막 내놔. 아니면 막 내놓을 수 있는 음식만 팔아. 손님상에 음식 빨리 내놓는 식당은 절대로 안 망해. 이게 어디서 온 건 줄 알아요? 패스트푸드나 인스턴트 얘길 하지만, 실은 일본에서 건너왔어. 일본애들 밥 먹는 건 두 가지야. 천천히 즐기면서 먹는 거, 후딱 먹어치우는 거. 이 중에서 안 좋은 걸 배웠어. 식당만 그런가? 사회가 거의 다 그래. 빨리 하자, 서두르자, 얼른 하고 가자— 우린 지금 짜장면 같은 사회에서 살고 있어. 시꺼먼 모양도 별로지만."

그날 나는 최양욱이 사주는 불고기를 씹으며 언젠가는 나도 짜장면을 욕할 날이 있을까, 줄곧 그 생각만 했었다. 하지만 나는 그 후에도 짜장면을 즐겨 먹었다. 시간이 없어 대충 허기를 달랠 필요가 있을 때가 아니라도 나는 중국집으로 갔고, 짜장면을 시켜먹었다. 생각해보면 끼니를 급히 해결해야 할 때가 아닌 경우가 더 많았다. 하지만 짜장면을 먹을 때마다 나는 최양욱을 떠올렸다. 한동안은 그랬다.

그랬던 최양욱이 10년의 세월을 건너와 이제 짜장면을 먹고 있었다. 그가 언제부터 짜장면을 먹기 시작했는지 궁금했지만, 물어보진 못했다. 왠지 물어볼 수가 없었다. 하지만 나는 그가 짜장면을 먹기 시작한 것과 무협지를 찍어내는 출판사를 운영한 게 시기적으로 일치할 것 같다는 생각이 들었다.

"어떻게 됐어? 출연할 것 같아?"

내가 교양제작실로 들어서기 무섭게 제작부장이 두툼한 금테 안경 너머로 눈알을 데굴데굴 굴리며 물었다.

"출연은 할 수 있는데, 조건이 있답니다."

"조건? 뭐?"

"함께 다뤄줘야 할 사람이 있대요."

"누군데?"

"명협이라고, 자기네 출판사에서 무협지 쓰는 작가랍니다."

"명협? 올커니, 바로 그 사람이구만."

멍하니 바라보는 나를 제작부장이 손가락을 까닥거렸다. 엉거주춤 다가서자 웬일로 목소리를 깔았다.

"명협이라고 몰라? 아참, 무협지는 통 안 본다 그랬지."

전철을 타고 오는 동안 얼마나 어금니를 깨물었던지 이빨이 시큰거렸다. 제작부장은 '쥐새끼'처럼 반들거리는 눈알을 내 얼굴에다 박았다.

"그 사람 요즘 제일 잘 나가는 소설가야. 물론 무협지 작가."

나는 입 속의 혓바닥을 천천히 굴리며 시큰거리는 이빨을 애무했다.

"무궁화가 폈는지 졌는지 하는 소설이 얼마나 팔렸는지는 몰라도, 아마 그 사람 무협지만큼은 못 팔아먹었을 걸?"

"명협이란 사람 말입니까?"

"물론. 쓰는 것마다 베스트셀러야. 물론 만화방, 대여점에서."

"그래봐야 그게 몇 권이나 된다고요. 『무궁화꽃이 피었습니다』는 몇 백만 부—."

"이 사람이 몰라도 한참 모르는군." 제작부장은 빨간 혀로 입술을 재빨리 핥아먹고는 말을 이었다. "우리나라에서 무협지라는 건 엄청난 부가가치를 지닌 장르야. 무협지라면 엔간한 건 다 수십 권짜리거든. 첫 권을 재밌게 본 자는 당연히 수십 권을 다 보게 돼 있어. 게다가 애들한테서 한번 뜨지? 그러면 곧바로 만화로 만들어져. 만화로 그려지면 분량은 몇 배로 늘어나. 모르긴 해도 최양욱 그 사람, 이리저리 돈 쓸어 모으느라고 정신이 없을 거야. 갈고리로 끈다 그래야지. 명협이란 소설가, 그 사람 하나로 엔간한 출판사 매출 몇 배는 될 거야. 근데 재밌는 건 최양욱이한테 명협 같은 작자가 적어도 다섯은 돼. 그러니 떼돈을 벌었다는 게 허풍만은 아니란 애기지. 무조건 해. 오히려 잘 됐어. 명협이란 작자도 어차피 숨은 인생 아니겠어?"

제작부장은 손바닥으로 책상을 한번 꽝 내리치고는 책상 한 켠에 놓여 있던 구성안을 앞으로 끌어왔다. 그러고는 그의 애용 필기구인 모나미볼펜으로 뭔가를 그리기 시작했다.

"임 작가, 일루 와봐."

그는 신이 나서 떠들기 시작했다. 그의 손은 요란하게 움직이는 그의 입술만큼 부지런히 백지 위를 오갔다. 최양욱을 인터뷰할 때 꼭 물어봐야할 것들, 명협이란 작가의 집필실은 물론이고 되도록 가족들 얼굴을 내보내야 한다는 것, 인터넷 상의 무협지 관련 사이트를 이용하는 방법, 무협지 마니아를 중학생에서부터 호호백발 노인까지 연령별로 찾아서 30초짜리 인터뷰 대여섯 개는 반드시 딸 것, 등등.

"부장님이 아예 구성안을 써주세요. 저는 내레이션만 쓸게요."

내가 부루퉁하게 나오자 제작부장이 억지웃음을 웃으며 써내려가던 구성안을 또르르 말았다.

"투정부리지 말고, 이게 다 애정이라고. 나한테 〈숨은인생찾기〉는 인생의 낙이란 거 알잖아. 이거 종방하면 내 방송국 인생도 종방한다— 이 생각엔 변함이 없어, 임 작가."

"그러니 아예 작가로 나서란 말이지요."

"이거 왜 이래? 최양욱이 아이템은 엄연히 내가 낸 거라고."

"누가 뭐랍니까."

"잔말 말고 내일부터 시작해서 이번 주말까지 초안 끝내." 그는 고양이 쥐 보듯 하며 내게 말했다. "오늘 당장 퇴근하는 길로 동네 만화방이나 대본소에 가서 명협이란 작자가 쓴 무협지를 구해다 읽어요. 알았지?"

내 입에서 헛웃음이 쑥 빠져나왔다. 제작부장의 손에 말린 구성안을 부루퉁하게 낚아채고는 돌아서서 자리로 돌아가던 나를 그가 불러세웠다. 그리곤 지갑에서 십만 원짜리 수표 한 장을 꺼내 까닥까닥 흔들었다.

"바우처 미리 주는 거야."

"됐습니다."

"발끈하긴, 농담이야. 그냥 써. 무협지 빌리는 데 돈 좀 들어갈 테니까."

책상 위에 놓인 빳빳한 수표 위로 여자의 얼굴 하나가 겹쳐졌다. 최양욱의 출판사에서 만난 한예원이었다. 차라리 그녀의 숨은 인생을 들추어보고 싶다는 생각이 떠올랐다 사라졌다.

5

이틀 동안 출근을 하지 않고 꼬박 무협지만 읽었다.

분량만으로 따진다면 내가 읽어낸 무협지는 박경리의『토지』나 조정래의『태백산맥』을 훨씬 능가했다. 이틀 동안 나는 짜장면을 두 번 시켜 먹었고, 새벽녘에 성시를 이루는 아파트 단지 부근의 국밥집에서 순대국을 한번 사먹었다. 방학 동안 외할머니댁에 가고 싶어 몸살이 나 있던 아이들을 데리고 친정으로 내려간 아내에게서 전화가 걸려왔을 때는 라면을 끓여먹고 있었다. 라면을 먹는 동안 나는 라면 같은 건 입에도 대지 않던 최양욱을 생각했고, 요즈음의 그는 라면도 먹을 거라는 확신이 들었다.

내 손엔 명협蓂莢이란 작가의『요사검夭死劍』이 쥐어져 있었다. 마치 내 모습을 지켜보고 있기라도 하듯 호기심이 가득 담긴 목소리로 아내가 물었다.

"뭐하고 있었어요?"

"무협지 읽고 있어."

"웬 무협지?"

"다 때려치고 무협지나 쓰려고."

"이제 돈 좀 만져보겠네?"

“아마 그렇게 될 거야. 소설 때려치운 놈이 뭔들 못하겠어.”

아내가 던진 농담에 더 모질게 농담으로 받아버린 탓인지 송화기 속의 아내는 숨소리만 가늘게 보내왔다. 아내와 통화를 하는 중에도 내 눈은『요사검』책장을 빠르게 훑고 있었다.

내가 대본소에서 빌려온 건 모두 네 종류의 무협지였다. 세 가지는 명협이라는 작가가 쓴 거였고, 나머지 하나는 명협의 것들과 비교하기 위해 빌려온 사마근司馬槿이라는, 역시 잘 팔리는 작가의 무협지였다.

내가 맨 처음 읽은 것은 명협이 쓴『무원고립武苑孤立』이라는 세 권짜리 무협소설이었다. 내가 그걸 맨 먼저 집어든 건 출간된 시기로 보아 명협의 초기 작품이기 때문이었다.『무원고립』은 읽기가 무척 힘이 들었다. 그에 비한다면 두 번째로 내가 택한 사마근의『혈향血香』은 순식간에 읽혔다. 아홉 권이나 되는 소설을 언제 다 읽었는지 모를 정도였다. 제목이 드러내는 바대로『혈향』은 끊임없는 살육의 향연이었다. 고려의 무신정권으로부터 배신을 당한 한 무사가 중국 무림의 고수들이 사용했다는 명촉검법明燭劍法을 익혀 수시로 궐내로 잠입해 들어가 자신을 내친 자들의 멱을 따는, 그야말로 무협지에서나 볼 수 있는 황당하기 짝이 없는 내용들로『혈향』은 온통 도배가 돼 있었다. 아무런 편견 없이 읽는다면 제법 통쾌한 남성들의 세계를 만끽할 수도 있는 소설이었다. 거기다 적절하게 안배되어 있는 혼음난교는 읽는 사람들로 — 하나같이 남자겠지만 — 하여금 책을 내려놓지 못하도록 만드는 데는 확실히 효과적인 장치임에 분명했다. 하지만 다 읽고 났을 때 남는 것은 아무것도 없었다. 도대체 무엇을 읽었는지 기억해낼 수 없을 정도였다.

그런데 사마근의『혈향』마지막 권을 덮었을 때 뭔지 모를, 이상하다는 느낌에 모두 담겨지기 힘든 뭔가가, 밀려들었다. 그 기이한 뭔가의 정체를 알아내는 데 실패한 뒤 든 생각은 맨 처음 읽었던 명협의 『무원고립』을 다시 읽어보아야겠다는 것이었다. 한 고독한 검객의 방랑기에 해당하는 『무원고립』은 조선말, 민란이 일어나 전라도 어느 고을의 군수였던 부친과 가족들을 모두 잃은 채 홀로 살아가게 된 김자은이라는 10여 세의 사내아이가 우연히 도술을 하는 노인을 만나 검술을 배우게 되고 청년이 되어 세상에 나오게 되지만 자신이 배운 검술을 쓸 마땅한 기회를 갖지 못하고 그저 시나 읊다가 한 평생을 외롭게 살다갔다는, 무협지라기보다는 장황한 사변으로 이루어진 정통소설에 가까웠다. 등장인물간의 긴밀한 관계나 치밀한 구성, 감상적이긴 하지만 뛰어난 묘사력 같은 것은 어지간한 소설가의 그것에 모자람이 없어 보였다. 그것이 만약 문예지에라도 실렸다면 제법 그럴듯한 평론의 대상이 될 법한 소설이었다. 그런 이유 때문에라도 『무원고립』은 무협지로서는 실패작이었을 거라는 짐작을 하게 만들었는데, 사마근의 『혈향』과 또렷하게 대비되었던 것이다.

검술을 써서 누군가의 목숨을 끊을 때마다 검술을 쓴 자의 목숨이 조금씩 줄어들어간다는 요사검법夭死劍法에 얽힌 『요사검』을 읽고 났을 때 나는 명협이란 작가에 완전히 사로잡혀버렸다. 그가 여느 무협작가와는 다르다는, 확신 비슷한 게 일어났다. 그것은 일종의 문학적 품격이었다. 정확한 묘사와 날카로운 비유, 등장인물들이 지니는 또렷한 개성은 문학이론서들이 미덕처럼 얘기하는 소설의 정형성에 완전히 부합했다. 어떻게 보면 일부러 그런 걸 과시하는 듯한 느낌이 들 정도였다. 내가 무협지를 쓰고 있기는 하다만 이건 엄연히 문학이야— 하고 말하는 듯한.

그러면서도 『요사검』은 읽는 데 몹시 힘들었던 『무원고립』과는 사뭇 달랐다. 가장 다른 점은 속도감이었다. 조금 지루해진다 싶으면 남녀의 정사장면을 끼어넣는다거나, 잔인할 때는 잔인하고 감상적일 때는 눈물이 쏙 나올 만큼 감상적으로 그려내는 것 또한 『무원고립』과 확연히 구별되는 점이었다. 흔히 말하는, 어깨에 힘을 뺐을 때 생겨나는 여유와 가벼움이 『요사검』 전체를 감싸고 있었다. 그러면서도 예의 문학적 품격을 유지하고 있다는 게 신기하면서도, 한편으론 당연해 보였다. 대본소에서 빌려온, 무려 스무 권이나 되는 명협의 마지막 작품 『비월飛月』로 주저없이 넘어간 것도 그 때문이었다.

무협지를 읽기 시작한 지 꼬박 하루가 지난, 다음날 정오 무렵이었다. 중국집에다 짜장면을 시켜놓고 소파에 누워 있다가 깜박 잠이 들었던 나는 초인종 소리에 놀라 후다닥 일어나서 현관문을 땄다. 때가 꼬질꼬질하게 끼어서 아예 회색이 되어버린 가운을 걸친 스무 살쯤으로 보이는 배달부가 짜장면 그릇을 내려놓으며 무슨 일인지 히죽히죽 웃고 있었다. 주머니에서 돈을 꺼내주던 내가 배달부에게 왜 웃는 거냐고 물었더니 오히려 녀석이 내게 물었다.

"아저씨, 저거 다 안 보셨죠?"

배달부의 손가락은 소파 발치에 수북이 쌓인 무협지를 가리키고 있었다.

"뭐 말이냐?"

"저거요. 날으는 달, 비월."

"응, 저거? 이제 보려고 그래. 그런데 내가 저걸 안 봤다는 걸 어떻게 아냐?"

"척 보면 알아요." 하고 중국집 배달부는 예의 빙긋이 웃는 낯으로 말했다.

"어떻게 척 보고 알아?"

"저거 다 보고 나면요, 적어도 하루 동안은 아무 것도 먹고 싶은 생각이 안 나걸랑요. 아예 눈앞이 안 보이기도 하고요."

"눈앞이 안 보인다니, 그게 무슨 소리냐?"

"아무튼 그래요. 한번 읽어보세요."

배달부는 고개를 기묘하게 흔들면서 현관문 손잡이를 비틀었다. 그때 나는 뭔가 이상해서 녀석의 뒷덜미를 잡았다.

"저걸 다 읽고 나면 눈앞이 안 보인다는 거, 무슨 뜻이야?"

배달부가 고개를 뒤로 꺾어 어깨 너머로 나를 보았다. 그리곤 장난스럽게 우거지상을 해보였다. 눈물을 흘리는 시늉이었다.

"눈물이 나서?" 하고 내가 되묻자 녀석의 고개가 크게 한번 끄덕였다.

"하도 눈물을 흘려서 눈이 퉁퉁 붓는다는 말입니다. 내 말이 거짓말인지 아닌지는 일단 읽어보면 알게 돼요. 눈물을 바가지로 흘린다는 말 있죠? 아마도 그 말을 실감하실 겁니다." 내가 대꾸도 못한 채 멍하니 있자, 녀석이 몇 초 정도 이윽히 나를 보곤 입을 뗐다. "아저씨, 저 비월 쓴 사람—." 거기서 다시 녀석은 말을 끊었다. 내가 눈빛으로 재촉하자, 다시 몇 초는 굳게 입을 다물었다. 녀석의 목소리가 무척 낮아져 있었다. "실제로 엄청난 무술가래요."

"무술가?"

"저기 보면요, 천공무예란 게 나오거든요. 그것도 실제로는 저거 쓴 사람이 만든 거래요."

내가 피식 웃자 녀석은 인상을 쓰며 대들듯 말했다.

“정말이에요.”

녀석은 스무 살은커녕 이제 겨우 열다섯 살이나 됐을까 싶었다. 내가 녀석을 문밖으로 밀어내자 녀석이 제법 힘을 써 버텼다.

“내 친구 중에 무협지 박사가 있걸랑요. 용사팔황, 기절신묘, 영웅문, 패왕전, 대망루, 변협검, 그 짜식은 안 읽은 게 없어요.”

내가 멈칫하며, “와룡생도 읽었어?” 하고 물었다.

“기본이죠.”

“그런데?”

“그런데 천공무예란 건 무협지 어디에도 없는 거걸랑요.”

“그렇다고 비월을 쓴 사람이 천공무예란 걸 실제로 할 수 있다고 믿어도 되는 거야? 그건 그냥 얘기일 뿐이잖아.”

“하 참, 얘기가 안 통하시네. 그러니까 한번 읽어보시라고요.”

뒷골이 묵직해지기 시작했다.

“아저씨.”

녀석은 내 눈을 지그시 바라보았다. 녀석의 눈빛에는 뭔지 모를 측은함이 깃들어 있었다. 녀석이 측은하게 여기는 건 분명 나였다.

“우린 척 보면 알걸랑요. 가짠지 진짠지. 어디서 어떻게 베껴먹었는지, 척 보면 안다고요. 무협지란 게 사실 다 거기서 거기걸랑요. 기절신묘에 나오는 왕루황이 변협검에 나오는 천사령이고, 조협월강에 나오는 조협검법이 대망루에 나오는 수리검법이랑 다르지 않고, 패왕전에서 패왕의 정수리에 대금을 꽂는 죽현검이랑 완전히 똑같다는 거― 화진월랑에 나오는 화진공주는 대망루의 월계랑 눈썹만 다르고, 월랑공주가 발을 쓰는 거랑 변협검에서 술통을 끼고 사는 취자미인이 손을 쓰는 거랑만 다르다는 거— 완전히 꿰뚫고 있단 말입니다. 그런데 저건, 저 비월은 있잖아요. 완전히 달라요. 어떤 무협지에도 안 나오는 검법들만 나온다는 얘깁니다. 우리는 알아요."

"우리?"

"그 사람이 진짜라는 거, 우린 알아요."

그렇게 말해놓고 녀석은 마치 무술을 하듯 잽싸게 현관문을 빠져나갔다. 나는 녀석이 사라진 빈 현관에 한동안 우두커니 서 있어야만 했다. 그리곤 고개만 돌려 소파 옆에 수북이 쌓인 『비월』을 보았다. 그러고도 한참이나 현관을 떠나지 못했다. 기분이 썩 좋지 않았다.

6

"눈이 왜 그 모양이야? 눈병 났어?"

출근해서 슬금슬금 사람들을 피하고 있던 나를 화장실에서 맞닥뜨린 제작부장이 헤어진 애인이라도 만난 양 내 얼굴을 두 손으로 감싸쥐곤 호들갑을 떨었다.

"한겨울에 무슨 눈병입니까."

"그럼?"

"부장님이 그랬잖아요. 무협지 읽으라고."

"이틀 동안 밤새워가며 읽어서 그 모양이 된 거야?"

내가 제작부장의 손을 뿌리치고 화장실을 나오는데 무슨 조화인지 눈뿌리가 시큰거렸다.

"제기랄—."

내 입에서 절망과도 같은 한숨이 뿜어져 나왔다. 나는 곧장 편집실로 들어갔다. 빈 방 하나를 찾아들어간 나는 의자에 앉아 여러 대의 담배를 거푸 피웠다.

중국배달부 녀석의 말은 거짓이 아니었다. 전날 밤 나는 명협의 『비월』을 읽으면서 몇 번이나 눈물을 흘렸는지 몰랐다. 가슴을 저미는 아픔— 속수무책이었다. 그렇게 울다가 나는 머리통을 쥐어박곤 했다. 이깟 무협지를 읽으면서 명색이 소설가란 놈이 눈물을 짜다니— 하릴없이 중얼거리다 보면 까닭모를 자괴감이 일곤 했다. 나는 『비월』을 손에서 놓을 수가 없었다.

『비월』은, 비유하자면, 거대한 늪이었다. 그 늪으로 발을 들여놓는 순간 도저히 빠져나올 수가 없었다. 온몸이 서서히 빨려들어가는 느낌— 그것은 기이하게도 내가 궁구했던 저 아득한 문학의 세계와 연결되어 있었다. 기가 막혔다. 숨이 턱밑까지 차올라 더 이상 숨을 쉴 수가 없을 때쯤 또 눈물이 빠져나왔다. 『비월』을 읽으면서 나는 괴테의 『파우스트』를 떠올렸다.

— 왜 이런 음산한 복도로 나를 데려온 거요?

악마 메피스토펠리스의 말이었다.

『비월』에는 이런 장면이 나온다.

도선桃善이라는 어린 소녀를 사랑한 검객이 있었다. 만극萬極이라는 그 검객은 자신의 부친을 앉은뱅이로 만든 원수 천가天茄를 찾아다니고 있었다. 만극의 부친과 천가는 한때 무림의 양대 고수였다. 천하제일을 가르기 위해 아흐레 밤낮을 싸웠지만 만극의 부친과 천가는 승부를 내지 못했다. 이튿날 동틀 무렵에 다시 결투를 하기로 한 두 사람은 같은 여관의 아래층과 위층에서 제각기 잠이 들었다. 만극의 부친은 잠이 든 사이에 천가가 잠입해올지도 모른다는 생각으로 출입문과 들창을 경계하고 있었다. 하지만 천가가 잠입해 들어온 곳은 출입문이나 들창이 아니라 천장이었다. 천장을 뚫고 들어온 것이다. 만극의 부친은 순식간에 당하고 말았다. 침대에 누워 있던 만극의 부친은 간신히 몸을 피하긴 했지만 천가의 칼에 두 다리를 잘렸다.

무림은 그렇게 천가의 손아귀에 넘어간다. 대나무 목발에 의지한 채 처참한 몰골로 낙향한 만극의 아버지가 아들에게 천공무예天空武藝를 가르치게 된 것은 일견 당연해 보이지만, 무시로 닥치는 회한은 피할 수 없다. 만극이 부친으로부터 전수받은 천공무예의 또 다른 이름이 소설의 제목으로 사용된 비월飛月, 즉 '나는 달'이었다. 비월의 이법은 간단했다. 흘러가는 구름을 보고 있으면 마치 달이 움직이는 것처럼 보인다는 것 — 달이 구름에 가렸다가 구름 밖으로 벗어나는 것처럼 상대의 시선으로부터 은폐되었다가 홀연히 나타나 일격을 가하는 것이 천공무예, 비월의 격법擊法이었다. 그것은 여관방의 천정을 뚫고 자신을 공격해온 천가의 공격법을 응용하여 만극의 부친이 한순간에 깨친 것이었다.

'비월검'을 완전히 터득한 만극은 복수의 칼을 차고 천가의 집으로 찾아갔다. 수백 명이나 되는 천가의 졸개들을 단숨에 베어 넘긴 만극은 자신의 부친이 당했던 것과 똑같이 천가의 두 다리를 잘라버린다. 한때 무림을 양분했던 두 고수는 앉은뱅이의 신세로 전락하고 새로운 고수가 탄생하는 순간이었다. 만극이 천가의 집을 나서려할 때— 촛불이 은은히 밝혀진 천가의 집 뒤채에서 나타난 소녀의 모습이 그의 눈에 빨려들어온다. 소녀는 집안에서 벌어진 피비린내 나는 상황을 모두 본 듯했지만 놀란 기색을 조금도 드러내지 않았다. 조심스럽게 다가간 만극은 가만히 앞을 응시하고 있는 소녀가 앞을 보지 못하는 맹인이란 사실을 알게 된다. 아버지의 원수를 갚고 무림을 평정한 만극과 원수의 딸인 맹인 소녀 도선의 사랑에 『비월』의 한 권이 고스란히 바쳐진다.

사실, 명협의 『비월』은 플롯이라고 할 만한 것이 따로 없는, 이런저런 등장인물들이 이런저런 일들을 벌이며 스무 권을 채워나가는 허황하고 과장된 무협지 특유의 에피소드들로 가득 차 있긴 했지만 그것들은 단지 아주 큰 그림을 그리기 위한 낱낱의 스케치에 불과한, 매우 특이한 작품이었다. 소설 속의 인물들이 지닌 섬세한 마음을 어루만지고 그들의 행위 하나하나에 깃들인 필연적인 인과에 골몰해야만 발견할 수 있는, 그때에야 비로소 "바람에 벗겨나는 구름, 구름에 가린 흐릿한 빛만이 그 존재를 일러주는" 달의 의미를 아주 조금이나마 알아낼 수 있는, 소설이었다.

내가 찾아낸 '나는 달'의 실체는 허상에 대한 인식이었다. 달을 나는 것처럼 보이게 하는 구름의 정체 — 그것은 바로 우리들 자신일는지도 모른다. 어떤 존재에게는 우리가 달이 나는 것처럼 보이게 만드는 한낱 구름이라는 것 — 내가 『비월』에서 읽어낸 것은 그것이었다. 그 지점에서 명협의 『비월』은 무협지라는 통속한 장르가 감당해낼 수 없는 영역에 속해 있었다. 몇 걸음을 양보한다면, 『비월』은 무협지라는 장르에서도 문학적 성취를 이룬 작품이 나올 수 있음을 증명하는 작품이었다.

"임 작가, 여기서 뭐해?"

뒷덜미를 때리는 소리에 놀라 나는 의자에서 벌떡 일어났다.

"놀라긴."

"아, 강 피디."

〈숨은인생찾기〉 팀의 강석우 피디였다.

"뭐해요, 여기서?"

"뭣 좀 생각할 게 있어서—."

강석우의 커다란 얼굴이 내 얼굴을 누를 듯 다가와 있었다.

"울었어요?"

"울긴—."

머쓱하게 편집실을 빠져나오려는데 강석우가 주머니에서 웬 쪽지를 내밀었다.

"좀 전에 임 작가 찾는 전화가 왔었어. 여자던데요?"

쪽지에는 전화번호와 한예원이라는 이름이 적혀 있었다. 강석우가 빙긋이 웃고 있었다.

"연애해?"

"나, 마흔이야. 애까지 딸린 유부남이고."

"흐흐, 연애가 아니고 바람인가?"

"근데…… 강 피디, 무협지 좋아해?"

"무협지? 한때는 좋아했지."

"요즘은?"

"그런 거야 학교 다닐 때 좋아하는 거지."

강석우의 웃음이 비웃음처럼 보였다.

"임청하 나오는 중국 영화는 그래도 좋아해요."

"동방불패?"

"그것 말고도 많지."

"그러니까 영화는 봐도 무협소설은 안 읽는다?"

"그렇다고 해야지 뭐."

"무협소설 말고 진짜 소설은 얼마나 읽어? 한 달이면 몇 편이나?" 내 물음이 공격적이었는지 강석우가 어깨를 으쓱해 보였다.

"진짜 소설? 글쎄…… 솔직히 한 편도 못 읽는다고 봐야죠."

의외였다. 다른 부서도 아니고 교양제작국 피디였다. 하지만 강석우의 얼굴에서 겸연쩍음 같은 건 찾을 수가 없었다.

"소설은 안 읽어도 다른 건 읽지." 내가 미간을 좁히며 궁금증을 드러내자 그가 한쪽 입꼬리를 올렸다. "문화유산답사기, 뭐 그런 거."

"고맙군. 그런 거라도 읽어주니."

"비아냥거리는 겁니까, 지금?"

"천만에요. 난 강 피디가 읽은 것도 안 읽었는데 뭐."

강석우의 우람한 덩치가 편집실을 먼저 빠져나갔다. 나는 그의 큰 덩치와 그가 만들어내는 프로그램과 방송국과 대한민국의 교양과 오늘의 문학, 그 모든 것들 위에 드리워진 검은 구름을 보았다. 그리고 그 구름 속에 어떤 달이 숨어 있는지 생각했다.

막 닫히려는 편집실 출입문 밖, 강 피디의 커다란 등판에다 대고 내가 물었다.

"강 피디, 명협이란 소설가 알아요?"

답을 기대하지 않았지만, 편집실 문이 닫혀버리자 슬픔이 확 밀려들었다. 그리고 명협이, 밤이 새도록 몇 번이나 울렸던 작가가, 첫사랑의 그녀처럼 떠올랐다. 명협蓂莢 — 아득한 옛날, 요堯 임금의 시대에 피어났다는 이상理想의 풀꽃, 한 달의 첫날에 꽃이 피어나기 시작해 보름 동안 피어 있다가 다음 보름 동안 조금씩 져내린다는 천기天機의 초적草跡 — 그것을 필명으로 삼은 한 무협작가에 대한 호기심을 누를 길이 없었다.

7

방송국 앞 S호텔 지하의 일식집 '세이야[靜夜]'에서 한예원을 만난 건 저녁 7시쯤이었다. 출판사로 최양욱을 만나러 갔을 때 보았던 짙게 화장한 그녀가 아니었다. 막 목욕을 마치고 나온 듯한, 화장기가 전혀 없는 맑은 얼굴이었다. 눈 아래가 좀 두툼해진 것과 양쪽 눈가에 기미 같은 거뭇한 흔적을 제외하면 내가 그녀를 맨 처음 만났던 4,5년 전과 거의 다르지 않았다.

"사장님 대신 나왔어요."

그녀는 안 좋은 소식을 갖고 있었다. 최양욱이 〈숨은인생찾기〉에 출연하고 싶지 않다는 거였다. 어느 정도 짐작하긴 했었지만, 확인을 하고 나니 생각보다 많이 아쉬웠다. 최양욱보다는 명협이란 작가를 알아낼 기회를 놓쳤다는 생각 때문에 더 그랬을지도 몰랐다.

"이유는 묻지 않을게요."

내가 선선히 받아들이자 의외라는 듯 한예원이 좀은 허탈하게 웃었다.

"우리, 저녁이나 맛있게 먹죠. 내가 살게요."

"아니에요. 사장님이 임 선생님께 저녁 대접을 하라고 접대비를 두둑하게 주셨어요."

"그래요? 얼마나요?" 한예원의 얼굴에서 얼른 웃음이 사라졌다. "농담입니다. 그럼, 우리 비싼 거 먹어요. 참치회, 어때요? 뱃속의 아기한테도 좋을 텐데, 하하하."

나는 좀 과장스럽게 웃고 나서 종업원을 불렀다. 음식을 주문하고 청주를 시켰다. 전채요리와 술이 나올 때까지 우리 사이엔 별 말이 오가지 못했다. 나는 마치 상대의 빈틈을 노리는 검객처럼 기회를 엿보고 있었다. 최양욱이 출연을 거부하기는 했지만 그가 어떻게 무협지를 만들게 되었는지, 대체 돈은 얼마나 벌었는지, 그리고 한예원과 그의 관계는 무언지— 그런 걸 캐내고 싶었다. 무엇보다 내가 알고 싶은 것은 『비월』의 작가 명협이었다.

하지만 술이 오고 몇 잔을 들이키고 난 뒤에도 나는 아무것도 물어볼 수 없었다. 어디서부터 얘기를 꺼내야 할지 몰랐다. 그런데 뜻밖에도 한예원이 먼저 허를 찔러왔다. 날카롭고 정확한 공격이었다.

"임 선생님은 언제부터 방송 일을 하셨어요?"

"그거요— 뭐, 그럭저럭— 한 5년, 돼갑니다."

잔을 비워내며 나는 그것이 오히려 기회란 생각이 들었다. 그녀가 빈틈을 찔러왔으니 내가 공격을 해도 미안할 게 없다는.

"예원 씨는 요즘 계속 시를 쓰시나요? 데뷔하고 문예지에서 한번 본 기억은 나는데."

한예원이 희미하게 웃었다. 그런데 그 순간, 왠지, 내가 공격을 감행한 것이 아니라 일부러 그녀가 공격을 하도록 빈틈을 보여줬을지도 모른다는 생각이 들었다. 헛웃음을 잔 속의 술과 함께 꿀꺽 삼켰다.

"그걸로 끝이었죠," 하고 한예원이 젓가락으로 참치회를 만지작거리며 말했다.

"왜요? 청탁이 안 오던가요? 내가 봤던 예원 씨 시는 참 좋았었는데."

"청탁이 오긴 했는데, 제가 쓰질 못했어요. 마침 결혼도 하고, 직장도 가지고—."

"데뷔하고 나서 곧바로 최 선생과?"

무슨 말이냐는 듯 한예원이 눈을 동그랗게 만들며 나를 바라보았다. 아차, 싶었다. 나는 당연히 그녀가 최양욱과 결혼한 것으로 생각했던 것이었는데, 그게 아닌 모양이었다. 얼른 술잔을 채우며 내가 물었다.

"남편은 어떤 분입니까?"

"임 선생님 후배예요."

"후배, 누구요?"

"박동현이라고, 소설 쓰는."

뜻밖이었다. 박동현이면 내가 당선된 바로 그 일간지 신춘문예에 나보다 4,5년 정도 늦게 당선됐던 친구였다. 꼬박꼬박 시상식에 참석했었는데, 해외출장을 가는 바람에 유독 그 해만 빠져서 기억하고 있었다. 덕분에 직접 얼굴을 맞대진 않았지만 그의 당선 작품 역시 기억에 남아 있었다. 특이한 소재여서 그렇기도 했지만, 문장이 좋았다.

"「아름답지 않은 숲」인가, 제목이 그랬던 거 같아요."

"그걸 기억하세요?"

"삼청교육대에 끌려간 소매치기 부자의 얘기였었죠."

그 박동현이 한예원의 남편이었다는 사실이 뜬금없이 놀라왔다.

"그런데 데뷔 작품 말고는 박 형 작품을 많이 보질 못했어요."

"많이가 아니라— 그게 전부죠. 그 뒤로 발표한 게 없거든요."

한예원의 표정이 잠깐 어두워졌는데, 마치 어둠을 떨어내기라도 하듯 얼른 붉고 두툼한 살점을 하나 집어 장에 찍더니 입으로 가져가 우물우물 씹었다. 다시 우리 사이에 대화가 끊어졌다. 우리는 마치 경쟁이라도 하듯 커다란 쟁반에 담긴 참치의 살점들을 부지런히 먹어치웠다. 말없이 젓가락이 움직이고, 술잔이 채워졌다가 비었다. 한예원은 간혹 젓가락질을 멈추고는 두 손으로 배를 감싸쥐며 잔기침을 했고, 나는 술잔을 목구멍 너머로 넘길 때마다 그녀의 표정을 훔쳐보았다.

청주병 두 개가 바닥을 드러냈을 때, 나는 그녀의 이마 위에 송골송골 맺힌 땀방울을 보았다. 은근한 취기와 함께 아랫배가 묵직해지는 걸 느끼며 나는 이를 물었다. 안타까웠다. 그녀가 행복하지 않을 거라고, 함부로 생각했다. 등단 작품을 유일한 소설로 가지고 있는 가난한 작가의 아내— 나는 흉몽처럼 한예원의 모습 위에 다른 한 여인의 모습을 겹쳤다. 내게도 한예원의 남편인 소설가 박동현과 다를 바 없는, 어쩌면 그보다 더 처참할는지도 모르는 시절이 있었다. 그 시절의 아내는, 또한, 한예원과 다를 게 없을 터였다. 청주 한 병을 더 주문하고 젓가락을 회 접시 안으로 디밀었을 때였다.

"방송 일, 재미있어요?"

한예원의 맑은 눈이 건너왔다.

"뭐, 재미있다면 재미있고—."

"방송작가 하려면 어떤 자격이 필요한가요?"

"왜요? 한번 해보시려고요?"

한예원의 고개가 가만히 숙여졌다. 나는 박동현을 생각했다. 한예원 역시 자신의 남편인 박동현을 생각하고 있으리라, 싶었다.

"박 형은, 지금 무슨 일 하고 있습니까? 소설은 안 씁니까?"

내 물음에 그녀는 대답하지 않았다. 대답 대신 고개를 들어 나를 보았다.

"저, 한 잔 주실래요?"

둘 사이에 놓인 적당히 어두운 공간— 서로 다를 수밖에 없는 두 개의 눈빛이 스치며 지나가는 게 보이는 것 같았다. 나는 그녀의 손에 쥐어진 술잔을 채웠다. 그녀가 한 모금 찔끔 마시다가 모두 비워냈다.

"회를 드세요."

나는 분명 걱정스런 눈빛을 보냈을 것이다. 그녀의 젓가락이 천천히 움직였다. 붉은 살점 위에 젓가락을 댄 채로, 그녀의 입술이 열렸다.

"저희 남편, 열심히 소설을 쓰고 있어요."

"그래요?"

"너무 열심히 써서 안쓰러워요," 하고 그녀가 말하더니 빈 잔을 내게로 내밀었다.

"한 잔 더 주실래요?"

"괜찮겠어요?"

한예원의 볼은 금세 발그레하게 물들었다. 더 이상 그녀에게 이상한 감정이 일지 않았다. 그녀의 잔을 채워주고 난 뒤 나는 거푸 술잔을 비웠다. 나를 이윽히 보고 있던 그녀가 입을 열었다.

"돈을 많이 벌었어요."

나는 무슨 말인가 싶었다.

"아주 많이요."

그 순간, 뒷목을 면도날로 긋는 듯한 통증이 느껴졌다. 그녀의 입에서 돈을 아주 많이 벌었다는 말이 떨어지기 무섭게, 내 머릿속으로 번개처럼 박히는 생각이 있었다. 그녀의 남편 박동현이 『비월』을 쓴 명협일지도 모른다는 것이었다. 취기가 해일처럼 밀려들다가, 순식간에 사라졌다. 나는 허공으로 목소리를 날렸다.

"예원 씨, 우리 그 얘기 그만합시다."

나는 그렇게 말하고는 짧고 굵은 숨을 내뱉었다. 나는 확인하고 싶지 않았다. 박동현과 명협이 동일인물이라는 사실을 그녀로부터 확인받고 싶지 않았다. 한예원의 눈길이 내 얼굴을 훑고 있었다. 나는 서둘러 자리에서 일어났다.

"택시 타는 데까지 바래다 드릴게요."

그렇게 말해놓고는 나는 마치 빚쟁이에게 쫓기는 사람처럼 계산대를 향해 허둥거리며 뛰고 있었다.

8

무림武林은 이제 평온해졌다.

한 치 앞도 분간할 수 없는 어둠이 세상을 볏짚더미처럼 가득 메우고 있다. 아직 달은 떠오르지 않았다. 어디선가, 아주 가느다랗게 소리가 들려오고 있다. 발자국 소리다. 한없이 느린 발자국— 어둠 속에서 어둠보다 더 어두운 두 개의 그림자가 나란히 걸어오고 있다.

"아저씨, 좀 쉬었다 가면 안 될까요?"

"그래, 너무 먼 길을 걸어왔구나."

두 그림자는 어둠이 깔린 수풀 위에 앉았다.

"얼마나 걸어온 거예요, 우리?"

"아주 많이."

"그런데도 아직 저한테서 피냄새가 나요."

"아니야. 그건 네게서 나는 게 아니야."

"얼마나 더 걸어가야 하나요?"

"이제, 얼마 남지 않았을 거야."

"거기 가면 더 이상 피냄새가 나지 않을까요?"

"그럴 거야. 그럴 거야."

"그런데 거긴 어디에요?"

"그곳은— 사람들이 세상의 끝이라 부르는 곳이야."

"세상의 끝?"

"세상의 시작이기도 하지."

"거기 가면 아저씨가 말한 풀꽃이 피어 있는 건가요?"

"그럼."

"저도 볼 수 있었으면 좋겠어요."

"그 꽃은— 너도 볼 수 있을 거야."

"아름답겠죠? 그걸 볼 수 있었으면 좋겠어요."

"그럼, 볼 수 있다니까. 너는 볼 수가 있어."

"저는 앞을 볼 수가 없잖아요. 그런데도 보이나요?"

"난 알아. 네가 볼 수 있다는 걸."

"정말……이에요?"

"그 풀꽃은, 너처럼 아름다운 마음을 가진 사람에게만 꽃잎을 열어. 미움을 가지지 않고, 증오를 품지 않는 사람에게만 열리는 꽃이야."

"아— 어서 보고 싶어요."

"그래, 얼마 남지 않았어."

“아저씨, 어서 거기로 가요.”

어두운 두 그림자가 어둠 속에서 일어났다. 그러고는 또다시, 그들은 자신들이 지나온 것보다 더 멀고 아득한 숲, 황황한 벌판을 가로질렀다. 속살까지 아프게 후비는 찬바람도 그들의 발길을 막지는 못했다. 새로운 아침이, 오후가, 저녁과 밤이 흘러갔다. 그리고 또 다른 아침과 오후가 지나고 놀이 세상의 마지막 황혼처럼 지고 어둠이 밀려들 때, 작고 연약한 그림자에서 작고 연약한 목소리가 흘러나왔다.

“아저씨, 혹시 여기가 아닌가요?”

그는 아무 말도 하지 않았다. 할 수 있는 말이 없었다.

“향기가 나요. 피냄새가 사라졌어요.”

작고 연약한 그림자를 부여잡고 있던 크고 우람한 그림자는 말뚝처럼, 어둠이 깃드는 땅바닥에 박혀 있었다. 한 줄기 광풍이 그들의 몸을 쓰러넘길 듯 거칠게 불어왔다. 그 바람 속에서 미친 듯 꽃내음이 몰아쳤다. 크고 우람한 그림자가 작고 연약한 그림자를 단단히 그러잡았다. 끝 모르게 깎인 벼랑 앞이었다.

“아, 여기죠? 여기가 아저씨가 말했던 그곳이죠?”

“그래, 여기가 풀꽃들의 천국이다.”

“아, 이제 다 왔구나. 정말 향기로워요.”

크고 우람한 그림자가 작고 연약한 그림자를 가만히 안았다. 둘 사이엔 어떤 말도 오가지 않았다. 숨소리만 가만히 잦아들 뿐이었다. 그러다 약속이라도 한 듯 두 그림자는 깊고 깊은 숨을 빨아들였다. 벼랑 아래에서 솟구쳐 오른 거침없는 향기를 송두리째 빨아들일 듯.

“자, 이제 풀꽃의 천국으로 가는 거다.” 작은 그림자가 추위를 느꼈을 때처럼 바르르 떨었다. "거기엔 싸움도, 미움도 없을 거야."

두 개의 그림자는 벼랑 끝에 서 있었다. 그때, 갑자기 작고 연약한 그림자가 크고 우람한 그림자의 품을 미친 듯 파고들었다.

"아저씨, 무서워요."

"무서워할 것 없다."

"갑자기 무서워요."

"아니다. 우린 세상의 끝에 다다른 거야. 새로운 시작이 우리를 기다리고 있어."

"그런데 왜 이렇게 무서운 거죠? 왜 이렇게 두려운 거죠?"

크고 우람한 그림자가 작고 연약한 그림자를 사납게 끌어안았다. 그러고는 한순간, 두 그림자는 한 덩어리의 어둠이 되어 벼랑 앞 허공으로 쑥 걸어나갔다. 순식간에 그들의 몸은, 저 성스러운 시대에만 피어난다는 향기로운 풀꽃들의 숲을 향해 떨어지기 시작했다. 동산東山으로 거대한 빛을 내뿜으며 크고 밝은 달이 솟아올랐다. 크고 밝은 그 달을 향해 두 개의 그림자가 날고 있었다.

1999

발 아래 달

"승주 언니가 들렸대요."

"들리다니, 신이라도 들렸다는 거야?"

"그런가 봐요."

"누가 그래."

"미화 씨가—."

"염미화? 그 년이 기어코— 그래서, 지금 어딨어?"

"퇴원 수속 마치고 곧바로 산으로 갔나 봐요."

"어느 산?"

"말…… 하지 말랬어요."

"그럼 전화는 뭐하러 했어. 말해, 어서."

"열흘이면 된다고, 직접 전화할 수 있을 거라고 그랬어요. 그때까지만 기다려봐요. 임 선배 심정은 알겠지만 어쩔 수—."

"미치겠네, 정말— 미화 그년이 그래? 열흘이라고?"

“미화 씨만 그런 게 아니고, 승주 언니 어머님도 동의하셨다나 봐요.”

“승주 모친이? 그분은 크리스천이잖아.”

“예수님 힘으로도 어쩔 수 없다고—.”

“지독한 년— 만나면 때려죽일 거야. 그년 설칠 때 알아봤어야 하는 건데. 반풍수 집구석 망친다더니, 개 같은 년— 씨발, 이럴 줄 알았으면 여기로 오질 않는 건데.”

“임 선배 너무 그러지 마요. 무서워요. 너무 무서워서 선배한테 전화한 건데 이러시면 난 어떡해요.”

“그래그래, 알았어. 어떡할까? 지금 당장 보따리 쌀까? 막배는 탈 수 있을 텐데.”

“아녜요. 그러진 마세요.”

“하긴, 내려갈 수도 없어. 아직 초안도 못 잡았는데—.”

“스님은 만나셨나요?”

“코빼기도 못 봤어. 벌써 닷새짼데, 언제 오시느냐 물으면 좆나발만 불어. 미안해 자꾸 욕해서— 뭐, 발길이 닿으면 오신 거라나?”

되는 게 없어, 어쩌고 볼멘소리를 질러놓고는 송수화기를 팽개치듯 던져버린 준태는 문도 붙어 있지 않은 문을 걷어차는 시늉을 하며 공중전화 부스를 빠져나왔다. 해 지는 쪽으로 고개를 돌리자 서쪽 숲 빈틈을 비집고 나온 붉은 놀 한 조각이 사금파리에 비낀 햇빛 마냥 그의 눈을 파고들었다. 준태는 어금니를 깨물며 눈을 질끈 감았다. 아릿한 현기증이 일었다. 다리가 후덜거리고 목안이 탔다. 십 년 공부 도로아미타불이라더니— 차라리 죽어버렸다면, 그랬으면 나을지도 몰랐다.

처음 방송국 로비에서 승주가 쇼크를 일으켰을 때 무슨 불길한 예감처럼 그의 뇌리를 스쳤던 게 바로 그 죽음이었다. 어쩌면 그녀와 함께 있던 내내 그런 흉한 생각을 하고 있었는지도 몰랐다. 재생 불량성 빈혈— 그런 섬뜩한 병명이 늘 머리 안쪽에 들러붙어 있었다. 신들리는 따위의 같잖은 일은 아니었다. 신이 들리다니, 어디 귀신이 갈 데가 없어서— 준태는 머리를 세차게 흔들었다. 거친 숨이 그의 입과 코를 빠져나왔다.

"저— 말씀 좀 여쭈겠어요."

언제 다가왔는지 나지막한 여자의 음성이 들려왔다. 준태는 고개를 등 뒤로 꺾었다. 흰 가로줄 무늬가 그어진 푸른 셔츠와 짙은 갈색 조끼, 검정 스판 바지에 등산화를 신은 젊은 여자였다. 겨우 스무 살을 넘겼을까, 피죽도 못 얻어먹은 듯 깡마르고 창백한 얼굴은 불끈 쥔 남자의 주먹보다 클 것 같지 않았다. 배낭끈이 뒤편으로 잡아당겨놓은 여자의 가슴팍은 가파른 절벽과 같았다. 입술에 남은 루주 자국만 아니었다면 그나마 스무 살로 봐줄 수도 없는 외모였다. 여자 쪽으로 몸을 튼 준태가 대답 대신 턱을 까닥 들어보이자 여자가 왼손을 말아쥐고는 입에다 대고 두어 번 어색하게 잔기침을 뱉어냈다. 여자는 준태와 눈을 마주치지 않으려고 애쓰며 말했다.

"종무소에 아무도 안 계셔서, 어디로 누구를 찾아가야 하룻밤 묵을 수 있을지—."

"여기 오고 닷새짼데 나도 아직 종무소에 누가 앉아 있는 꼴을 못 봤수다. 이 절 어디를 가도 손님 대접해주는 스님들 아무도 없을 테니 배를 채우시려거든 저기 공양간으로 가서 공양주 보살한테 말씀을 드리시고, 좀 젊다 싶은 스님이 눈에 띄시거든 잠잘 방 하나 달라고 그러슈."

준태는 여자의 얼굴에다 대고 그렇게 주르르 읊어놓고는 얼른 자리를 뜨려 했다. 어금니를 꽉꽉 깨무는 그의 얼굴이 아직도 벌겋게 상기되어 있는 걸 보면 박승주에게 귀신이 씌었다는 교양제작국 후배 작가의 전화 목소리가 여전히 그의 귀를 울리고 있음이 분명했다. 뜰에 박히는 그의 철컹거리는 발걸음이 그걸 증명하고도 남았다.

"저— 어떤 스님이신지—."

여자의 목소리가 다시 그의 뒷덜미를 잡아채자 준태는 씩씩거리며 걸음을 멈추었다. 그는 예의 벌건 낯빛을 누그러뜨리지 못한 채 뒤로 돌아 여자를 노려보았다. 하지만 그의 말투는 그다지 거칠지가 않았다.

"그 스님은 아마도 저녁 공양을 준비하고 있을 거요. 내가 아까 젊다고 하질 않았소. 딱 보면 아실 테니 염려 말아요. 뭐라더라— 법운이던가? 아무튼 지금 공양간에 있을 테니 가봐요. 법운이 맞을 거요, 아마."

준태가 돌아서려는데 여자가 또 손을 뻗는 듯 마는 듯했다. 얼굴 생김이 좀은 당차 보이기도 했지만 여자는 아무래도 여기 수정사修淨寺는 물론이고 절 자체가 도통 처음인 듯했다. 그녀의 두 눈엔 눈물이 그렁그렁 맺혀 있기까지 했다. 준태는 고개를 슬슬 흔들며, "이리 와요," 하고는 주지가 기거하는 심인정사心印精舍 쪽으로 여자를 이끌었다. 공양간은 주지의 방에서 요사채로 내려가는 돌계단 왼쪽에 있는, 이젠 제 용도보다는 그저 창고 구실이나 하는 길쭉한 방에 딸려 있었다. 공양간을 부엌으로 쓰고 있는 그 길쭉한 방은 정당正堂까지는 아니었지만 옥우屋宇보다는 큰 편이었다. 입구 처마에는 현판처럼 보이는 자그마한 판자가 붙어 있는데 땟물이 워낙 불어터지고 양각 자체가 문드러져서 글씨는 해독불능이었지만 원래의 그 방이 창고 따위로 쓰일 곳은 아니란 걸 말해주고 있었다. 공양간이 딸린 그 방을 준태가 제대로 구경한 것은 주지 코빼기도 보지 못하고 닷새나 허송하고 난 이튿날 오전, 느지막이 일어나 밥을 찾아먹으러 공양간으로 갔을 때였다.

묘한 건 절간 안 어떤 건물보다 더 낡지도 좁지도 않았고, 그렇다고 위치가 나쁜 것도 아닌데도 불구하고 마치 흉가처럼 방치되어 있다는 사실이었다. 딴에는 생김새를 감안하여 강당쯤으로는 얼마든 쓸 수 있을 텐데라는 생각을 지울 수가 없었다. 천장이 내려앉은 벽채 위쪽, 그러니까 벽기둥 머리에 가로로 잇대어져 기둥들을 얽어놓고 있는 창방昌枋과 그 아래쪽에 역시 가로로 누워박힌 중방 사이 빈 공간에 채 뜯겨나가지 않은 목판들이 두어 개 남아 있었는데, 거기에 쓰여 있는, 가령 "공부는 거문고의 줄을 고르는 것과 같이 하여 팽팽하고 느슨한 것이 알맞게 되어야 하니, 지나치게 애쓰면 병이 나기 쉽고 잊어버리기만 하면 무명에 떨어지고 만다. 모름지기 공부란 뚜렷하면서도 꼼꼼히 끊이지 않게 하여야 하는 법이다,"[1]라고 쓴 한자 서른 몇 글자는 그 방이 강당이었으리라는 준태의 짐작이 그리 틀리지 않았다고 말해주고 있었다.

따지고 보면 이상한 건 공양간이 딸려 있는 그 방만이 아니었다. 경내 도처에서 좀씩은 수상쩍은 냄새가 스멀스멀 피어올랐다. 어찌 보면 수정사라는 절 자체가 그런 수상함을 밀봉하고 있는 거대한 통조림 같았다. 우선, 돈을 제법 많이 들여 개축한 듯 보이는 전각들은 예스런 티가 다투듯 드러나는, 가깝게는 2백에서 3백 년, 멀게는 천 년도 더 된 건물들과 전혀 조화를 이루지 못하고 있었다. 원래는 규모가 몹시 작았던 모양인지 산자락에 바짝 붙어 있는 산신각은 터를 넓히려고 뒤쪽으로 바짝 디

---

1) 서산대사(西山大師)가 선교(禪敎) 양종의 판사직(判事職)에서 물러나 퇴은(退隱)이라는 호를 쓸 때 저술한『선가귀감(禪家龜鑑)』에 나오는 한 대목.

밀어 옮겨진 기미가 역력했다. 현판에 대웅보전이라고 쓰여 있는 본당은 해체하여 복원했다기보다는 완전히 새로 지은 듯 단청의 원색들은 현란하기 짝이 없고 집을 떠받들고 있는 다층의 장대석 기단도 온통 대리석이 박혀 그야말로 '비까번쩍'이었다. 기둥뿌리가 박힌 주초석, 기지의 우주석, 면석, 탱주석, 벽석, 받침돌, 바닥의 갑돌, 계단을 이루는 디딤돌, 소맷돌조차 하나같이 그랬다. 게다가 많이 알려진 절이 아님에도 불구하고 가람 안의 전각들 숫자는 이른바 삼보찰三寶刹에 못지않았다. 대웅전을 좌우로 시위하듯 팔상전과 명부전이 있고, 그 뒤로 나한전, 그 좌측으로 나란히 응진전과 조사당이 있었으며 요사채를 제하고 따로 객사가 있음에도 귀한 손님을 맞으려는 듯 제법 운치 있게 바자울을 쳐놓은 한거당閑居堂이 또 하나 더 있을 정도였다. 거기다 종루 같은 누각도 과하다 싶을 정도로 많았다. 그런 걸 다 따져보면 절의 규모는 아무래도 지나치게 비대한 게 분명했다. 준태가 수정사로 올라오던 닷새 전 함께 배를 타고 왔던 행각승 두엇을 합해도 경내에 기거하는 비구의 수가 열을 넘을 것 같지 않은데 이에는 도통 어울리지 않을 덩치였던 것이다.

하지만 이런 것들이야 어떤 '큰손'이 수십억을 보시했다하면 이상할 것도 없었다. 정말로 수상쩍은 것은 공양간이 딸려 있는 그 길쭉한 방처럼 헐어도 몇 번은 헐었을 듯싶은, 혹은 신식으로 건축한 경내의 전각들과 보조를 맞추어 일찌감치 개축을 말끔히 해도 열 번은 했을 듯싶은, 그런 옛티 풍기는 건물들이 전혀 손이 가지 않은 모습으로 몇 채나 남아 있다는 사실이었다. 그건 방치라고 해도 할 말이 없었다. 방치가 아니라면 뭔가 다른 수작이 있을 터인데, 준태로서는 짚어낼 수가 없었다. 수운루水雲樓라는 이름을 가진, 발치로 계곡물이 졸졸 흐르는 누각을 봐도 그랬다.

조선 말 동학의 교조였던 수운 최제우와 무슨 관련이 있을까 짐작해 보긴 했지만, 누각 안쪽 처마 밑에 돌아가며 걸린 판각들 속 이런저런 문장들에서는 동학이든 수운이든 관련되었을 성싶은 내용은 아무것도 없었다. 판각의 대개는 수정사에 와 묵은 며칠의 감회를 남겼거나, 누각에 올라 내려다본 경치를 읊었거나, 당시 선승들과의 만남이나 그 사연을 기록한 것들이었다. 다만, 그 중에 풀이는 되는데 이해하기엔 만만치 않은 글이 하나 있었다. 칠언七言 네 구절로 된 시였다.

산에 이르러 산을 보고, 물에 닿아 물을 안다
산[生] 것을 가까이 하여 삶을 알고, 죽은 것을 먹으니 죽을 것을 안다
오늘 큰 깨달음 얻을 양 늙은 중의 마음을 훔쳤으나
아뿔싸 겹겹의 번뇌, 층층의 잡설만이 내 안에 더하였도다.

“계단 조심하구요.”

주지가 기거하는 심인정사를 빗겨 계단을 타고 공양간으로 먼저 내려간 준태가 막 고개를 돌리는데 계단을 내려오던 여자가 미끈, 중심을 잃을 듯 비틀거렸다. 조심하라는, 혀를 차듯 툭 뱉어낸 준태의 한마디에 여자의 얼굴이 금세 붉어졌다. 지난 여름 잦았던 비 때문인지 흐드러진 가을볕에도 돌계단에 낀 녹색 이끼들의 위세는 수그러들 줄을 몰랐다. 닷새를 머무르는 동안 준태는 그 계단을 오르내리다 엉덩방아를 찧는 사람들을 여러 번 목격한 바 있었다. 여자가 계단을 다 내려올 때까지 기다리고 섰던 준태의 귓속으로 진한 동해안 사투리가 밀려들어왔다. 공

양간 문밖으로 거무튀튀한 아낙의 얼굴이 빠끔히 나와 있었다. 공양주 보살이었다.

"선상 애인인갑네?"

이북 사투리와 경상도 억양이 교묘히 섞인 그녀의 말은 내용만큼이나 뜬금없었다. 준태는 대답 대신 바지주머니에 두 손을 찌르고는 코웃음을 팽개쳤다.

"이 여자분이 여기서 하루를 묵으려나 봐요."

공양주 보살의 겨울 호박처럼 쭈글쭈글 시들어가는 얼굴이 여자의 아래위를 훑었다. 여자가 까닥 고개를 숙였다가 들었다.

"종무소 장부에 기장은 하셨능가?"

여자의 당황하는 낯빛을 보고 준태가 나섰다.

"거기 사람 있는 날이 있었나요."

공양주 보살이 쩝 소리가 나도록 입맛을 다시고는 준태를 매운 눈으로 째려보며 여자는 쳐다보지도 않고 말했다.

"사람 없으믄 귀신이라도 있겄지, 색시는 언능 종무소 가서 기장부터 하고 오기요. 저녁밥은 객사 방에다 갖다놓을튼게 먹고나거등 설거이나 해놓어, 알간?"

펑퍼짐한 덩치에 절간 공양주 보살이라고 후덕한 인심을 예상했다간 큰코다친다는 걸 생생히 보여주는 쌀쌀맞음은 준태도 아직 적응이 안 되었다. 공양주 보살이 쑥 들어가버린 부엌을 잠깐 멍한 표정으로 바라보는 준태의 얼굴이 심하게 굳어 있었다. 모르긴 해도 여자는 준태보다 더했다. 어떻게 해야 할지 모르는 여자의 모양은 영락없이 집안에서 사람 손이나 타던 쥐방울만한 애완견이 어느 날 갑자기 집밖에 내다버려진 꼴이었다. 준태는 코로 입으로 번갈아 한숨을 내쉬고는 연민 가득한 눈길을 여자에게로 던졌다.

"어떡하실래요? 혼자서 장부를 찾을 수 있겠어요?"

"장부라면—."

"말하자면 숙박계지요. 왜 여관 같은 데서 쓰는 거 있잖아요."

그렇게 말해놓고 준태는 과연 여자가 여관에서 자 본 경험이나 있을까 싶었다. 하는 수 없었다. 준태는 여자에게 "갑시다," 하고는 어줍게 한번 웃었다. 여자가 어설픈 미소로 답했다. 주지의 방으로 오르는 계단을 되짚어 본당 앞뜰로 들어섰을 때 여자가 넌지시 말을 걸었다.

"선생님께서는 오래 계실 건가 봐요?"

"나요?"

준태가 얼굴을 돌리자 여자는 이번엔 눈길을 피하지 않고 고개를 끄덕였다.

"주지를 만나봐야 떠나든 머물든 할 텐데, 암튼 지금으로선 오래 묵을지 오늘 밤 당장 떠날지 알 수가 없시다."

여자가 고개를 주억거렸다. 준태가 곁눈으로 여자를 훑다가 물었다.

"여긴 처음이죠?"

"네."

"보기엔 절 같은 데 찾아다닐 것 같지 않은데, 어때요?"

여자의 눈망울이 금세 커졌다. 그러고는 뜻밖의 말을 흘렸다.

"많은 곳을 가보지는 못했지만 어지간히 유명한 사찰은 둘러보았습니다."

"그래요? 해인사, 가봤어요?"

"네."

"통도사는요?"

"거기도 가봤어요. 4,5년 전에."

"법주사."

"친구가 상주에 사는 데 거기 들렀다가 경상도 쪽 문장대로 올라갔어요."

준태는 그녀의 말이 사실인지를 확인하듯 텔레비전 퀴즈 문답식으로 물어나갔다. 그러자 여자는 또 제 말이 거짓이 아님을 확인시키려는 듯 대깍대깍 대답했다. 준태는 절이라면 어지간히 이골이 난 사람이었다. 지난 2년 동안 튼튼한 등산화가 세 켤레나 닳을 정도로, 그야말로 빨빨거리며 다닌 게 절이었다. 물론 방송 때문이었다. 허울뿐인 전업 소설가를 때려치우다시피 하고 방송국에 들어간 지 3년 동안 이것저것 일거리가 주어질 때마다 닥치는 대로 일을 하고 있던 준태에게 박승주가 프로듀서로 이른바 '입봉'이란 걸 하면서 작가로 같이 일해줄 수 있냐고 제안을 해온 게 다큐멘터리 형식의 프로 '문화기행'이었다. 당시 시청률 5퍼센트를 겨우 유지하고 있던, 그래서 단 1퍼센트만이라도 떨어지면 가차없이 폐기처분될 프로였다. 준태를 방송국에 소개해주었던 시인이자 베테랑 작가였던 이주섭 씨도 박승주의 제안을 어지간하면 거절하라고 충고한 프로였다. 시청률이 바닥을 치고 있는데다, 담당 피디의 나이가 그때 겨우 스물네 살이라는 것, 게다가 여자라는 게 주된 이유였다. 하지만 준태는 박승주의 제안을 받아들였다. 이유는 하나였다. 그녀가 제안한 새로운 포맷— 절을 찾아가자는 것 때문이었다. 특정한 종교를 소재로 삼는 게 공영방송에서 위험한 일이라는 걸 잘 알고 있던 그녀가 "절만큼 우리 문화를 잘 간직하고 있는 데도 없지만, 절만큼 심각하게 훼손된 공간도 없죠," 라고 말했을 때 준태는 기꺼이 그녀에게 설복 당했다. 하지만 일주일에 50분짜리 프로 하나를 만들어내는 일은 거의 불가능했다. 성격상 스튜디오를 떠나 발로 뛸 수밖에 없었는데, 편집과 녹음 작업을 하루에 다 한다 해도 주말과 일요일을 빼고 나흘 동안 기획하고 구성하고 촬영하는 건 결코 가능한 일이 아니었다. 더구나 시청률이 바닥이라 지원되는 제작비도 터무니없이 적었고, ENG 카메라를 쓸 수 있는 날도 이틀에 불과했다. 그것도 남들은 거의 다 노는 토요일과 일요일— 그야말로 치명적인 조건이었다. 여행 성수기가 아니더라도 토요일과 일요일이면 어지간한 산사는 사람들로 북적거릴 게 뻔했고, 그 어수선한 이틀 동안 문화의 보존과 훼손의 흔적을 꼼꼼하게 찾아낸다는 건 서울 하늘에 망원경을 대놓고 몇 억 광년짜리 별을 찾겠다는 것이나 마찬가지였다. 그런데 참 기막히게도 그들이, 아니 박승주란 신출내기 프로듀서가, 스물넷밖에 먹지 않은 여자가 불가능을 가능으로 바꾸어놓았다. 어쩌면 처음부터 불가능한 일이 아니었을지도 몰랐다. 사람들로 북적거리는 산사는 적어도 문화의 훼손이라는 점만은 적극적으로 부각시켜주기 때문이었다. 덕분에 카메라맨 둘과 작가인 준태의 주말은 평일보다 더 바쁘게 보내야 하는 날이 되었고, 카메라 보조의 중고차는 두 번이나 머플러가 터지는 수난을 겪어야만 했다. 문화기행 〈절을 찾아서〉는 마침내 시청률 20퍼센트를 넘어섰고 문화다큐의 신기원을 이룩한 프로로 주목을 받았다. 박승주가 프로를 맡고 6개월 만에 새로운 팀이 지원됐고, 한 팀씩 격주로 제작하게 된 뒤부터 프로는 훨씬 탄탄해졌다. 그렇게 된 게 어느새 1년 반이나 전이었다.

"비구니들이 가장 많은 절엔 가봤어요?"

"운문사 말인가요? 거기 강원에 사촌 언니가 입원한 적이 있었어요. 언니는 지금 울진에 있는 불영사에 계세요."

준태는 뜨끔했다. 여자를 순되게만 본 자신의 안목이 한심하게 느껴졌다. 준태는 몇 번 더 여자를 집적거려보다가 관두었다. 송광사, 수덕사, 부석사, 범어사 같은 그야말로 명찰은 말할 것도 없고 절깨나 찾아다닌 사람도 놓쳤을 양주 봉선사, 해남 대흥사, 괴산 각연사, 강진 무위사도 빠짐없이 그녀가 거쳐간 곳이었다. "춘양의 각화사를 가본 적이 있어요?" 하고 그녀가 되물었을 때는 기가 딱 막혔다. 그 절은 사실 어떤 지도에는 표기가 되어 있지도 않은, 역사적 기록에야 나말羅末에 세워진 걸로 돼 있었지만 실제로 가보면 아주 근년에 완전히 새로 지어진, 대웅전 하나에 요사만 달랑 있는 작은 절이었던 것이다. 거기까지 찾아간 여자의 행각이 문득 의아했다.

"그러니까, 여기 수정사는 처음이란 말이죠?"

텅 빈 종무소 안으로 발을 들이밀며 준태가 여자에게 물은 말이었다. 여자가 고개를 까닥까닥해 보이고는 종무소 안을 둘러보았다. 준태는 그 눈길이 몇 개의 서로 다른 감정들을 섞어놓은 것 같다는 느낌을 받았는데, 여자의 얼굴에 박승주의 얼굴이 겹쳐 보인 까닭은 딱히 짚어낼 수가 없었다.

이미연―. 해거름녘 만났던 여자의 이름이었다.

자리에 누웠지만 벌써 한 시간째 뒤척이고만 있는 준태의 눈앞으로 그 여자의 모습이 어른거렸다. 귓전을 적시던 갈벌레 울음소리도 귀에 익은 탓인지 더 이상은 별달리 들리지가 않았다. 사위가 모두 깊은 적막의 그늘에 덮여 있을 뿐이었다. 새우처럼 잔뜩 몸을 웅크린 채로 오른쪽으로 왼쪽으로 두어 번 뒤넘던 준태는 아예 이불을 걷어내고 일어나 앉았다. 조심스럽게 담배에 불을 붙여 문 그는 문을 손가락 마디 하나만큼 열었다.

얼마쯤 지났을 때, 깜깜한 어둠 속으로 후욱 담배연기를 내뿜던 준태의 귀에 무슨 소리가 기어들었다. 신음소리 같기도 했다. 하지만 귀를 세우자 곧바로 온갖 소리들이 한꺼번에 밀어닥쳤다. 객사 앞 세죽밭 잔댓잎들이 바람에다 비벼대는 소리가 그의 귀를 금세 채워버렸다. 그 뒤로 성큼 물러서 있는 소리는 길짐승들의 것이었고, 잊을 만하면 한번씩 부엉이의 울음이 성기게 끼어들었다. 맨 먼저 들려온 사람의 신음소리는 더 이상 없었다. 그게 만약 신음이었다면 옆방의 미연이란 여자의 것임에 틀림없을 터였다. 하지만 산행이 피곤했던지 그녀가 방에 들어가고 나서 아직 불이 켜진 적이 없었다.

"칠십년 생이면 몇 살이야?"

준태는 재떨이 삼아 왼손에 말아쥐고 있던 빈 담뱃갑에다 재를 떨며 혼잣말로 중얼거렸다. 종무소에 비치된 장부에다 이미연이란 여자가 기입한 주민등록번호 앞자리 두 개는 분명 7과 0이었다. 그렇다면 우리 나이로 스물아홉 살인 셈이었다. 언뜻 보기에는 성년이 채 돼 보이지가 않았는데 의외였다. 준태는 9를 0으로 잘못 본 게 아닌가 몇 번이나 제 눈을 의심해보았었다. 79년생이라면 겨우 스물은 되었을 것이니. 하지만 그렇다 하고 가만히 살펴보니 여자의 눈가에는 제법 신산한 삶의 기미가 깔려 있는 것 같기도 했다. 이름과 주민등록번호를 또박또박 써놓고

난 이미연은 좀 전 준태에게 말을 건넬 때는 하룻밤을 묵는다고 했었지만 그새 마음이 변해 며칠을 더 지낼 모양인지 출발 예정일을 적어넣는 난에 볼펜 끝을 대고는 한동안 멈칫거리다가 그냥 비워놓고 다음 칸으로 건너갔다. 칸은 둘로 나뉘어져 있었는데 한쪽은 법명法名이나 수계명受戒名을 적어놓게 되어 있었고 다른 하나는 직업을 써놓도록 되어 있었다. 거기에다 이미연은 법선화法善華와 학생이라고, 예의 또박또박한 글씨를 남겼다. 학생이시냐고, 준태가 슬쩍 물으니 그녀는 왕십리 쪽에 있는 대학교 이름 하나를 댔다. 더 묻지 않았는데도 그녀는 그 대학의 대학원에서 미술사를 전공한다고 말했다. 올 학기에는 아마도 석사학위를 받을 것 같다는 말까지 덧붙였다.

"그러면 몇 학번인 거야—."

준태는 하릴없이 여자의 이력에 골몰하기 시작했다. 손가락까지 하나씩 꼽아가며 계산을 해보던 그는 그녀가 석사학위를 따기까지 걸린 햇수가 좀 길다 싶었다. 그 길어진 사연이 궁금했다.

준태는 빈 담뱃갑에다 피우던 꽁초를 집어넣고 침으로 불을 끄고는 문틈을 좀 더 벌여놓고 이윽히 밖을 내다보았다. 문지방을 타고 넘는 바람이 선득했다. 시월을 얼마 남겨놓지 않은 산중의 밤은 이미 온기가 담겨 있지 않았다. 달은 떠올라 있었지만 시꺼먼 구름에 가려서인지 밖은 가는대숲 속인 양 어두웠다. 부스스 일어서는 댓잎바람에 밤공기가 출렁이는가 싶더니 아주 가까운 곳에서 쿵하는 소리가 들려왔다. 옆방에서 들려온 게 틀림없었다. 그렇다면 아까의 그 신음도 여자가 자고 있는 방에서 들려온 듯싶었다. 준태는 엉덩이를 달싹 들고는 문밖으로 고개를 늘였다.

"이런!"

문밖으로 빠끔히 고개를 내밀던 준태가 입을 딱 벌렸다. 방 앞 좁은 마루에 시꺼먼 게 하나 앉아 있었던 것이다. 여자였다.

"안 주무셨어요?"

여자가 곱게 물어왔지만 준태는 얼른 대답을 못했다. 제법 놀란 탓에 뒷목이 뜨끈했다. 구름에 가렸던 상현달이 슬그머니 빠져나오자 여자의 자태가 희끔하게 드러났다. 때까치같이 말랐다는 말은 저런 여자를 두고 하겠구나, 그녀의 몸은 쥐면 바스러질 것처럼 빈약했다. 여자가 준태에게 낮은 소리로 말했다.

"담배 태우시는 것 같던데, 저 한 대만 주실래요?"

이건 또 뭐지? 준태가 여자에게서 본 첫인상은 확실히 엉터리였다. 턱없이 낮게 본 나이도, 절 같은 덴 근처에도 가본 적 없어 보이던 것도— 이젠 담배까지. 준태는 허둥거리며 셔츠 주머니를 손바닥으로 눌렀다. 하지만 아까 피운 담배가 마지막이었다.

"어쩌죠, 방금 막배를 피워버렸으니."

"괜찮아요. 그냥 앉아 있으려니까 담배 생각이 났어요. 잠 올 것 같지 않음, 선생님, 저랑 얘기나 하실래요?"

"어, 예— 그러죠 뭐."

준태는 저도 모르게 말을 더듬었다. 엉거주춤 문지방을 타고 넘으려는데 이미연이 눈앞의 검은 대숲을 이윽히 바라보며 입을 뗐다.

"처음에 저한테 그러셨죠, 절 같은 데 찾아다닐 것 같지 않다고요." 준태는 대답을 하지 않고 침만 삼켰다. 여자의 날카로운 콧등에 달빛이 미끄러지고 있었다. "참 이상해요. 아주 어렸을 때부터 절 출입을 제법 했는데, 저한테 절은 늘 낯설어요. 절엘 갈 때마다 생전 첨 가보는 남의 집에 심부름 간 것 같거든요."

"얼마나 어릴 때부터 다녔는데요?"

"외삼촌 따라 직지사를 간 게 맨 처음이었어요. 국민학교 3학년 겨울 방학이었어요. 나중에 안 일이지만, 거기에 엄마가 계셨어요."

"모친께서?"

"제가 여덟 살 때 엄마가 돌아가셨는데 위패를 거기다 모셨어요. 외삼촌이 거기 상좌로 계셨어요." 준태가 고개를 주억거렸고 여자가 말을 이었다. 처음 보는 남자한테 털어놓는 여자의 얘기치고는 확실히 별난 구석이 있었다. "중학교 입학하고 여름에 당신께선 오대산으로 옮겨가셨는데, 그때 월정사, 상원사를 가봤어요."

"당신이라면— 외숙부께서?"

"네. 제가 절을 찾아다닌 건 외삼촌이 옮겨 다니신 곳을 찾아가는 행로나 마찬가지예요. 저한테 세상에 남아 있는 혈육은 오로지 그 분밖에 계시지 않아요. 하지만 외삼촌은 제가 절을 찾아다니는 게 못마땅하셨는지 찾아가도 반겨주지 않았어요. 중이 될 것도 아니면서 여자가 절을 찾아다니는 건 인생을 염세적으로 살게 될 소지가 있다고 그러셨어요. 그게 무슨 뜻인지 제법 알게 된 건 고등학교 2학년 때였어요. 당신이 함양 부근 조그마한 절을 뜨신 후론 좀체 만날 수가 없었는데, 제가 찾아가는 걸 막으려 했던 거 같았어요. 하지만 그 뒤로도 역마살 든 것처럼 헤매고 다녔어요. 당신 말씀처럼, 그렇게 돌아다니다 보면 정말 인생이 아무것도 아닌 듯싶었어요. 염세적이라는 게 다른 게 아니더라고요. 누구하고 있어도 외롭고, 무엇을 해도 가치를 느낄 수 없고, 죽고 싶다는 생각까지 무의미하게 느껴지고— 절에 오를 때나 내려갈 때나 마음의 진동이 다르질 않았죠."

이미연의 얘기를 듣고 있으니 사찰에 대한 그녀의 경험이 상당하다는 게 느껴졌다. 2년 동안 절을 찾아다니며 카메라를 들이대고 내로라하는 선승법사를 만나 좋은 말이란 말은 다 들어 우쭐해있던 준태였다. 그의 경우, 이미연이 말한 것과는 달리, 절에 오를 때와 절에서 내려갈 때의 마음의 진동에 엄청난 차이가 존재했다. 절 어느 구석이라도 카메라를 들이밀면 온갖 성찰과 번뇌와 수행의 끈적이는 땀이 찍혀 나왔다. 말 그대로 손만 대면 모든 게 금이 되어 번쩍이는 미다스의 나날이었다. 거기다 스님들이 쏟아놓는 오도와 각성의 언설이 더해지면— 그건 슬리퍼 질질 끌고 휘파람 불어가며 휙 올라왔다 휙 내려가는 난폭한 여행객들이 깨칠 수 있는 경지가 아니었다. 붉고 푸른 건 단청이요, 제일 큰 건물은 대웅전이라는 식의 인상기 앞에서 절은 아무것도 아니었다. 그런 식으로 문화의 진수를 뽑아낸다는 건 애최 글러먹은 일이었다. 그런 거라면 송광사나 선암사나 같은 승주에 있는 절이니 그 중 하나만 보면 된다는 식의 어설픈 여행 계획이나 짜낼 수밖에 없을 터였다. 임준태가 글을 쓰고 박승주가 연출을 한 〈절을 찾아서〉는 그런 치기만만한 대중들의 절에 대한 인식을 전복시키는 매우 구체적이고 도력 왕양한 순례였다.

이미연이란 여자의 무심한 사찰탐방의 내력 앞에서 준태는 문득 자신도 어쩌면 어설픈 여행객에 다를 바 없을지 모른다는, 자괴감 비슷한 것을 느꼈다. 슬리퍼 대신 등산화를 신고, 자동카메라 대신 억대의 방송용 카메라로 무장하고, 휘파람 대신 제법 볼륨 있는 명찰 순례집 몇 권으로 채워진 지식을 앞장세웠을 뿐, 난폭 운운하자면 슬리퍼와 휘파람보다 더하면 더했지 결코 덜하지 않은 것처럼 느껴진 것이다. 설익은 문화의식을 잣대삼아 탈속의 삶을 함부로 재어버리고, 선사들의 보석 같은 오도송 몇 개를 외어 금당 앞 뜨락에 핀 불두화를 보며 홀연히 가섭의 미소를 보았노라고 멋대로 자찬하는 가여운 속자俗子— 그것으로부터 결코 자유롭지 못했다. 이미연이라는 볼품없이 바짝 마른 여자로 인해 일어난 느닷없는 자괴감이 준태의 가슴을 서늘하게 비워내고 있었다.

준태는 달빛이 비낀 여자의 옆얼굴을 가는 눈길로 훑었다.

"미연 씨를 보고 있으니까 어떤 여자가 자꾸 생각나는군요."

여자가 고개를 틀었다. 눈빛이 어둠에 가려 보이지 않았지만 준태는 그걸 제대로 응시할 수 없었다.

"스물네다섯쯤 됐는데, 어제 그 사람 영혼에 귀신이 붙었다는 전화를 받았어요." 여자의 얼굴에 바람이 쓱 불고 지나갔다. "그게 꼭 절 때문이라고 할 수는 없겠지만, 아니라고도 할 수 없을 거 같아요."

"사랑하는 사람인가 봐요?"

"그렇다고도 할 수 있죠."

준태는 눈을 몇 번 껌벅였다. 박승주가 거품을 물고 방송국 로비 바닥에 나가떨어졌을 때의 기억이 화살처럼 뇌리에 박혀왔다. 덕유산 서남쪽, 경상남도와 전라북도의 지계 어름, 유영사幽影寺라는 절을 2박3일 동안 탐방하고 올라온 다음날 저녁이었다. 9층 편집실에서 테이프가 올라오기를 기다리고 있던 준태는 교양제작국 후배 작가인 정은영으로부터 걸려온 구내전화를 받고 곧장 로비로 내려갔었다. 박승주는 처참한 모습으로 바닥을 뒹굴고 있었다. 그것은 간질환자의 발작을 주저없이 연상시키는 장면이었다. 로비 담당인 두 명의 청원경찰과 눈에 익은 탤런트 몇 사람, 가슴팍에 출입증을 단 방송국 직원 서넛이 박승주를 둘러싸고 있었다. 그들은 어떻게 손을 써야 할지 몰라하고 있었다. 발을 동동 구르고 있던 정은영이 엘리베이터에서 내린 준태를 보자 금방 울음이라도 터뜨릴 듯한 얼굴로 달려왔다. 팔다리를 있는 대로 뒤트는 박승주를 들쳐 안고 방송국을 빠져나와 택시를 잡아탄 걸 빼면 준태 역시 어떻게 박승주를 병원으로 옮겼는지 기억나질 않았다.

간질은 아니었다. 이런저런 검사를 받으며 이틀 동안 병원에 입원했던 박승주는 거짓말처럼 아무 일 없었다는 듯 퇴원했다. 그녀가 왜 병원에 실려왔는지, 발작을 정말로 일으키기는 했는지에 대해 그녀를 진단한 의사조차 의심할 정도로 그녀는 말짱했다. 반면에 박승주는 느닷없는 발작뿐 아니라 준태가 자신을 안아 병원으로 옮긴 것까지 정확히 기억하고 있었다. 그런데 그로부터 일주일 뒤 〈절을 찾아서〉의 유영사 편이 방송되기 바로 전날, 편집을 마친 마스트 테이프를 내레이터를 맡은 성우와 함께 시사를 하던 편집실에서 박승주는 발작까지는 아니었지만 이상한 증세를 보였다. 당시 편집실에는 지난 번 박승주의 발작에 이상하리 만치 민감한 반응을 보였던 〈미스터리 세계〉를 담당하다는 작가 염미화가 동석해 있었다. 그러니까 좁은 편집실에는 〈절을 찾아서〉의 담당 피디인 박승주와 작가 준태, 내레이터인 성우 나현실, 그리고 〈미스터리 세계〉의 작가 염미화, 그렇게 네 사람이 커피가 담긴 종이컵을 하나씩 든 채로 앉아 있었다.

테이프가 반 정도 돌아갔을 때였다. 유영사 주지이며 대중들 앞에서 여러 가지 신비한 현상들을 실연해 보여주는 걸로 널리 알려진 무이당無二堂이란 승려가, 불제자로서 자칫 혹세무민한다는 나쁜 평판을 얻을 수도 있는 신비현상의 실연을 왜 계속하는지에 대한 일종의 변명이 피력되는 장면이었다. 무이당이 가장 자신 있게 실연하는 것이면서 대중들 역시 가장 보고 싶어하는 것은 구천을 떠도는 혼령들을 불러오는 초령招靈과 그 혼령이 사로잡힌 원한을 달래 더 이상 구천을 헤매지 않게 제 갈 길을 찾아가게 해주는 위무령慰撫靈이었다. 사찰탐방 팀이 유영사를 찾았을 때 마침 마흔 중턱에 이른 한 중년신사가 무이당을 방문해 있었다. 그 신사는 사별한 자신의 아내가 자주 나타나 억울함을 호소한다고 울상을 짓고 있었는데, 무이당은 대뜸 신사의 아내가 20년 가까운 시어머니와의 갈등 끝에 다량의 수면제를 먹고 자살한 사실을 알아맞혔다. 무이당은 고부간의 갈등을 방관한 채 결국 아내를 죽음의 길로 끌고 간 책임은 전적으로 그 신사에게 있다며 호되게 나무란 뒤 곧바로 초령에 들어갔다. 그 기막힌 장면을 놓칠 리 없던 박승주는 전 과정들을 카메라에 담게 해달라고 무이당에게 부탁했고, 무이당은 뜻밖에도 선선히 허락했다. 그런데 조건이 하나 있었다. 그것은 혼령을 불러내 얘기를 들으려면 혼령이 일단 산사람의 몸에 씌어야 하는데 그 역할을 박승주더러 맡으라는 거였다. 께름칙한 일이었지만 박승주는 그런 걸 마다할 위인이 아니었다. 그녀는 대뜸 무이당의 제의에 응했고, 하나씩 절차가 진행되어 갔다. 통칭 '영혼방생靈魂放生'이라 불린 그것은 한 편의 장엄한 서사시였다. 한 인간의 삶, 즉 태어나고 자라고 아프고 기뻐하고 숨죽이고 괴로워하고 병들고 위로받고 사랑하고 증오하고 그러다가 죽음에 이르는, 그 누구도 무너뜨릴 수 없는 운명적인 질서가 가져다주는 까닭모를 감동이 무이당의 온몸에서 뿜어져 나오는 열기와 뒤섞이며 곁에서 보고 있는 사람들의 마음을 송두리째 뒤흔들어 놓았다. 혼령을 불러오는 초령의 과정에서 듣는 이의 가슴을 절절하게 끓게 만드는 무이당의 독경, 불려 온 혼령을 쓴 박승주에게 나타난 돌연한 변화들 — 눈빛, 목소리, 안색, 몸놀림 — 사랑과 증오가 마구 뒤섞인 감정을 생경하게 표출하는 혼령, 고통에 젖어든 남자, 그의 자책, 끝날 것 같지 않은 혼귀의 분노, 때로는 화를 내어 혼귀의 턱없이 높기만한 울분을 꾸짖고 때로는 따뜻하게 팔을 벌려 안아주고 또 때로는 애달픈 음성으로 상처난 누이의 가슴을 달래듯 함께 슬퍼해주는 무이당의 자연스런 움직임— 그 하나하나가 모여 거대한 서사를 이루었다. 한 인간의 삶이 사회적 격변만큼이나 막막한 서사일 수 있음을 무이당의 '영혼방생'은 여실히 보여주었다.

그러고는 모든 것이 잠잠해져 갔다. 네 평짜리 꽤 넓은 방에는 약간의 흐느낌이 흐르고 있을 뿐이었다. 그 흐느낌은 죽은 자의 혼귀를 쓴 박승주의 입술에서 비어져 나오고 있었다. 그녀가 흘리는 눈물 또한 죽은 자가 흘리는 눈물이었다. 그때 슬픔에 젖어 있던 신사가 박승주를, 아니 자신의 죽은 아내를 안타까이 포옹했다. 이제 마지막 헤어짐의 순간이었다. 잘 가오— 신사의 입에서 흘러나온 그 한마디에, 어떤 시가 그토록 절절할 수 있을지, 잠깐 동안이나마 준태는 아득해질 수밖에 없었다. 하지만, 사실, 무이당의 영혼방생이 진행되는 동안 줄곧 그의 가슴에 불길처럼 이는 것은 의혹이었다. 거짓이거나 사술이거나 마혼과 결탁해 벌이는 한 편의 오컬트라는, 그 자체로 두려움이었던 생각을 준태는 결코 놓아버릴 수 없었다. 그러나 의식이 삼줄처럼 강하다고 믿었던 박승주가 그의 앞에서 보여준 행동은 무이당이란 승려의 행위가 적어도 거짓일 수 없다는 명백한 증거였다. 박승주에게 씌었던 신사의 아내의 혼령이 서서히 영원한 작별의 절차를 밟아나가는 사이, 사람들의 얼굴과 움직임을 면밀히 좇아가던 카메라는 네 평짜리 방 구석구석을 천천히 훑어나갔다. 준태의 시선도 카메라의 앵글을 따라 새삼스럽게 방을 훑고 있었는데, 무위당 선사가 앉아 있는 뒤편 벽에 붙은 족자 '釋階登天'이 눈길을 붙들었다. 휘갈긴 듯한 초서였지만 글자를 알아볼 수 없을 정도는 아니었다.

석계등천—. 무슨 뜻일까?

석존의 계단으로 하늘을 오르다? 그렇게 풀어놓으면 너무 밋밋했다. 나중에 촬영이 끝나고 족자의 뜻을 무이당에게 물어보았을 때, 석釋은 석가가 아니라 '버린다'는 뜻이었다. 결국 그것은 계단을 버리고 하늘로 오른다, 즉 불가능한 일을 하려는 것을 이른 말이었다. 고대의 무속계에서는 천계와 지상 사이에 신성한 사다리가 있어 그것을 통해 두 세계를 오르내렸다고 믿었다는 얘기를 무이당이 덧붙여주었다. 족자의 낙관은 수정사 주지 허은虛隱 스님의 것이었다. 그리고 글씨를 쓴 날은 경오년庚午年 맹춘孟春, 그러니까 1990년 봄이었다. 무이당에게 어느 날 갑자기 혼령을 불러오고 그 혼을 위로하는 능력이 생겼다던 그 해였다.

한을 품고 스스로 생을 버렸던 한 여인의 혼령을 불러와 위로하여 돌려보내는 일련의 절차가 끝나고 방안의 기물들까지 천천히 훑고 난 화면에는 무이당 선사의 얼굴이 가득 채워져 있었고, 그의 중후한 음성이 흘러나오고 있었다.

— 처음엔 욕 많이 얻어먹었지. 근데 그 욕이란 게 똑같아. 왜 중이 무당짓을 하냐 이거야. 내가 무당들 밥줄 끊어놨다고 욕하는 건 어찌할 수가 없지만, 내가 하는 짓이 무당들 하는 짓거리랑 같다고 욕하는 건 어째 잘못된 거 아닌가 싶어. 누군들 무당짓을 못해? 중질이나 무당질이나 장

사꾼이나 농투성이나 펜대 굴려 먹고사는 놈이나 정치꾼이나 운동하는 놈들이나 예술쟁이나, 다 하는 짓은 무당짓이지. 헌데 문제는 그런 데 있질 않어. 내가 하는 짓거리는 무당짓하곤 다르단 말이지. 모양새가 비슷하긴 해. 하지만 허깨비 불러다놓고 귀신놀이하는 사이비는 아니란 말이야. 요컨대, 난 저 바깥세상을 정리하는 중이야. 지금 여기 산 놈들이 돌아가야 할 저 세상 질서를 잡아놓는 거라고. 알겠어?

무이당의 눈이 형형하게 화면을 꿰뚫고 있다는 느낌이 들었을 그때, 박승주가 "예!" 하고 대답을 한 것이다. "알겠어?" 하고 무이당이 묻는 말에 또록히 대답을 한 것이다. 그러고 나서도 박승주는 뭐라고 혼자서 중얼거렸는데, 누군가와 대화를 주고받는 것 같았다. 박승주가 고개를 주억거리거나 도리질을 치거나 "글쎄," "아니," "맞아," 따위의 짓을 한 1분쯤 계속 하자 준태가 편집기의 작동을 멈추었다. 돌아가던 테이프가 멈추는 순간 박승주는 바르르 떨면서 마치 잠에서 깨어나듯 하던 짓을 멈추었다. 그러고는 아무 일 없었다는 듯 준태에게 "왜 정지했어요?" 하고는 다시 테이프를 작동시켰다. 그날 이후로, 준태는 염미화와 박승주가 자주 어울리는 것을 보았고 께름칙한 기분이 지워지지 않았다. 그러다 어제, 방송국 후배 작가한테서 전화가 온 것이다. 무당에게 닥치는 신병神病이 박승주에게 들렸다는.

준태의 얘기를 차분히 듣고 난 이미연이 고개를 살짝 숙이며 묘하게 웃었다. 그러고는 준태에게 물었다.

"수정사 주지 스님은 왜 만나시려는 거예요?"

"유영사를 찾아간 뒤로 여러 번 와서 찍으려고 했었죠. 섭외할 때마다 번번이 거절을 당해서 이번엔 막무가내로 찾아온 겁니다."

"만나지 못하셨겠네요?"

"어떻게 알았어요?"

내 물음엔 대답을 하지 않고 이미연은 "얘기 하나 해드릴게요," 하고 말했다. 그녀의 눈은 객사 앞 어둠에 잠긴 대숲을 응시하고 있었다. 예의 세속의 때 하나 묻지 않은 것 같은 그녀의 가늘고 낮은 목소리가 달빛에 실려 일렁거렸다.

"저도 무이당 스님이 나온 그 프로, 봤어요."

"아, 그랬군요."

"허은 스님과 함께요." 준태의 팔뚝에 소름이 돋아올랐다. 여자는 미동도 없이 대숲에 눈길을 고정시킨 채 말을 이었다. "다 보고났을 때 스님이 무척 화를 냈어요." 여자는 숨을 한번 내쉬고는 허리를 조금 세웠다. "아마, 지금 유영사를 다시 가보시면 무이당 스님 방에 걸려 있던 그 족자를 보실 수가 없을 거예요."

"석계등천— 말인가요?"

이미연의 고개가 가만히 끄덕여졌다. 준태는 새삼스럽게 이미연이란 여자의 정체가 궁금했다. 그녀의 입술이 다시 열렸다.

"방송이 나오고 다음 날 허은 스님이 유영사로 가셔서 족자를 걷어내 불에 태워버렸어요."

"왜요?"

어느 정도 짐작은 할 수 있었지만 준태는 일단 그렇게 물었다.

"무이당 스님은 예전에 허은 스님의 보좌승이었어요. 무이당 스님이 속세를 떠나기 전 젊었을 때 신병이 걸렸었는데, 허은 스님이 치료해줬었어요. 그러고 나서 무이당 스님이 머리를 깎았어요. 석계등천이라고 쓴 그 족자는 허은 스님 밑에서 공부를 하고 나서 지난 1990년 초에 유영사 주지로 떠나게 되었을 때, 허은 스님이 손수 만들어주신 거예요."

"도대체 미연 씨는 그런 걸 어떻게 다 아십니까? 사실 전 지금 너무 당황스러워요."

준태의 말에 이미연은 그저 희미하게 웃을 뿐이었다. 준태가 다그치듯 물었다.

"유영사 무이당 스님이 나온 우리 프로를 허은 스님과 함께 보았을 정도라면 여기 수정사를 자주 들른 게 분명한데, 아까 저녁에는 여기가 처음이라고 그랬잖아요. 또 행동도 처음인 것처럼 했고요. 왜 속였어요?"

"속인 게 아니라 여기 수정사가 정말로 처음이에요." 코웃음을 치는 준태를 여자가 무심히 건너다보았다. "텔레비전을 본 건 저희 집이었어요. 가끔 허은 스님께서 절 찾아오시거든요."

그렇구나. 수정사 주지 허은 스님은 이미연의 외삼촌— 일이 그렇게 된 거라고 고개를 끄덕이는 준태를 슬쩍 일별하곤 이미연이 마루에서 몸을 일으켰다. 준태는 앉은 채로 여자를 올려다보고 여자는 준태를 물끄러미 내려다보았다.

"선생님은 지금 어디에 계시나요?"

뜬금없는 물음이었다. 선문답이라도 하는 듯했지만, 대답할 말이 없었다. 수정사지요, 하고 웃으며 대답할까, 잠깐 생각하고 있는 사이 이미연이 예의 묘한 웃음을 머금으며 다시 물었다.

"선생님이 디디고 있는 산은 얼마나 높나요?"

준태는 둔기로 머리통을 얻어맞은 듯 멍했다. 나자빠질 것 같은 현기증이 이어졌다. 준태는 댓돌 위에 신발을 벗어놓고 천천히 방안으로 들어가는 이미연의 뒷모습을 망연히 바라보며 말을 잊었다. 방문이 닫혔다. 달이 검은 구름 속으로 사라져 사위는 다시 흑막에 가렸다. 준태는 문득 자신의 발치를 내려다보았다. 어둠이 짙게 깔려 있었다. 무엇과도 같지 않고, 한번도 본 적이 없는 검정빛— 거기 산이 있을 턱이 없었다. 산이 없는데, 달이 하나 걸려 있었다.

이미연을 만난 다음날 준태는 수정사를 떠났다. 주지는 만나지 못했다. 아침에 일어났을 때 이미연은 이미 절에 없었다. 그녀는 마치 천상天上의 비밀을 알려주기 위해 잠시 지상으로 내려온 천사처럼 홀연히 가버린 것이다. 서울로 돌아온 준태는 박승주의 행방을 추적했지만 찾을 수가 없었다. 열흘 뒤, 박승주가 준태에게 직접 전화를 했다. 목이 많이 쉬어 있었다. 그래서인지 말을 많이 하지 못했다. 준태는 박승주에게 사랑한다고 말을 했었는지 안 했었는지, 전화를 끊고 나자 기억할 수 없었다. 다시 며칠 뒤, 스포츠신문 기자라며 한 남자가 방송국으로 준태를 찾아왔다. 그는 준태에게 박승주 피디에게 신이 내려서 무당이 되었다는 얘기가 사실이냐고 물었다. 준태는 모르는 일이라고 말을 했지만, 이틀 뒤 스포츠신문에는 박승주와 관련된 기사가 실렸다. 그 기사에는 〈미스테리 세계〉라는 프로에서 무당이 된 박승주 피디의 사연이 특집으로 방송될 거라는 내용이 실려 있었다.

2001

수도원의 달

오늘 아침 눈을 떴을 때 나는 드디어 그 일이 일어나고 있다는 걸 직감했다. 꿈이 아니었고, 분명했다. 손바닥에서 피가 흘러내리고 있었다. 내 손은 이불 속에 감추어져 있었지만 언제든지 빼낼 수 있었다. 하지만 나는 손을 이불 밖으로 빼내지 않았다. 입술이 약간 떨리고 있는 것만 제외하면 여느 날과 다르지 않았다. 물론 추위 때문에 입술이 떨린 것은 아니었다. 당연히 그 일 때문이었다. 일어나기를 그토록 고대해왔던 '그 일'이 일어나고 있었던 것이다.

산중에는 달력이 없다는 시를 읽은 적이 있다. 그것이 누구의 시인지를 묻는다면 나는 대답할 수 있다. 아무도 묻지 않겠지만. 시인의 이름 따위를 물을 만한 사람이 둘 이상이었던 적은 한번도 없었다. 그 유일했던 사람조차 지금은 없다. 시인의 이름이든 시든 나는 한번 기억한 것은 잊지 않는다. 산중에는 달력이 없다는 시를 쓴 두 사람의 시인을 확인하기 위해 뒤틀리는 손을 힘겹게 움직여 돌아가신 원장님의 서가를 뒤질 필요는 없다. 100세를 이틀 앞둔 날 거짓말처럼 세상을 떠나버린 수도원장은 늘 내 기억력에 대해 찬탄을 아끼지 않았던 유일한 사람이었다. 이곳으로 온 사람들은 며칠 머물지 않아 떠났고, 한번 떠난 사람은 다시 오지 않았다. 하지만 사람들이 이곳에 올 때마다 원장님은 언제나 똑같은 노래를 불렀다. 재미없고 무뚝뚝한 톤으로.

"신은 위대한 일을 아름다움에 감추지 않아요. 그러니 신을 찾으려거든 더럽고 하찮고 별 볼일 없는 것들에서 찾도록 하세요."

아무도 그것을 설교라고 생각하지 않았다. 원장님은 그 말을 할 때 언제나 내 눈을 지그시 응시했다. 하지만 나는 그를 오래 쳐다볼 수가 없었다. 부끄러움이 내 눈을 그의 얼굴에서 돌아가게 하기도 전에 내 눈은 이미 그를 떠나고 있었다. 스물다섯 해 동안 그렇게 살아왔는데도 나는 익숙할 수 없었다. 고개가 뒤틀릴 때마다 나는 언제나 안타까웠다.

"하지만 인간이란 작자들은 아름다움에 넋을 앗기고는 이렇게 외칩니다. 오, 신을 찬미하라! 당신이 우리에게 내리신 저 눈부신 아름다움을 보라! 이 주장이 옳은 것 같아요?"

수도원장은 정확히 언제 내 눈이 자신에게로 향하는지를 잘 알고 있었다. 그의 시선이 내게로 돌아올 때 내 눈은 또 정확히 그를 향해 있었다. 그때마다 그의 시선을 움켜쥐고는 놓으려하지 않았지만 채 30초가 되기도 전에 내 눈은 어김없이 그를 떠났다.

"우리가 이렇게 어리석어도 되는 건가요. 다시 가르쳐드리지요. 하느님은 결코 위대한 일을 아름다움으로 포장하지 않습니다. 당신은 그것을 오히려 더러운 포장지에 쌉니다. 그래야만 확연히 드러나기 때문이라고 대답한다면 거의 정답에 가깝습니다. 하지만 이 쉬운 대답을 우리는 발견하지 못해요. 왜 일까요? 그냥, 더러운 포장지만 보고 말기 때문이지요. 그 안에 뭐가 들어 있는지를 도대체 궁금해하질 않아요. 더러운 포장지 안에는 더러운 똥만 들어 있을 거라고 믿어버리는 우리의 어리석음을 어찌할 겁니까?"

처음부터 수도원장의 말을 귀담아 듣는 사람은 없었다. 하지만 그는 노래의 끝을 항상 나한테 맡겼다.

"저 아이를 보세요. 저 아이의 뒤틀리는 몸, 저 더러운 포장지를 한번 보세요. 저 아이 안에 당신의 위대함이 있다는 걸 알아야 합니다. 어찌 저 아이의 뇌에서 한 행도 틀림없는 루바이야트가 흘러나올 수 있는지에 대해 궁리해보세요! 저 아이의 별명이 뭔지 알아요? 걸어다니는 시집입니다."

그러나 아무도 포장지를 뜯지 않았다. 수도원을 찾는 그 누구도 오머 하이암을 알지 못했고, 알려고 하지 않았다. 결국 수도원장은 나를 일으켜 세우고는 쉰여덟 번째의 사행시四行詩를 외어보라고 했다. 나는 지렁이처럼 일어나 꿈틀거리는 호흡으로 그 짧은 네 행짜리 시를 길고 길게 읊었다.

천한 흙으로 사람을 만들었겠다
에덴 동산에 뱀의 지혜를 심었겠다
갖은 죄목으로 사람을 타락으로 몰았겠다

그리고선 용서를 주고받고 하는 것인가!

사람들이 만약 내가 외운 시를 알아들을 수 있었다면 달이 뜨기 전에 그들은 모두 산을 떠났을 것이다. 내가 아무리 정성을 다해 읊어도 지렁이처럼 꿈틀거리는 시를 알아듣는 사람은 아무도 없었다. 그들의 관심은 산정의 굴과 계곡에 엎드려 울부짖는 것이었다. 그들의 관심은 오직 통곡에 있었다. 하지만 그들은 그것을 통곡이라 하지 않고 기도라 했다. 산으로 올라가 밤새도록 통곡하며 기도를 올린 그들은 새벽녘에 수도원으로 내려왔다. 그러고는 조심성이라고는 없는 말투로 투덜거렸다.

"이봐 총각. 여긴 식사하는 데 없어? 배고파 죽겠네."

그들의 눈은 퉁퉁 부어 있었고, 목소리는 쉬어 있었다. 그들의 손은 하나같이 배를 문질렀다. 나는 그들을 똑바로 쳐다보지도 못한 채 말했다. "으—기—서—는—소—온—수—바—압—으—을—해—드—스—어—으—야—데—어—요—." 거의 내 말을 알아듣지 못했지만, 간혹 어떤 사람은 정확히 내 말을 일행들에게 옮기기도 했다.

"우리가 직접 해먹어야 된다는구만."

"그러게 내가 뭐랬어. 교통 편한 데라야 먹을 것도 잘 나온다 그랬잖아. 완전히 쌩으로 굶게 생겼네, 이거."

그들은 꼬르륵거리는 배를 움켜쥐고는 수도원 입구의 샘터로 몰려갔다.

"수도원 좋아하시네. 내가 삼십 년을 기도원 돌아댕겼는데 수도원이란 이름 붙은 덴 여기가 첨일세."

"그래도 산은 좋잖아."

"하기야 어젯밤 기도는 팍팍 먹히더라구."

"우리 교회서 여기 인수하자 그래볼까?"

"말도 마. 여기저기서 추라이를 했는데도 원장이 그랬다잖아. 여긴 수도원이에요. 도 닦는 수도원 말입니다."

"원장이란 사람, 백 살이 넘었다며?"

"넘었는지 모자란지 누가 알아."

"그나저나 헌금봉투 직접 전해줬어?"

"아니, 아까 걔한테 줬더니 안 받더라구. 그래서 도로 갖고 왔지 뭐. 원장은 코빼기도 안 보이던데?"

"걔? 뇌성마비?"

"응."

"헌데 그 애가 원장 아들이란 얘기가 있더라?"

"이 집사도 순진하긴. 원장이 백 살이나 먹었다는데 스물댓 된 아들이 어떻게 있을 수가 있어. 손자라면 모를까."

"글쎄, 앞뒤야 그렇게 돼야 맞지만, 그러면 그게 뭐이 얘깃꺼린가. 아들이라고 해야 꺼리가 되지."

"하긴. 아까 설교할 때 보니까 말도 못 알아듣겠는데 혼자서 얼씨구절씨구 다 하더만."

온화한 얼굴로 수도원을 떠나는 사람은 거의 없었다. 그런 사람들은 어김없이 아침해가 산을 벗어나기 전에 수도원을 떴다. 마을로 내려가 라면을 사오는 경우가 있었는데, 그래봐야 그들도 이틀을 넘기지는 못했다. 그들 역시 다시 오지 않았다. 그 누구도 두 번 수도원을 찾지 않았다. 사실, 한번 온 사람이 다시 찾지 않는다는 건 문제가 아니었다. 사람이 오는 경우가 일 년이면 서너 번, 많아야 네다섯 번에 불과했다. 수도원장 역시 사람이 찾아오는 일엔 신경을 쓰지 않았다. 하루 종일 산중 깊이 들어갔다가는 해가 뉘엿뉘엿 기울기 시작하면 수도원으로 돌아와 찐감자 한 알을 천천히 씹으며 산중에는 달력이 없다는 따위의 시를 나더러 외우게 했다. 『당시집唐詩集』에 딱 한 수만이 전하는 태상은자太上隱者의 시.

우연히 소나무 아래 와偶來松樹下
돌을 베고 잠이 들었네高枕石頭眠
책력도 없는 산중山中無曆日
추위가 다 가도 해를 모른다寒盡不知年.

당시집을 다 외운 걸 알았을 때 원장은 내게 케케묵은 시집 하나를 주었다. 해방 전에 출간된 정지용鄭芝鎔이란 시인의 시집이었다. 놀랍게도 그 시집에는 1,500년이나 지난 뒤에 똑같이 읊은 시가 들어 있었다.

책력도 없는 산중
삼동三冬이 하얗다.

그 하얀 삼동의 어느 밤, 수도원장은 잠든 내 머리맡에 삼동에 내린 눈처럼 앉아 있었다. 서늘한 기운에 눈이 뜨였을 때 희미한 촛불을 등에 진 그가 가만히 입김을 뿜어냈다. 하지만 말은 없었다. "으—은—장—니—이—임—." 그의 눈 속에 눈발이 날리고 있었다. 그 눈발은 조금씩 짙어졌다. 짙어지다가 완전히 백지처럼 하얗게 변하였을 때, 그 백지가 부르르 떨렸다.

“나는 이제 갈 때가 됐다. 잘 있거라.”

그의 말이 무슨 뜻인지 모르지 않았다. 나는 일어나지도 못한 채 몸만 뒤틀었다. 무슨 말이라도 하고 싶었지만 아무 말도 나오지 않았다.

“내일 모레면 나는 백 세가 되는데, 그래서 서둘러 간다.”

그래서 나는 그가 백 세를 이틀 앞두고 세상을 떠났다고 믿게 된 것이다. 그것이 상징적인 표현인지, 상징적인 표현이라면 무얼 상징하는 것인지에 대해서는 아직 고민 중에 있다.

“사는 것에 너무 연연해하지 않으면 고달픔이란 없는 법이다. 아무것도 바라는 게 없으면 두려워할 일도 없을 것이니, 혜경이 누나를 엄마로 삼고 지내다가 같이 떠나자 하면 따라나서거라. 혼자 살 만하면 그냥 여기 있든가.”

그날 밤 나는 거짓말처럼 다시 잠이 들었고, 내가 눈을 떴을 때 그는 담요에 싸인 채 눈밭 위에 누워 있었다. 그 곁에 껑충하게 키가 크고 비쩍 마른 젊은 여자가 서 있었다.

나는 바위 아래 앉아 있었다. 물에 비친 나는 미동도 없었다. 바위 아래 앉아 물을 볼 때 내 몸이 뒤틀리지 않는다는 건 아무도 알지 못했다. 수도원장도 돌아가시기 전까지 그것만은 알지 못했다. 그런데 그것을 혜경이 누나가 보아버렸다.

“신기하네. 어떻게 그렇게 꼼짝하지 않을 수 있지?”

그녀가 다가오기도 전에 내 몸이 다시 마구 비틀리기 시작했다. 나는 물에 빠지지 않기 위해 돌부리를 움켜쥐고 있었다. 그녀는 키득거리며 내 머리카락을 빗질하듯 손으로 마구 쓸었다. "까—음—찌—악—노—올—라—아—쓰—어—어—요—." 내 말에 여자는 산이 떠나갈 듯 깔깔거리며 웃어댔다. 그 웃음소리는 내 온몸을 애무했다. 마침내 나는 사정을 하고 말았다. 나는 바위 아래 모래바닥에 쓰러졌다. 가뭇없이 의식이 사라지고 있었다. 어둠이 먹물처럼 끼얹어지더니 희디흰 감자꽃이 바람에 일렁였다.

혜경이 처음 산으로 왔을 때 그녀의 머리는 스님처럼 빡빡 깎여 있었다. 나는 종탑 아래에 앉아 있었다. 소낙비가 긋고 간 직후였다. 고추밭에 서 있던 수도원장이 내게 오라고 손짓을 했다. 나는 지렁이처럼 꿈틀거리며 거기로 갔다. 손가락 한 마디보다 작은 개구리가 고춧잎 위에 앉아 있었다. "어—떠—어—케—아—은—자—이—쓰—으—까—요—." 내 말에 수도원장이 뒤통수를 갈기듯 말했다. "네가 모르는 것도 있니?" 그때, 여자가 고추밭 가로 왔었다. 혜경의 옷은 젖어 있었다. 그녀가 모자를 벗고 수도원장에게 고개를 숙여 보였다. 이끼처럼 돋아난 회색의 머리카락을 보았을 때 나는 몸을 더 이상 지탱할 수 없었다. 나는 고추밭 고랑에 힘없이 쓰러졌다. 그때도 나는 사정을 했다. 바지춤을 움켜쥔 채로 나는 혜경의 당황한 목소리를 들었다. 원장의 목소리가 이어지고 있었다. "걱정 말아요. 당신 같은 젊은 여자는 처음이니까 기절할 만도 하지." 손가락 한 마디만큼도 되지 않는 연둣빛 개구리가 내 얼굴 위에 앉아 있었다. 희디흰 감자꽃이 먹물 속으로 잠겨들었다. 나는 실눈을 떴다. 끊임없이 흘러내리는 물속에 혜경은 손을 담그고 있었다. 그녀의 표정이 굳어져 있었다. "여긴 원래 달력이 없어요?" 나는 그녀의 물음에 답을 할 수가 없었다. 대답 대신 나는 내가 스물다섯 살이라는 것이 사실이 아닐 수도 있을 거라는 생각을 했다. 내게 나이를 알려준 것은 수도원장이었다. 그가 나를 산으로 데려온 것은 내가 열다섯 살 때였다. 물론 부모님이 나를 학교에 보낸 적은 없었지만 나는 내 나이가 열다섯 살이라는 사실을 알지 못할 정도는 아니었다. 나는 그 나이의 아이들이 알고 있는 거의 모든 것을 알고 있었고, 얼마큼은 더 많은 것을 알고 있었다. 더 많은 그것들은 모두 월간지에서 얻어낸 것들이었다. 나는 하루 종일, 빳빳한 종이들이 걸레처럼 너덜거리게 될 정도로 월간지를 뒤적거리고 뒤적거렸다. 읽을 거라곤 단지 그것밖에 없기도 했지만, 월간지는 엄청난 정보를 담고 있는 박물지博物誌였다. 방안에는 몇 권의 월간지들이 뒹굴고 있었고, 그것들은 내 손에 의해 모두 걸레처럼 너덜거리는 신세가 되었다. 월간지 안에는 내가 평생 동안 결코 맛보지 못할 음식들과 결코 만날 수 없는 수많은 예쁜 사람들로 가득 차 있었다. 그 안에는 또 내가 평생 결코 가볼 수 없는 화려한 도시와 깨끗하고 크고 넓고 단정한 집들이 있었고, 내가 되어볼 수 없는 온갖 종류의 직업을 가진 사람들로 가득 차 있었다. 그리고 나중에 수도원장을 따라 산으로 들어온 이후에 만나게 된 시들 중 몇 개를 이미 나는 그 월간 박물지에서 마주쳤었다. 그 열다섯 살의 가을에 나는 짙은 회색 양복을 입은 노인과 함께 여러 개의 서로 다른 종류의 차를 갈아타고 난 뒤 산으로 왔다. 산 어귀에서 푸른 색 봉고차를 내렸을 때 해가 지고 있었는데, 수도원에 닿았을 때는 반대편 산 위로 해가 막 떠오르고 있었다. 밤 동안 내내 산을 올랐던 것이다. 신새벽의 부윰한 빛 속에서 나는 수도원의 종탑을 보았다. 나는 노인에게 여기가 교회냐고 물었고, 노인은 수도원이라고 대답했다. 나는 종탑을 가리키며 저건 교회에 있는 종탑과 똑같이 생겼다고 말했다.

그러자 그는 내 머리를 쓰다듬으며 말했다. "저 종탑에는 종이 없다. 여기는 종지기도 없고, 종을 울려도 들어줄 사람이 없다. 네가 아는 교회라는 곳도 마찬가지다. 거기에도 종은 없고, 그것을 울릴 종지기도 없고, 설사 그 종을 울려도 들을 사람이 없다." 그 이후로 나는 결코 종이 울리지 않았던 종탑과 함께 10년을 살았다. 하지만 그 10년은 달력을 열 번 갈아치운 뒤에야 도달하는 명료한 시간의 종착점이 아니었다. 어느 가을날 "오늘이 네 스무 번째 생일이구나, 성인이 된 너를 위해 신께 감사의 기도를 올리자," 하고 원장이 말했을 때 나는 스무 살이 될 수 있었다. 열여섯 살이 될 때도, 열일곱, 열여덟, 열아홉 살이 될 때도 그랬었다. 물론 스물다섯 살이 될 때도. 그와 함께 지내면서 나는 달력 없이 시간을 읽어내는 법을 알게 되었다. 달력 없이 어떻게 달력에 박혀 있는 날들처럼 살 수 있는지는 알 수 없었다. 나는 저절로 알게 되었다. 달력은 법칙이지만, 시간은 그 달력의 법칙과 무관하게 흘렀다. 산딸기가 맺히거나 밤꽃이 피는 것은 달력과 아무런 상관이 없었다. 돌배가 나무에 달리거나 다람쥐가 상수리 열매를 제 집으로 물어가는 일은 달력과 상관없이 일어났다. 그것들은 모두 저절로 그렇게 되는 것이라고 말할 수밖에 없었다. 산중에는 책력이 없다는 것은 지극한 현실이었다. 하지만 처음부터 달력이 없었느냐는 혜경의 물음에 내가 명확하게 대답할 수 없었던 것은 오히려 그 때문이었다. 내가 저절로 터득한 시간의 흐름이라는 것과 달력 사이의 차이를 혜경이 묻는 순간, 비로소 나는 그 이유를 알지 못한다는 사실을 알게 된 것이다. 그리고 그때 나는 내 나이가 스물다섯 살이 되었다는 그 명백한 사실을 의심했다. 나는 혜경이 악마일지 모른다고 생각했다. 선에는 항상 친구처럼 악이 따라다닌다고 어떤 책에 쓰여 있었다. 믿음이란 비판적이고 논리적인 판단을 유보하는 일이라는 말도 그 책에 함께 실려 있었다. 천사는 동행하지만 악마는 빠져들기를 요구한다는 말도 거기에 쓰여 있었으며, 나는 그녀와 동행하고 있었지만 그녀에게 빠져들어 있었다.

수도원장이 세상을 떠난 뒤, 아직 아무도 오지 않았다. 수도원장이 살아 있을 때도 크게 다르지 않은 일이었다. 어느 해는 겨울에서 다음 겨울까지, 일 년 내내 단 한 사람도 찾아오지 않은 적도 있었다. 가을걷이가 끝나면 얼마 있지 않아 눈이 내렸고, 한해의 반이라고 해도 될 만큼 지루한 겨울이 계속되었다. 그럴 때 사람이 찾아오는 건 일어날 수 없는 일이었다. 그래봐야 기도를 하러 사람들이 올 수 있는 기간은 몇 달 되지 않았다. 스무 살이 되었을 때 나는 수도원장으로부터 폐쇄 수도원에 대한 얘기를 들은 적이 있었다. 들어가는 문도 나가는 문도 없는, 평생을 그 안에서만 지내야 하는 수도원. "아—안—으—로—드—러—가—러—믄—어—떠—크—하—나—요—." 내가 묻자 "너 같으면 어떻게 하겠니?" 하고 그가 되물었다. 나는 상상할 수가 없었다. 안에서 줄 같은 걸 던져주고 그걸 잡고 안으로 들어가는 수밖에는 달리 방법이 없을 듯싶었는데, 정말 그랬다. 나는 가끔 우리가 사는 곳이 폐쇄 수도원이란 생각이 들곤 했다. 적어도 내게는 그랬다. 우리에게는 문이 없었다. 내가 처음 수도원에 들어올 때 문을 통과했다는 기억도 없었다. 마치 안에서 누군가가 줄을 던져주었고 그걸 잡고 안으로 기어들어온 것 같다는 기억이 너무도 또렷이 내 가슴에 남아 있었다.

겨울이 시작되면 수도원은 영락없는 폐쇄 수도원이었다. 우리는 모든 걸 주택 안에서 해결했다. 눈은 키보다 높이 쌓였고, 예배당이나 예배당 지하에 있는 '기적의 굴'로 가기 위해 터널을 팠다. 그건 아주 신나는 일이었다. 그 일은 고추를 따거나 감자나 고구마를 캐는 것에 비할 바가 아니어서, 내 가슴을 뛰게 만드는 몇 안 되는 일 중의 하나였다. 눈으로 꽉 막힌 출입문을 열면서 터널 파기가 시작되는데 그럴 때면 수도원장은 "잘못하면 눈에 깔려 죽을지도 몰라" 하고 겁을 주었다. 허술하기 짝이 없는 판자로 만들어진 주택 남쪽은 벼랑이었으므로 눈에 깔린다면 달리 도망칠 곳도 없었다. 터널을 팔 때마다 겁에 질린 나는 그렇지 않아도 뒤틀리는 팔다리를 사정없이 뒤틀어댔다. 그러면 원장은 집이 떠나갈 듯 웃어댔다. 그럼에도 불구하고 예배당까지 터널을 파는 것은 내가 생명을 가진 존재라는 사실을 맹렬하게 인식시켜주었다. 눈 한 삽을 떠내 그것을 뒷문 밖 벼랑 아래로 던져내는 일은 언젠가 수도원장이 내게 들려준 황홀경에 관한 이야기만큼이나 자극적이었다. 애슐리 저택에서 천장으로 날아오른 더글러스 홈이 느낀 공중부양의 생동감을 나는 우습게도 눈의 터널을 파면서 느낄 수 있었던 것이다. 터널을 파고 나서 땀에 흠뻑 젖은 채 화목난로 곁에서 하루의 양식인 감자를 쪄먹을 때 나는 완전한 인간이 된 희열을 느꼈다. "으—은—장—니—임—저—는—사—을—거—웃—가—타—요—." 나는 꾸물거리기만 하는 지렁이가 아니었다. 지렁이의 진짜 삶은 더러운 것을 먹고 생명의 거름을 토해내는 것이었다. 주택에서 예배당까지 터널을 파냈을 때의 내가 그랬다. 원장은 삶을 한 입씩 베먹듯 천천히 감자를 씹으며 말했다. "그게 바로 일이 주는 마력이란다. 하지만 그건 위험한 일이지. 일이란 성취감을 대가로 주고, 착취를 세금으로 거두어가는 권력과 같아. 인간은 무의미함을 견디기 위해 일을 하고 성취라는 마약을 흡입하는 거지." 내 몸은 한순간 경직되다가 더욱 심하게 비틀렸다. "이—을—하—는—거—으—으—시—자—알—모—읏—하—느—은—거—은—가—요—." 입맛이 떨어졌는지 수도원장은 감자를 그릇에 내려놓고는 나를 이윽히 바라보았다. "일을 하는 것이 잘못된 건 아니다. 하지만 일을 하는 것이 잘못된 것일 때가 있다. 그 차이를 알아야 한다. 일을 하는 것이 잘못될 때는 그것이 욕망과 관계될 때이다. 욕망과 관계됨을 아는 일은 중요하다. 그것은 반성을 통해 알게 되고, 자신의 일이 욕망 때문에 행해진 것이라고 판단될 때 가차 없이 중단해야 한다. 만약 성찰을 게을리하고 몸을 움직여서 희열을 느끼게 되는 일이 계속 일어난다면 그 사람은 영혼을 정돈할 수 없게 된다. 그걸 관성이라고 하지. 관성은 모든 걸 하나로 꿰어버려. 몸과 혼과 영이 욕망이라는 관성에 의해 하나의 꼬챙이에 끼워지는 것이다. 그건 불행한 일이다. 그때 그는 노예가 된다. 성취가 없으면 하지 않으며, 대가 없는 일을 회피하게 만들고, 항상 무엇을 이루기 위해 행위하도록 만들지. 일의 노예가 되는 것은 순식간의 일이다. 네가 눈 속에 터널을 파면서 희열을 느끼고 비로소 네 가치를 인식하는 것— 어쩌면 거기서 시작할 수도 있다." 나는 머리가 터질 것 같은 혼란에 빠져들었다. 솔직히 말해 아직도 나는 그의 말을 완전히 이해할 수가 없다.

지난 여름 감자를 캐던 날, 원장은 혜경과 나를 예배당 지하에 있는 '기적의 굴'로 데리고 갔었다. 캐낸 감자를 그곳에다 저장해두기 위해서였지만 아마도 그곳을 혜경에게 보여줘야 할 다른 이유가 있었던 것 같았다. 과연 그곳을 처음 본 혜경은 공포와도 같은 놀라움에 휩싸였다.

하지만 기적의 굴이라는 이름만큼 대단한 곳은 아니었다. 더구나 거기서 기적 같은 게 일어난 것을, 적어도 수도원에서 보낸 10년 동안 나는 한번도 보지 못했다. 다만, 스무 칸이 넘는 기다란 선반에 빼곡하게 눕혀져 있는 포도주만이, 포도주는 예수의 피라는 불분명한 상징처럼 기적의 일면을 아슬아슬하게 속삭여줄 뿐이었다.

"혜경아, 항상 여기에다 먹을 걸 갖다두도록 해라. 이곳에는 쥐도 없고, 곰팡이도 쓸지 않는다."

"저— 포도주는 먹을 수 있는 건가요?"

"물론 마실 수 있다. 마시고 싶을 때 너도 가져다 마셔라."

"지난 부활절에는 왜 성찬식을 하지 않으셨나요?"

"왜 그걸 해야 하느냐."

혜경은 원장의 물음에 대답을 하지 못했다. 만약 그녀가 부활절이기 때문에 그렇게 해야 하는 것이 아니냐고 되물었다면 수도원장은 분명히 이렇게 대답했을 것이다. "부활이란 죽음을 전제하지 않으면 안 된다. 그것은 거짓이다. 죽음이 없는데 어찌 다시 살아남이 있겠느냐. 모든 제의란 그것을 통해 무언가를 얻으려는 짓일 뿐이다. 그것은 부질없는 짓이기 전에 거짓이다."

그 말을 나는 내 귀로 똑똑히 들은 적이 있었다. 나는 그때, 그 말에 대해, 죽음이 없다는 말만큼 거짓된 말이 어디 있느냐고 되물었다. 죽음만큼 분명한 것이 어디 있느냐고 물었다. 그때 그는 아무 말도 하지 않았다. 그에게서 대답을 들은 것은 그로부터 한참이나 지난 뒤인 스물두 살 때의 깊은 겨울이었다. 우리는 화목난로 곁에 앉아 하루의 양식을 먹고 있었다. 나는 언젠가부터 그가 하는 것처럼 하루에 한 끼를 먹었고, 그

양도 그리 많지 않았다. 감자 한두 개, 혹은 그만큼의 고구마가 하루의 식량 전부였다. 배고픔이라는 것은 문제가 되지 않았다. 내 몸은 여전히 시도 때도 없이 뒤틀렸지만, 한없이 가벼웠다. 하루 한 끼의 식사 덕분이었다. 나는 그에게 물었다. 우리는 스님처럼 식물만 먹는데, 식물만 먹는 이유가 있느냐고. 그때 그는 19세기에 나서 20세기 중반쯤까지 살다 간 어느 오스트리아 사람이 쓴 얇은 책 하나를 서가에서 빼내 내게 주면서 말했다. 그것이, 죽음이 왜 없는 것인가에 대한 내 물음, 죽음만큼 분명한 것이 어디 있는가라는 내 물음에 대한 한참이나 지난 뒤에야 내린 그의 답이었다.

"이 책을 읽어보면 알게 될 것이다. 식물과 동물과 인간은 그 구성이 다르다. 인간은 몸과 혼과 영을 갖고 살아간다. 동물은 몸과 혼을 갖고 살아간다. 그리고 식물은 몸만 있다. 몸만 갖고 살아가는 식물은 동물이나 인간보다 쉽게 완전할 수 있다. 그것들은 모든 것이 에너지다. 심지어 그것들은 그 형체가 완전히 사라져버려도 에너지를 가진다. 가령, 콩을 먹었다고 하자. 콩은 우리의 몸속에서 소화가 된다. 그 형체가 사라져버린 것이다. 하지만 그 에너지는 원래 콩이 갖고 있던 그대로다. 우리가 활동을 함으로써 그 에너지를 다 쓸 때까지 콩은 여전히 살아 있는 것이다. 스님들이 식물을 먹으면서도 죽임을 덜 걱정하는 것은 그 때문이다. 식물의 삶은 동물이나 인간과 같지 않다. 그러니 그것들의 죽음도 다르다.

동물은 몸과 함께 혼을 가지고 있어서 자신의 에너지를 몸과 혼에 나누어준다. 혼에 나누어진 에너지를 통해 동물은 죽음을 인지할 수 있다. 죽음의 인지가 두려움을 만든다. 그 두려움은 육체의 상실과 함께 모든 에너지를 태워버리도록 만드는 휘발유와 같다. 육식이 병을 일으키는 것은 식물과 같이 형체가 사라져도 에너지를 지속시키지 못하기 때문이다. 그것은 부패할 뿐이다. 육식을 통해 얻어지는 힘은 바로 그 쓰레기 더미에서 생산된 가스의 힘이다. 그것은 인간의 영을 질식시킨다.

인간은 동물과도 달리 자신의 에너지를 몸과 혼에게만 나누어주지 않고 영에게도 나누어준다. 인간이 내세를 상상하는 것은 그 에너지의 도움 때문이다. 그것이 실재하든 않든, 옳든 그르든. 그래서 인간은 동물보다 훨씬 많은 두려움을 갖는다. 그의 의식은 복잡하고 그 복잡한 의식들이 수많은 가짜 현실들을 만들어낸다. 그것을 어떤 이들은 마술이라고 불렀다. 더러는 초자연현상이라고 부르기도 했다. 공중으로 떠오르거나 남의 마음을 읽거나 노려보는 것으로 숟가락을 구부리거나 예수가 십자가에서 받은 고통을 그대로 재현하거나.

어떤 인간은 몸과 혼에게 나누어진 에너지를 이 영에게 모두 몰입시키기도 한다. 그들에게는 신비가 밥이고 약이다. 그들은 전혀 먹지 않고, 자지 않고, 며칠이고 물속에서 지낼 수도 있다. 그들은 불 속에서도 타지 않고, 십자가에 끌어올려져 손과 발에 못이 박혀도 아픔을 느끼지 않는다. 그들을 일러 몸과 혼을 초월했다고 한다. 이들과 식물의 차이는 없다."

나는 그가 준 루돌프 슈타이너라는 오스트리아 사람의 책을 읽었지만 완전히 이해할 수는 없었다. 내가 그렇게 말하자 원장은 서가에서 서너 권의 책을 더 빼내 내게 읽으라고 주었다. 아흔아홉 살이 되었다고 원장이 말하던 날, 나는 눈의 터널을 지나 기적의 굴에 가서 포도주를 갖고 왔다. 벼랑 쪽으로 난 남쪽 창으로 햇살이 눈부시게 쏟아지고 있었다.

내가 물었다.

"주—우—는—거—은—무—으—웃—신—가—요—."

원장이 크게 웃었다.

"너는 아직도 죽는 것에 관심이 많구나."

그는 화목난로 안에 나무를 집어넣었다. 한동안 자신의 발치를 내려다보고 있던 그가 천천히 입을 열었다.

"다시 말하지만, 죽는 건 없다."

우리는 눈이 마주쳤고, 예의 채 1분도 되기 전에 나는 그의 시선으로부터 벗어났다. 그가 입을 열었다.

"존재가 없기 때문이다."

그는 책상에 놓여 있던, 자신이 읽고 있던 안느라는 이름을 가진 소녀가 쓴 얇은 소설책을 집어들었다. 이제 사랑할 시간만 남았다. 그녀의 그 소설에는, "내 몸은 땅에 묻혔고 친척들도 뿔뿔이 떠나갔다. 집안에는 공허가 입을 벌리고 있었다"라는 대목이 나온다. 죽은 자가 화자인 소설, 그녀의 책을 원장이 집어든 것이다. 그는 그것을 한손에 들고는 다른 손 손바닥 위에다 툭툭 쳤다.

"여기 한 권의 책, 안느 그로스피롱의 소설이 있다."

그는 난로의 뚜껑을 열더니 책을 안에다 집어넣어 버렸다. 나는 거칠게 몸을 뒤틀었다. 내 몸이 불에 타오르는 것을 느꼈다. 그는 난로의 뚜껑을 닫았다.

"이제 안느 그로스피롱의 책이 어디에 있느냐?"

나는 더욱 심하게 몸을 비틀었다. 하도 이를 깨물어서 얼굴이 찢어지는 것처럼 아팠다.

"트—아—고—이—으—스—으—오—으—."

"타고 있다고?"

"으—으—."

"다 타고 나면."

그는 냉혹한 악마처럼 물었다. 그는 늙은 악마였다. 나는 내 눈에서 불이 타오르는 것을 느꼈다. 그러나 나는 그 책이 다 타고 나면 어떻게 되는 것인지에 대해 대답을 하지 못했다. 몸만 비틀었다.

그가 "없다. 책은 없다," 하고 말했다. 그는 다시 책상 위에 놓인 다른 책 한 권을 집어들었다. 나는 식은땀을 흘렸다. 주먹을 쥔 내 손은 몸통의 앞에서 뒤로, 뒤에서 앞으로 허수아비의 팔처럼 흔들렸다. 그는 온화하게 웃고 있었다. 그는 쥐고 있던 책을 책상에다 가만히 내려놓았다.

"세상은 거대한 관념의 덩어리다. 우리는 그 덩어리를 이루는 작은 일부분이다. 있고 없음이라는 것은 관념이지 존재가 아니다. 내일 만약 내가 숨을 쉬지 않는다면 너는 나를 죽었다고 말할 것이다. 네가 나를 땅속에다 파묻으면서 내 죽음을 슬퍼할 것이다. 어쩌면 십자가의 예수가 다시 살아난 것처럼 너는 나의 부활을 꿈꿀지도 모른다. 하지만 그런 일은 일어나지 않는다. 왜냐하면 나는 죽지 않았기 때문이다. 죽는다거나 산다거나 하는 허깨비에 사로잡혀 있지만 않다면 생사의 속임수에 넘어가는 일은 일어나지 않을 것이다. 이 난로 속에서 재가 되어버린 책이 그 이전에 내 책상 위에 있었다는 헛된 믿음이 네가 알고 있는 삶이라는 것이다."

그럴까. 과연 그럴까. 나는 온몸을 비틀며 물었다. 아니었다. 세상은 한시도 멈추지 않고 뒤틀리는 내 몸만큼이나 명료하게 존재하고 있다.

관념이라 하기에는 그것으로부터 생겨나는 고통은 너무도 확연했다. 나는 집을 뛰쳐나갔다. 그리고 눈의 터널 속에 한참이나 앉아 있었다. 몸이 점점 굳어지는 것을 느끼며 나는 그것이 관념일 수 없다는 것을 다시금 확인했다. 고통은 피처럼 살아 있었다. 그것이 말라버릴 때 죽음이 있을 것이다. 원장은 그 모든 것을 부인하는 늙은 악마에 틀림없었다. 나는 악마의 손에 이끌려 한해의 반이 온통 겨울인 깊은 산 속으로 끌려와 있었다. 그것은 끝도 알 수 없는 아득한 어둠의 굴이었다. 가물거리던 의식 속에서 나는 시소의 한쪽에서 갑자기 떨어지는 것 같은 느낌을 받았다. 의식이 한순간 깊은 어둠 속으로 빨려들어가는 것 같았다. 원장의 목소리가 들려왔다.

"이리 들어와."

나는 몸을 움직이려 했지만 꼼짝할 수 없었다. 쉴 새 없이 비틀리던 몸은 냉동인간이라도 된 듯 조금의 요동도 보이질 않았다. 그런데 그 순간, 나는 어둠에서 빛 속으로 홀연히 빨려들었다. 내 귓속으로 작은 속삭임이 들려왔다. 알아들을 수 없는 말이었다. 감각 자체가 진공 속으로 빨려가버린 것 같았다. 눈에 보이는 것도, 귀에 들리는 것도, 만져지는 것도, 냄새 맡아지는 것도, 어느 하나 확연한 것은 없었다. 마치 두꺼운 무늬가 새겨진 불투명한 유리상자에 갇힌 것 같았다. 나는 조심스럽게 소리를 내보았다.

"으—으—으—으—으—."

그것뿐이었다. 그것은 지렁이의 언어조차도 아니었다. 그러나 단 하나 분명한 것이 있었다. 생각이었다. 나는 내가 무슨 말을 하고 싶은지 분명히 알 수 있었다. 하지만 그것을 말할 수는 없었다. 나는 살아 있는 것 같기도 했고, 죽어 있는 것 같기도 했다. 의식은 그 두 개의 너무도 다른 상황 자체를 인식하지 못했다. 그것은 어쩌면 원장의 말처럼 하나의 관념의 덩어리일지 몰랐다.

"무슨 생각하고 있어?"

가을이 깊어져 있었다. 얼마 있지 않아 눈이 내릴 거라는 것을 나는 알 수 있었다. 하지만 그 눈은 이내 녹을 것이다. 겨울이 깊어지는 것이 무서웠다. 나는 더 이상 눈 속에 터널을 만들고 싶지 않았다. 그것은 지겨운 일처럼 느껴졌다.

"누—나—아—으—기—르—뜨—나—자—."

혜경은 무표정한 얼굴로 나를 바라보았다. 한참 동안 우리는 말이 없었다. 싸늘한 바람이 몸을 휘감으며 지나갔다. 혜경의 목소리가 천천히 귓속으로 밀려들었다.

"여길, 떠나고 싶어?"

나는 얼굴을 뒤틀면서 고개를 끄덕였다.

"정말?"

나는 다시 힘차게 고개를 끄덕였다. 나는 수도원을 떠나고 싶었다. 더 이상 나는 폐쇄된 수도원에 남아 있고 싶지 않았다.

"갈 데는 있니?"

이번엔 고개를 흔들었다. 갈 데가 있을 리 없었다. 나는 부모의 집으로 돌아갈 수 없을 것이다. 그들은 이미 10년 전에 나를 버렸던 사람들이었다. 혜경은 수도원장처럼 냉혹하게, 악마처럼 말했다.

"여기선 감자를 먹고 살 수 있지만 어디로 가든 거긴 여기랑은 다를 거야. 거기선 더 많은 걸 먹어야 하고, 많이 먹어도 배가 고플 거야."

"으—뜨—케—흐—야—흐—는—지—나—은—모—을—라—."

"어떻게 해야 하는지는 나도 말할 수가 없어. 하지만 원장님이라면 너한테 이렇게 말해주셨을 거야. 어떻게라는 건 생각할 필요가 없다."

나는 놀랐다. 혜경은 수도원에서 고작 한해도 함께 살지 않았다. 그런데도 그녀는 원장의 마음을 꿰뚫고 있었다. 나는 말이 많아지기 시작했다. "누—나—느—은—우—오—애—으—어—기—로—으—아—읏—스—." 나는 그녀가 무엇 때문에 수도원으로 오게 되었는지를 물었다. 그녀의 얼굴에 어두운 그늘이 드리워지고 있었다. 그녀는 한참이나 지난 뒤, 뜻 모를 이야기를 꺼냈다.

"너, 무염시태가 뭔지 아니? 넌 똑똑하니까 알겠지."

나는 고개를 끄덕였다. 나는 이미 많은 책들에서 읽었다. 성모 마리아가 남자와의 교접 없이, 즉 원죄 없이 그리스도를 잉태했음을. 무염시태 無染始胎— 왜 갑자기 그녀가 그 얘기를 꺼낸 걸까.

"넌 그게 가능하다고 믿니?"

나는 그녀의 물음에 아무런 반응도 보이지 않았다. 내가 읽은 것들 중에서 무염시태를 그대로 받아들이는 것은 성경밖에 없었다. 수도원장의 서가에 꽂혀 있는 많은 책들은 그것을 하나의 현혹이라고 설명하고 있었다. 수도원장의 입을 통해 들은 적도 있었다. 내가 스물한 살이 되던 해 여름, 서울에서 세 명의 청년이 수도원을 방문했을 때였다. 그들의 손에는 각기 두 권의 똑같은 책들이 들려 있었다. 하나는 성경이었고, 다른 하나는, 두려움으로는 천국의 문을 열 수 없다, 라는 책이었다. 그 책의 저자는 박기현이었다. 청년들 중 하나가 원장에게 묻기 시작했다. 나는 종탑 아래 앉아 있었고, 그들은 예배당과 집 사이에 있는 밤나무 아래 둘러앉아 있었다. 원장은 포도주를 마시고 있었고, 어느 정도 취해 있었다.

"박 목사님께서는 이 책에서 성모의 처녀성 상실을 그토록 강하게 주장하는 이유가 무엇입니까. 저희들은 당혹감 때문이 아니라 최소한의 신비조차 인정하지 않는 목사님의 태도를 이해할 수 없고, 오랜 시간 토론을 벌였습니다."

수도원 원장은 빙그레 웃었다. 대답할 마음이 없다는 듯 그는 그저 고개를 슬슬 흔들 뿐이었다. 청년들은 완강한 침묵으로 그에게 대답을 종용했다. 한참이나 지난 뒤 원장은 코웃음을 한번 훅 내뱉고는 입을 열었다. 나는 땡볕이 내려쬐는 종탑 아래 쭈그리고 앉아 뒤틀리는 팔을 움직여 무염시태라는 네 글자를 썼고, 그 위에다 나뭇가지로 가위표를 그렸다. 그 선명한 가위표 위로 원장의 포도주 빛 음성이 흘러내렸다.

"마리아의 부모는 마리아가 열두 살이 되던 해 그녀를 신께 바치기로 결정하고 대사제에게 청했다. 대사제는 아내 잃은 자 중에서 한 사람을 그 성스런 처녀의 후견인으로 삼았다. 그것이 요셉이다. 그때 그의 나이 이미 아흔 살이었다. 요셉은 마흔 살에 결혼해 여섯 명의 자녀를 두었고, 그 중 넷은 아들이었다. 우리의 성처녀는 요셉의 집에서 그들과 함께 살게 되었다. 요셉은 잘 알고 있듯 목수였다. 그는 성전을 짓는 데 쓸 목재를 구하기 위해 일 년이면 여섯 달을 집을 비웠다. 그가 돌아왔을 때 처녀는 뱃속에 아이를 가지고 있었다. 처녀는 울면서 자신은 남자를 받아들인 적이 없다고 그의 후견인에게 호소했다. 대사제도 이 사실을 알게 되었다. 두 사람은 불 속에 손을 넣는 심판을 받았지만 무사히 통과했다. 남자를 받아들이지 않고도 잉태할 수 있다는 게 신비라면, 이 이후의 이야기는 아무것도 아니다. 그 이후의 것이 아무것도 아니지 않기 때문에 무염시태의 신비를 우리는 포기해야 한다. 그것을 버리지 않는다면 예수의 탄생과 그 이후에 그가 한 그의 모든 행위들이 무의미해진다. 예수는 마술사의 상자에서 튀어나온 비둘기가 아니다."

청년들은 기가 질린 듯했다. 그들의 표정은 아주 어색했다. 수도원장은 포도주병의 목을 잡고 천천히 일어났다. 그러고는 남쪽 벼랑으로 걸어갔다. 청년들도 일어나 그의 뒤를 따랐다. 나는 여전히 땡볕이 내리쬐는, 종이 걸려 있지 않은 종탑 아래 앉아 그들의 뒷모습을 지켜보고 있었다. 수도원장이 말했다.

"하지만 난 이제 아무런 의견도 없다네. 나는 이미 30년 전에 모든 것을 말했고, 이제 그것들은 내 것이 아니네. 마리아도, 예수도, 신도, 이제 내게는 없다네." 그는 천천히 돌아섰다. 그의 눈이 종탑 아래에 쭈그려 앉아 있는 내게로 건너오고 있었다. "나는 아름다움에 몰두했던 내 삶을 하나씩 씻어내고 있는 중이라네. 아직 다 끝나지 않았어. 그러니 날 방해하지 말게나. 산중의 굴이나 계곡으로 가서 엎어져 기도할 생각이 없다면 해 지기 전에 서둘러 여길 떠나게들."

서울에서 온 청년들은 침울한 몰골로 산을 내려갔다. 왜 갑자기 혜경이, 그 무염시태를, 꺼낸 것일까. 그녀와 나 사이에 밟으면 깊이 모르게 빠져드는 살얼음으로 덮인, 끝도 없이 넓은 호수가 놓여 있는 듯했다.

그녀가 말했다.

"어느 날 내 배가 불러오기 시작했어. 난, 남자와 관계를 가진 적이 없었는데. 병원에 갔더니 내 뱃속에서 아이가 여섯 달 동안이나 자라고 있었지."

내 몸이 심하게 떨렸다. 나는 혜경의 웃음을 보고 싶었다. 하지만 지난 겨울 수도원장이 세상을 떠난 뒤로 그녀의 웃음을 볼 수 있는 날은 많지 않았다. 나는 그녀의 웃음소리를 듣고 싶었다. 나는 더 이상 책을 읽을 수가 없었다. 가능하다면, 살아 있는 모든 것들의 생명을 빼앗고 싶었다. 나는 개미집을 파헤친 적이 있었다. 나뭇가지로 수없이 많은 개미들을 짓이겼다. 나는 비명소리를 듣고 있었다. 까마득하게 빨려 들어가는 어떤 황홀경, 그것을 맛보고 싶은 것만큼이나 잔인해지고 싶었다. 내 손바닥에서 피가 솟구치는 예수의 고통을 체현해보고 싶었던 것만큼이나 강렬하게 나는 내 목덜미에 칼을 꽂고 싶었다. 그리고 나는 강간을 꿈꾸었다. 여자의 사타구니에 온몸을 구겨넣고 싶었다. 오! 막달라!

혜경의 이야기는 끝나지 않고 이어졌다. 그녀는 보호시설에서 아이를 낳았다. 그 아이는 어딘가로 입양이 되어 갔다. 그녀는 다니던 대학을 그만두고 남해의 섬으로 들어갔다. 거기서 3년 동안 중증의 정신질환자들의 생활을 도와주며 지냈다. 거기서 아주 오래된 낡은 책 한 권을 읽었다. 두려움으로는 천국의 문을 열 수 없다. 그녀는 수없이 그 책을 읽었다. 빳빳한 종이가 걸레처럼 너덜거릴 때까지 월간지를 읽었던 나처럼. 그녀는 섬으로 찾아온 아버지의 손에 잡혀 집으로 끌려갔고 머리를 깎였다. 그리고 그날 밤, 혜경은 집을 나왔다. 그녀의 손에는 박기현 목사가 쓴 낡은 책이 쥐어져 있었다— 두려움으로는 천국의 문을 열 수 없다.

머리맡을 더듬었다. 랜턴이 손에 잡히지 않았다. 눈을 뜨기가 겁이 났다. 분명히 무슨 소리를 들었다. 사람의 소리였다. 남자의 목소리였다. 나는 용기를 내어 눈을 떴다. 예상했던 대로 짙은 어둠이 내 몸을 짓눌

러왔다. 하지만 나는 아직 그것이 꿈인지 아닌지를 확정할 수 없었다. 나는 침대에서 천천히 몸을 일으켰다. 조금씩 현실이라는 느낌이 들었다. 하지만 아직 어둠은 내 눈을 덮고 있었고, 여전히 꿈속인지도 몰랐다. 간간이 끊어지긴 했지만 남자의 목소리가 여전히 들려오고 있었다. 알아들을 수 있는 건 아니었다. 그 목소리 속에는 가느다란 신음소리도 섞여 있었다. 이따금 그것은 짐승의 것처럼 느껴졌다.

나는 침대에서 바닥으로 내려섰다. 맨바닥의 차가운 감촉이 발가락들을 타고 올라왔다. 꿈이 아니야, 하고 나는 속으로 중얼거렸다. 나는 침대맡을 손으로 더듬었다. 신발을 꿰찰 생각은 하지 못했다. 나는 맨발로 천천히 걸어나갔다. 몸이 비틀려지는 것 같지 않았다. 나는 마치 컨베이어벨트처럼 저절로 움직이는 물체 위에 실려 있는 것 같았다. 몸이 그처럼 가볍게 느껴진 적이 없었다. 내 손이 분명 문고리를 잡고 열었는데 그것 역시 저절로 열린 것 같았다. 문이 열리는 순간, 내 몸은 짙은 어둠에서 빛 속으로 던져졌다. 희디흰 눈발이 빗금을 그리며 종탑을 지워내고 있었다.

나는 문밖으로 나섰다. 주위는 온통 어둠으로 들어차 있건만 오직 종탑만이 희게 빛나고 있었다. 환각일까— 어떻게 칠흑 같은 어둠 속에서 종탑만이 불을 켠 듯 환한 것일까. 나는 종탑 아래로 걸어갔다. 여전히 몸은 조금도 비틀리지 않았다. 그 언젠가 여름 뙤약볕 아래에서 보았던 세 명의 청년들처럼, 그 건강한 육체를 지닌 인간처럼 나는 똑바로 걷고 있었다. 나는 오른손 엄지와 검지로 세차게 내 볼을 꼬집었다. 아픔이 느껴졌다. 꿈이 아니었다. 나는 현실 속에 있었다. 그것은 꿈도, 관념도 아니었다. 노인은 틀렸다. 수도원장은 틀렸다. 박기현 목사는 거짓말을 한 것이었다. 그런데, 꿈도 관념도 아닌데, 환각이 아닌데, 어떻게 내가 몸을 비틀지 않고 똑바로 걷고 있는 것일까. 나는 가만히 소리를 내보았다.

"사랑—."

나는 소스라치게 놀랐다. 내 목소리는 더 이상 꿈틀거리는 지렁이의 그것이 아니었다. 성가대의 그 오만한 찬송가처럼 당당했다. 어찌된 일일까. 나는 종탑을 향해 걸음을 멈추지 않았다. 종탑에 거의 다 다다랐을 때 갑자기 빛이 사라졌다. 그 사라진 빛은 예배당을 향해 쏜살같이 날아갔다. 나는 날렵하게 그 빛을 따라 걸었다. 이제는 더 이상 망설이지 않았다. 의심도 하지 않았다. 나는 원래 몸을 비틀지 않는 정상인이었다. 나는 모든 시를 외울 수 있는 뛰어난 정신을 가진 것처럼 뛰어난 몸을 지닌 인간이었다. 나는 관념이 아니라, 하나의 물질이었다. 눈과 귀와 지혜를 지닌 완전한 물질이었다.

나는 예배당의 문을 거칠게 열었다. 포도주 냄새가 짙게 풍겨왔다. 빛은 예배당의 북쪽 구석에서 나를 손짓하고 있었다. 나는 그곳으로 뛰어갔다. 그러고는 '기적의 굴'로 내려가는 계단을 하나씩 짚어나갔다. 짐승의 신음소리는 이제 아주 또렷하게 내 귓속으로 빨려들고 있었다. 남자의 목소리도 명료했다. 신음소리에도, 남자의 목소리에도, 모두 짙은 포도주 냄새가 풍겨왔다. 남자의 목소리가 노래하듯 흘러나왔다.

천한 흙으로 사람을 만들었것다
에덴 동산에 뱀의 지혜를 심었것다
갖은 죄목으로 사람을 타락으로 몰았것다
그리고선 용서를 주고받고 하는 것인가!

기적의 굴에 닿는 마지막 계단을 내려섰을 때 나는 보았다. 두 인간이 하나가 되어 있는 모습을. 둘 중의 하나가 지렁이처럼 온몸을 꿈틀대고 있는 것을. 그리고 그들 위로 은색 달빛이 떨어지고 있는 것을.

2002

월면보행

1

2,500년 전 그리스의 철학자 피타고라스는 천체의 운행에 의해 만들어지는 음악에 귀를 기울였다. 그는 온갖 느리고 빠르며, 사멸하고 태어나며, 겹쳐지고 분산되며, 사랑하고 시기하며, 먹고 싸는, 저 별들의 삶이 실은 우리의 육체적 삶이 겪는 것과 똑같은 과정을 밟고 있다는 사실을 알고 있었다. 그는 포도주를 한 잔 들이켰을 때 그 붉은 과액이 식도를 타고 흐르다가 몇 개의 장기들로 빠르게 흡수되어 혈관 속을 흐르는 피와 섞이는 소리를 별들로부터 들을 수 있었다. 그것은 때로 격렬하고 때로는 안온하며 부드러웠다. 때로 그 소리는 분노와 슬픔의 기운으로 변하여 온몸을 요란하게 울리듯 온 우주를 울리며 비어져 나왔다. 그는 그것을 생명의 파동이라 명명했다. 그렇게, 천체는 육체와 다르지 않았다. 천체의 음악은 곧 육체의 파동이었으며, 그것은 또한 영혼의 울림이었다—.

나는 책을 덮고 창밖으로 고개를 돌렸다.

붉은 옷을 입은 사람들이 거리를 가득 메우고 있었다. 남방셔츠 앞주머니로 들어가 휴대폰을 집어들던 내 손길이 눈앞에 펼쳐진 풍경에 놀라기라도 한 듯 우뚝 멈추었다. 그녀도 저 붉은 옷들 속에 끼여 있을지 몰랐다. 그러자 머릿속은 갑자기 텅 비어버렸고, 아무런 생각도 떠오르지 않았다. 한참 전부터 휴게실 쪽에서 들려오던 웅웅거리던 소리는 한층 다급하고 격렬해져 있었지만 더 이상 그것은 소리로 인식되지 않았다. 물속에 들어갔을 때나 심하게 따귀를 맞고 난 뒤처럼 먹먹했다. 경험해본 적도 없고 경험해볼 수도 없는 것이지만, 나는 무중력 상태에 놓여 있는 것 같았다. 나 자신이 사물들과 공중으로 떠올라 천천히 유영하는 것 같은 느낌— 입술이 바짝 마르고 혀가 안으로 말려들어가는 것 같았다. 그렇게 나는 한동안 가수假睡에 빠져 있었다.

"안 봐? 곧 시작할 텐데."

누군가가 그 혼몽한 거짓 잠을 가차 없이 깨워버렸다. 입사동기인 과학부 윤尹이었다.

"응, 취재할 사람이 있어."

"취재? 적어도 향후 두 시간 동안은 모든 사람의 업무가 똑같은 거 아냐? 그 사람이 누군진 몰라도 텔레비전 앞을 떠나고 싶어하지는 않을걸?"

"중이야."

"스님? 취재할 사람이?"

내가 고개를 끄덕이자 윤은 웃음을 터뜨렸다.

"스님들도 승복 안에다 빨간 티 입고 목탁 두드리며 응원한다더라."

"글쎄 그게 참말인지 확인하러라도 가봐야겠어."

윤은 가볍게 손을 들어보이고는 휴게실로 떠났고 나는 곧장 사무실을 빠져나왔다. 엘리베이터 앞까지 가는 동안 몇 번이나 망설이던 나는 자판기 곁에 놓인 의자에 엉덩이를 걸치며 휴대폰의 1번을 길게 눌렀다. 신호가 떨어지고 들려온 소리에 나는 쓰게 웃었다. 내 예상은 그리 정확하지 못했다. 그래서였을까, 전화 속의 그녀에게 던진 내 첫마디는, 미안해요, 였다.

"미안하긴— 뭐가? 뜬금없이—."

잠이 덜 깬 그녀의 목소리를 듣고 나니 김이 빠졌다.

"테레비 안 봐요?"

"축구?"

"축구 말고 이 시간에 다른 것도 해요?"

"안 봐."

"의외네. 첫 경기는 봤어요?"

"안 봤어."

슬그머니 화가 났다. 하지만 첫 경기도 보지 않은 사람을 붉은 티셔츠 입혀서 거리로 내몬 나 자신에게 더 화가 났다. 도대체 그녀가 저 거리의 붉은 옷들 사이에 있을 거라고 어떻게 생각할 수 있었는지, 불가사의했다.

"왜 안 봤어요?"

"사실은 첫 골 넣는 거까지는 봤어— 어디야?"

"막 나가려던 참이었어요. 얘기 계속해봐요."

"첫 골 들어가고 나니까 기분이 이상하더라. 이대로 이길 수 있을까,

역전 당하면 어떡하지, 그러면 선수들 기분이, 사람들 기분이 어떨까, 걱정이 되는 거야. 그래서 꺼버렸어. 나중에 뉴스 봐야겠다 생각하고."

"첫 경기 이겼는데, 오늘은 왜 테레비 안 봐요?"

"뉴스 보지 뭐."

"뉴스 보고 있으면 중계 볼걸 그랬다 싶지 않아요?"

"몰라. 모르겠어. 좀 신경질도 나고, 맥도 빠지고, 물론 기분이 나쁜 건 아니고— 그런데 왜 이딴 거 묻고 그러지? 김 기자 지금 테레비 앞에 있는 거야?"

"나가려던 참이었다니까요."

"거리 응원하는 사람들 취재하러?"

"취재하러 가는 건 맞는데, 다른 사람이에요."

"누구?"

"평평자."

"그 땡추?"

나는 대답 대신 웃고 말았다. 그녀도 웃었다.

"이번에 책 나온 거 땜에 만나는구만. 재밌더라. 어렵긴 하지만."

"어느새 읽었어요? 누님은 그런 책 안 읽잖아요."

"그 사람 거니까 읽어봤지. 근데, 제목이 좀, 그래. 그렇지 않아? 유치한 거 같기도 하고. 하기야 덜 떨어진 스님이니까. 그래도 제목이 마음에 안 들어."

"왜요, 난 괜찮던데. 달을 걷는 사람, 쉽잖아요. 내용이 만만찮으니까 제목을 일부러 유치하게 뽑았는지도 모르죠."

"아무튼, 어디서 만나기로 했어? 그 스님, 거처불명이잖아."

"오늘 인사동에 온다는 첩보를 받았어요."

"누가 그런 간첩질을 했어?"

"간첩 하나 있어요. 한의원 하다가 때려치운."

"춘천 어디 산다는? 양구였나? 암튼, 박화섭이었던 거 같은데, 내 기억이 정확하다면."

"그 형 이름을 똑바로 기억하는 걸 보니 뭔가 수상쩍은데, 마음에 있는 거 아뇨?"

"김 기자답잖게 웬 농담?"

"같이 만나실래요? 아니면 끝나고 화실로 갈까요. 아무래도 일 끝내놓고 화실로 가는 게 낫겠죠?"

"혼자서?"

"스님 보고 싶지 않아요?"

"그래, 혼자는 오지 마."

"섭섭해해야 하는 거야 뭐야."

"끊어. 올 때, 족발 사갔고 와."

전화를 끊고 나자 기다렸다는 듯 엘리베이터 문이 열렸다. 승강기가 열일곱 개의 층을 내려오는 동안 나는 아주 잠깐이었지만, 거짓말처럼 축구를 잊었다. 그 시간에 축구를 잊을 수 있다는 건 분명 행복한 일이었다. 세월이 꽤 지나고 나면 거짓말처럼 축구를 잊을 수 있었던 때를 기억할 것이다. 축구는 수없이 반복되겠지만 그 짧은 행복의 순간과 그 순간에 대한 기억은 결코 반복되지 않을 것이고, 어쩌면, 나는 그때, 또다시 가수에 빠져들어 있을지도 모른다. 달콤함도 불쾌함도 느낄 수 없는 어떤 상태.

하지만 그건 그리 오래 가지 않았다. 별로 경쾌하지 않은 소리를 내며 승강기가 멈추고 문이 열린 것과 동시에 어디선가, 꼭이 어디라고 할 수 없을 정도로 여러 곳에서, 동시에, 아!, 하는 탄식이 터져나왔다. 대리석 바닥을 요란하게 때리는 쇳소리가 그 탄식에 섞여 있었다. 그건 분명 의자가 넘어지는 소리였다. 어쩌면 누군가가 의자를 바닥에다 내동댕이쳤을는지도 모를 일이었다. 나는 찻집과 레스토랑과 일식집이 들어 있는 로비를 유령처럼 빠져나갔다.

2

'평평자'는 법명을 검을 현玄에 어리석을 몽蒙 자를 쓰는 현몽 스님이 스스로 지어 붙인 자호였다. 그를 직접 만나기 전에 나는 평소 알고 지내던 동갑내기 소설가로부터 그에 대한 얘기를 들은 적이 있었다. 그때의 그 얘기가 워낙 생생했던 탓인지 나중에 그 소설가만큼이나 기별나게 그 스님과 맞닥뜨리게 되었을 때도 그리 놀랍지 않았다.

7,8년 전의 소설가는 불화佛畵에 미쳐 있었다. 그는 틈만 나면 배낭을 꾸렸다. 불화를 보기 위해 전국의 사찰을 돌아다닌 것이다. 불화와 관련된 꽤 긴 소설을 발표하고 난 뒤에도 절을 찾아가는 그의 행각은 멈추질 않았는데, 어느 날 성북동 소재의 한 고서화박물관에서 그와 마주쳤다. 나는 그곳에서 열리고 있던 '중국 명청대 회화전'을 취재하기 위해서였고, 그 소설가는 전시회의 그림들 속에 런뻐니엔[任伯年]이라는 청대의 유명한 화가가 그린 목우도牧牛圖가 끼어 있다는 소문을 듣고 온 거였다.

"아직도 이 짓이야?"

"늦게 배운 도둑이 날 새는 걸 두려워하는 거 봤어?"

"불교 그림하고는 거리가 먼 전시횐데 어쩐 일이지?"

"저거."

그가 손가락으로 가리키는 곳으로 눈을 따라가니 아담한 그림 한 점이 유리벽 안에 걸려 있었다. 비단에 맑은 먹빛으로 목동과 늙은 소가 매우 감각적으로 그려진 그림이었다. 형상을 그려내는 기법이 여느 동양화의 그것과는 매우 달라 보였다. 단순하면서도 대담했다. 그 그림과 나란히 걸려 있는, 역시 같은 화가가 그린 바위 위에 웅크린 검은 고양이의 그림 역시 감각적 기법에 있어서는 비슷했다. 하지만 아무리 양보해도 그들이 불화일 리는 없었다.

"이젠 동양화 전반으로 관심의 폭을 넓힌 모양이지?"

"아냐, 내 관심은 오직 불화야. 동양화를 다 알겠다는 건 욕심이지. 불화만 해도 벅찬데."

"글쎄, 나 같은 문외한의 눈에는 저 그림에서 불교를 읽을 수는 없는걸."

"허허, 문외한이니까 그렇지."

내가 어깨를 움찔해 보였다. 소설가가 사람 좋게 웃었다.

"농담이야."

"혹시, 소, 때문인가?"

"소 발에 쥐 잡았군. 맞았어. 소 때문이야. 목우— 때문이라고."

"그럼 혹시, 십우도十牛圖 얘기?"

"훌륭하군. 내가 찾고 다니는 게 바로 그거야. 십우도."

"그렇다고는 해도, 저게— 저게 어떻게 십우도하고 매치가 되는 거지?

십우도라면 대웅전 바깥벽에 빙 둘러가며 그려진 거잖아. 아무 절에나 다 있는. 나도 절에 가서 몇 번 본 적이 있는데— 저 목우도하고는 영 딴판인 거 아냐?"

"딴판이지. 적어도 우리가 보아온 십우도랑은."

"우리가 보아온 십우도? 우리가 보지 못한 십우도는, 그럼, 달라?"

"나도 몰라."

"무슨 얘기야?"

소설가는 대답 대신 오른쪽 검지로 자신의 옆머리를 쿡쿡 찔렀다. 내가 넘겨짚었다.

"그대 상상 속의 십우도?"

"아직은."

"아직이란 건 또 무슨 소리야?"

"저 임백년이라는 화가의 그림 같은 거 아홉 장만 더 찾으면 완성되겠지. 내 십우도가."

4우도, 6우도, 8우도, 12우도라는 것도 있지만 대개는 십우도가 기본이다. 십우도는 기르던 소를 잃고 그 소를 찾아나서는 것으로 시작한다. 이른바 심우尋牛다. 다음이 견적見跡으로, 잃었던 소의 발자취를 발견하는 것이다. 이어서 소를 보게 되고[見牛], 얻게 되고[得牛], 다시 기르게 된다[牧牛]. 십우도의 여섯째 그림은 해질녘 소의 등에 올라타고 집으로 돌아오는 모습을 그려놓은 것이다. 그렇게 기우귀가騎牛歸家한 후엔 소를 잊는다[忘牛]. 그 잊음이 깊고 깊어져 사람과 소 모두가 사라지는 경지가 찾아온다. 인우구망人牛俱忘이다. 그러고는 반본환원返本還源— 티끌 하나 물들지 않은 청정한 본래로 돌아간다. 그것이 아홉째, 대개는 커다란

원 하나로 그려진다. 마지막은 입전수수立廛垂手다. 세상의 교화를 위하여 부처의 종지를 들고 저자거리로 들어가는 것이다. 소설가의 머릿속에 감추어져 있는 십우도란 무엇일까. 소설가는 무엇을 상상하고 있는 걸까. 저 열 개의 계단 바깥에 또 무엇이 있다는 말인가. 몇 개의 물음들을 후루루 묻자, 소설가는 별로 주저하지 않고 대답했다.

"전혀, 같지."

"같다고? 다르지 않은데 뭘 더 찾으려는 거지?"

"눈에 보이는 건 같지. 이렇게 그려놓으나 저렇게 그려놓으나, 그림은 같아. 하지만 실제로는 같지가 않아."

"말장난 같지는 않은데, 뭐야?"

"내가 돌아다니면서 구경한 절집의 십우도는 결코 날 감동시키지 못했어. 심하게 말하면 그것들은 십우도가 아니라 그냥 소가 그려져 있는 그림들일 뿐이었지. 십우도라는 그림이 이러이러하고, 그걸 이러이러하게 베껴놓은 거. 내가 본 세상의 십우도는 그냥 십우도일 뿐이었어. 십우도인데, 십우도가 아닌 거. 고흐가 그린 해바라기라야 고흐의 해바라기라고 할 수 있지 않겠어? 우리 절집의 십우도에는, 십우도가 맨 처음 그려질 때의 그 소가 수천 년 동안 복제되어 있을 뿐이야. 십우도의 소는 그리는 사람마다 다른 소고, 보는 사람마다 다른 소여야 하거든."

"고흐의 해바라기는 이해하겠어. 하지만 그대가 생각하는 건, 그건 너무 지독한 비평 아니야? 절집마다 그려진 십우도가 베껴낸 것일 뿐이라는 말, 책임질 수 있어? 오만 아냐?"

"아니. 난 알아."

"그럼, 저 임백년의 그림은 그대한테 틀림없이 엄청난 감동을 주었겠군. 여느 소가 아닌 듯하니까. 내가 보기에도 베껴낸 것 같지는 않거든. 어때, 얼마나 감동을 받았나? 감동의 내용은 뭐지?"

내 물음에 소설가는 대답 대신 서양사람처럼 어깨를 으쓱해 보였을 뿐이었다. 나는 그로부터 대답을 듣고 싶었다. 그가 어떤 대답을 하는가에 따라 그가 얼마나 지독한 욕망에 사로잡혀 있는지를 확인할 수 있을 것이기 때문이었다. 하지만 그는 다문 입을 열지 않았다. 나는 한번 더 찔렀다.

"내가 보기엔 제법 감동을 받은 것 같은데. 그렇지 않아?"

하지만 여전히 소설가는 입을 열지 않았다. 그때였다.

"얼마 전에 스님 한 분을 만났어."

하던 얘기를 훌렁 뛰어넘고는 그는 뜬금없이 '평평자'라는 늙은 중 얘기를 꺼내기 시작했다. 마치 그것이 내 물음에 대한 답변이라도 된다는 듯.

가을이 도둑처럼 여름의 결문을 따고 들어와 앉은 어느 날, 소설가 임준태는 강원도와 경상도가 만나는 어느 깊은 산에 있는 아불사阿佛寺라는 절에 가 있었다.

천 년 전 그곳에는 볼품없는 암자가 하나 있었는데 응소應小라는 풋내기 중이 제법 전력을 다해 수행을 하고 있었다. 그런데 어느 날 거지꼴을 한 인간이 응소 앞에 나타나 한 마디 던지기를, 네 안에 있는 부처는 어디다 팔아먹고 뭘 찾고 있느냐, 하는 거였다. 순간 응소는 코웃음을 쳤지만 가만히 생각해보니 그 말에 뭔가 묘의가 있는 듯해서 주위를 둘러보았는데 그 거지는 온 데 간 데 없었다. 아뿔싸! 천수보살을 알현하고도 그 손 하나 만져보지 못했구나, 하고 웅소는 무르팍을 쳤다. 그래서 거기다 절을 짓고 '아불사'란 이름을 붙였다. 아불사라는 절 이름과 아뿔싸를 연결해서 얘기를 지어낸 마뜩찮은 솜씨와는 달리 실제 아불사는 천 년 고찰의 품위를 고스란히 간직하고 있는 절이었다.

그 아불사를 찾은 소설가 임준태는 주지의 허락을 받고 사찰 안을 꼼꼼히 뜯어보고 있었다. 아무리 천 년 넘은 고찰이라도 사람들이 쉬 찾아올 수 있는 근린지역에 있다거나 아예 절 측에서 사람들이 쉬 찾아올 수 있도록 길이라도 닦아버리면 고찰의 품위는 깎여지게 마련이다. 그렇게 하면 물론 불전함은 전보다 훨씬 빠르게 채워질 것이고, 불사도 빈번해질 터였다. 하지만 빈번한 불사가 고찰의 품위 훼손에 가속도를 붙이는 것도 자명한 일— 절을 단장하는 빈도도 잦아질 것이고, 화려하게 빛나는 단청은 무당집마냥 천박해질 게 뻔하다. 불화 역시 단청과 비슷한 양상이라는 것을 소설가 임준태는 경험으로 알고 있었다. 불사가 잦은 사찰의 단청이 밝고 환한 만큼 불화에 가해지는 붓질도 가히 현대적이다. 고쳐 그리거나 새로 그리거나 막론한다. 그런 것들에 비하자면 아불사의 단청이나 불화는 세월에 삭고 바랜 자연의 양태 그대로를 간직하고 있었다. 그 분위기가 마치 승주에 있는 천태종天台宗의 본찰 선암사仙巖寺에 비견할 만했다. 절집의 분위기도 그랬고 단청의 빛깔도 그랬지만 무엇보다 사당舍堂 안팎의 그림들이 거의 그랬다. 아무래도 그건 아불사가 사람들의 발길이 쉬 닿을 수 없는 깊은 산중에 있는 때문임이 분명했다. 그 아불사에서 첫 밤을 묵고 난 이튿날 새벽이었다.

"처사님께서는 그림을 찾아댕기신다고?"

그는 볼품없는 금당金堂 이끼 덮인 돌계단에 쭈그려 앉아 백팔배로 흠씬 젖은 등을 말리고 있었는데, 잔잔한 물 위에 돌멩이를 집어던진 듯 적요를 깨는 목소리가 그의 귓전을 때렸다. 소설가는 화들짝 놀라 몸을 일으키며 소리가 들려온 쪽으로 몸을 돌렸다. 도둑처럼 여름의 옆구리를 파고 들어온 가을, 그 새벽녘의 시린 햇살 한 줌이 노승의 가슴팍에 안겨 있었다. 소설가는 얼른 합장을 하고 목을 숙였다.

"몇 해를 헤맸지만 찾으려는 걸 아직 찾지 못했습니다."

예의 십우도 얘기였다. 임준태는 그렇게 공손하게 말하고는 숙였던 목을 슬그머니 들었다. 앞에 선 중의 얼굴로 향하던 소설가의 눈길을 누덕누덕 기운 노승의 승복이 잡아챘다. 덧댄 옷감이 하도 많아 어떤 부분은 희었고, 어떤 부분은 짙었다. 기운 솜씨도 볼품이 없어 보풀이 다 감추어지지 않아 누더기라는 게 어떤 건지를 실감나게 하는 옷이었다. 한동안 그 볼품없는 중의 누더기를 멀거니 구경하고 나서야 노승의 상호에 소설가의 시선이 닿았다. 옷만큼이나 누덕누덕한 얼굴이었다. 눈빛도 그리 형형해 보이질 않았는데, 기품만은 예사롭지 않았다.

"없는 것을 찾으니 찾을 수가 있나."

"예? 없는 것을 찾다니—요?"

요 자가 약간 비틀리며 올라갔다. 당신이 아는 체를 하는데 어디 얼만큼이나 아는지 한번 보자는 식으로 소설가는 입꼬리마저 꼬았다. 노승이 웃고 있었다.

"그대가 찾질 못하였으니 없는 것이고, 없는 걸 어떻게 찾나 말이야."

소설가는 그 말을 대뜸 선지禪智를 흉내낸 늙은 중의 요설이라고 단정했다. 그 따위 논리를 뒤집는 언설이란 『선가요람禪家要覽』을 뒤져보면 와그르르 굉음을 지르며 쏟아질 것이었다. 이 늙은 중의 교묘한 언설을 꺾어버리지 않는다면 절 찾아다닌 그동안의 품값을 어떻게 하겠는가, 싶었다. 소설가는 단번에 전의를 곧추세웠고, 공손한 말투는 멀찌감치 던져버렸다.

"제가 비록 공부가 짧아 스님의 말씀을 다 이해하지는 못합니다만, 본시 없는 것을 찾는 것이 부처 공부의 요체가 아닌가요?"

"요체? 누가 그러던가? 없는 걸 찾는 게 요체라고."

지체 없는 역공이었다. 소설가는 주춤했다. 하지만 전의가 꺾인 건 아니었다.

"뻔히 있는 걸 또 찾아서 무엇에 쓰겠습니까?"

"누구한테 그런 엉터리 부처 수업을 받았는가 말해보게."

"책—."

책, 이라는 한마디가 외마디가 되고 말았다. 소설가는 거기서 말문이 꽉 닫혀버렸다. 자존심이 상했다.

"이보, 처사."

노승의 목소리엔 어느새 힘이 쏙 빠져 있었다. 설법 한 자락이 그의 입에서 비어져나왔다.

"옛날에 영특한 거북이가 있었다오. 이놈이 제법 영리해서 제가 낳은 알을 딴 짐승한테 먹히지 않으려고 둥지를 들고날 때마다 제 발자국을 꼬리로 문질러 지웠는데, 그래도 번번이 둥지의 알은 짐승들한테 먹히고 말았지." 잔뜩 화가 깃든 소설가의 눈 속으로 늙은 중의 언설이 파고 들었다. "발자국은 지웠지만 대신 꼬리자국이 남았거든."

바보처럼 입을 헤벌쭉이 벌린 소설가는 고개를 주억거렸다. 노승은 소설가의 막힌 기를 터 주듯 몇 마디를 덧붙였다.

“오징어는 저를 숨기려고 먹물을 뿜지만 어부는 그 먹물로 오징어를 잡아. 세상에는 영구 같은 거북이나 먹물 뿜는 오징어같이, 머리를 박고 눈만 감으면 세상으로부터 저를 감출 수 있다고 믿는 치들로 가득해. 처사, 미안하네만 그대도 그 중의 하나일세. 그대가 찾는 그림이 안에 꽁꽁 숨어 있다면 아무리 밖으로 돌아다녀봐야 무엇하겠나? 그런데도 수선을 떨며 찾아다닌다는 건 수상하지. 그렇게 힘들여 찾아다니는 모양새를 누구한테 보여주려는 목적이 있지 않고야 어찌 그럴 수 있나. 처사는 바본가?”

그 말이 떨어지는 순간 소설가는 알아버렸다고 했다. 힘들여 찾아다니는 모양새를 누군가에게 보여주는 게 목적이었다는 사실을. 소설이란 이렇게 힘들게 찾아다니고, 그렇게 찾아다니며 써야 하는 거라고, 그런 가상한 노력을 자기 자신한테도 보여주고 남들한테도 보여주고 싶어했음을, 소설가는 알아버린 것이다. 그건 엉덩이를 문질러 발자국을 지우면서 음험하게 미소 짓는, 제 꾀에 제가 속아 넘어간 영구라는 거북이의 우매한 짓거리에 다름없었다. 그것이 열성이며 성실이라고 기만했던 시간들에 하염없이 낯이 붉어지더라고, 나중에 소설가는 허탈하게 고백했었다.

소설가 임준태는 아무 소리도 못하고 그저 깊이 숨을 빨아들이며 합장을 하고는 노승을 향해 목을 숙였다. 한 수 배웠다는 생각조차 할 수가 없었다. 소설가는 천천히 고개를 들어 누더기 먹장삼을 걸친 노승의 뒷모습을 묵묵히 바라보았는데, 세상의 그 어떤 눈부시게 아름다운 옷이 있어 저보다 나을까 싶었다. 그뿐 아니었다. 노승이 신고 있는, 더 이상 신발 구실하기를 포기한 것같이 해질 대로 해진 육바라기도 그제야 비로소 신발처럼 보였다.

아래위를 훑는 소설가의 눈길을 의식한 듯 노스님은 피식 한번 웃고는 성큼 본당으로 올랐다. 소설가는 자석에 빨려들듯 섬돌 앞으로 걸어가 깊은 물속을 들여다보듯 노스님의 신발을 내려다보았다. 과연 그것을 누가 감히 신발이라고 할 수 있을까 싶었다. 모름지기 신발이라면 발을 어느 만큼은 둘러싸기라도 해야 할 것이었다. 몇 올의 지푸라기만 너덜너덜 남은 짚신을 신발이라 할 수는 없는 노릇이었다. 하지만 분명히 발에 꿰어 있으니 신발이요, 그 발이 스님의 것이니 그 짚신은 육바라기였다. 아무도 옷이라고 생각하지 않는 옷을 입고, 아무도 신발이라고 하지 못할 신발을 신고 있다면, 둘 중의 하나는 잘못되었을 터였다. 하지만 그건 누구의 잘못도 아니었다. 그저 옷과 신발에 대해 잘못된 정의를 내린 사람과 그 잘못된 정의를 입고 신을 뿐인 사람이 존재하는 일일 뿐이었다. 그건 옷과 신발의 문제가 아니었다. 문득, 소설가는 노승의 행력이 궁금했다. 순전히 소설가의 동물적 본능, 비천한 호기심이라 해도 좋았다. 언젠가는 충분히 써먹을 만한 소재라는 냄새를 맡은 소설가는 코를 벌름거리며 본당 앞을 고양이처럼 기어갔다.

본당 안은 고요했다.

스님은 목탁을 두드리지도, 염불을 외지도, 절을 하지도 않았다. 오직 가부좌한 두 무릎 위에 바닥을 위로 한 채 두 손만 가만히 올려놓고 있을 뿐이었다. 눈은 감은 듯 만 듯 그윽이 앞을 향해 있었다. 소설가는 스님의 육바라기가 얹힌 섬돌 위에 똥 누듯 쭈그리고 앉아 미동도 없는 스님의 등판만 하염없이 바라보았다. 스님의 등에 햇살이 비껴들고 있었다.

그 햇살에 당신의 등에 수놓아진 무수한 바늘자국이 환하게 드러났다. 꽃잎 같았다. 그게 얼마나 아름다운지를 얘기한다면 또 얼마나 상투적이고 거북스러울까— 그런 문장을 그때 소설가는 짓고 있었다. 시간은 정지한 듯 흐르고, 흘러갔지만 멈추어 있었다.

소설가는 발이 저려 더 이상 쭈그려 있을 수가 없었다. 아침 공양을 하기 전에 세수나 하려고 엉거주춤 일어섰을 때였다. 아주 높은 나무 위에서 나뭇잎 한 장이 하늘거리며 떨어져 내렸다.

"가려면 내려놓고 가게나." 무슨 소리야? 소설가는 얼어붙은 듯 섰고, 본당 안 희끔한 어둠 속에서 목소리가 튀어나왔다. "내 걸 가져가면 이 누추한 몸은 뭘로 가리겠는가?" 소설가는 재빨리 머리를 굴렸고, 번개처럼 생각 하나가 스쳤다. 그때 또 노승의 말소리가 들려왔다. "흐흐, 그건 내 거야. 자네 것이 아니야."

옷 얘기였다. 소설가는 스님의 누더기 같은 먹장삼을 보고 저 옷이야 말로 참된 옷이라는 생각을 했었다. 옷이 낡을수록 그 공부가 깊을 거라고 그는 생각했었다. 그래서 스님의 누더기가 참으로 아름답다고 소설가는 생각했었다.

"그대는 그대의 옷을 입으시게."

공양간 바닥에 쭈그리고 앉아 대충 아침을 해결하고 다시 스님을 찾았을 때 그는 이미 절에 있지 않았다. 산을 다 내려갔을 거라는 게 주지의 말이었다. 그때 주지를 붙들고 그 괴짜 노승에 대한 얘기를 들었다. 현몽이란 법명보다는 '평평자'라는 자호를 더 즐겨 쓴다는 것과 출가 후에는 오직 만행으로 일관하고 있다는.

성북동 고서화박물관에서 소설가와 헤어지면서 내가 물었다.

"그 뒤에도 평평자란 스님을 만났었나?"

내 물음에 소설가는 깐깐해 보이는 생김과는 영 딴판의, 뭔가 나사가 빠진 듯한 방심한 표정을 지어 보였다.

"스님이 그러더라. 깊은 산에 가면 속세에선 볼 수 없는 아름다운 꽃이 피어 있는데 그 꽃을 한번 본 사람들은 결코 그 꽃을 잊어버리지 못한대. 그래서 어떤 이는 오직 그 꽃을 보기 위해 깊은 산 그 숲으로 찾아가지만, 어떤 이는 그 꽃을 캐서 배낭에다 넣고 온다는 거야. 키우다 죽을 걸 대비해서 넉넉하게. 꽃만 보러 오는 사람은 그 숲이 아니면 꽃을 볼 수가 없으니 일 년에 한번 숲을 찾고, 꽃을 캐간 사람은 집에다 심어놓았으니 그 사람보다 더 자주 꽃을 볼 수가 있지. 사람의 만남이란 게 그렇다더군."

"좀 헷갈리는데?"

"뭐가?"

"꽃을 캐가야 된다는 거야, 숲을 찾아가야 한다는 거야?"

"스님이 그러더라. 인연에 좋고 나쁜 건 없다고. 자주 봐서 싫증내면 보는 것이 나쁜 것이고, 안 봐서 좋으면 안 보는 게 좋은 거라고."

"도사 났구나."

"도사를 만난다고 도사가 되지는 않더라. 그런 말 있잖아. 아는 것보다는 행하는 게 좋고, 행하는 것보다는 즐기는 것이 좋다고. 기껏해야 나는 그저 아는 수준이지. 아니면, 아는 게 최고라고 목표를 정해놓고 사는 놈이든가."

그날 성북동 비탈길을 내려가는 소설가의 등에서 내가 왜 꽃을 보았다는 생각이 드는 것인지, 내가 본 게 꽃이 맞는지, 보았다면 왜 본 것인지, 요령 있게 설명할 자신은 없다.

3

아이도 아니고 어떤 다 큰 어른이 머리를 빡빡 깎은 형상을 하고 있다면, 거기다가 아래 위로 풍성한 잿빛 옷을 걸치고 있다면, 더구나 등에 아담한 배낭이 하나 짊어져 있다면, 또 그 배낭조차 입고 있는 옷같이 잿빛이라면, "그 사람은 틀림없이 중이다," 하는 데다 만 원짜리 열 장쯤 걸어도 잃을 확률은 거의 없다. 하지만 바로 그 사람에게 다가가서 "당신 중 맞지요?" 하고 물었을 때 "예, 제대로 보셨소이다. 나는 중이요," 하고 대답하는 데다 만약 십만 원을 건다면 이 내기에서 이긴다고 보장하기는 힘들어진다. 왜냐하면 "당신, 중 맞아요?" 하고 물었을 때 그가 아무리 승적증명서를 가진 분명한 중이더라도 "나는 분명히 중이 맞아요, 그런데 왜 그러시나요?" 하고 대답할 수 없는 세 가지 이유가 있기 때문이다. 그 첫째 이유는 "당신 중 맞지요?" 라고 하는 물음이 적이 수상쩍다는 것이다. 그러니 그 물음을 받은 중은 아무 대답도 하지 않을 확률이 매우 높다. 둘째 이유는 아무리 중답게 행색을 갖춰 입었다고 해도 스스로 중이라고 내세울 만한 수양이 덜 되어 있다고 생각하는 부류는 "중이냐?"는 물음에 절대로 "그렇다,"고 대답할 수가 없다는 것이다. 이런 중은 아주 양심적인 중이며 외양보다는 그 정신에 비중을 두는, 참으로 중이라 할 만한 중이다. 마지막 셋째 이유는 좀 고상하며 가히 선적禪的이다. 무슨 말인가 하면, "당신, 중이 맞소?" 라는 물음을 받은 이 선적인 부류의 중은 "어쭈! 한 판 붙어보잔 얘긴데—" 하고 속으로 중얼거린다. 이때 '한 판 붙는다'는 것은 선 수행자들 사이에서는 다반사로 일어나는 일로, 이른바 선문답을 말한다. 가령, 가르침을 받으러온 초보 중에게 스승되는 큰스님께서 "너는 어디서 왔느냐?" 하고 묻곤 하는데 여기에는 "어느 절에서 공부하다 왔더냐?" 라는 물음 이상의 의미가 담겨져 있는 것이다. 따라서 이 질문에 대해 "저 자신도 제가 어디서 왔는지를 알지 못합니다. 부디 제가 어디서 왔는지를 가르쳐 주소서," 하는 식으로 대답하는 게 일법이다. '어디서 왔느냐'는 물음을 곧이곧대로 받아들여서, 아무 산 아무 절에서 왔습니다, 하고 대답하는 것은 빙충맞은 짓이다. 같은 논리로 "당신, 중 맞아요?" 하는 물음에 뭔가 선적인 의미가 있을 거라고 짐작한 중은 결코 "그래요, 나는 중이라오," 하고 대뜸 대답하지는 않는다. 기껏 대답해봐야 "글쎄, 내가 중인 것 같소?" 하는 되물음 정도일 게 뻔하다.

나는 인사동 거리를 걷고 있었다. 그림을 그리는 사십대 초반의 여자가 나와 함께 걷고 있었고, 그녀는 막 담배에 불을 붙여 무는 중이었다. 수은주가 곤두박질쳤다는 표현이 난무하던 겨울의 어느 날이었다. 독감에 걸려 벌써 한 달째 기침을 하면서도 담배를 줄이지도 끊지도 못하고 있던 여자에게 나는 이렇게 말했다.

"누님, 우리 내기할래요? 내가 이기면 누님께서 담배를 끊어야 돼요."

그녀는 노란 필터를 자근자근 씹으며 나를 노려보았다.

"김 기자가 지면 어떡할래?"

"십만 원을 드리지요."

"뭐, 십만 원? 촌지 받았어? 십만 원을 아주 우습게 보는구만."

"나한테 촌지 한번 줘보고 그런 소리해요. 할래요 말래요?"

"구미야 당기지. 이기면 돈, 져도 건강. 그저 먹는 내기잖아."

"십만 원을 잃지 않기 위해서가 아니라 누님의 건강을 지켜드리기 위해 저는 반드시 이길 겁니다."

"아부가 심하시군. 대체 무슨 내기야?"

핏기가 하나도 없는데다가 화장도 하지 않은, 죽음이 임박한 중환자처럼 보이는 그녀의 톡 튀어나온 이마에다 좀은 처량한 눈길을 보내고 난 뒤 나는 길 건너편을 손가락으로 가리켰다. 그녀의 시선도 그곳으로 천천히 움직였다.

"저기 문방구 안을 들여다보고 있는 사람이 중이 아니라는 데다 누님의 건강과 십만 원을 겁니다."

"중이 아니라는 데다? 중이라는 데가 아니라, 중이 아니라는 데다 걸겠다?"

그녀는 그렇게 중얼거리며 내 손가락이 가리키고 있는 곳을 한동안 주시했다. 그러다가 피식 웃으며 말했다.

"아주 웃기는 내기구만. 누가 봐도 중 같아 보이는데 중이 아니라? 하지만 어차피 내기가 되려면 나는 저 사람이 중이라는 데다 걸어야겠지?"

당연한 애기였다. 나는 내가 제안한 내기에서 질 수 없다는 것을 잘 알고 있었다. 왜냐하면 나는 길 건너편 문방구점 안을 들여다보고 있는, 누더기 같은 먹장삼을 입고 머리를 빡빡 깎았으며 등에다 아담한 바랑까지 지고 있는 사람이 누구인지를 잘 알고 있었기 때문이다. 그는 "당신 중이지?" 하고 백 번을 물어도 백 번 모두 "나는 중이 아니오," 라고 대답할 중이었다. 내가 내기에서 질 확률은 완벽하게 영이었다.

"함정이라는 걸 뻔히 알면서도 빠지지 않을 수가 없구만," 하고 화가는 질겅질겅 담배를 씹으며 말했다.

"왜 함정이라고 생각해요?"

"행색이 중인데 중이냐 아니냐를 가지고 내기를 건다는 게 함정이 아니고 뭐야."

"때로는 함정을 판 사람이 함정에 빠지기도 하잖아요."

"그래, 좋아. 난 저 사람이 중이라고 생각해. 거기다 십만 원을 걸지."

"십만 원이 아니라 누님의 건강을 건 겁니다."

참 할 일 없는 인간 둘이, 그렇게, 천천히 인사동 통인가게 앞 도로를 가로질러갔다. 그러고는 먹장삼을 입은 한 남자의 곁에 섰다. 나는 확신했다. 문방구 안을 들여다보고 있는 사람은 그가 분명했다. 그는 현몽이라는 법명을 가졌고, 현몽보다는 평평자라는 별호를 더 즐겨 쓰는 스님이었다. 나는 만면에 미소를 머금으며 입을 열었다.

"안……!"

나는, 안녕하세요, 하고 인사를 할 참이었다. 그런데 갑자기 물감 냄새보다는 담뱃진내가 더 지독하게 풍기는 화가의 손바닥이 내 입을 가로막았다. 그러고는 화가는 불량한 소녀처럼 목을 좌우로 한번씩 꺾고는 다짜고짜 먹장삼의 어깨를 쳤다.

"이봐요 영감님, 중 맞아요?"

천천히 노승의 얼굴이 우리 쪽으로 건너왔다. 그 순간 나는 몇 가지 점에서 당혹감을 느꼈다. 이은실이란 화가가 워낙 선머슴 같은 여자인 건 익히 알고 있었지만 이렇게까지 마구잡이로 굴 거라고는 생각지 못했다는 점에서 우선 당혹감을 느끼지 않을 수 없었다. 하지만 '영감님'이라든가 '중'이라는 우직한 단어가 사용되었음에도 불구하고 우리 쪽으로 건너온 노승의 얼굴이 너무도 멀쩡하다는 점에서 나는 처음의 당혹감과는 비교할 수 없을 정도로 깊은 당혹감을 느껴야만 했다. 하지만 두 번째 당혹감은 그 자체로 내가 내기에서 이겼다는 증표 구실을 해주었다. 우리 쪽으로 얼굴이 돌려진 그 노승은 바로 내가 예상한 대로 평평자였기 때문이었다. 이제 그의 입에서는 자신의 정체를 완강하게 부인하는 말이 튀어나올 것이 뻔했다. 아니면 아무 대답도 하지 않은 채 홀연히 자리를 뜰 것이었다. 그리고 그 둘 모두 내가 내기에서 이겼다는 판결에 갈음할 터였다.

커다란 붓이 진열되어 있는 문방구 유리창 앞에 서 있던 먹장삼의 노승은 우리의 얼굴을 번갈아 바라보고는 이윽고 입을 뗐다.

"예, 나, 중 맞습니다."

그 순간 목구멍에 곶감이 걸렸을 때나 터져나옴직한 킥킥거리는 소리가 화가의 입에서 비어져 나오고 있었다.

"아, 아니, 저, 저기—."

내 얼굴은 화끈 달아올랐고, 내 입에서는 더듬거리는 소리가 터져나왔다. 화가의 손바닥이 재차 내 입을 틀어막았다. 그 사이 먹장삼의 사내는 시적시적 걸음을 딴 데로 옮겼다. 나는 크게 따질 게 있는 사람처럼 그에게로 몸을 거칠게 움직였지만 곧 화가에 의해 제지당했다. 노란 필터의 담배를 길바닥에다 내동댕이친 화가의 손이 내 코앞에 활짝 펼쳐지고 있었다.

“십만 원 내놔. 그걸로 담배나 왕창 사야겠다.”

내 눈은 곧 눈물이라도 쏟을 것처럼 비장해져 있지 않았다면 망연자실이었을 게 뻔했다. 먹장삼의 노인은 아무 일 없었다는 듯 어느새 제법 멀찌감치 달아나 있었다. 나는 한숨을 길게 뿜았다.

“저 사람, 스님 맞거든요. 저 사람 출간한 책, 내가 서평까지 썼거든요.”

“그런데 왜 스님이 아니란 데다 내기를 건 거야? 나한테 십만 원 시주하려고?”

“우라질…… 세상 믿을 놈 없구만.”

화가가 내 뺨을 톡톡 쳤다.

“이봐요, 김상혁 기자님.” 화가는 멀리 달아난 노승을 바라보며 말을 이었다. “말이 씨가 된 거야. 그대는 그대 꾀에 빠졌어. 그대 말대로 제가 판 함정에 빠진 거라고. 모름지기 중이면 스스로를 중이라 하지 않는다, 뭐 그런 생각이었던 모양인데, 모르긴 해도 저 사람은 진짜 중일 거야. 저 노인네가 김 기자의 얄팍한 꾀를 정확히 짚은 거지.”

말이 되는 얘기였다. 중이란 작자는 뻔한 대답은 하지 않을 터였다. 하지만 뻔한 대답은 하지 않는다는 그것이 또한 뻔한 수작이라면 상황은 바뀔 수가 있는 것이다. 그럴 때엔 애초의 뻔한 대답이 정답이 될 수밖에 없을 터였다. 바로 그 같은 상황이 실제로 벌어진 것이다. 화가와 나는 노승의 뒷모습에서 눈을 떼지 못했다. 화가는 그 사이 새 담배를 꺼내 물었고, 노승이 은행 건물 뒤편으로 완전히 사라져버렸을 때에야 비로소 우리는 안국동 쪽으로 천천히 걸음을 옮기기 시작했다.

"김 기자가 서평 썼다는 그게 무슨 책이었어?" 하고 화가가 쿨룩거리며 내게 물었다.

"죽는 자만 죽는다."

내 말이 떨어지기 무섭게 화가가 고개를 뒤쪽으로 휙 꺾었다.

"죽는 자만 죽는다?"

"한번 읽어보세요. 죽어도 죽지 않는 자가 있다는 걸 알고 싶다면요."

화가는 대답 대신 아주 허탈하고 웃고 있었다.

내가 아는 평평자는 제 입으로는 결코 "나, 중이요," 라고 말할 사람이 아니었다. 내가 그렇게 믿는 데는 이유가 있었다. 실제로 그와 내가 처음 마주쳤을 때 꼭 그렇게 말한 적이 있기 때문이었다.

"내가 머무는 곳이 산 밑 절간이고 입은 옷에 먹물이 들어 있어 그렇지, 나는 실은 중이 아닙니다."

가톨릭 계열의 출판사에서 불교 승려의 책이 출간되었다는 게 화제가 됐을 때였다. 그 저자가 소설가 임준태에게서 얘기를 들은 적이 있던 평평자 스님이란 사실을 알게 된 나는 소재 파악이 힘들어 만날 수가 없을 거라는 출판사 편집장에게 하루에도 몇 번씩 전화를 걸었고, 마침 출판사에 들렀다는 연락을 받자마자 달려갔었다. 뭘 먼저 물어볼까 궁리를 하다가 가톨릭 출판사에서 어떻게 책을 내게 되었느냐는 평범한 질문이

던져졌고, 그 질문에 대한 그의 대답이 바로 '나는 중이 아니다'는 거였다.

"그럼 속인이신가요?"

"뭐, 완전히 속인이라 하기에도 뭣하지만, 굳이 말하라면 중보다는 속인에 가깝지요."

"어떻게 해석해야 할지 모르겠습니다."

"꼴리는 대로 이해하세요."

뜻밖의 비속어에 나는 주춤했다.

"스님도 꼴리시나요?"

하마터면 내 입에서 그런 말이 튀어나올 뻔했다. 나는 손끝으로 가만히 입술을 훑어냈다.

"이번에 출간하신 책이 몇 번째 저서가 되는지요? 책에 약력 같은 게 없어서—."

"나는 책이란 걸 지은 적이 없어요. 많이 읽지도 않았고. 워낙 책이란 걸 좋아하지 않아요."

"이번에 내신 게 첫 책이군요."

"내 바랑엔 속옷 말고는 아무것도 들어 있지 않다오. 볼펜 같은 거, 그러니까 책을 쓰는 데 필요한 것, 그런 게 없단 말을 하는 거요. 그러니까, 나는 출가하고 나서 아직까지 뭘 끼적거려본 적이 없다는 말을 하고 있는 겁니다. 그러니 책을 썼을 리가 있겠소?"

"죽는 자만 죽는다—, 이 책이 그럼 스님께서 쓰신 게 아니란 말씀입니까?"

"그래요."

"그럼 어떻게 스님께서 책의 저자로 되어 있는 겁니까?"

스님과 내가 나누는 대화를 듣고 있었던 모양인지 편집장이 의자를 뒤로 빼내며 "저, 그건 말이죠," 하고 운을 떼었다. 스님이 편집장에게 손을 가볍게 들어 보였다.

"그건 내가 설명할 테니, 보살님께서는 곡차나 한 잔 주시구려."

내 눈길이 편집실 벽에 걸린 예수 수난도로 건너갔다왔다.

"나는 그를 잘 모르지만, 나를 잘 안다고 생각하는 글쟁이가 하나 있소. 그 사람이 그 책을 쓴 거요."

"글쟁이라면, 혹시 소설가―?"

짚이는 데가 있었다. 포도주 같아 보이는 붉은 과액이 든 유리잔을 스님 앞에 내려놓은 편집장의 얼굴이 편해 보이지 않았다.

"소설가, 맞아요."

"혹시―."

편집장의 눈과 내 눈이 마주쳤다. 편집장은 고개를 슬슬 흔들고는 얼른 자기 자리로 가 앉았다.

"혹시, 그 소설가 이름이 임준태가 아닙니까?"

"맞소."

"제 친굽니다. 실은 그 사람한테서 스님 얘기를 들은 적이 있습니다."

"그랬구만."

"하지만 그 친구한테서 스님의 책을 쓴다는 얘기를 듣진 못했습니다."

"모르긴 나도 매일반이오."

"언제쯤 아셨는지요. 스님에 관한 책을 쓰고 있다는 걸요."

"영주에 있는 어떤 절에 들렀더니 내 앞으로 이미 책이 와 있더군."

"책이 나온 뒤에야 아셨다는 얘기군요."

노승이 고개를 까닥했다. 그 동작이 너무 간단하고 가벼워서 이런 정황이 잘 믿어지지 않았다.

"영주에 있다는 절을 스님께서 자주 가시나보죠?"

"글쎄, 그게 아마 10년쯤 만에 들렀을 거요."

"미리 연락이 있었던가요? 거기 가실 거라고."

"유랑객승에게 연락처가 있겠소?"

"그럼, 어떻게 임 작가가 스님께서 그 절에 들르실 걸 무슨 수로 알았다는 말입니까. 투시라도 한다는 건가요?"

"못할 것도 없지."

"예?"

얘기가 이상한 구석으로 흘러가고 있었다. 나는 함정에라도 빠진 듯 낭패감 비슷한 감정이 일었다. 임준태가 스님의 이름으로 책을 냈다는 것 자체가 이미 믿을 만한 얘기가 되질 못했는데 마술쇼에서나 나옴직한 얘기들이 튀어나오고 있으니 사실 제정신이 아니었다.

"임 작가와는 자주 만나셨나요? 하기야 그러질 않고서는 책까지 쓸 수는 없겠죠. 분량도 4백 쪽이 넘는데."

"얼마쯤 만나면 자주 만났다고 할 수 있는 거요?"

"글쎄요, 이만한 책을 구술받아 쓰려면 적어도 서너 달은 함께 기거를 해야 하는 거 같은데요?"

나는 들고 갔던 『죽는 자만 죽는다』의 표지를 손가락으로 톡톡 치면서 스님의 눈치를 살폈다. 주름 하나 없는 얼굴만 봐서는 전혀 노인이라 할 수 없는 그의 얼굴에 희미한 미소가 어렸다가 사라졌다.

"이보, 기자 양반."

그의 음성에서 갑자기 서늘한 기운이 느껴졌다. 아니나 다를까 이어 나온 질문이 서늘했다.

"내가 누구 같아 보이오?"

"무슨 뜻인지—."

"책을 읽어봤을 것이니 이런 말을 기억할 거요. 인간은 밥에 중독되어 평생을 산다, 기억납니까?"

"예."

"무슨 뜻이오?"

"먹지 않으면 살 수 없다고 생각하는 한 먹지 않고는 살 수 없게 된다 — 책에는 그렇게 풀이가 되어 있었던 걸로 기억합니다."

"그게 내 답이오." 나는 의문 가득 담긴 눈길로 그를 바라보았다. "그 글쟁이가 신평사神平寺에 갖다놓은 책 안에 편지가 있었는데, 거기에 이런 말이 적혀 있었지요. 내가 받드는 것이 종지宗旨면 그 하나로 세상 모든 것을 말하게 될 테지만, 내가 받드는 것이 그저 문자일 뿐이라면 그 하나로는 겨우 내가 말하려는 하나만을 말할 수 있을 뿐이다." 스님은 좀 전에 내가 했던 그대로, 탁자 위에 놓여 있는 『죽는 자만 죽는다』의 표지를 손가락으로 톡톡 치더니 다시 말을 이었다. "태백산 아불사에서 우리가 처음 만났는데 아마도 그때 이후로 그 글쟁이는 제 옷을 찾아 입을 줄 알았을 겁니다. 우리가 두 번째 만난 게 덕유산 산청사散晴寺였는데, 그때 보니 그 사람 신발도 하나 그럴듯이 꿰어차고 있더군요. 세 번째로 내가 그를 만난 건 청하 보경사寶鏡寺 폭포 아래였는데, 나는 그때껏 그를 다 알지 못하였으나 그는 이미 나를 다 알고 있었다오. 그 후론 아직 내가 그를 만나지 못했어요. 그 작자가 나를 얼마나 만났는지에 대해서야 물론 나는 알지 못하지만.”

노승이 자리에서 훌쩍 일어섰다. 엉거주춤 따라 일어서는 내게 그는 죽비를 내려치듯 말했다.

“읽어도 알지 못하는 건 잘못이 아니오. 읽어서 잘못 아는 게 큰일이지. 먹지 않으면 살 수 없다는 생각을 누가 버릴 수 있겠소. 그러니 허기는 영원히 죽음의 근원일 밖에.”

휭하니 바람을 일으키며 자리를 뜬 노승을 따라 편집부 출입문이 열렸다가 닫혔다.

평평자라는 노승은 그렇게 내 눈앞에서 사라졌다. 하지만 나는 내가 방금 누구와 얘기를 나누었는지, 기억할 수 없었다. 무중력 상태에 노출된 것처럼 내 몸이 바닥과 맞닿아 있다는 느낌이 들지 않았다. 도대체 내게 무슨 일이 일어났는가. 그때 나는 마치 출발시간이 임박한 열차를 놓치지 않기 위해 기차역을 향해 달음박질을 치는 승객처럼 출판사 건물을 빠져나갔다. 하지만 예상했던 대로 열차는 이미 떠난 뒤였다. 팔월의 뜨거운 햇살만이 시꺼먼 철로 위로 폭포수처럼 쏟아지고 있을 뿐이었다.

4

먹는 것은 인간의 삶에서 부분적이며 사소한 일이다. 그러나 옛 성현이 이르기를, 항상 먹을 것이 있어야 뭔가를 항상 할 마음이 생긴다고 했다. 유항산유항심有恒產有恒心— 그것이다. 이처럼 먹고 사는 삶은 인간에게 있어 기본적인 일이고 그래서 중요한 일이며 다른 일들을 도모할 수 있는 바탕이라고 여겨졌다. 그러나 '유항산유항심'은 그릇된 말이다. 항심의 심心은 그 글자만 마음일 뿐 실은 마음이 아니다. 항심의 심은 습관화된 정신이며 육체에 길들여진 정신일 뿐이다. 그것은 먹어야 산다는 굳은 신조일 뿐이다. 항심의 심은 먹을 것 앞에서 굽히는 나약한 성정을 이르는 말일 뿐이다. 그렇게, 인간은 밥에 중독되어 평생을 산다. 자신이 하는 일의 가치는 밥벌이로 따져지며, 밥은 삶의 척도이자 의미가 되어버린다. 그러나 자유자재自由自在의 심心은 그런 것이 아니다. 마음은 신조와 결탁하지 않는다. 그래서 현자賢者는 곡기를 줄이고, 성인聖人은 곡기를 끊는다. 곡기를 줄이는 자는 배고픔과 치열하게 싸워야 한다. 마음과 육체의 싸움이다. 범상한 자는 곡기와 결코 싸우지 않는다. 그는 마음과 육체를 싸우게 두지 않는다. 그는 곡기의 수혜자다. 그 혜택의 대가로 그는 기꺼이 곡기의 하인이 된다. 현자는 곡기를 줄이며 배고픔과 싸우던 것을 한순간에 거둔다. 그는 싸움으로부터 풀려난다. 범상한 자로 돌아간 것이 아니다. 비로소 그는 곡기를 끊게 되고 성인이 된 것이다. 그는 먹어야 살 수 있다는 습관의 정신으로부터 놓여나 자유자재한 마음을 가지게 된 것이다. 마음과 육체는 더 이상 싸울 필요가 없어진다. 곡기를 끊음이란 항상 배고픔에 끌려다녔던 저 가련한 육체를 위한 고귀한 희생이다. 그 희생이 성인과 범인의 차이를 만든다. 그 위대한 희생자는 자신에게 돌을 던졌던 자들을 위해 황야로 떠난 성자와 같다. 그가 행한 것은 희생이지만, 그들이 얻은 것은 회복이었다. 육체는 마음의 희생으로 인하여 비로소 회복된 것이다—.

나는 책을 덮고 시계를 보았다.

후반전이 치러지고 있을 시각이었다. 나는 남방셔츠 앞주머니에 들어 있던 휴대폰을 꺼내 주물럭거렸다. 누구에게 전화를 걸까를 생각하는 중이었다. 이은실에게 걸면 그녀는 대뜸 왜 자꾸 귀찮게 하냐고 그럴 것이다. 내 예감에 스님이 나타날 것 같지 않다고 하면 예감은 무슨 얼어 죽을 놈의 예감이냐고 빈정거리다가 그냥 족발 사갖고 화실로 오라고 할 것이 분명했다. 하지만 그럴 수는 없었다. 스님을 만나야 했다. 『달을 걷는 사람』은 『죽는 자만 죽는다』와는 달랐다. 그 다름을 묻고 싶었다. 거기에 대해 답해줄 사람은 그뿐이었다. 임준태를 찾을 수 없는 상황에서는.

이번에도 임준태가 썼을 거라는 짐작이 들었다. 하지만 더 이상 임준태와 평평자 사이에는 어떤 거리도 존재하지 않았다. 다만 그가 왜 자신의 이름으로 책을 내지 않았는지에 대한 의문은 남아 있었다. 소설이 아니었기 때문일까. 세상에는 죽음이란 없으며, 산다는 것도 없으며, 모든 것은 마음에 달렸을 뿐이다, 라고 말하는 것이 부담스러웠던 것일까. 그럴 수도 있었다. 그런 건 소설가보다는 도사가 하는 편이 훨씬 보기가 좋을 터였다. 하지만 그것뿐이었다면 나는 임준태든 평평자든 애타게 찾지는 않았을 것이다. 『죽는 자만 죽는다』가 출간되었을 때 한 차례 나는 호되게 겪었다. 마음이라는 것— 그런데 이번엔 달랐다. 『달을 걷는 사람』은 『죽는 자만 죽는다』가 그토록 붙들고 있던 그 마음마저 오물덩이처럼 던져버린 것이다.

"마음도 필요 없다—."

나는 웃음을 흘리듯 그렇게 중얼거리며 수첩을 꺼내 박화섭의 번호를 확인했다.

"박 선배, 접니다. 김상혁입니다."

신호는 떨어졌지만 잡음이 심했다. 마치 까마득한 벼랑 밑에서 이리저리 갈라진 음성이 힘겹게 기어오르는 듯했다. 나는 그 갈라진 음성을 조합하기 위해 귀를 바짝 기울였다. 응, 그래, 잘 있었어?— 그러는 것 같았다.

"예. 잘 있어요."

내 목소리가 너무 컸던지 구석자리에 앉아 책을 읽고 있던 주인이 빙긋 웃어 보였다. 카페 안에는 주인과 나, 단 둘밖에 없었다. 이곳이 지금 이 시간에 우리나라에서 텔레비전을 켜지 않은 유일한 카페일지 모른다는 생각이 들었다.

"축구 안 보세요?"

나는, 괜히, 주인에게 물었다. 주인은 그저 웃기만 했다. 나는 휴대폰 속으로 목소리를 던져넣었다.

"스님, 오늘, 확실히, 여기 오세요?"

그러자 또 갈라진 음성이 벼랑 아래서 기어올라왔다. 나는 한참이나 귀를 기울이고서야 그것이, 어딘데?— 라고 묻고 있다는 걸 알 수 있었다.

"여기, 인사동, 인사동에 있는 카페에요. 마음 밖에 등불 켜고."

휴대폰 속에서, 왜 거기 가 있어?— 라는 소리가 갈라졌다가 다시 합쳐졌다.

"선배가 그랬잖아요. 마음 밖에 등불 켜고에 있으면 스님 오실 거라고.”

이번엔 벼랑 아래서 한바탕 거나한 웃음소리가 들려왔다.

“왜, 웃어요!”

나는, 씨발, 하고 내뱉었다. 웃음소리가 들려오던 벼랑 아래서 이번엔 제법 또렷한 소리가 들려왔다.

“그— 카페가— 아니야—.”

“예? 그럼 어디에요? 마음 밖에 등불 켜는 데는 여기밖에 없어요!”

“글쎄— 내 얘기는— 그 카페가 아니야—.”

나는 구석자리의 주인에게로 손짓을 해보였다.

“마음 밖에 등불 켜는 데가 혹시 딴 데도 있습니까?”

주인이 빙긋 웃었다.

“있을 수도 있겠죠.”

“예?”

외마디를 질러놓고 나서야 나는 뒤통수를 한 대 호되게 얻어맞았다는 생각이 들었다. 마음 밖에 등불을 켜고— 그건, 카페 이름이 아니었다. 일주일 전, 박화섭이라는, 양구 산골에다 움막을 지어놓고 사는 전직 한의사와 통화를 했고, 그때 그가 그랬다.

“마음 밖에 등불을 켜고 기다리시게. 그러면 거기, 스님이 가실 거야.”

“언제쯤요?”

“일주일이면 족하겠지.”

나는 휴대폰 폴더를 가만히 접었다. 그리곤 흐흐거리며 웃기 시작했다. 참으려해도 웃음은 미친개가 흘리는 끈적한 타액처럼 입 밖으로 질질 흘러내렸다. 나는 눈을 깊이 감았다. 한 일주일쯤 마음이라는 집 바

같에다 등불을 켜고 있으라 했었다. 그러면 누군가가 그 빛을 찾아갈 거라고. 하지만 나는 등불을 켜지 않았다. 내게는 등불도 없었고, 등불을 켤 생각도 못했고, 켤 줄도 몰랐다. 나는 눈을 떴다. 탁자 위에 올려놓은 책을 집어들고 자리에서 일어났다. 카페 주인은 조는지 명상에 빠졌는지 가늠하기 힘든 표정으로 묵묵히 의자에 앉아 있었고, 나는 그의 탁자 위에『달을 걷는 사람』을 슬그머니 내려놓고는 출입문을 밀었다.

그 순간 어디선가, 꼭이 어디라고 얘기할 수 없을 정도로 여러 곳에서, 동시에, 와! 하는 함성이 터져나왔다. 그때 아주 가볍고 싱싱한 웃음이 물기 퍽퍽한 침처럼 내 입술 밖으로 흘러내렸다. 나는 천천히 계단을 내려갔다. 한번 터진 함성은 그치질 않았다. 그것은 끊임없이 재생되는 슬로비디오처럼, 밀려갔다 다시 밀려드는 파도처럼 반복되었다. 나는 계단 중간쯤에서 눈을 꾹 감았다. 그러고는 앞을 향해 걸음을 내디뎠다. 두려움과 설렘, 위태로움과 안락함이 함께 있었다. 세상의 열기가 조금도 느껴지지 않는 공간에 나 자신이 놓여 있다는 사실을, 세상에 태어나 그토록 절실하게 느껴본 것은, 그때가 처음이었다.

2004

달, 표현할 길 없는…

여자는 아직 내게서 캐내야 할 정보가 많이 남아 있다는 듯 체크리스트 판에 꽤 여러 장의 새 종이를 끼워 넣었다. 그런 뒤 호감이라고는 전혀 느껴지지 않는 건조한 시선으로 나를 일별하더니 다시 질문을 시작했다.

"발기가 되지 않아서 섹스를 하지 못한 경험이 있나요?"

"예."

"몇 번이나 되죠?"

"세 번…… 네 번 정도."

"처음이 언제인지 기억하나요?"

"아마, 마흔 살 때쯤일 겁니다."

"그러면 오 년 전이었네요? 겨울이었나요?"

"그건 잘 모르겠습니다. 겨울이라고 물으시는 까닭이……?"

"겨울엔 모든 게 쭈그러들죠."

웃음이 나올 법했는데, 여자나 나나 표정에는 변화가 없었다. 여자가 웃지 않아서 내가 웃지 못했을 수도 있고, 내가 웃질 않아서 여자가 냉담한 표정을 그냥 유지하기로 작정을 했을지도 몰랐다. 웃음이란 참 묘하다. 언젠가 나는 전철을 타고 가다가 혼자 비실비실 웃는 청년을 본 적이 있었다. 그는 신문이나 책을 보고 있는 것도 아니었고 귀에다 이어폰 같은 걸 끼고 있지도 않았다. 그렇다고 웃음의 대상이 될 만한 뭔가를 바라보고 있는 것도 아니었다. 그의 눈은 그저 전동차 바닥에 비스듬히 꽂혀 있었다. 그로 하여금 비실비실한 웃음을 흘리게 만든 것은 오로지 그의 기억 속에 자리하고 있음이 분명했다. 궁금했지만 그의 뇌를 열어 볼 수는 없는 노릇이었다. 열어봐야 알 수도 없을 테지만.

"왜 발기가 되지 않았는지 기억하세요?"

"술 때문이었을 겁니다."

"발기가 되지 않을 정도로 술을 마셨는데도 섹스를 시도하셨단 말이군요."

결과부터 얘기한다면 결국 나는 청년과 싸우고 말았다. 엄밀히 얘기하면 그건 싸움이랄 수 없었다. 나는 그에게 싸움을 걸지 않았다. 그냥 한 마디를 건넸을 뿐이었다. 당신의 웃음을 공유할 수 없겠냐고. 말 한 마디를 건넸을 뿐인데 나는 그로부터 공격을 받고 말았다. 하지만 내가 먼저 말을 걸지 않았다면 그가 나를 공격했을 리가 없으므로, 일방적으로 내가 공격을 받았다고 말하긴 어려울 수도 있다. 아무튼, 나는 청년의 우악스런 손길에 떠밀려 전동차 바닥에 넘어지는 수모까지 당했지만 그의 웃음의 비밀을 알아내는 데는 실패했다. 대신 많지는 않았지만 적지도 않았던 승객들로부터 나는 순식간에 조롱거리가 되었다. 한 사람의 웃음은 여전히 비밀스럽게 남아 있었고, 많은 사람의 웃음은 전혀 비밀스럽지가 못했다. 비밀스럽지 않은 웃음은 내게 아무런 소용이 없었다. 중요한 것은 비밀로 남아 있는 단 하나의 웃음이었다. 비밀스럽지가 않다는 사실 때문에 많은 사람의 웃음은 하찮았고 비루하기까지 했다. 그들 중에서, 그러니까 나를 향해 웃음을 던진 사람들 중에는, 그 청년의 비실거리던 웃음에 대해 관심을 가진 사람은 아무도 없었다. 그러니까 그들 모두는 내가 청년으로부터 수모를 당한 이유를 알지 못했다. 그러면서도 그들은 웃고 있었다. 그들은 그저, 한 청년에게 떠밀린 중년의 한 남자가 전동차 바닥에 우스꽝스럽게 엉덩방아를 찧었다는 사실에 대해 웃음을 날리고 있을 뿐이었던 것이다. 사실 그것은 웃을 일이 아니었다. 그들은 내게 동정을 표해야 옳았다. 그런데도 그들은 웃고 있었고, 적지 않은 사람들은 나를 경멸하기까지 했다. 내가 청년에게 다가가 너의 웃음을 공유할 수는 없느냐고 물은 것이, 웃음의 공유를 청한 것이 경멸의 대상이 될 수 있는가? 나는 예의를 지켰다. 대체 넌 왜 웃는 거냐, 뭣 때문에 비실거리며 웃는 것이냐, 하고 물었다면 나는 그를 폭행한 것이나 마찬가지였을 것이다. 나는 그렇게 묻질 않았다. 나는, 정중하게, 나도 같이 웃을 수 있는 방법을 찾으려 했을 뿐이었다. 둘 사이에, 그러니까 웃음의 공유를 청한 것과 웃음의 이유를 캐내는 것 사이에 도대체 무슨 차이가 있느냐고 반문할 수도 있을 것이다. 그러나 둘은 엄연히 다르다. 둘 사이에는 엄청난 차이가 존재한다. 우선, 웃음을 공유할 수 없겠냐고 청하는 것은 대화를 시작하자는 것이다. 그가 내 제의에 응함으로써 우리는 웃음을 평화롭게 공유할 수 있다. 그러나 왜 웃느냐고 묻는 것은 그로부터 진술을 듣겠다는 나의 일방적이고 강압적인 폭언에 해당한다. 그것은 공격이고 강요다. 이 둘을 같은 걸로 오해하는 것은 평화와 전쟁을 동일한 것으로 착각하는 것과 같으며, 평화를 위해서는 전쟁을 불사할 수밖에 없다는 엉터리 논리에 다름없다. 어쨌든, 청년은 내 요청을 완강하게 거부했다. 내가 웃음의 공유를 요청한 직후 그는 웃음을 거두었으며, 나를 무섭게 응시했다. 그때 나는 두 가지 길 앞에서 잠시 망설였다. 환하게 웃는 길로 갈 것인가, 엄숙하고 진지한 길로 갈 것인가. 나는 전자를 선택했다. 엄숙과 진지함은 많은 경우 상대의 입에 지퍼를 채우는 법이다. 나는 그야말로 만면에 웃음을 그득히 그려 넣었다. 하지만 내 희망과는 달리, 그리고 내 불길한 예상을 정확히 실현하듯, 그는 자리에서 벌떡 일어났고 거칠게 내 가슴을 떠밀었다. 나는 전동차 바닥에 나가떨어졌고, 전동차가 멈추자 청년은 전동차에서 내려버렸다. 엉거주춤 바닥에서 몸을 일으킨 나는 비겁한 웃음들에 무방비로 노출된 채 출입구 쪽으로 걸음을 옮겼다. 다음 정거장에 이를 때까지의 몇 분이 영원 같았다.

"다른 식으로 물어볼게요."

의사가 짧게 숨을 내쉬듯 말했다. 청년으로부터 받은 수모 따위는 그리 오래 나를 괴롭히지 않았다. 적잖은 사람들의 조롱거리가 되었다는 사실로부터 벗어나는 데도 그리 오랜 시간이 필요하지는 않았다. 전동차에서 내리고 얼마 있지 않아 그런 것들은 기억의 창고에 저장될 틈도 없이 사라져버렸다. 문제는 여전히 그 청년의 비실거리던 웃음에 대해 내가 어떤 정보도 가지고 있지 못하다는 사실이었다. 오직 그 사실만이 나를 괴롭혔다. 그 가운데서도 가장 참을 수 없이 괴로웠던 것은, 죽는 날까지, 아니 몇 번이나 다시 태어나고 죽고 또 태어나고 죽는다 하더라도, 그야말로 우주가 절멸할 때까지, 그 웃음의 정체로부터 나 자신이 완전히 격리될 거라는 사실이었다.

"발기를 하기 위해서 약을 드시나요? 드신다면 어떤 약을 드시죠?"

"아직 약을 복용한 적은 없습니다."

"발기불능이 일어났을 때 약의 필요성을 느끼지 못했다는 말씀인가요?"

"생각해보지 않았습니다."

"별 거 아니라는 생각이셨나요?"

"예."

"일시적일 거라고 생각하셨나요? 발기부전이—?"

"술을 많이 먹었으니까, 술 때문일 테니까, 일시적이다 영구적이다 생각할 게 없었죠."

"술 말고 다른 이유는 없을 것 같나요?"

"일테면……?"

"가령, 영화와 관련이 있지 않을까요?"

"영화라면……?"

"물론 〈새도게임〉 얘깁니다."

"이런 걸 유도심문이라고 하는 건가요?"

여자가 피식 웃었다. 하지만 미처 따라 웃기도 전에 그녀의 웃음은 빠르게 휘발되어버렸다. 어쩌면 내가 잘못 본 것일는지도 몰랐다.

"저는 검사가 아닙니다."

그녀는 검사가 아니었다. 의사였다. 그녀에게는 내 혐의를 입증해야 할 의무가 없었다. 그래, 당신은 검사가 아니다, 나는 그걸 잘 안다, 그건 농담이었다, 농담일 뿐이었다, 하고 나는 말하려 했지만, 그녀는 허락하지 않았다.

"오늘은 여기까지 하기로 하죠."

의외였다. 그녀가 체크리스트 판에 여러 장의 새 종이를 끼워 넣을 때만 해도 저녁 먹을 때쯤에나 끝날 거라고 생각했었는데 저녁은커녕 점심 먹은 게 아직 소화도 되지 않을 시간이었다.

"목요일 같은 시간에 뵙죠."

"여기서요?"

"검사실에서 연락이 갈 겁니다."

"앞으로는 취조를 의사 선생으로부터 받으면 안 될까요?"

여자는 좀 전보다 조금 더 길게 웃어보였다. 그래서 나는 휘발되기 전의 웃음을 포착할 수 있었다.

"제가 마음에 드시나 봐요?"

광대뼈와 얇은 입술 사이에 머물다 사라진 그녀의 미소는, 그러나, 웃음이 아니었다. 경멸과 어색함, 권태와 불쾌감이 적당한 비율로 뒤섞인, 사람들의 얼굴에서 그리 어렵지 않게 발견할 수 있는, 어떤 감정의 파편이었다. 너무 흔해서 이름조차 붙여지지 않은. 비웃음이라고 몰아붙여 버릴 수도 있지만, 그러면 어딘가 허전한.

【정신감정의뢰건|임준태사건|노트#1】 2003년 봄, 중견배우 임준태는 〈섀도게임〉의 시나리오를 직접 써서 평소 절친하게 지내던 W영화사 기획팀장에게 제작을 의뢰했다. 같은 해 가을, 다수의 국제영화제 경쟁부문 본선에 진출해 역량을 인정받고 있던 Y감독이 메가폰을 잡고 제작에 들어갔다. 대략의 영화 내용: 주로 다큐멘터리를 제작해 방송국에 납품하는 K프로덕션의 중견피디 K는 우연히 일본에서 제작된 〈그

림자놀이影の戲〉라는 포르노영화를 보게 된다. 〈그림자놀이〉는 평범한 한 직장여성이 포르노 배우가 되어가는 과정을 다큐멘터리 형식을 차용해 만든 포르노. 여러 가지 기구를 사용한 자위, 남자의 정액 먹기, 다양한 체위의 성교, 교성 연습과정 등을 매우 사실적으로 그려낸, 보통의 포르노와는 달리 나름대로 예술성을 갖춘 포르노 영화였다. K는 여기서 힌트를 얻어 연출이 아닌 실제 다큐멘터리를 제작하기로 결정한다. 대상자의 물색에 나선 K는 우여곡절 끝에 활달한 성격에다 평소 포르노에 관심을 갖고 있던 L이라는 여성(내레이션 모델)을 만나게 되고 포르노 제작자 R로부터 제작비를 지원받아 〈섀도게임〉의 촬영에 들어간다. K는 L이 포르노 배우가 되어가는 과정을 카메라에 담는 동시에 L이 포르노 배우가 되도록 도와주는 섹스파트너의 역할도 겸한다. 영화 〈섀도게임〉에서 남자 주연인 다큐멘터리 연출가 K는 임준태가, 그 상대인 포르노 배우 L의 역은 신인배우 유소라가 각각 맡았다. L역의 유소라는 대중에게 얼굴이 거의 알려지지 않은 배우로, 한 평범한 여성이 포르노 배우가 되어가는 데 사실성을 부여하기에 안성맞춤이었다. Y감독은 제작 중에 이뤄진 모 영화전문지와의 인터뷰에서 "나는 연출을 하는 게 아니라 기록할 뿐이다"라는 묘한 말을 남긴다. 〈섀도게임〉은 크랭크업을 얼마 남겨놓지 않은 시점에서 유소라가 Y감독과 임준태를 성폭행혐의로 경찰에 고소하면서 제작이 중단되었다. 영화 제작이 중단됨과 동시에 Y감독은 잠적, 수배 중, Y감독의 잠적으로 불리한 입장에 처한 임준태는 경찰조사 관계로 한 차례 구속되었다가 사건이 검찰로 송치되면서 2004년 5월 현재 불구속 입건된 상태. 5월6일, 검찰(검사 양형준)의 의뢰로 임준태와 첫 면담(장소 : 본 병원 별실). 2차 면담 5월13일 예정(장소 미정).

상담 도중 체크리스트 판에 여러 장의 새 종이를 끼워 넣는 건 그녀의 버릇일 뿐, 그 행위 자체가 상담시간이 길어질 거라는 걸 암시하는 건 아니라는 사실을 내가 눈치챈 것은 모두 다섯 번으로 예정된 심리상담의 네 번째에나 가서였다. 상담시간이 채 30분을 넘기지 않았던 두 번째와 세 번째 상담에서도 그녀는 첫 상담 때와 마찬가지로 체크리스트 판에 여러 장의 새 종이를 끼워 넣고 얼마 있지 않아 상담을 끝내버렸었다. 하지만 그때까지 나는 그것이 그녀의 별 뜻 없는 버릇일 뿐이라는 것을 전혀 눈치채지 못했다. 사실, 네 번째 상담에서조차 그녀의 버릇을 눈치챘다기보다는 이제 상담이 곧 끝나겠구나 하는, 무의식적인 생각이 시간적으로는 먼저였다. 상담이 곧 끝날 거라는 생각을 하고 나서야 체크리스트 판에 새 종이를 끼워 넣는 것이 그녀의 단순한 버릇일 뿐이라는 사실을 알게 된 것이다. 그때 나는 파블로프의 개가 된 기분이었다. 그리고 그 일시적 기분은 마지막 상담을 하고 있는 지금 아주 명백한 사실이 되어 있다. 그녀를 만나기 위해 병원으로 들어서면서부터 나는 줄곧 그녀가 체크리스트 판에 새 종이를 끼워 넣기만을 기다리고 있었다. 체크리스트 판에 새 종이를 끼우면 상담은 끝난다, 끝날 것이다— 나는 침이 흘러내리진 않았지만 마른 턱을 조심스럽게 닦아냈다.

"검사가 노골적으로 그러더군요. 중대한 사건인데 너무 나이브하게 생각하는 게 아니냐고."

"고문이라도 해야겠군요."

"그럴 수도 있죠."

다섯 번의 만남이 가져다준 가장 훌륭한 성과는 우리가 웃지 않고 농담을 주고받을 수 있게 되었다는 거였다.

"한 가지 물어봅시다. 이게 그렇게 중대한 사건인가요?" 하고 내가 물었다.

“그 대답을 하기 전에 임 선생님께 저도 하나 물어보죠. 이 사건이 중대하지 않은가요?”

나는 남들한테는 있을 것 같지 않은 두 가지 (엄밀히 말해 두 가지라고 못 박을 수만은 없지만) 특이한 버릇을 갖고 있다. 우선, 수면시간이 일정하지 않다는 것이다. 그러니까 하루에 네 시간씩 자는 경우도 있고, 열네 시간 동안 깨지 않고 자는 경우도 있다. 어떤 때는 두 시간만 자도 충분하고, 어떤 때는 하루를 꼬박 이불 속에서 보내고 난 뒤에도 이튿날 내내 하품을 해대기도 한다. 하지만 이 고약한 잠버릇보다 더 이상한 버릇이 하나 있는데 그것은 더러움을 모른다는 것이다. 그러니까 아무리 더러워도 더러움을 ‘인식’하지 못한다는 말이다. 물론 더러움이나 지저분함이라는 말의 개념을 내가 이해하지 못하는 것은 아니다. 어쩌면 그래서 더 문제일는지도 모르겠다. 이 문제로 병원에 가본 적은 없지만 만약 내가 의사를 찾아가 상담을 한다면 꽤 심각한 병명을 듣게 될는지도 모른다. 그런 상상을 해본 적이, 사실, 한두 번이 아니었다. 뇌기능이 이상해졌을 거라는 것, 나중엔 모든 감각이 무디어져서 마침내 식물인간처럼 될 것이라는 것— 이건 보통의 두려움과는 확실히 달랐다. 사실 나는 보통의 사람들보다 오히려 좀 더 깔끔한 편이다. 학창시절부터 그랬다. 복장이 불량하다거나 손톱 밑에 낀 때 따위로 훈육선생으로부터 지적을 받은 적은 단 한번도 없었다. 요즘도 머리는 거의 매일 감다시피 하고, 세어보지는 않았지만 하루에 대여섯 번은 좋이 손을 씻을 것이다. 거두절미하고 내가 ‘깨끗하지 않았다면’ 영화배우가 되었을 리가 없을 터였다. 하지만 내가 ‘깨끗하다’는 것은 남들이 나를 평가하는 것일 뿐, 그 자체가 ‘깨끗함’을 위해 내가 분투노력한다는 것과 곧 연결될 수는 없다. 더구나 지금 나는 분투노력의 여부 따위를 얘기하자는 것도 아니다. 내게는 깨끗함과 더러움을 감지하는, 혹은 그 둘을 나누는 어떤 '감각장치'가 존재하지 않는다는 것을 말하려는 것이다. 결국, 내가 입성을 깨끗이 한다거나 몸의 상태를 청결하게 유지하는 것은 그렇게 하지 않으면 '더러워지기' 때문이 아니며, 남에게 잘 보이기 위해 옷차림을 '깨끗이' 하거나 남에게 혐오감을 주지 않기 위해 매일 머리를 감거나 대여섯 번씩 손을 씻는 것도 아니며, 혹시 위생을 소홀히 했다가 병에나 걸릴까봐 걱정이 되어서는 더더욱 아니라는 사실을 말하고 있는 것이다. 이것은 아주 익숙한, 오랫동안 길들여진, 한낱 버릇에 불과하다. 더러움 자체를 인식하지 못하는데 어떻게 '깨끗해야 한다'는 생각을 할 수 있겠는가. 예를 하나 들어보자. 가령, 짜장면을 먹고 있다고 하자. 그리고 그 짜장면 속에서 죽은 바퀴벌레가 나왔다고 하자. 이때 나는 꽥 소리를 지르거나 중국집 주인을 부르는 따위의 짓은 결코 하지 않는다. 그렇게 하는 데는 물론 나 혼자 참고 말면 그만이라는 식의 내 인생관이 작용했을 것이다. 세상에 전쟁광이 있다면 나는 평화광이다. 다툼이라면 나는 어떤 종류의 것이든 싫어한다. 콩나물 한 줌을 더 받아가려고 실랑이를 벌이는 재래시장을 찾은 아주머니들을 볼 때마다 나는 조마조마하다. 머리에 붉은 띠를 두른 한 떼의 무리들을 보는 것이나 그들 앞에 벽처럼 버티고 선 또 한 떼의 무리를 보는 것은 내 심장을 조여온다는 점에서 한 치의 차이도 없다. 물론 거리에서 그 두 무리를 목격할 수밖에 없게 만든 근원적인 원인제공의 무리들에 대한 두려움은 언급할 필요가 없다. 여자가 모는 승용차나 초보 딱지를 붙인 차를 우악스럽게 앞지르며 욕설을 퍼붓는 택시기사의 얼굴은 체스판 무늬의 복면을 한 중동의 전사와 그들을 향해 기관총을 쏘아대는 아브라함의 자손들을 보는 것만큼 나를 불안하게 한다. 내가 텔레비전 드라마를 보지 않는 것은 틀림없이 거기에는 싸움이 있기 때문이다. 조근조근 해도 될 말을 괜히 언성을 높이고, 그냥 지나쳐도 아무 일 없을 텐데도 몸까지 날리는 모양을 가만히 들여다보고 있을 수가 없는 것이다. 따지고 보면 영화도 마찬가지다. 극 속의 갈등은 항상 싸움으로 나타난다. 그 싸움이 치열하고 사실적일수록 관객의 집중도는 높아지게 마련이다. 인정한다. 하지만 나는 평화광이다. 내가 텔레비전 드라마에 출연하지 않는 것은 거기에 출연하는 순간 매일, 혹은 일주일에 한번씩은 그 싸움에 휘말려들어야 하기 때문이다. 의제된 싸움, 만들어진 다툼이지만, 내게는 실제의 싸움과 다르지 않다. 적어도 영화는 그 빈도와 양이 상대적으로 적다는 것, 그래서 그나마 견딜 만하다. 하지만 내가 아무리 평화광의 길을 견지해낸다고 해도 그것으로 더러움을 인식하지 못하는 내 고질병을 변호해주지는 못한다는 것을 나는 잘 알고 있다. 즉, 평화광으로서의 나와 더러움을 인식하지 못하는 나는 천칭의 양편에 올려놓을 수 없다. 그러니까 짜장면 그릇 속에 바퀴벌레가 들어 있다고 해서 비명을 지르거나 중국집 주인을 소환하는 따위의 짓을 하지 않는 것이 아무리 평화광으로서 당연한 일이라고는 해도, 그것이 더러움에 대한 인식불능이라는 내 병증의 이유가 될 수는 없다는 것이다. 다시 중국집으로 돌아가자. 나는 짜장면 더미에서 발견한 바퀴벌레를 아주 자연스럽게 손가락으로 집어낸다. 젓가락이 아니라 손가락으로 집어내는 것은 거의 무의식의 발로일 뿐이다. 입을 들락거리는 젓가락으로는 차마 집어낼 수 없어서가 결코 아니다. 하지만 손가락이 아니라 젓가락으로 집어낸다면 더러움에 대한 내 무감각을 훨씬 더 효과적으로 드러낼 수는 있을 것이다. 어쨌든 바퀴벌레를 집어낸 나는 일호의 주저함도 없이 짜장면 그릇을 말끔히 비워낸다. 짜장면을 워낙 좋아해서 그럴는지도 모르지, 하고 생각하는 분을 위해서 나는 짬뽕이나 설렁탕의 예를 들 수도 있고, 바퀴벌레에 대해 얼마큼 호감을 가진 분을 위해서 바퀴벌레 대신 파리나 수세미 조각, 손톱, 머리카락 등을 동원할 수도 있다.

"처음엔 중대한 사건일 수 있겠다는 생각이 들었습니다," 하고 내가 말했다.

의사는 눈을 가늘게 만들고는 나를 한동안 바라보았다.

"지금은 아니라는 말씀이군요."

"그렇습니다. 중대하지도 않고, 중요하지도 않아요."

"사안이 중대하지 않다고 해서 유죄가 무죄가 되는 건 아닐 테죠."

"의사 선생께선 은근히 날 죄인 취급하는군요."

"좋습니다. 그렇다면, 처음에, 그러니까 이 사건을 중대한 사건이라고 여겼을 때 말입니다, 그때는 왜 이 사건을 중대하다고 생각했었나요?"

"의사 선생께서 이 사건을 중대하다고 생각한 이유와 다르지 않을 겁니다."

"제가 그랬었나요, 이 사건을 중대한 사건으로 생각한다고요?"

거의 시차를 두지 않고 질문과 답변이 이어지고 있었고, 거기에 맞춰 여자의 손길도 체크리스트 판 위에서 빠르게 움직였다. 속기사를 한번도 본 적은 없지만, 나는 그녀의 빠른 손놀림으로부터 속기사의 그것을 연상했다.

"아, 뭐, 저는 그래요—."

여자의 손이 처음으로 멈추어졌다. 하지만 그리 오래는 아니었다.

"이 사건은, 직접 성교가 이루어졌느냐 그렇지 않느냐는 걸 따지는 일입니다. 다들 그렇게 알고 있고, 그 결과에 관심들을 갖고 있고요. 사실, 이런 점에서라면 이 사건은 결코 중대한 사건은 아니죠. 이게 제 생각입니다. 오히려 기분을 나쁘게 하는 측면이 있어요. 사건 자체가 작지 않은 추문일 수밖에 없고, 상징적으로 표현하자면, 수사 과정에서 판결까지가 한 편의 포르노일 뿐이에요. 덕분에 신문들은 지금, 합법적으로 포르노를 연재하고 있는 중이죠. 이런 점에서 제가 어떻게든 수사에 영향을 주는 위치에 있다는 게 불쾌하기까지 해요. 가능하다면 손을 떼고 싶을 정도로. 그런데 문제는 관점을 어디에다 두느냐는 겁니다. 만약에……."

얘기 도중에 여자의 손은 다시 빠르게 움직이고 있었다. 나는 귀로는 그녀의 목소리를, 눈으로는 그녀의 손길을 추적하고 있었다. 음성이 손으로 기록되고 문자가 입으로 옮겨지는 기묘한 행위예술을 보고 있는 셈이었다.

"만약, 예술의 본질이라는 관점에서 본다면, 이 사건은 결코 가볍지 않죠. 이 영화는 본질적으로 예술에 충실해야 할 의무가 있다고 저는 생각합니다. 제가 예술의 본질이니 의무니 하는 단어를 사용한 것은 이 영화가 포르노는 아니라는 겁니다. 하지만 유소라의 고소장에 적시되어 있는 그 장면이, 연출이 아니라 실연이라면 이 영화는 포르노가 될 수밖에 없고, 이 영화가 포르노라면 이 사건은 촬영 도중 여배우를 상대로 계획적으로 성폭행이 이루어졌다는 것 이상의 의미를 지닌다는 거죠. Y감독이나 임 선생님의 명예는 계획적인 성폭행이 자행됐다는 사실에 의해 추락되는 것이 아니라 예술영화를 빙자해 포르노를 찍었다는 사실에 의해 추락되어야 마땅하다는 겁니다. 이건 결코 작은 문제가 아니죠. 중대한 문제고 중요한 문제인 겁니다."

내가 만약 더러운 것을 더럽다고 느낄 수 있는 인간이었다면 내 인생은 달라졌을까. 나는 이 물음에 자신 있게, 그렇다, 라고 대답할 수 없다. 가령, 중국집에 가서 짜장면을 먹는데 바퀴벌레가 나왔다. 나는 기겁을 하고 비명을 지른다. 젓가락을 내동댕이치며 의자를 박차고 일어나 중국집 주인을 부른다. 나는 검지를 뻗을 수 있는 데까지 최대한 뻗쳐 짜장면 그릇 속의 잘 익은 바퀴벌레를 가리키며 어떻게 이런 일이 일어날 수 있느냐고 소리를 지른다. 주위에서 맛있게 음식을 먹고 있던, 특히 짜장면을 맛나게 먹고 있던 사람들의 질시어린 눈빛과 웅성거림을 뒤로 한 채 나는 똥냄새가 진동하는 재래식 화장실을 뛰쳐나오듯 중국집을 뛰쳐나온다. 이것이 더러움을 더러움으로 인식하는 나의 모습이다. 그런데 이런 나는, 짜장면 속의 바퀴벌레를 손가락으로 집어낸 뒤 아무 일 없었다는 듯 그릇을 비워내는 지금의 나와 얼마나 먼 거리에 있을까. 나는 두 개의 나 사이에 존재하는 거리를 제대로 인식할 수 없다. 앞의 나는 깨끗하고, 뒤의 나는 더러운가. 그래, 그럴 수는 있다. 그래서 뭐가 문제인가. 깨끗한 내가 해야 할 일과 더러운 내가 해야 할 일은 따로 존재하는 것일까. 짜장면 속의 바퀴벌레를 보고 비명을 지르는 자는 의사나 판사를 하고, 아무 일 아니라는 듯 바퀴벌레를 손으로 건어내고 그릇을 말끔히 비우는 자는 강도, 강간, 살인범이 제격인가. 의사나 판사 중에서 짜장면을 먹다가 바퀴벌레가 나왔을 때 말없이 손으로 바퀴벌레를 집어내고는 말끔히 그릇을 비워내는 자의 숫자가, 같은 상황에서 중국집 주인을 불러내 갖고 있던 잭나이프를 휘둘러대는 강도, 강간, 살인범의 숫자보다 적을 거라고 나는 장담할 수 없다. 만약 이 산수 문제에 대해 명확한 답을 갖고 있지 않다면 의사와 판사와 강도, 강간, 살해범 중에서 누가 깨끗한 인간이고 누가 더러운 인간인지를 함부로 예단할 수 없다는 결론에 아주 간단히 도달하게 될 것이다.

"지독한 유도심문인 걸요."

"그런 식으로 말하자면 임 선생님께 드리는 질문은 모두 유도심문이지 않나요?"

"거듭 말씀드리지만, 〈섀도게임〉에서 문제가 된 장면은 실연이 아닙니다. 어떤 영화에서나 그렇듯 연출일 뿐이죠. 더 잘 된 연출이냐 덜 잘된 연출이냐의 차이밖에 없습니다. 어릴 땐 연기자들이 죽으면 진짜 죽는 건 줄 알잖아요. 러브신에 관한 한 상당수의 관객은 전쟁영화를 보는 어린아이와 마찬가집니다. 저거 혹시 진짜로 하는 거 아냐, 싶은 거죠. 어쩌면 그렇게 믿고 싶은 건지도 모르고요."

"솔직히 임 선생님의 무죄 주장에 대해 거론하고 싶지는 않아요."

"제 말을 믿어달라고 부탁하는 건 아닙니다."

"그럼 유소라가 왜 감독과 임 선생님을 성폭행범으로 고소했다고 생각하십니까?"

"이런 건 검사가 하는 질문 아닌가요?"

"개인적으로 궁금해서 드리는 질문이라고 생각해주세요."

만약 더러움이 깨끗함의 반의어가 아니라면 나는 어쩌면 더러움을 구별해낼 수 있을는지도 모른다. 그러나 깨끗하지 않은 것은 모두 더러운 것이라고 규정하는 한 나는 여전히 더러움을 인식하지 못할 수밖에 없다. 내가 옷에 묻은 먼지를 털어내거나 구두에 묻은 흙을 닦아내는 것은 그것들이 더러워서가 아니거니와 깨끗하게 하기 위해서가 아니다. 그건 습관이라고, 지독한 습관일 뿐이라고 말한 바 있지만, 실은, 옷과 구두가 지닌 고유의 빛깔을 가리는 먼지와 흙을 떨어내는 것이라고 하는 편이 옳다. 더러워서, 깨끗하기 위해, 따위의 진술은 내게 있어서 옷의 먼지와 구두의 흙을 떨어내는 이유가 결코 아니다.

"검사처럼 물었으니 검사한테 대답한 대로 진술을 하죠."

나는 자스민 차가 담긴 잔을 들어서 한 모금을 마셨다.

"유소라 양은 뭔가 착각을 한 것 같습니다. 연기에 몰입해 있었다고 해도 좋고요. 은밀한 부위에 테이핑이 되어 있었기 때문에 물리적으로는 삽입이 되거나 할 수가 없다는 말입니다."

"물리적이 아니라면, 정신적인 폭행은 어떻습니까?"

"확실히 검사와는 다르군요."

여자도 자스민 차가 담긴 잔을 들어서 한 모금을 마시고는 내려놓았다. 여자의 잔에 루주가 묻어 있었다. 사람들 중에는 성을 더럽다고 말하는 사람들이 있다. 그러나 그들 중 그 누구도 성행위를 시궁창 같은 데서 하지는 않는다. 그들의 침실이 모두 새하얀 시트가 깔려 있고 달콤한 향기로 채워져 있지는 않을 테지만 그들이 '더럽다'고 말할 수 있는 그런 곳은 결코 아니다.

"유소라가 만약 물리적인 폭행이 아니라 정신적으로 폭행을 당했다고 여긴다면…… 그건, 나와는 상관이 없는 게 아닐까요? 더구나 감독과는 더더욱. 그건 유소라 양 혼자만의 문제일 것 같네요."

"물론 그 경우 법은 유소라의 손을 들어주기가 힘들겠죠. 하지만 지금 우리는 이번 사건이 중대한가 그렇지 않은가를 얘기하는 중입니다. 그리고 그 중대성을 예술의 본질에서 찾자는 거고요."

"그러니까—." 여자가 펜을 쥔 손을 들어 내 말을 잘랐다.

"임 선생님의 생각을 듣고 싶어요. 유소라가 선생님으로부터 정신적인 폭행을 당했다고 생각하는 데 대해서 어떻게 생각하시는지를요. 그녀 혼자만의 문제라고 발뺌하지 마시고요."

사람들은 똥꿈을 꾸고 복권을 산다. 똥꿈이 복권으로 환원하는 것은, 똥꿈은 더러운 꿈이고 더러운 꿈은 더럽지 않은 현실로 환원될 것이라고 믿기 때문이다. 똥통에 빠져 허우적거리는 비현실은 화려하고 풍성하고 멋진 현실을 상징하는 것이라는 믿음을 가진 사람들은, 깨끗한 사람인가, 더러운 인간인가?

"대답할 수 없는 질문입니다."

"그래요. 알아요. 그럼, 어떻습니까, 만약, 어디까지나 만약에 말입니다, 그게 실연이었다면 〈새도게임〉은 영화로서 죽었다고 할 수 있겠죠?"

여자는 끈질겼다. 그녀는 Y감독과 내가 계획적으로 유소라를 상대로 실제로 성행위를 했고, 그것을 필름에 담고 싶었다는 자백을 받아내고야 말겠다는 듯했다. 그녀는 어떤 점에서 검사보다 더 지독했다. 하지만 나는 그녀의 생각에 동의할 수 없었다. 솔직한 내 심정은, 설사 문제의 섹스신이 연출된 것이 아니라 실제 성행위였다 하더라도 — 물론 그렇지 않았지만 — 〈새도게임〉은 여전히 예술의 본질에 충실한 영화라는 사실이었다. 그리고 섹스의 실연은 중대한 사건도 될 수 없다는 것이었다. 하지만 나는 그렇게 말할 수가 없었다. 그건 스스로 감옥으로 걸어가는 일이었다. 감옥에 가기는 싫었다.

“대답을 하지 않는군요.”

“대답하기 곤란한 질문입니다.”

“연출된 것이 아니라 하더라도 엄연히 영화다, 선생님의 침묵을 이렇게 해석해도 되는 건가요?”

“그 질문에도 역시 대답하기 곤란하기는 마찬가지군요.”

여자는 드디어 체크리스트 판에 여러 장의 새로운 종이를 끼워 넣었다. 그리고 나는 내가 종소리를 듣자마자 침을 흘리는 개가 되었다는 사실을 또 한번 확인했다. 이제 상담은 곧 끝날 것이다. 이제 다섯 번에 걸친 상담에 대한 여자의 보고서가 검사의 손으로 넘어갈 것이고, 나는 법정에 설 것이고, 언론은 유소라의 증언을 교묘히 편집해 그럴듯한 포르노를 만들어낼 것이다. 그리고 여의사는 검찰 측 증인이 되어 그녀가 감정한 나의 ‘정신상태’에 대해 얘기할 것이다. 사람들은 자신의 몸 안에 있던 오물이 세상 밖으로 나온 순간부터 코를 틀어막는다. 그렇다면 몸 안에 있을 때 그 오물은 깨끗한 것이었던가?

“본인은 이기적이라고 생각합니까?”

“이기적이죠.”

“인간은 누구나, 얼마큼씩은 이기적이라는 얘긴가요?”

“그렇지 않은 사람이 드물긴 하죠.”

“살면서 남을 위해서 뭔가를 해본 적이 있나요?”

“글쎄요, 어떤 일이 이기적이다 이타적이다 딱 부러지게 말할 수 있나요?”

“설명 좀 해주시겠어요?”

“음…… 나를 위해서이기도 하고 동시에 남을 위해서이기도 한 일이 많죠. 가령, 미장원에서 머리를 자르는 일은 미용사나 손님에게나 다 유용한 일이죠. 또, 버스나 지하철이나 택시를 타는 일은 나를 위해서이기도 하고 운전하는 사람들을 위해서이기도 하고요. 짜장면을 먹으러 중국집엘 가는 건—."

어릴 적 내가 살던 집에는 유난히 쥐가 많았다. 어머니는 여러 마리의 고양이를 키웠다. 하지만 좀체 쥐의 수는 줄어들지 않았다. 미군부대 군속이었던 아버지가 어느 날 붉은 번갯불이 쥐의 몸뚱어리에 박힌 그림이 그려진 미국제 쥐약을 갖고 와서 사방팔방 뿌려놓은 뒤부터 죽은 쥐의 수는 현저히 늘어났고, 살아 돌아다니는 쥐의 수는 현저히 줄어들었다. 그런데 쥐약 먹은 쥐를 먹은 고양이 두 마리가 한꺼번에 마당 구석에 죽은 채로 발견된 뒤부터 살아 돌아다니는 쥐의 수가 하루에도 몇 배씩 불어났다. 우리 집은 온통 쥐들로 들끓었다. 어느 때부턴가 부모님은 쥐 잡기를 포기한 듯했다. 더 이상 고양이를 키우지도 않았고, 아버지도 쥐약을 뿌려대지 않았다. 집을 팔고 이사를 갈 거라는 얘기도 들렸지만 실행에 옮겨지지는 않았다. 우리가 선택한 것은 쥐와의 평화로운 동거였다. 우리는 쥐와 싸우지 않았다. 싸울 필요가 없었다. 사실 그들은 우리를 공격하지 않았다. 우리가 그들을 공격했을 뿐이었다. 그들과 우리는 넓은 마당을 공유했고, 창고나 부엌을 공유했다. 지독하게 추운 날이 아니면 그들이 안방마저 공유하자고 막무가내로 떼를 쓰지는 않았다. 간혹 내 방으로 들어와 교과서나 만화책을 뜯어먹고 가는 놈들도 있긴 했지만 그런 데다 화를 내거나 짜증을 부리는 건 내게는 일어날 수 없는 일이었다. 일부러 그들을 내 방으로 끌어들이거나 집을 만들어 키워볼 생각을 하지도 않았지만 어쩌다 찾아든 그 놈들을 소리를 질러가며 내

쫓을 마음도 없었다. 어쩌면 그들은 누군가로부터 내쫓겨서 나를 찾아 온 것인지도 몰랐다. 어쨌든, 어느 순간부턴가 나는 그들의 존재를 잊었다. 늘 함께 있으면서도 아버지와 어머니의 존재를 잊고 있었듯.

"괴테."

여자의 입에서 그 말이 흘러나왔고, 그녀의 꼬물꼬물 움직이던 볼펜심이 그 두 글자를 만들어내고 있었다. 여자의 체크리스트 판에는 여러 장의 새 종이가 빈 채로 남아 있었다. 나는 콧날만 겨우 보이는 여자의 수그린 얼굴을 보면서 눈을 몇 번 껌벅거렸다. 여자는 종이 위에다 자신이 해야 할 말을 적어나갔고, 종이 위에 적힌 글은 약간의 시간차를 두고 그녀의 입에서 말이 되어 흘러나왔다.

"괴테는 말이죠, 방앗간 주인이 보리가 자신의 풍차를 돌리기 위해 자란다.[1]고 생각했어요."

여자의 손길이 멈추었고, 그녀의 고개가 들어 올려졌다. 그녀의 눈이 또렷하게 보였다.

"괴테는 틀렸군요. 적어도 임 선생님한테는요. 그렇죠?"

호감이라곤 느낄 수 없을 정도로 건조해 보였던 그녀의 눈이 뭔가 생기로 가득 차 있는 듯 보였다. 가만히 보니 물기조차 촉촉이 배어 있는 것 같았다. 그 순간 나는 그동안 여자에 대해 많은 걸 오해하고 있었는지도 모른다는 생각이 들었다. 어쩌면 그녀도 나처럼 짜장면 속에서 바퀴벌레가 나왔을 때 무심히 손가락으로 집어내고는 그릇을 말끔히 비워내는 사람일지도 모른다는 생각도 했다. 그녀의 푸른 셔츠가 고요한 호수 같았다.

---

1) J. W. 괴테, 『격언과 반성』.

【정신감정의뢰건|임준태사건|노트#15】 보는 사람으로 하여금 연출된 것을 실제라고 착각을 일으키게 할 정도로 자연스러운 연기력을 지닌 임준태는 시나리오를 직접 쓸 만큼(연극배우 시절부터 자신이 출연한 연극을 각색하거나 직접 집필했다고 함) 뛰어난 예술적·언어적 감각을 지닌 것으로 보인다. 이는 언어적 감각을 담당하는 좌측 대뇌반구와 입체적 공간감각을 담당하는 우측 대뇌반구가 고루 발달된 경우에 해당된다. 반면에 좌우뇌가 고루 발달된 사람들에게서 노정되는 보편적인 감각의 결여, 혹은 개념의 지나친 일반화 양상이 임준태에게서도 발견된다. 상식을 상식으로 받아들이지 않는다는 점은 보편적 감각의 결여를, 뚜렷이 대별되는 서로 다른 두 개의 개념을 하나의 개념으로 뭉뚱그려버린다는 점에서 지나친 일반화가 의심된다. 가령, 깔끔하고 세련된 외양과는 달리 면담 도중 컵에 파리가 날아와 앉은 부분을 닦아내지 않고 그대로 마셨고, 두어 차례에 걸쳐 상담 중이라는 사실에 아랑곳하지 않고 손수건에 코를 풀었으며, 그 손수건으로 이마의 땀을 훔치거나 심지어 입까지 닦았다. 이는 두정엽頭頂葉 : parietal lobe의 일반감각영역의 손상을 의심하게 한다(뇌—MRI 요청됨). 이외에는, 임준태에게서 드러나는 정신감정상의 문제점은 전혀 없어 보인다. 5차 면담(6월3일)이 끝난 현재, 임준태에 대한 추가 상담의 필요성은 느껴지지 않음.

초인종이 울렸다.

컴퓨터 앞에 그대로 앉아 있으려 했지만 언제나 그렇듯 〈엘리제를 위하여〉는 금방 끝나지 않았다. 띠리리, 띠리리리……. 별 수 없이 나는 의자에서 일어났다. 현관으로 가까이 가자 센서가 작동하면서 불이 환하게 들어왔다. 신발장 위의 거울 속에 비친 내 모습을 슬쩍 일별했다. 출입문을 바라보고 서 있자니 맥이 좀 풀렸다. 뭐라고 입을 떼야 할지 잠깐 망설였다.

"누구세요?"

아무리 망설여봐야 평범한 질문을 선택할 수밖에 없다. 반응이 없었다. 숨소리 같은, 마치 가늘게 뛰는 맥박과도 같은, 소리라고 해야 할지 진동이라고 해야 할지 모를 미세한 무엇이 느껴지기는 했다. 나는 유령 같은 걸 떠올렸고, 금방 팔뚝에 소름이 돋았다. 그새 가버렸을까. 그럴 리는 없을 것이다. 남의 집 초인종을 누르는 것이 자신의 직업과 깊이 관련되어 있는 경우, 그들은 보통 문 안쪽에 있는 사람에 비해 인내심이 강하다. 그들은 마치 안쪽을 훤히 볼 수 있는 사람처럼, 돌아서려는 사람의 뒷덜미를 낚아챈다. 문 안의 사람들을 움찔하게 만듦으로서 자신이 전달하려는 정보의 가치를 한껏 끌어올리려는 음험한 수작이다. 언제나 성공하는 것은 아니지만.

역시 그랬다. 내가 몸을 돌리자마자 뭐라고 대답하는 소리가 현관문 너머에서 들려왔다. 하지만 알아들을 수는 없었다. 여자의 목소리라는 건 분명히 알 수 있었다.

"무슨 일이신데요?"

평범한 질문이 던져졌고, 다시 잠깐의 침묵이 이어졌다. 문득, 문 밖에 선 여자의 표정이 궁금했다. 여자는 망설이고 있거나, 숨을 고르거나, 아니면 방금 했던, 그러니까 내가 알아듣지 못한 말을 다시 반복해야 할지 말지 망설이거나, 혹은 똑같은 말을 다시 반복해야만 한다는 것에 대해 화가 나 있을지 모른다. 하지만 그녀는 남의 집 초인종을 누르는 일을 직업적으로 하는 사람일 것이고, 그녀의 인내심은 내가 상상할 수 없을 정도로 강할 것이다. 문 밖의 여자가 입을 뗄 때까지의 짧은 시간 동안 나는 여러 개의 경험들을 차례로 떠올렸다. 마사지를 해주고 화장품을 팔려는 경우, 묵은 이불의 솜을 타라는 경우, 학습지 판매원, 시주를 하러온 탁발승, 전도를 하러 온 기독교인, 복조리를 팔러온 청년, 고학생을 가장한 십대 소녀— 몇 개의 얼굴들이 빠르게 스쳐가다가 마지막의 앳된 얼굴에서 멈추었다. 몇 년 전 겨울이었다. 문을 열었더니 열대여섯쯤 되어 보이는 곱상하게 생긴 여학생이 손에 무언가를 들고 서 있었다. 그녀가 들고 있는 것은 투명한 플라스틱 상자에 든 찹쌀떡이었다. 다섯 개는 희었고, 다섯 개는 쑥색이었다. 여학생은 교복을 입고 있었다. 화장을 한 것 같지는 않았지만 입술은 무얼 바른 듯 반들거렸다. 그 여학생은 고학생이라고 했다. 미안했는지 살짝 웃었는데, 비웃음 같기도 했다. 얼마냐고 물었더니 알아서 달라고 했다. 날씨가 꽤 추운데 왜 외투를 입지 않았느냐고 물었더니 그러면 교복이 보이질 않아서 사람들이 찹쌀떡을 사주지 않는다고 말했다. 얼마를 원하느냐고 내가 다시 물었고, 여학생은 대답 대신 문틈 사이로 집안을 살폈다. 그러고는 안으로 들어가도 되느냐고 내게 물었다. 그제야 나는 고학생을 가장해 혼자 사는 남자의 집에 찹쌀떡이나 생강엿 같은 걸 팔러 다니는 여자애들 얘기가 생각났다. 그 애들을 집안으로 끌어들였다가 나중에 혼이 난 남자들이 있다는 걸 뉴스에서 본 적이 있었다. 그 앳된, 반들거리는 입술을 한, 교복을 입은 여자애가 내 눈앞에서 사라지기 전— 문 밖에 서 있던 여자의 목소리가, 예의 작고 여렸지만 이번엔 알아들을 수 있을 정도로 또렷하게 들려왔다.

"저, 우리가, 앞으로 살아가는 날 동안, 후회하지 않고 살아가려면…….”

나는 고개를 숙였다. 현관의 등이 빛을 잃었다.

“우리 삶의 주인이신 분을 영접하여, 지금의 우리 삶을 영원까지 이어갈 수 있도록…….”

나는 몸을 돌렸다.

“제가 지금 좀 바쁜 일이 있어서요,” 하고 나는 말했다. 문 밖의 사람들을 돌려세우는 데 사용되는 그 상투적인 표현의 위력을 나는 잘 알고 있었다. 내 말은 위협의 칼날이 되어 그들의 발길을 번번이 돌려세웠다. 후회 없이 영원까지 이어지는 삶에 대한 그들의 얘기는 겨우 그 초입에서 중단되고 만다. 그들만큼 실패에 달관한 이들도 없다. 그들은 두드려도 열리지 않는 문 앞에서 두드리면 열릴 거라는 진리를 설파하려는 자들이다. 그들은 어리석다. 하지만 그들만이 어리석은 건 아니다. 그들을 돌려세우는 문 안의 사람 또한 그들을 돌려세움으로써 그들로부터 진리를 전송받지 못하기 때문이다. 또다시 알아들을 수 없게 되어버린 여자의 목소리는 두꺼운 현관문을 통과하지 못한 채 한동안 계속되었고, 그 사이 나는 컴퓨터 앞으로 돌아와 있었고, 그러는 동안 모든 것은 끝나 있었다. 아이오 소라[2]는 침대에 널브러져 있었고 그녀의 풍만한 흰 가슴 위에는 남자의 정액이 흩뿌려져 있었다.

“이런!”

나는 리와인드 버튼 위에 커서를 올려놓으며 고개를 살짝 흔들었다. 창밖에 달이 떠 있다는 걸 모른 채.

---

2) 아오이 소라(蒼井そら). 일본 AV 여배우.

2005

달의 귀환

1. 금정金井

“이제 어디로 갈 거예요?”

“금정.”

“아, 금정…….”

“알아요?”

나는 고개를 저었고, 그는 입꼬리를 비틀며 웃었다. 잠깐 동안 침묵이 흐른 뒤 그가 다시 입을 열었다.

“우리, 다음엔 금정에서 만나는 게 어떨까요.”

그의 말은 내 의견을 묻는 듯했지만, 내 동의를 구하는 물음은 아니었다. 늘 그렇듯 그의 일방적 선언이었다. 그것을 증명이라도 하듯 그는 곧, 그렇게 합시다, 그게 좋겠어요, 하고 결정을 내렸다. 늘 그랬으므로 그의 그런 태도가 새삼스러울 건 없었다. 하지만 그가 그렇게 말하는 순간 나는 그를 다시 만날 수 없을지도 모르겠다는 생각이 들었다. 그는 그런 식으로 이별을 고하는 것인지도 몰랐다. 내가 물을 수 없고, 묻지 않는다면 알아낼 수 없는 곳에서 만나자는 약속은 더 이상 약속일 수 없었다. 그것은 이별이었다. 막연한 느낌이긴 했지만 그 막연함은 거의 확신에 가까웠다. 그를 다시 만나지 못할는지도 모른다는 생각이 들자 가슴이 철렁 내려앉았고, 그를 다시 만나기 위해서는 금정이 어디에 있는지를 꼭 알아야 한다는 생각이 가슴 한복판에서 불길처럼 일어났다. 그러나 우습게도 그 불길은 이내, 너무 쉽게 가라앉았다. 내가 만약 금정으로 가는 방법을 묻는다면 그는 더 깊게 입을 다물어버릴 것이라는 생각이 찬물처럼 불길 위로 끼얹어졌다. 꺼져버린 불길 위로, 불씨처럼, 그가 금정에 대해 말하지 않는 데는 그만한 이유가 있을 거라는 생각이 일어났다. 그것은 그와 함께할 때마다 늘 반복되는 일이었다. 그가 어떻게 말하든, 어떻게 행동하든, 그러는 데는 그만한 이유가 있다— 나는 그의 순종적인 아내나 철저히 희생적인 어머니처럼 굴었다. 가능하면 나는 그가 하자는 대로했다. 그와 함께 할 때 나는 없었다. 나는 그의 그림자였다. 그가 가자면 가고, 먹자면 먹고, 자자면 잤다. 내가 내놓는 의견들이 관철될 때조차 방식은 다르지 않았다. 내가 먼저 가자고 해도 그가 응할 경우에만 갈 수 있었고, 그건 내가 그를 따라가는 것에 지나지 않았다. 내가 먼저 무엇을 먹자고 해도 그가 응해야만 그것을 먹을 수 있었기 때문에 그건 그가 먹자는 것을 먹는 것에 불과했다. 내가 먼저 그를 원한 경우에도 결과는 다르지 않았다. 그가 날 바라보는 것조차 싫어한다는 기미가 조금이라도 보이면 내 성욕은 흔적도 없이 사라졌다. 불길처럼 타오르던 성욕이 사라지는 데 걸리는 시간은 시간이라고 할 수 없을 만큼 짧았다. 반대로 나는 그의 제의를 단 한번도 거절하지 않았다.

거절하지 못했다는 게 더 정확한 표현일 테지만 그런 건 중요하지 않다. 거절이란 내가 가진 사전에 수록되어 있지 않은 단어였다. 그렇게, 금정이 어디인지를 다시 묻는 건 처음부터 불가능한 일이었다. 나는 포기하고, 체념하고, 그를 다시 만나지 못할까봐 두려워할 뿐이다. 그것은 그가 나를 두렵게 하는 것이 아니라 그에 의해 내가 두려워지는 것이다. 두려움조차 스스로 가질 수 있는 것이 아니었다. 하지만 명백한 것은 내가 그를 사랑하고 있다는 사실이고, 그와 엮여 있는 한 나 자신이 주체적으로 할 수 있는 건 하나도 없다는 사실이다. 이것이 내가 그를 사랑하는 방식이었다. 끊임없이 나를 실망시키는 것 또한 이 방식에 속했다. 이런 것에 이따금 자멸이나 불행, 더러움, 환멸 같은 단어를 붙여보지만, 그건 나를 기만하는 것과 다르지 않다. 기만은 사치일 뿐이다. 회한은 채찍이 되어 맹렬하게 내 몸을 후려쳤다. 채찍에 살갗이 찢어지면서 나는 생각했다. 사랑에 대해. 그를 향한 내 사랑에 대해. 나는 그를 사랑했다. 나는 그를 잘 알고 있었다. 내가 가진 피동적인 사랑의 방식을 그가 내켜하지 않는다는 것도. 그래서 그는 언제나 나와의 이별을 위해 간편한 가방 하나를 준비하고 있다는 것도. 그의 가방 안에 나에 대한 사랑 따위가 들어 있을 리 없다는 것도.

2. 낙월落月

버스가 오려면 아직 30분은 더 기다려야 했다. 우리는 눈길이 마주치면 어색하게 피하면서 버스를 기다렸다. 그곳에서 버스를 기다리는 사람은 우리 둘이 전부였다. 외진 시골마을이기도 했지만 이미 어둠이 깊게 내린 뒤였다. 정류장을 대신하고 있는 조그마한 가게의 이마에 희미하게나마 외등이라도 켜져 있지 않았다면 사위를 분간하기도 어려울 터였다. 어둠 속으로 하릴없이 눈길을 돌리다가 하늘을 보았을 때 퍼뜩 그에게 물어볼 말 하나가 생각났다는 건 다행한 일이었다. 그렇지 않았다면 아무 얘기도 나누질 못한 채 영영 그와 헤어질 수도 있었다. 그를 향한 내 욕망은 아슬아슬하게 연명하고 있었다. 내 사전에서 모든 단어가 사라져도 관계라는 단어 하나만은 남겨져 있어야 했다. 관계에는 모든 사라진 것들이 담겨져 있고, 모든 사라질 것들과 연결돼 있었다. 아무리 오랜 시간을 헤어져 있다 해도 그 단어를 품고 있는 한 나는 그로부터의 소외와 무관심을 견딜 수 있었다. 관계는 대야 가득 풀어놓은 쪽빛 물감이었고, 나는 그 물 속에 치마의 한 끝을 드리우고 있었다. 그가 물을 모두 쏟아버리거나 내 치맛자락을 밀쳐내지 않는 한, 그의 빛깔은 나와 닿아 있을 것이다. 그건 결코 미련이거나 욕심이 아니었다.

"꽤 된 얘긴데, 이거 아세요?"

나는 그렇게 운을 뗐다. 바닥을 향해 있던 그의 고개가 내게로 들어올려졌다. 그의 턱이 불빛과 어둠을 예리하게 갈라놓았다. 내 손이 움찔거렸다. 하마터면 나는 손을 쑥 내밀어 그의 그 날카로운 턱을 쓰다듬을 뻔했다. 나는 손을 움켜쥐며 침을 삼켰다.

"무슨 얘긴데요?"

"아, 그게, 그러니까, 꽤 오래 전에 과학 잡지에서 읽은 건데요, 거기 보니까 프랑스의 어떤 과학자가, 천문학자가, 달의 주기가 점점 느려진다고 써놨더라고요, 그거 혹시 읽어보셨어요?"

나는 주먹을 펴고 바지에 손바닥을 닦아냈다. 저녁이었지만, 5월이었다. 적당한 온기가 대기에 충만했다. 그가 고개를 저었다. 얘기는 거기서 다시 끊어졌다. 커피 드실래요? 나는 대화가 끊어지는 걸 원치 않았다. 이대로 끝나버린다면 아직 열흘이나 남아 있는 생리가 금방이라도 터져버릴 것 같았다. 가슴이 불규칙하게 뛰고 있었다. 나는 어금니를 깨물며 흔들리는 그의 고개를 응시했다. 나는 엄지발가락에 힘을 주며 말했다.

"만약에 달의 주기가 계속 느려진다면 어떻게 될까요? 하현달이 초승달이 되는 기간도 길어질 거고, 그러면 하늘에 달이 뜨지 않는 날도 그만큼 길어질 텐데."

그러고는 슬쩍 고개를 하늘로 들어올렸다. 그의 고개도 하늘을 향했다. 별들이 밤하늘을 가득 메우고 있었다.

"별이 많으니까 괜찮겠죠," 하고 그가 말했다. "달을 대신할 별이 얼마든지 있지 않겠어요?"

자신의 말이 싱거웠던지 그는 쿡 웃었다. 나는 웃지 않았다. 진지함을 가장해서라도 얘기를 이어나가야 했다.

"하지만, 우리 삶에는, 얼마큼은 지장이 있지 않을까요? 달은 우리한테서 가장 가까이 있는 별인데……."

그가 내게로 고개를 돌렸다. 이번에는 나는 그를 바라보지 않았다. 나는 기다렸다.

"옛날에 이런 일이 있었어요." 그는 꽤 긴 얘기를 시작할 듯 목을 가다듬었다. "아마 요임금이나 순임금이나 그랬을 겁니다. 어느 날 하늘에서 달이 사라져버렸어요." 달이 사라져요? 하고 되물으려다가 나는 입을 다물었다. 조심스럽게 그에게로 고개를 돌렸다. 그는 나를 일별한 뒤 앞쪽을 바라보며 말을 이었다. "나라가 발칵 뒤집어졌지요. 임금은 자신의 과오라고 하며 권좌에서 물러나겠다고 했고요, 재상은 그렇게 하는 건 사태를 해결하는 데 도움이 되지 않는다고 극구 만류하면서 대책을 마련하기 시작했고요. 머리가 비상한 어떤 관료가 묘안을 냈어요. 그가 낸 묘안이란, 월궁月宮이라는 부서를 만들고 그 책임자로 월궁사月宮師를 두는 거였죠. 그래서 어떻게 할 거냐고 재상이 묻자 그 관료가 대답하기를, 그로 하여금 어떻게 해서 이런 기변이 생겼는지를 조사하게 하면 된다는 거였어요."

"조사를 한다고 될까요?"

나는 참지 못해 물었고, 그는 나를 슬쩍 훑어보고는 얘기를 계속했다.

"월궁과 월궁사를 급조해 무엇 때문에 하늘에서 달이 사라졌는지를 살펴보도록 했지만, 그 까닭이 찾아질 리가 없었죠. 그런 와중에 민심은 더 흉흉해졌고, 알다시피 요임금은 천하의 성군이라 자신이 권좌에서 물러나기만 하면 하늘은 자신의 과오를 너그럽게 용서할 것이고 노여움을 풀어 다시 달빛을 훤히 비추어줄 거라며 한사코 임금 자리에서 물러나겠다고 고집을 부렸어요. 재상은 고뇌하고 고뇌하고 또 고뇌했지만 난국을 풀어낼 방법을 찾을 수가 없었죠. 그는 묘안 같지도 않은 묘안을 짜낸 관료를 다시 불러 이제 어떻게 할 거냐고 따졌어요. 그러자 영리한 관료는 이번에도 교묘한 술책을 내놓았는데, 그 묘책이란 월궁사의 목을 치는 거였어요." 나는 속으로, 그런다고 하늘에서 사라진 달이 나타날까요, 하고 물었다. 그는 마치 내 물음을 듣기라도 한 듯, "그런다고 사라진 달이 다시 뜰 리는 없죠," 하고는 다시 얘기를 이어나갔다. "다른 방도를 찾을 때까지 궁여지책으로 월궁사의 목을 치는 수밖에 없다고 결심한 재상은 성 밖에다 처형장을 설치하고 되도록 많은 사람들을 모으도록 했어요. 하지만 영리한 관료는 재상을 막았어요. 만약 세상이 다 알도록 처형을 하면 당연히 임금의 귀에 들어갈 것인데, 그렇게 되면 사람의 목숨을 무엇보다 귀하게 여기는 임금은 금방 자결이라도 할 듯 난리를 칠 것이고, 재상과 관료들에 대한 문책이 따를 것은 불을 보듯 뻔하다는 것이 그가 월궁사의 공개처형을 만류하고 나선 이유였죠."

"그래서요?" 하고 물으며 나는 마치 처형 직전에 놓인 월궁사의 아내라도 된 듯 바짝 긴장한 얼굴로 그를 바라보았는데, 그의 입가에는 보일 듯 말 듯 미소가 어려 있었다.

"그러면 이제 어찌해야 하는가, 하고 재상이 물으니 영리한 관료가 대답하기를, 성 밖 시오 리에 낭떠러지가 하나 있는데 그곳은 천하의 불모지라 어떤 풀도 자라지 않는다 하여 불손不孫이란 이름이 붙은 곳으로 간혹 가난한 백성들이 보양하기 힘들어 늙고 병든 부모를 거기다 버리곤 합니다. 그곳에다 월궁사를 던져놓고 돌아오지 못하게 다리를 분질러놓으면 됩니다." 이 대목에서 나는 치가 떨려 주먹이 저절로 쥐어졌다. 그의 얘기는 계속되었다. "그렇게 하고 나서는? 하고 재상이 물으니 영리한 관료가 이렇게 답했어요. 그러고는 세상에 소문내기를, 월궁사가 사라진 달을 찾아 길을 떠났다고 하면 됩니다. 그러면 임금은 돌아올 리 없는 월궁사를 군말 없이 기다릴 것이고, 끝내 하늘에 다시 달이 뜨지 않아도 그 책임은 모두 월궁사의 것이 되는데, 이것이 월궁사의 목을 치는 올바른 방도입니다."

"그래서 어떻게 되었죠?" 하고 나는 물을 수밖에 없었다. 그때 그가 가만히 내 오른손을 끌어당겨 자신의 왼쪽 손바닥을 그 위에 포개 얹었다.

손바닥이 따뜻해졌고, 손바닥 한가운데가 좀 간지러웠다. 마치 내 손안에 뭔가가 들어 있는 듯했다. 그리곤 그가 입을 열었다.

"월궁사는 의지가 굳고 마음이 순결한 사람이었어요. 그는 자신의 처지를 비관하지 않고 불손 단애 밑에서 목숨이 다할 때까지 기도를 올렸죠. 그리곤 굶어 죽었는데, 그가 죽은 자리에 풀이 한 싹 돋아났습니다. 그 풀이 꽃을 피웠는데, 피우는 데 보름이 걸리고 지는 데도 보름이 걸렸다고 합니다. 그 풀을 명협蓂莢[1]이라 하고, 마음의 눈이 밝은 자에게만 보인다고 하지요."

얘기를 끝낸 그는 살며시 내 손을 풀었다.

"달은요?" 하고 내가 물었다.

"다시 떠올랐지요," 하고 아무 일 아니라는 듯 그가 대답했다.

"그러니까 그 풀은 달이군요. 보름은 피고, 보름은 지고."

내 말에 그가 가만히 웃었다. 조금 있다가 버스가 왔고, 우리는 버스에 올랐다. 나란히 자리에 앉아 가는 동안 그는 아무 말도 하지 않았다. 몇 번이나 나는 얘깃거리를 떠올렸지만 머릿속이 텅 빈 듯했다. 나는 어둠이 깊게 내린 차창 밖과 그의 손길이 닿았던 오른손 손바닥을 번갈아 보았을 뿐이었다. 내 오른손 손바닥은 뭔가가 꼬물꼬물 돋아 오르는 것 같이 간지러웠다.

---

1) 명협(蓂莢)은 옛 중국의 성군으로 일컬어지는 요(堯)임금 시절 조정의 뜰에 났다는 서초(瑞草)로, 음력 초하루에서 보름까지는 하루에 한 잎씩 나서 자라다가 열엿새 되는 날부터는 한 잎씩 떨어지는 기이한 풀이다. 이 풀꽃이 피고 지는 것으로 한 달을 삼았다고 해서 '달력풀'이라고 부르기도 한다.

3. 월경月經

버스가 터미널로 막 들어서려 할 때 나는 그에게 물었다.

"다음에 우리가 만날 곳이 금정이라고 했나요?"

그가 고개를 끄덕였다. 나는 용기를 내어 그에게 물었다.

"금정이 어디에 있어요?"

그가 가만히 웃으며 대답했다.

"알 수 있을 겁니다."

나는 더 이상 묻지 않았다. 알 수 없다고 해도 하는 수가 없다고 나는 생각했다. 어쩌면 그는 나와 헤어지기 위해 금정에 대해 끝내 입을 다물고 있는지도 모른다는 생각이 들었다. 그게 사실이라 해도 달리 방법이 없었다. 내가 그를 사랑하는 것과 그를 다시 만날 수 있느냐의 여부는 아무런 관련이 없었다. 하지만 기이하게도 금정이라는 곳은 꼭 지상에 존재하지 않을 것만 같았다. 그와 나는 버스를 내리면서 곧 헤어졌다. 그는 대합실을 가로질러 출구를 빠져나갔고, 나는 대합실 안의 약국으로 가서 생리대를 샀다. 열흘이나 이르게 예리한 통증이 아랫배를 찢고 있었다.

4. 환患

결국 나는 그를 다시 만나지 못했다. 끝내 금정이 어디인지를 알아낼 수 없었기 때문이다. 그때까지 내가 알아낸 것이라고는 죽은 사람의 관이 들어갈 수 있도록 구덩이를 팔 때 쓰는 우물 정井 자 모양의 나무틀을 금정이라고 한다는 사실뿐이었다. 그가 말한 금정이 금정틀을 의미한 거라면 그가 내게 금정에서 만나자는 말을 했을 때 그를 다시 만날 수 없을 거라는 생각이 든 것은 예사로운 일이 아니었다. 그렇다면 그는 죽은 것일까. 그에게 느닷없이 죽을 만한 이유가 있었던 것일까. 그는 혹시 불치의 병을 앓고 있었던 것은 아닐까. 어쩌면 그렇게 그는 자신의 죽음을 은유한 것인지도 몰랐다. 하지만 그는 나더러 함께 금정에서 만나자고 했었다. 금정이 만약 죽음을 은유한 거였다면 내게 거기서 만나자고 한 이상 그 죽음은 그에게만 해당되는 것은 아닐 터였다. 그것은 나와도 관계되는 일이었다. 그는 자신과 나의 죽음을 금정에다 빗댄 것이었다. 그런 생각이 들자 불쑥 무서움이 끼쳤지만, 한편으론 웃음이 나왔다. 하지만 웃음은 곧 사라졌다. 그의 말이 헤어짐을 의미한 게 분명하다는 생각이 든 때문이었다. 그의 말은 각자에게 죽음이 찾아와서 저 세상에서 다시 만날 때까지 더는 만나지 말자는 얘기였다. 다음엔 금정에서 만납시다— 그 말은 결국 죽어서나 만나자는 얘기였던 것이다. 그것은 단순한 추측이 아니었다. 그것은 확신이었다. 그는 내게 이별을 선언했던 것이다. 뚜렷한 병명도 없이 나는 앓기 시작했다.

5. 귀鬼

나는 시름시름 앓는다는 것이 어떤 건지를 절감하며 앓았다. 시름시름 앓는 것은 가장 고통스럽게 앓는다는 것이다. 보통의 앓음은 앓는 만큼 나아지는 법인데, 시름시름 앓는다는 것은 앓는 만큼 회복과 점점 멀어진다는 것이다. 모래시계를 보는 것과 같았다. 생명의 날들이 저 어둡고 스산한 나락으로 쏟아져 내리는 것 같았다. 모래가 다 빠져나가 다시 뒤집어놓으면 처음부터 다시 아프기 시작했다. 아픔에서 아픔까지, 많은 날들이 지나가도 아픔은 계속되었다. 얼마 남아 있지 않았던 봄이 다 가고, 여름이 찾아왔다가 또 아낌없이 가버리고, 가을이 오면 어찌하든 박차고 일어나리라던 결심을 무너뜨리며 가을마저 내 신음소리를 뒤로 한 채 속절없이 떠나갔다. 그러던 어느 날, 창밖의 플라타너스 잎들이 해진 손수건 같다는 생각이 들 무렵에야 나는 겨우 뭔가를 씹을 수 있었다. 그러는 사이 내게 남아 있던 그에 대한 기억도 사라져갔고 마침내 나는 완전히 그를 잊었다. 그의 얼굴도, 그가 했던 말들도 완전히 잊혀져 버렸다. 그의 이름조차 잊어버렸다는 생각이 들었을 때, 어쩐 일인지 나는 두려웠다. 그는 내게서 완전히 떠나갔지만, 그에 대한 두려움은 남아 있었다. 그는 존재하지 않고 그에 대한 두려움만이 존재했다. 그는 귀신과 같았다.

6. 시간時間

단 하나, 그에 대해 내가 기억하는 유일한 것은 그가 시계를 보지 않고도 시간을 정확히 알아맞혔다는 사실뿐이었다. 나는 그 사실마저 기억하지 못한다면 내 목숨이 다 하기라도 한다는 듯 기억의 벼랑을 타고 오르기 시작했다. 어디에서, 어떤 경우에 그가 그랬는지를 나는 기억하려고 애썼다. 그것은 더 이상 사랑이 아니라 미련이거나 욕심이었다. 그러자 완전히 잊혀졌다고 믿었던 것들이 조금씩 되살아나기 시작했다. 함께 등반을 하고 내려오던 길이었다. 내가 시간을 확인하기 위해 휴대폰을 꺼내려하자 그가 3시쯤 되었을 거라고 말했고, 내가 액정화면을 들여다보자, 이 분쯤 더 지났겠군, 하고 그가 덧붙였다. 그때 내가 들여다본 휴대폰의 디지털시계는 정확히 3:02를 가리키고 있었다. 시계를 보지 않고 그가 시간을 알아맞힌 것은 그것이 처음이었다. 하지만 그때 나는 신기하기도 했지만, 우연이라고 여겼다. 사실, 우연이라는 생각조차 하지 않았다. 내가 눈치채지 못하는 사이에 미리 시간을 확인했을 거라고 가볍게 생각했던 것이 분명했다. 거기까지 기억했을 때 기다렸다는 듯 그의 얼굴이 사진처럼 선명하게 떠올랐다. 그리고 그가 차를 마시며 했던 말도 기억이 났다.

"백로는 매일 목욕을 해서 흰 것이 아니고 까마귀는 매일 그을려서 검은 게 아닙니다.[2] 그러니 사람들이 백조를 희다고 좋아하고, 까마귀가 검다고 싫어하는 것은 옳은 일이 아니죠. 사람을 문다고 사람들은 독사를 미워하지만 실은 독사가 사람을 무는 게 아니라 사람이 독사에게 물리는 겁니다. 그러니 잘못은 독사에게 있는 것이 아니라 사람에게 있는 것이죠. 세상에 사람을 물기 위해 돌아다니는 뱀은 없어요."

그가 그 말을 한 것은 내가, 사람은 저마다 운명이란 것이 있고 삶이란 그 운명을 피해갈 수 없는 것 같다고 말한 뒤였다. 말하자면 그는 내 운명론을 그렇게 반박했던 것이다. 그의 말은, 사람들이 운명을 들먹이는 것은 백조를 희다고 좋아하고 까마귀를 검다고 싫어하는 것과 같으며, 사람을 물어 죽이기 위해 세상을 돌아다니는 독사가 존재한다고 믿는 것과 같다는 뜻이었다. 그는 비유해서 말하기를 좋아했다. 그가 시계를 보지 않고도 시간을 정확히 알아맞히는 것을 내가 신기해했을 때도 그는 예의 비유를 들어 그것이 얼마나 하찮은 짓인가를 말했다. 그를 만나

---

2) 鵠不日浴而白, 烏不日黔而黑:『장자(莊子)』, 외편(外篇),「천운(天運)」.

기 위해 아주 먼 길을 달려간 몹시 추운 겨울의 어느 날이었다. 커피숍에 들어간 지 한참이나 지나도록 언 손이 풀리질 않아 연신 손을 주무르고 있던 내게 그는, "커피를 다 마시고 나면 2시45분이 될 텐데 그때가 되면 언제 그랬냐 싶게 손이 따뜻해질 겁니다," 하고 말했다. 나는 그가 농담을 하는 거라고 생각했다. 그래서 나 역시 농담조로, 일부러 커피를 천천히 마시면 방금 그 말씀은 엉터리가 돼버리겠네요, 하고 말했다. 그러자 그는, "시간이 흐르는 건 항상 일정하지가 않습니다," 하고 그럴 듯하게 말했다. 어쨌든, 나는 곧 그의 농담 섞인 '예언'을 잊어버렸다. 그러면서도 나는 되도록 천천히 커피를 마시려고 애썼다. 얼마나 천천히 마셨는지 마지막에 남은 커피는 얼음처럼 차가워져 있었다. 그런데 잔을 탁자에 내려놓고 휴대폰을 들여다보았을 때 나는 비명을 지를 뻔했다. 액정화면 속의 숫자는 그가 말한 대로 정확히 2:45을 가리키고 있었던 것이다. 나는 믿을 수가 없었다. 나는 평소보다 두 배나 천천히 커피를 마셨고, 족히 30분은 걸렸을 터였다. 그리고 그가 처음 시간에 '주문'을 걸었을 때 내가 확인한 시간은 분명히 2시35분이었다. 그렇다면 휴대폰의 숫자가 잘못되었거나 평소에 비해 시간이 무려 20분이나 느리게 움직였다는 뜻이었다. 두 가지 경우 모두 믿을 수 없는 일이었다. 하지만 그 믿을 수 없는 일은 내 눈앞에서 벌어졌고, 나는 벌어진 입을 다물 수가 없었다. 표정만 좀 무뚝뚝해졌을 뿐 그에게는 별다른 변화가 없었다. 그는 종업원을 불러 리필을 부탁하고는, 내 눈을 쏘아보며 어떤 얘기를 하기 시작했다. 긴 얘기를 하려면 늘 그랬듯 그는 목을 가다듬었다.

7. 항아姮娥

“옛날에 신선이 되려고 온갖 어려움을 참아내며 수행을 하던 사람이 있었어요. 항상 자주색 옷을 입고 다닌다고 해서 사람들은 그를 자주색 옷을 입은 현자라는 뜻으로 자현紫賢이라 불렀지요. 자현이 하루는 종일 틀어박혀 수행을 하던 토굴에서 나와 활을 만들기 시작했어요. 어떤 사람이 그곳을 지나다가 그를 보고는, 활은 만들어 무엇에 쓰려하십니까, 하고 물었어요. 그러자 자현이 대답하기를, 달을 쏘려합니다, 하고 말하니까, 달을 쏘아서 뭐하게요? 하고 행인이 되물었죠. 행인의 물음에 자현은, 해를 쏠 수가 없으니 달을 쏘려는 것입니다, 하고 대답했지요. 행인이 고개를 갸웃거리며 다시 묻기를, 해를 쏘는 것은 무엇이고 달을 쏘는 것은 무엇입니까, 그 연유가 궁금합니다. 그러자 자현이 좀 징그럽게 웃으면서 대답했어요. 내가 해나 달을 쏘려는 것은 지나가는 세월을 붙들어두려는 것입니다. 나는 밤낮 없이 도를 닦는 수행자인데 요즘같이 세월이 빠르게 지난다면 살아서 신선이 되기는 요원한 일입니다. 하여, 해와 달을 붙들어두려 하는데, 해는 쏘아도 화살이 녹을 터이니 대신 달을 쏘아서 붙들어 매려는 것이지요. 그렇게 시간을 벌어보려는 것입니다. 그제야 행인은 고개를 끄덕였어요. 하지만 자현의 허무맹랑한 얘기에 행인은 속으로 웃기만 했지요. 그리곤 자현의 곁에서 자현이 활을 다 만들 때를 기다렸어요. 그러는 사이에 밤하늘에 휘영청 달이 떴고, 자현도 활을 다 완성했어요. 자현은 시위에 화살을 걸고 정말 쏘기라도 하려는 듯 달을 향해 활을 겨누었어요. 팽팽하게 시위가 당겨지는 걸 보고서야 행인은 뭔가 이상한 기운을 느끼고 자현의 팔을 끌어 잡았죠. 그리곤 이렇게 말했어요. 만약에 당신이 정말로 저 달을 쏘아 움직이지 못하게 한다면 당신의 세월은 붙들어둘 수 있을지 모르나 남의 세월도 함께 붙들어두게 될 겁니다. 그러면 지금 병들어 죽을 날을 기다리는 사람의 고통은 끝날 줄을 모르고, 죽어 다시 살날을 기다리는 혼령에겐 이승으로 돌아올 길을 막는 것이니, 이것이 어찌 신선 되는 일의 기쁨과 바꿀 수가 있겠습니까. 행인으로부터 뜻밖의 말을 들은 자현은 그 길로 다시 토굴로 돌아갔죠. 토굴로 돌아간 자현은 불을 놓아 토굴을 모두 태워버리고는 홀연히 떠나버렸어요. 그 뒤로 그를 보았다는 사람이 아무도 없었죠. 하지만 그것으로 자현이 신선 될 욕심을 버린 것은 아니었어요. 그는 사람들이 도저히 찾아올 수 없는 깊디깊은 산중으로 들어가 수행을 다시 시작했어요. 그러던 어느 날 그는 화살을 쏘아 달을 붙들어두기 위해 기어코 다시 활을 꺼냈죠. 하지만 이번엔 월궁月宮의 항아姮娥들이 그 사실을 미리 알고 자현이 보지 못하도록 달을 숨겨버렸어요. 그때 월궁의 항아들이 달을 숨긴 것을 두고 사람들은 월식月蝕이라 불렀어요." 거기까지 얘기를 한 그는 가만히 내 손을 끌어당겨 자신의 볼에 대더니 느닷없이, "우리 항아님 고생이 많지요," 하고 말했다. 그러고는 이렇게 덧붙였다. "쉬지 않고 흐르는 것은 실은 멈추어져 있는 겁니다. 멈추어져 있는 것을 볼 때는 눈을 부라리지 않아도 보이는 법이죠. 시간은 흐르지만 실은 멈추어져 있고, 그래서 시계를 보지 않아도 시계를 본 듯 정확히 시간을 알 수가 있는 겁니다. 달을 감추었던 우리 항아님께서 이 뻔한 이치를 모르다니요." 그렇게 말해놓고 그는 커피숍이 떠나갈 듯 웃기 시작했는데, 그때 이전에도 그때 이후에도 그가 그렇게 흐드러지게 웃는 모습을 나는 본 적이 없었다.

이제 그 웃음은커녕 그의 그림자조차 볼 수 없을지 모른다. 애써 잊었던 기억을 되살려놓았을 때 내 몸은 다시 시들어가는 듯했다. 어금니를 꽉 깨물며 나는 벽을 향해 눈길을 돌렸다. 거기 쉼 없이 흐르는 시간이 걸려 있었다. 그것은 결코 멈추지 않았다. 바짝 말라 터진 내 입술 사이로 비명이 터져 나왔다.

"난 항아가 아니야! 난, 달을 감춘 적이 없어!"

8. 부양浮揚

내가 그를 처음 만난 것은 요가학원에서였다. 아이를 낳고 생기기 시작한 허리 통증이 아이가 유치원을 다닐 무렵 만성적인 허리디스크로 변해 있었는데 고생을 더는 데는 수술이 유일하다는 게 중론이었다. 날짜까지 잡아놓고 수술을 기다리던 어느 날 우편함 속에 꽂힌 요가학원 광고지를 보게 된 것은 그야말로 천행이었다. 광고지에는 요가가 치료할 수 있는 엄청난 양의 병증들이 적혀 있었고, 그 중에서도 디스크는 큼지막한 고딕체로 도드라져 있었다. 몸에 칼을 댄다는 데 대한 막연한 두려움 때문이 뻔했지만 나는 그날로 학원을 찾았고, 석 달을 미련하게 매달리고 나니 그야말로 살 것 같았다. 허리 통증이 완전히 가셨다고 만나는 사람마다 광고를 해댄 건 요가학원을 드나든 지 5개월쯤 되었을 때였고, 뭐든 다섯 달을 죽기 살기로 매달려서 못 이룰 게 뭐가 있냐는 핀잔 비슷한 소리를 웃으면서 듣곤 했다. 그맘때의 나는 삶에 대한 여유도 많이 생겨서 며칠씩 학원을 빼먹기도 하고 원장과 농담도 주고받을 정도로 제법 뻔뻔해져 있었다. 그 어느 날 학원에 갔을 때, 어떤 남자가 수련 중인 원생들의 모습을 사진에 담고 있는 것을 보았다. 그가 바로 그였다. 그는 원장의 친구였다. 원장은 그를 사진작가라고 내게 소개해주었는데, 그 말에 그는 웃기만 했다. 나중에 그가 찍은 사진이 요가학원의 인터넷 홈페이지를 만드는 데 사용되었다는 걸 알 수 있었다. 안색이 백지처럼 창백하다는 것 외엔 별다른 특징을 갖고 있지 않아서인지 처음엔 그에 대한 호기심은 그다지 일지 않았다. 그러고도 두어 달이 지났을 때 요가학원 홈페이지에 접속한 나는 꽤 흥미로운 글이 하나 올라 있는 것을 보았다. 그것은 어떤 회원이 쓴 공중부양에 대한 글에 달린 댓글이었다. 그 댓글을 쓴 사람이 바로 그였다. 하지만 그때는 그가 그인지를 알지 못했다. 그의 아이디는 참 특이했는데, 스페인계 사람의 이름일 듯싶은 구티에레스라는 것이었다. 구티에레스— 그건 확실히 특이했다.

요기들은 명상이 깊어질 때 공중으로 떠오른다고 하는데 정말인가요, 라는 좀은 우스꽝스러운 물음에 달린 구티에레스의 답글은 이랬다.

"우리는 걷거나 뛸 수 있다. 이동을 위해서다. 이동을 위해서 우리는 다리를 사용하지 않고, 휠체어에서 비행기까지, 보조장치를 이용할 수도 있다. 축지법도 이동에 유용한 수단이 될 수 있다. 그러나 공중부양은 이동을 위한 것이 아니다. 그것은 능력의 문제이며, 과시의 문제다. 그것은 빨리 걷거나 빨리 뛰는, 경주와 같다. 경주는 게임이다. 달리기 경주가 게임이듯이 공중부양도 하나의 게임에 불과하다. 게임도 우리 삶을 구성하는 한 부분이긴 하지만 게임이 없어진다고 해서 우리의 삶이 부실해지는 것은 아니다. 게임에 발휘되는 능력이란 게임에 매달리는 자에게만 유용한 무엇일 뿐이다. 게임과는 달리, 인생을 살아가는 데는 특별한 능력이 필요하지 않다."

간명한 해석이었다. 구티에레스가 그라는 사실을 알게 된 것은 내가 그의 답글을 본 다음날이었다. 내가 원장에게 구티에레스가 누군지 혹시 아느냐고 물어보았었더니, 원장은 며칠 뒤에 그가 올 거라고 했다. 며칠 뒤 나는 그와 정식으로 인사를 나눌 수 있었다. 인사를 나누는 자리에서 나는 다짜고짜 그에게 공중부양을 할 줄 아느냐고 농담을 던졌다. 대답을 바란 것이 아니었으므로, 그의 야릇한 미소만으로 충분했다. 그런데 저녁식사를 함께 하던 중에 소주 몇 잔에 얼굴이 선홍색이 된 원장이, 이 사람 말이죠, 하룻밤에 안드로메다를 갔다오는 사람입니다, 하고 말했을 때 그가 보여준 예의 그 야릇한 미소는 한껏 호기심을 당기게 했다. 사실 그건 단순한 호기심만은 아니었다. 그날 나는 그에 관한 꽤 많은 사실을 알게 되었다. 그는 서울에서 차로 한 시간 정도 떨어진 소읍에서 사진관을 하고 있다는 것, 카메라 대신 손바닥만한 타스코 망원경 하나만 들고 산에 오르길 좋아한다는 것, 산행 중에 가장 기억에 남는 것은 화천에 있는 오봉산에 올라서 망원경으로 금강산을 보았다는 것, 대학에서 10년 넘게 시간강사를 하는 아내와 중학교 졸업반인 딸이 하나 있다는 것, 7~8년쯤 전에 담배를 끊었고 그 무렵부터 요가를 시작했다는 것 등이었다. 그는 말수가 많지 않아 보였지만 이상하게도 무슨 얘기를 시작하면 수다스럽다는 생각이 들 정도로 다변이었다. 식사가 끝날 무렵 나는 궁금하게 여기고 있었던 구티에레스라는 이름에 대해 물어보았다. 대답 대신 그는 돌아가는 길에 비디오가게에 들러 〈더 바디The body〉[3]라는 영화를 빌려보라고 말해주었는데, 그것이 내가 그에게 빠져

3) 2000년 작. 조나스 맥코드 감독. 올리비아 윌리암스, 안토니오 반데라스 주연. 예수의 시신을 둘러싼 미스터리 영화, 마틴 스콜세지의 〈그리스도 최후의 유혹〉이 엄청난 파문을 일으키자, 지레 겁을 먹은 유니버설 영화사가 14년 동안이나 제작을 미루었다. 개봉 당시 유럽과 미국에 적지 않은 찬반 시비가 일어났다.

들어간 결정적인 계기가 되었다. 생각해보면 그것은, 공중으로 떠오르려던 내 발목을 잡아챈 아주 완강한 올가미였다.

9. 환영幻影

그가 추천한 〈더 바디〉라는 영화는 아주 특이한 소재를 다루고 있었다. 예루살렘의 한 상점에서 지하실을 파다가 우연히 돌로 된 무덤이 발견되면서 샤론이라는 고고학자가 무덤을 조사하기 시작하는데, 석실 뒤편 점토벽으로 숨겨진 방에서 시체 한 구를 발굴하게 된다. 팔목과 발의 뼈에 박힌 녹슨 쇠못으로 인해 십자가에 처형된 것으로 추정된 그 유골은 무덤에서 토기와 빌라도 시대의 동전 같은 유물들이 함께 발견됨으로써 나사렛의 예수일지 모른다는 추리를 가능하게 한다. 그밖에도 신약성서에 묘사된 예수의 처형 장면과 일치하는 증거들이 발견된다— 가시면류관을 썼다는 걸 증명하는 두개골에 난 상처, 로마 병사의 창에 찔렸음을 증거하는 옆구리의 상처들. 만약 그 유골이 예수의 것이 맞다면 예수가 산 채로 부활했고 들림을 받아 하늘로 올라갔다는 기독교의 오랜 믿음은 거짓이 되고 말 터였다. 발굴 소식에 당혹해진 바티칸의 추기경은 혹시 발생할지도 모르는 '부활신화의 붕괴'를 막기 위해 군건한 믿음을 가진 젊은 신부를 현장으로 파견시키는데 그의 이름이 바로 쿠티에레스다. 그는 신부이기에 앞서 예수의 희생과 부활을 의심치 않는 독실한 기독교인이다. 하지만 그는 과학이 밝혀낸 진실 앞에서 종교적 믿음이란 진실과 다를 수도 있음을 깨닫게 된다. 유골과 토기에 대한 발광곡선을 비교한 결과는 둘 모두 서기 32년의 것으로 판명되고, 그것은 곧 예수의 부활이 허구와 상상의 산물임을 증명한 것이다. 그러나 유골이 예수의 것임이 밝혀졌음에도 불구하고 이를 인정하는 것이 정치적으로 이득이 될 수 없다고 판단해 유골을 훼손시키려는 이스라엘 정부와 정통 유대교단, 그리고 훼손을 막아 부활신화의 정체를 까발리려는 팔레스타인 저항세력, 또 다른 이유에서 유골을 빼돌리려는 바티칸 사이에서 일대 소동이 일어난다. 결국 이 와중에 유골은 궁지에 몰린 저항세력의 수뇌가 터뜨린 자폭용 수류탄과 함께 공중분해되고, 결국 산 채로 행해졌다는 예수의 부활신화에는 어떤 흠집도 나지 않은 채 영화는 끝난다. 〈더 바디〉라는 하나의 허구는, 비록 몇 개의 가설과 교묘한 상상으로 꾸며져 있긴 했지만 서양정신의 근간이 되는 기독교의 신화와 믿음의 체계를 향해 정면으로 돌진해 들어가고 있었다. 구티에레스는 진실에 대한 믿음과 진실 그 자체가 충돌하는 지점에 서 있는 경계인이었다. 영화를 보고 난 뒤에 나는, 구티에레스 신부님께, 라는 제목의 글을 요가학원 홈페이지에다 올렸다. 그 글에서 나는, 영화에서 에필로그로 사용된, 보지 않고도 믿는 자들은 복이 있다[4]는 성경 구절을 거론하며 그 의미에 대해 물었다— 보지 않고도 믿는다는 것은 대체 무슨 뜻일까? 그들에게 복이 있는 까닭은 무엇일까? 이튿날 그는 내 물음에 대해 답을 달았다. "나는 기독교인이 아니라, 보지 않고도 믿는 자들은 복이 있다는 말의 의미를 온전히 안다고 할 수 없습니다. 다만, 문장만으로 보면 이 말은 전혀 다른 두 가지 의미를 가지고 있는 걸로 보입니다. 조건 없이

4) 요한복음 20장 29절 : (부활한 예수를 믿지 못하는 도마에게 예수가 자신의 몸을 만져보라고 한 뒤, 예수의 몸을 만져보고서야 예수의 부활을 믿게 된 도마가) 예수께 "나의 주님, 나의 하느님!" 하고 대답하자 예수께서는 "너는 나를 보고야 믿느냐? 나를 보지 않고도 믿는 사람은 행복하다 하고 말씀하셨다(1977년판 공동번역 『성서』).

믿으라는 것과 믿음이란 눈으로 확인하는 것 이상의 것이라는 거죠. 앞의 것은 맹목적인 신앙을 채찍처럼 휘두르는 오늘의 상황을 떠올리게 합니다. 반면에 뒤의 것은 꽤 형이상학적이라 모호합니다." 그의 얘기는 상식적이었지만, 그만큼 분명했다.

10. 가유假有[5)]

요가학원의 인터넷 홈페이지를 드나든 뒤로 나는 꽤 자주 '구티에레스 신부'를 만날 수 있었다. 요가학원 원장이 한 달에 두 번 등산을 가기 위해 그가 사는 곳으로 내려간다는 사실을 알고 몇 번 동행하면서부터였다. 그렇게 등산을 하러 간 어느 날, 마침 원장이 급한 연락을 받고서 서울로 올라가는 바람에 그와 둘이서만 그가 사는 곳에서 얼마 떨어지지 않은 야산을 오르게 되었는데, 단 둘이 되고 나니 몹시 멋쩍었다. 멋쩍은 걸 무마하느라고 괜히 가까운 척하며 산을 올랐는데 그러다 보니 여러 번 손을 잡게도 되었다. 그렇다고 갑자기 가까운 사이가 된 건 아니었다. 하지만 그날 나는 서울로 돌아가지 못했다. 느닷없이 그가 야간산행을 가자고 제의를 한 거였다.

"밤에도 등산을 해요?" 하고 내가 물었을 때, 그는 텔레비전에서 본 적이 있는 헤드라이트가 달린 광부용 헬멧 비슷한 것을 보여주었다. 그날 나는 제정신이 아니었으므로 무슨 산을 어떻게 올랐는지를 제대로 기억

---

5) '임시적 존재'라는 뜻으로 본성의 측면에서 바라봤을 때의 육체를 칭하는 말이다. 육체는 본성과는 달리 한낱 껍질에 지나지 않는 존재, 즉 살과 뼈를 잠시 빌려 존재하는 것에 불과하다는 불교적 논리.

할 수 없다. 그가 모는 차를 세 시간쯤 타고 가서 문경새재 인근의 어떤 산을 올랐다는 것만 어렴풋하게 생각날 뿐인데, 여하튼 결혼을 한 뒤로 남편이 아닌 남자와 밤을 지낸 것은 그때가 처음이었다.

그날, 밤하늘엔 휘황하게 보름달이 떠 있었다. 정상에서 잠시 쉬고 있을 때였다. 내가 그에게 사진관을 운영한다는 게 썩 어울려 보이지 않는다는 얘기를 했는데, 그는 겸연쩍은 웃음을 흘리면서, 갑자기 뉴질랜드로 이민을 떠나게 된 친구로부터 사진관을 인수하게 되었다는 것과 한동안은 증명사진도 찍을 줄을 몰라서 그냥 필름을 받아 자동으로 인화해주는 것만 했다는 얘기를 들려주었다. "그 전엔 무슨 일 하셨는데요?" 하고 내가 물었을 때 그는, "그건 나중에 얘기해 드릴게요," 하고 말했는데, 그 때문인지 잠깐 어색해져서 달만 멀뚱멀뚱 쳐다보게 되었고 그때 그가 불쑥 이야기 하나를 들려주기 시작했다.

"이민 간 친구가 말이죠, 한때는 달만 찍으러 다닌 적이 있었어요. 어느 날 갑자기 이태백의 귀신이 씌었다면서 달을 찍는다고 수천만 원짜리 사진기를 사서 여기저기 마구 돌아다녔는데, 하지만 그다지 멋진 달 사진은 찍지를 못했죠. 참 좋구나 싶은 사진이 나오기 시작한 건, 배낭 가득 들어차 있던 촬영 장비들을 다 놓아두고 사진 촬영이 가능한 휴대용 미드 망원경 하나만 챙겨서 돌아다니면서부터였어요. 출사 나가는 것도 아무 때나 닥치는 대로가 아니라 무당이 굿하는 날을 잡듯이 출사일을 잡더군요. 아무튼 그때부터 그 친구는 자기 사진에 만족했어요. 그 때문인지 그 친구는 몰라보게 느긋해졌고, 한 잔만 마셔도 견디질 못하던 술도 꽤 늘었죠. 갑자기 달 사진이 좋아진 이유를 물었더니 이 친구가 선문답을 하더군요. 내가 달을 찍는 게 아니라 달이 날 찍는 거야. 그럴듯한 얘기죠? 하지만 그것만큼 모호한 얘기도 없어요. 그래서 내가, 달이 널 찍는다는 걸 어떻게 아느냐, 하고 농담하듯 물었더니 그 친구가 이랬어요. 그걸 알려면 달한테 물어봐야 되는데 너한테는 물어볼 달이 없으니 답을 얻을 수가 없지. 그렇게 머리 깎은 사람 흉내를 내는 친구를 보고 내가 그랬어요. 밤이면 늘 뜨는 달인데 물어보지 못할 것도 없지, 하고요. 그랬더니 그 친구가, 저 달은 이미 달이 아닐세, 하는 겁니다. 그러고는 덧붙였어요. 저걸 달이라고 아는 너 같은 놈은 아무리 찍어도 달을 찍을 수가 없지. 저건 달이 아니야."

거기까지 얘기를 하고 나서 '구티에레스 신부'는 밤하늘에 덩그렇게 뜬 보름달을 가리키며 내게 "저게 정말 달이 아닌가요?" 하고 물었다. 그에 대한 내 기억은 여기까지다. 이제 더 이상 그에 대해 기억할 수가 없다.

그는 지금 어디에 있는 것일까? 그는, 어디에, 있기나 한 걸까?

11. 무진등無盡燈

하나만 켜놓아도 세상을 다 밝힐 수 있는 등. 언젠가 그가 말한 적이 있다. 세상에 꺼버려야 할 등이 하나 있는데 무진등이다, 라고. 중들에게 무진등은 부처라고 했다. 진리에 사무친 인간에게 무진등은 그들이 좇는 진리라고 했다. 밤을 도와 길을 떠나는 자에게 무진등은 달이라고 했다. 불완전한 금속을 금으로 바꾸려했던 수도사에게 있어 무진등은 영약 엘릭시르[6]였다고 했다. 부처에서 엘릭시르까지 이것들이 만약 없

---

6) 시모네 다 콜로냐Simone da Colonia 수도사는 『연금술의 작은 기적』이란 책에 이렇게 썼다. "이 기술은 불완전한 금속에 부우면 금속을 완전하게 하는 엘릭시르라는 영약을 제조하는 법을 가르쳐준다. 이 기술이 발명된 것도 그 때문이다."

어진다면, 세상을 훤히 밝힌다는 단 하나의 등불이 세상에서 사라진다면, 세상은 다시 태초의 혼란 속으로 빠져들 것이라고 했다. 그러면 세상의 악도, 세상의 더러움도, 고통도, 지리멸렬도 사라질 것이라고 했다. 아무것도 만들어지지 않은 최초의 시간으로 돌아간다면 우리는 아직 태어남이 뭔지를 모르는 순진무구한 한 마리씩의 관념의 새가 되리라고 했다. 날개도 없고 부리도 없이, 퍼덕일 하늘도, 쪼아야 할 먹이도 없는 세상, 형편없는 사설로 함부로 자유라는 별명을 달지 않아도 좋을 새가 되리라고 했다.

내가 금정金井을 찾아낸 것은 그와 헤어지고 시름시름 앓으며 네 개의 계절을 고스란히 보낸 뒤였다. 하루 건너 하루씩 황사가 불어왔고 봄가뭄이 오래도록 계속되었지만 꽃들은 여전히 아름답게 피어오르고 그 꽃들이 진 곳에 연두색 잎사귀들이 매달리던 봄날이었다. 내가 왜 금정으로 가야만 그를 다시 만날 수 있을 거라고 생각했는지는 알 수가 없다. 또 그가 늘 살던 곳으로 가려는 생각은 왜 하지 않았는지도 알 수가 없다. 나는 이미 그가 이 세상 사람이 아니라는 확신에 사로잡혀 있었음이 틀림없다. 어쨌든, 오직 그가 금정에서 만나자고 했던 그 말 때문이었다면 나는 바보나 천치 중의 하나일 것이었다. 이유는 없었다. 나는 그냥 금정에 가야만 그를 다시 만날 수 있을 거라는 생각이 들었을 뿐이었다. 그 생각이 들기 전에는, 나는 그를 다시 만나지 않아도 충분히 살아갈 수 있으리라 여겼다. 시름시름 앓을 때조차 그랬다. 달을 좇던 그의 친구가 마침내 달을 가유의 존재로 치부했듯 내게 그도 그랬다. 그는 가유의 존재였다. 그는 그라는 껍질로만이 잠깐 존재할 뿐이었다. 그는 처음부터 없었다. 그는 그저 내 앞에 그라는 껍데기만으로 나타났을 뿐이었다. 아니, 내가 그 껍질의 그를 보았을 뿐이었다. 시름시름 앓으며 느껴야 했던 오랜 갈증, 그 끝에 이르러 한 사발의 달디단 찬물을 들이킨 뒤에도 뭔가 달라진 것 같지는 않았다. 하지만 그가 없이도 살 수 있을 것 같았다. 처음부터 그가 없었으므로. 처음에도 없었다면 지금 존재하지 않는다고 달라질 건 없을 터였다. 우격다짐이었지만, 그것이 나를 지탱해주었다. 그는 존재하지 않는 달이었다. 그는 주기가 서서히 느려지다 마침내 회귀의 궤도를 잃어버린 달이었다. 달이 없이도 내 삶은 완전했다. 그의 말대로, 달이 사라진 하늘에는 더 밝게 별들이 빛날 터였다. 그러나 그것은 기괴한 거짓말이었다. 그것은 억지였다. 살들이 모두 풍화한 뒤 앙상한 뼈로 남은 예수는 더 이상 예수의 가치를 발휘할 수 없었다. 사람들이 필요로 하는 것은 손목뼈와 발등뼈에 녹슨 못이 박힌 예수의 유골이 아니라 산 채로 무덤을 기어나와 산 채로 하늘로 올라간 예수의 신화였다. 믿음은 진실의 도움을 필요로 하지 않았다. 금정은 구티에레스가 발견한 예수의 유골이었다. 그것은 궤도를 벗어났다 멀쩡하게 귀환한, 저 휘황하게 빛나는 달이었다. 하나만 켜놓아도 세상을 다 밝히는.

12. 길

인터넷에서 발견한 한 여행동호회 시샵에게 전화를 건 것은 긴 봄가뭄을 끝내는 단비가 내리던 날 밤이었다. 바짝 마른 대지 위로 떨어진 빗방울들은 먼지가루들을 살아오르게 했고, 한동안 대기는 매캐한 먼지 냄새로 가득했다. 그 먼지 냄새만큼이나 탁한, 서울 말씨와 경상도 사투리가 묘하게 뒤섞인 남자의 목소리가 송수화기를 울렸다.

"금정은 말이죠…… 음…… 차를 가지고 가셔야 하는데 말이죠…… 예전엔 중앙선 기차도 섰던 덴데 말이죠…… 음…… 사십삼번 국도를 타고 가시다가 말이죠…… 길 장長짜 편안할 녕寧짜 장녕이란 데가 있거든요…… 거기서 우회전을 하면 한눈에 봐도 사용하지 않은 지가 엄청 됐구나 싶은 철로가 쭉 뻗어 있는 게 보이는데 말이죠…… 그 철로를 따라 길이 하나 있는데 말이죠…… 도로 사정이 그닥 좋지는 않을 건데 말이죠…… 음……."

남자는 마치 금정 가는 길을 가르쳐주기 위해 이 세상에 태어난 사람처럼 끈질기게 설명했다. 그리고 마침내 그는 금정에 다다랐다.

"고마워요."

전화를 끊었지만, 내 귓속엔 여전히 서울 말씨와 경상도 사투리가 뒤섞인 남자의 탁한 음성이 맴돌고 있었다.

13. 회귀回歸

나는 짐을 꾸렸다. 아이는 자고 있었고, 남편은 30분쯤 뒤면 돌아올 것이었다. 나는 가방을 들고 거실을 가로질렀다. 거실 끝에서 스위치를 눌러 거실에 켜져 있던 불을 껐다. 나는 잠깐 아이의 방을 바라보았고, 뭔가를 뿌리치듯 현관으로 내려섰다. 현관의 센서등에 불이 들어왔다. 나는 잘못을 하다 들킨 아이처럼 현관 천장에 붙어 있는 등을 멍하니 올려다보았다. 그러다가 다짐하듯 신발을 신었다. 신발을 신는 사이에 센서등 불빛이 사라졌다. 나는 문 쪽으로 다가가 일자걸이 자물쇠를 벗겨내고 보조자물쇠를 풀었다. 그러고는 도어 손잡이의 자물쇠를 푸는데

다시 현관의 등이 켜졌다. 손잡이를 쥔 손이 움찔했다. 손바닥이 미끈거렸다. 나는 고개를 돌려 아이가 잠든 방을 다시 바라보았다. 나는 침을 삼켰고, 숨을 들이마셨다. 두려웠다. 하지만 뭐가 두려운지 알 수 없었다. 고개를 저었다. 다시 등이 꺼졌다. 나는 손에 힘을 주고 손잡이를 틀어쥐었다. 손잡이의 자물쇠를 푸는 내 손길이 더없이 단호하게 느껴졌다. 그때 다시 감시자의 번득이는 눈처럼 센서등이 켜졌다. 나는 눈을 감아버렸다. 움직일 수가 없었다. 그사이 다시 불이 꺼졌고, 또 얼마큼이 지나자 불이 들어왔다. 그렇게 몇 번이나 반복되는 동안 나는 꼼짝하지 못한 채 도어 손잡이를 쥔 채로 현관에 서 있었다. 다시 센서등이 켜졌을 때 나는 고개를 들어 천장을 올려다보았다. 저절로 어금니가 깨물어졌다. 등이 꺼졌다. 나는 천장을 향해 천천히 손을 뻗었다. 센서는 내 손가락을 감지했고 얼른 불빛을 쏘았다. 나는 손을 내렸다. 조금 뒤 불이 꺼졌다. 나는 다시 손을 뻗었고, 어김없이, 거짓말할 줄 모르는 착한 아이의 지겹게 반복되는 모든 착한 행동들처럼, 다시 등이 켜졌다. 그때 엘리베이터가 멈추는 소리가 들려왔다. 무릎이 힘없이 꺾였고, 센서등이 팍, 소리를 내며 사라졌다.

2010

무서운 독서가의 달

소설은, 대개는 허구다. 어떤 이는 현실도 허구라고 말하지만, 당신이 읽게 될 이 소설이 허구란 것은 피할 수 없는 사실이다. 읽다가 혹 실재와 비슷하다는 생각이 드는 인물, 사건, 정황 등이 있다면 그건 전적으로 우연에 의한 것일 뿐, 처음부터 끝까지, 이 소설은 작가에 의해 '창조'된 것이다. 이때 창조란 신이 우주를 '어떻게' 한 것과 꽤 유사하다.

벤저민 벤제마의 소설 두 편, 『우리는 언제나 달에 갈 수 있을까?』와 『소심한 코즈모폴리턴』을 만나기 전까지 나는 그저 그런 인간에 불과했다. 솔직히 말하면, 나는 그저 그런 인간에도 못 미치는 인간이었다.

어린 시절에 나는 되고 싶은 게 아무것도 없었다. 뭐가 된다는 게 귀찮았다. 사람들은, 특히 부모님은 내 손에 항상 책이 쥐어져 있다는 사실만으로 내 장래희망을 학자나 작가 정도로 생각하고 있었지만 내가 무지막지하게 책을 읽어댄 것은 책을 읽는 걸 제외한 그 어떤 것도 하기가 귀찮았기 때문이다. 친구들과 놀기, 만화영화나 텔레비전 보기, 컴퓨터 게임— 모두가 귀찮았다. 뭘 먹는 것 역시 귀찮고 싫었다. 사탕이나 아이스크림은 물론 아이들이면 누구나 환장을 하는 라면이나 프라이드치킨, 피자, 심지어 혓바닥을 황홀한 자줏빛으로 물들이던 조스바조차 입에 넣고 싶지 않았다. 밥은 굶어죽지 않을 정도만 먹었다. 사람들은, 특히 부모님은 나를 걱정하면서도, "될 놈은 뭐가 달라도 달라," 라고 중얼거리기를 즐겼다. 초등학교 5학년쯤 되었을 때 나는 처음으로 서점 주인이라면 조금, 아주 조금, 되고 싶기도 하다는 생각을 했다. 더 이상 읽을 책이 집에는 물론, 학교 도서관에도 없었기 때문이다. 내가 읽지 않은 책은 오직 서점 신간 코너에만 있었다. 예쁘지 않은 화장품 외판원이었던 엄마와 늘 작업복에 소주냄새가 배어 있는 재활용센터 운전기사였던 아버지의 수입이 어느 정도인지를 잘 알았던 나는 책을 사달라고 조르지 않았다. 그런 이유가 아니더라도 책을 산다는 건 여러 모로 불가능했다. 우선, 내가 읽어대는 책의 1년치만 사들여도 우리 집 세 식구는 책더미 위에다 이부자리를 펴야 할 게 뻔했다. 5학년 이후로 각종 독서경연대회와 독후감쓰기대회 따위에 더 이상 참가하지 않은 것도 그 때문이었다. 부상으로 받아오는 책들조차 수용하기 버거웠던 것이다.

"서점 주인이 되려면 무슨 과에 가야 하죠?"

고3 진로상담 때 내가 담임에게 물은 말이다. 담임선생은 내 손에 쥐어져 있던 책을 힐끔 보면서 우선은 학력고사에 주력하고 논술은 학력고사가 끝난 뒤로 미루면 좋지 않겠냐고 말하고는 만면에 미소를 띠었다. 나는 내가 읽고 있던 중국 작가 곽문동이 쓴『거짓말의 원리』의 표지를 담임선생이 볼 수 있도록 돌려놓고는 이건 논술참고서가 아니라 그냥 소설이라고 말해주었다. 나는, 진짜처럼 말하지만 몽땅 거짓말인 얘기만 늘어놓는 남자와 얼핏 허황된 것처럼 들리지만 모두가 진실인 얘기를 들려주는 여자의 연애사건을 다룬 그 소설의 줄거리를 담임선생에게 들려주었다. 얼굴에서 어줍은 미소를 지워낸 뒤에야 담임선생은 내 물음에 답했다.

"서점 주인을 하려면 당연히 경영학과엘 가야지. 경영학과를 나오면, 서점 주인만이 아니라 다른 많은 사업체의 주인이 될 수 있어."

"문헌정보학과나 국문과, 하다못해 사회학과 같은 델 가야 하는 거 아닌가요?" 라고 되묻지 않았다. 귀찮았다. 나는 경영학과에 들어갔다. 두 달 정도 다녔을 때, 나는 서점 주인이 되는 걸 포기했다. 경영학과에서 가르치는 많은 것들이 상업고등학교에서 가르치는 것들을 적당히 부풀려놓았다는 사실을 알고 정나미가 떨어졌다. 빚이 자본이 될 수 있다는 사실에도 정나미가 떨어졌고, 더구나 그런 걸 학문적으로 설명하려드는 태도에는 정나미가 완전히 떨어져버렸다. 내가 갈 곳은 한 군데밖에 없었다. 물론, 도서관이었다. 강의실 대신 도서관에 틀어박힌 결과는 뻔했다. 입학할 때 받았던 장학금을 토해내야 했고, 고향의 지자체에서 다달이 입금되던 용돈도 끊겼다. 하지만 내가 다니던 학교에 우리나라에서 가장 큰 규모의 대학도서관이 있다는 사실은 나로 하여금 그 학교에 한 학기를 더 다니도록 만든 유일한 이유였다.

"만약에 다 읽어야 나올 수 있다고 한다면 저기서 나오는 데 얼마나 걸릴 거 같니?"

세상에 태어나 처음으로 귀찮지 않은 일도 있다는 걸 알게 해준 여자친구 미라가 도서관 로비에서 열람실 쪽으로 고갯짓을 하며 내게 물은 말이다. 우리는 모카커피 한 잔을 나누어 마시고 있었다. 미라의 질문은 꽤 괜찮았다. 하지만 대답하는 데 오랜 시간이 걸릴 필요는 없었다.

"평생 나오지 못하지."

"왜?"

여자 친구는 예수가 거짓말하는 걸 본 막달레나 마리아의 표정으로 나를 바라보았다.

"하루에 3권씩 1년 동안 꼬박 읽으면 1,095권, 10년이면 10,950권— 지금부터 100살까지 읽는다치고, 10,950 곱하기 80은 876,000권— 우리 학교 도서관에 있는 책 3분의 1에도 미치지 못하는 숫자지. 만약 내가 100살 때라도 이 도서관에서 빠져나오고 싶다면 지금부터 하루에 100권은 읽어야 해. 그렇게 하면 80년 동안 대략 2,900,000권을 읽을 수 있는데, 단 지금부터 80년 동안 신간이 단 한 권도 발행되지 않는다는 걸 전제했을 때 얘기야. 하루에 100권을 읽으려면 밥도 안 먹고 잠도 자지 않고 24시간을 모두 읽는 데만 투자를 한다 해도 1시간에 4권은 읽어야 한다는 계산이 나오는데 그건 완전히 불가능하다고 봐야겠지. 딱 하루만이라고 못 박는다면, 어떻게든 해볼 수 있을 것 같기는 해."

예수가 거짓말을 하지 않았다는 걸 확인했지만 막달레나 마리아의 얼굴에 나타난 충격은 쉽게 사라지지 않았다. 충격이 채 가시지 않은 얼굴로 막달레나가 물었다.

"넌 하루에 몇 권이나 읽어봤어? 기록이 얼마야?"

"기록 같은 걸 재본 적은 없지만, 아마 여섯 권일 거야."

"하루에 여섯 권?"

입술을 핥는 막달레나의 혀는 연달아 조스바 여섯 개를 씹어 먹은 듯 검은 빛깔에 가까운 자줏빛을 띠고 있었다.

"물론 그림책 여섯 권은 아니야. 무협지 여섯 권도 아니고, 동화책 여섯 권도 아니었어."

"그럼……?"

"솔제니친 알지? 알렉산드르 솔제니친."

그녀라면 솔제니친은 알 것이라고 확신했다. 막달레나는 굳은 표정으로 천천히 고개를 끄덕였다.

"솔제니친의 『수용소군도』 여섯 권을 내리 읽은 적이 있어. 정확히 말하면 만 하루는 아니고, 아침식사를 하고나서 읽기 시작해서 그 다음 날 저녁식사를 하기 전까지, 단 1분도 자지 않고 읽었지."

"몇 살 때?"

"고등학교 일학년 때."

우리는 그날 밤 막달레나의 자취방에서 2천 원도 하지 않는 진로 포도주 두 병을 각자 한 병씩 마시고는 억병으로 취해 잠이 들었다. 새벽녘에 오줌을 누기 위해 일어난 나는 그녀의 책상 위에서 휘갈겨진 글씨의 메모지를 발견했다. 거기에는 "솔제니친의 수용소군도"라고 적혀 있었다. 그 아래에는 볼펜으로 여러 번 지운 자국이 있었는데 메모지를 들어

창문으로 새어든 빛에 비추어보니, "준태야, 사랑해,"라고 쓰여 있었다.

"군대 가야겠어."

"군대?"

막달레나는 그렇지 않아도 충분히 큰눈을 더 크게 뜨면서 되물었다. 그녀의 표정을 보는 순간 나는, 손과 발에 못이 박힌 채 십자가에 매달린 예수의 옆구리를 창끝으로 찌르던 로마 병사에게로 한 여인이 피눈물을 흘리며 다가가 "당신이 로마의 병사인 것을 스스로 저주하게 되리라," 하고 말하는 대목을 떠올렸다. 니코스 카잔차키스의 권위와 인기에 눌려 독자들에게 제대로 알려질 틈이 없었지만 카잔차키스에 못지않은 훌륭한 소설가였던 핀토 팔소의 장편소설『제국의 성자』에 나오는, 클라이맥스에 해당하는 장면이었다. 나의 여자 친구 송미라는 사람을 죽이는 훈련을 시킨다는 이유로 군대를 거부하는 기독교 어느 종파의 신도였다. 그녀는 내게 조건부 절교를 선언했다. 내가 만약 군대에 간다면 다시는 자신을 보지 못할 거라고 한 것이다.

나는 학교를 그만두었다. 부모님께는 알리지 않았다. 한 차례 중풍으로 쓰러진 적이 있는 아버지가 걱정됐기 때문이기도 했지만, 알리는 것이 알리지 않는 것보다 더 나은 어떤 이유도 없었기 때문이다. 나는 회기동 소재의 대학에 다니던 친구 자취방에 두 달쯤 빌붙어 살다가 군대에 갔다. 사람들은, 특히 전방수색대 대대장 운전병 출신이었던 아버지는 나 같은 인간은 군대에 가면 틀림없이 고문관이 될 거라고 믿어 의심치 않았는데, 나는 그 믿음을 배반하지 않았다. 내가 대한민국 육군사에

길이 남을 만한 고문관이었으리라고 스스로 확신하는 게 기분 좋은 일은 아니지만, 그 확신을 뒤집을 수 있는 어떤 증거도 갖고 있지 않다는 건 분명한 사실이다. 어쨌든, 온전한 몸으로 돌아올 수 없을 뻔한 상황이 여러 번 발생하긴 했지만 표면상으로는 육체와 정신에 별다른 손상을 입지 않고 군에서 제대를 했다. 군대가 내게 남겨준 이런저런 상처들을 아무도 — 어쩌면 나조차 — 눈치채지 못하도록 재빨리 내 영혼 깊은 곳에다 숨겨버렸기 때문이었다. 제대복을 입고 동서울터미널에 내렸을 때는 여름이었는데 손이 시렸다. 두 손을 바지주머니에 찔러넣고 있는 사람은 아무도 없었다. 미라 생각이 간절했다. 전철역으로 건너가는 횡단보도 옆 공중전화 부스를 한 5분쯤 바라보다가 나는 도로를 건너갔다. 주머니에서 손이 빠져나오질 않았다.

회기동에 살던 친구는 여전히 회기동에 살고 있었다. 제대한 날, 나는 그에게 막창과 소주를 샀다. 군대에서 받은 월급을 모아두었던 24만 원의 5분의 1쯤을 썼다. 그 나머지의 5분의 1로 우유와 식빵과 땅콩버터, 3겹 엠보싱 화장지와 2리터짜리 생수 6개들이 번들 하나, 그리고 30퍼센트 세일을 하는 뉴질랜드산 육포와 조스바 두 개를 샀다. 친구는 1.6리터짜리 플라스틱 맥주 2병도 사자고 했지만, 못 들은 척했다. 맥주 값은 친구의 지갑에서 나왔다. 그는 맥주 값이 자신의 주머니에서 나오는 것과 친구의 주머니에서 나오는 것의 차이에 대해 고민해본 적이 없는 친구였다. 그의 아버지는 우리들의 고향 북평시에서 유기농 콩나물공장을 운영하고 있었는데, 46평 아파트에서 당신의 아들보다 고작 두 살밖에 많지 않은 여자와 살고 있었다. 친구는 당연히 그 여자를 어머니라고 부르지 않았지만 둘 사이는 전혀 나쁘지 않았다. 언젠가 그 아파트에 갔을 때 물을 마시려고 냉장고를 열었는데 작고 앙증맞은 모양의 수입 병맥주가 사이드 포켓 두 칸에 가득 들어 있었다. 자신보다 고작 두 살밖에 어리지 않은 아들과 그의 친구를 위한, 내 친구보다 두 살이 많은 여자의 배려였다.

"툭하면 어깨가 빠져."

친구는 내가 마치 병무청 신체검사장의 군의관이라도 되는 듯 비굴한 눈으로 바라보았다.

"어깨 탈골은 당연히 면제지. 아니면 최소한 상근이나 공익이지," 라고 나는 말하지 않았다. 귀찮아서가 아니었다. 나는 병약한 친구를 귀찮아 할 만큼 못된 인간은 아니었다. 그냥, 그때는, 그렇게 말하고 싶지 않았을 뿐이었다. 나는 땅콩버터를 식빵에 발라 맥주 안주로 먹었다.

"식성 좀 변했네. 역시 입 짧은 놈들은 군대를 갔다와야 돼."

그의 말이 완전히 틀린 건 아니었다. 그러나 식성이 변한 건 사실이었지만 짧았던 입이 길어진 것은 아니었다. 친구는 땅콩버터를 바른 식빵을 먹지 않았다. 그는 냉장고에서 블루베리잼을 가져다가 식빵에 발랐다. 그는 블루베리잼을 바른 식빵을 내게 주었다. 붉지도 파랗지도 않은 블루베리잼이 싫었지만 나는 꾸역꾸역 먹었다. 얼마 지나지 않아 나는 화장실에 가서 소리를 죽이며 토했다.

"블루베리잼이랑 땅콩버터랑은 차원이 틀려."

내가 토했다는 걸 알았는지 친구는 창백한 내 뺨을 손바닥으로 슬쩍 쓸어보고는 그렇게 말했다. 뺨에서 무릎으로 내려온 그의 매끄러운 손이 왠지 낯설었다.

"달라," 하고 내가 말했다.

"그래, 달라. 블루베리잼이랑 땅콩버터는 완전 틀리다고."

"틀린 게 아니라 달라," 라고 내가 강조해서 다시 말했다.

"다르다 하고 틀리다 하고가 틀려?"

"아니, 다르다 하고 틀리다 하고는 달라. 다른 걸 틀리다고 하면 틀린 거야."

나는 육포의 포장을 뜯었다. 좀 전에 뺨과 무릎을 차례로 쓸었던 친구의 손이 내 이마를 쓸었다. 내가 군대에 간 사이에 친구의 성적 취향이 달라졌다는 걸 그때서야 나는 눈치를 챘다. 어쩌면 그 전부터 그랬을지 모른다는 생각이 뒤이어 일었다.

"군대에서 뭐가 제일 힘들디?"

"알아맞혀봐."

"행군? 구보? 사격? 보초 근무?"

"그런 것들보다 더 힘든 게 있었어."

그제야 친구는 씩 웃으며 "책 못 읽는 거?" 하고 묻고는, "한 권도 못 읽었어? 정말?" 하고 이어 물었다. 나는 일병이 될 때까지는 책을 한 권도 읽지 못했으며 그게 가장 힘든 일이었다고 말했다.

"상병 때부터 닥치는 대로 읽었지. 대부분은 이미 읽은 것들이었지만 하는 수 없었지 뭐. 한 권을 열다섯 번까지 읽은 적도 있었어."

친구는 그게 무슨 책이었냐고 물었다. 나는 어떤 중견작가의 초기 작품인데 군대를 소재로 한 소설이었다고 말해주고는, "넌 아마 다섯 페이지쯤 읽다가 던져버릴 걸,"이라고 덧붙였다.

"너도 소설 한번 써봐."

"소설? 왜?"

"넌 어릴 때부터 친구들이 다 인정하는 책벌레였잖아. 중학교 2학년 때 담탱이가 했던 말 기억 안 나? 준태는 책벌레가 아니라 책공룡이다. 그 정도 읽었으면, 읽은 거 이것저것 끌어다가 소설책 열 권은 만들겠다."

"읽는 거 하고 쓰는 건 다르지."

"틀릴 게…… 다를 게 뭐 있어. 없어."

"영화 많이 봤다고 영화를 잘 만들까."

"영화 잘 만드는 감독이 영화 많이 안 봤을까?" 하고 말하는 친구의 얼굴은 자신감으로 번들거렸다. 나는 그의 얼굴이 내 얼굴이라도 되는 듯 기분이 좋았다.

나는 소설을 써야겠다는 생각을 가지고 문예창작과에 입학했다. 회기동 부근의 대학에는 문창과가 없었다. 나는 서울을 떠나 퀴퀴한 바다가 내다보이는 40년쯤 된 낡은 이층 양옥집의 옥탑방을 얻었다. 회기동을 떠나던 날, 친구가 막창과 소주를 샀다.

"이번엔 열심히 다녀라."

"열심히 다녀야지."

"미래의 작가님, 파이팅!"

"그래, 파이팅!"

하지만 한 학기를 채우지 못하고 나는 문창과를 그만두었다. 귀찮기도 했지만, 시시했고, 역시 무엇보다 돈이 없었다. 하루 세 끼 중 두 끼 이상을 굶고는 아무리 시시한 수업이라도 들을 수가 없었다. 라면 한 그릇이 하루 동안 먹은 것의 전부라는 사실에 부끄러움을 느끼지 못할 만큼 더 이상 어린 나이도 아니었다. 여전히 귀찮고 싫은 것들이 많았지만, 무언가를 해야 한다는 생각만큼은 맹렬히 치솟았다. 하지만 생각뿐이었다. 문제는 책이었다. 책을 삶아먹으려는 생각을 하지 않았다는 게 이상하게 여겨질 정도였다. 나는 읽고 또 읽었다. 책은 내 손에서 한순간도 떠나지 않았다. 알바 생각을 하면 일 초의 여유도 주지 않고 책을 읽을 시간이 빼앗긴다는 생각이 덮쳤다. 두 끼를 굶고 한 끼를 라면으로 때우는 생활은 멈추지 않는 시간처럼 계속되었다. 신라면은 매워서 위장에 좋지 않을 것 같아 안성탕면으로 바꿨다는 것만 빼고는 달라진 건 없었다. 2분만에 끓일 수 있는 스낵면이 더 좋았지만 허기라는 관념을 극복해내기에 스낵면의 면발은 너무 가늘었다. 문예창작과가 있는 대학에 한 학기를 다니는 동안 내가 한 거라곤 700권의 책을 읽은 것밖에 없었다. 다섯 번이나 읽은 마루야마 겐지와 세 번째로 읽은 보르헤스를 제외하면 모두 처음 읽은 것들이었다. 하지만 영국의 왕 헨리8세에게 라틴어와 프랑스어와 스페인어를 가르친 학자들의 풍부한 에피소드가 담긴 토머스 필립의 소설 『천재로 알고 있었던 바보 왕』과 1792년 과학자와 지도 제작자를 태운 프랑스 탐사선 두 척이 오스트레일리아 멜버른 남쪽의 태즈메이니아 섬 남동쪽 모퉁이의 레체제 만에 있는 항구에 정박한 날 밤 일어난 귀신소동을 그린 장 루이의 엽기적인 모험집 『유령이었던 그들』 정도만 겨우 읽을 만했을 뿐, 나머지는 굳이 읽지 않아도 될 책들이었다. 나는, 물론, 내 안목의 형편없음에 실망을 했다. 역시 나는 그저 그런 인간에 불과했다. 나는 언제까지나 그저 그런 인간에 불과할 수는 없는 일이었지만, 그렇지 않을 수도 없는 일이었다.

"아침에 읽고 저녁에 죽어도 좋을 소설은 없을까?"

새벽 3시의 퀴퀴한 바다가 내다보이는 옥탑방에서, 헤어진 여자 친구 미라에게 묻듯 다정하면서도 처절하게 물었다. 물론 대답은 없었다.

나는 회기동으로 다시 돌아갔다.

"소설을 배우는 것보다는 직접 써보는 게 나을 것 같아서."

왜 문예창작과를 그만두었냐고 묻는 친구에게 내가 한 대답이었다. 친구는 내 임기응변에 속아넘어갔다. 그냥 속아준 건지도 몰랐다. 나는 회기동 친구의 집으로 돌아온 다음날부터 친구가 다니는 대학교 도서관에서 하루 온종일을 보냈다. 그는 내게 자신이 쓰던 7인치짜리 넷북을 선물로 주었다. 점심 때 그를 만나 그의 식권으로 배를 채운 뒤 부속고등학교 뒤편 사과나무 아래 벤치에 앉아 나는 친구가 준 넷북을 펼쳤다. 포맷을 했는지 저장된 파일은 아무것도 없었다. 딱 하나, 그림폴더 안에 사진 한 장이 남아 있었다. 남자였다. 미남은 아니었지만 착하게 생긴 얼굴이었다. 아래턱에 수염이 듬성듬성 난 다소 넓적한 얼굴의 남자는 우리보다 한참이나 나이가 많아 보였다. 서른다섯 살쯤? 그 사진의 파일명은 'moon'이었다. 성이 문 씨라서 그런 이름을 붙였을 것 같았지만, 당연히 '달'이 떠올랐다.

나는 그림폴더를 닫고 한글프로그램을 열어 소설을 쓰기 시작했다. 순식간에 벌어진 일이었다. 첫 장 맨 위에다 "단편소설, 임준태," 라고 쓰고 두 줄을 띄운 뒤, "그는 왜 달에 간 것일까?"라고 썼다. 제목이었다. 그리고 다시 두 줄을 띄운 뒤, 소설의 첫 문장을 썼다. "하늘의 별이 당신의 운명을 결정한다면, 당신은 행복할까?"

내 생애 첫 소설「그는 왜 달에 간 것일까?」를 쓰는 데 걸린 시간은 얼마 되지 않았다. 첫 문장에서 마지막 문장까지를 거의 단숨에 써내려갔다고 해도 결코 과장은 아니다. 그건 정말 쉬운 일이었다. 누군가 내 귀에다 대고 문장들을 불러주었기 때문이다. 부속고등학교 뒤편 사과나무 아래로 이틀 동안 계속 비가 내리지만 않았다면 내 첫 소설이 완성되는 데는 사흘 이상 소요되지 않았을 것이다. 하지만 그건 별로 중요한 일이 아니었다. 일주일 만에 단편소설 하나를 쓰고 나자 세상에 태어나 처음으로 가슴이 설레었다. 첫사랑 미라와 사귈 때도, 논산훈련소 앞 이발소에서 머리카락을 자를 때도 느끼지 못했던 가슴의 동계動悸는 소설을 쓰던 시간보다 더 오래 지속되었다. 소설 한 편을 다 썼다는 얘기를 듣자 친구의 표정은 어쩐 일인지 딱딱하게 굳어져버렸다.

"한 편 더 써."

나는 무슨 뜻인지를 알지 못했다. 친구는 냉정한 얼굴로, 그러나 친절하게 이유를 설명했다.

"만약을 위해서야. 한 편을 응모하는 것보다는 두 편을 한꺼번에 응모하는 게 유리하다는 건 당연하지 않겠어?"

친구는 내가 전혀 생각하지 못했던 일을 생각하고 있었다. 응모라는 단어는 가라앉았던 내 가슴을 다시 두근거리게 만들었다. 하지만「그는 왜 달에 간 것일까?」를 썼을 때만큼의 두근거림은 아니었다. 나는 친구의 명령에 가까운 충고를 받아들였다. 하지만 오산이었다. 내 생애 두 번째 소설은 엄청난 난항에 부딪쳤다. 첫 문장은 수없이 지워졌고, 첫 소설을 쓰는 데 걸린 시간의 두 배가 지났지만 A4용지 한 장을 채울 수가 없었다. 이유는 간단했다. 내 귀에다 문장들을 흘려넣어주던 목소리가 더 이상 들리지 않았던 것이다. 부속고등학교 뒤편 사과나무 마른 잎 한 장이 무릎 위로 살그머니 내려앉은 날, 나는 그동안 써놓았던 문장들마저 모두 지워버렸다. 그것들은 소금을 너무 많이 타서 도저히 목구멍 너머로 넘길 수 없는 설렁탕 국물이었다. 가을이 속절없이 흘러가는 동안 나는 두 번째 소설「소심한 박애주의자」를 단 한 줄도 쓰지 못했다. 넷북의 한글프로그램 화면을 열면 하얀 바탕에 나타나는, "단편소설, 임준태"와 두 줄 아래의 "소심한 박애주의자"는 나란 인간이 아무리 발버둥을 쳐봐야 그저 그렇고 그런 인간에 불과하다는 사실을 가슴 아프게 알려줄 뿐이었다.

오후 내내 내리던 빗줄기가 진눈깨비로 바뀐 저녁 무렵, 나는 넷북을 옆구리에 낀 채 도서관 로비에서 친구를 기다렸다. 수많은 사람들이 내 곁을 스쳐지나갔다. 귀욤 뮈소의 달콤쌉싸름한 문장들 몇 개가 빠르게 스쳐가고, 목을 매기 위해 테니스 라켓의 줄을 푸는 얼빠진 테니스 선수의 이야기를 너무도 진지하게 풀어낸 젊은 일본작가의 소설『줄』의 첫 대목부터 마지막 대목까지가 흘러가고, 카뮈와 사르트르가 얽혔다가 풀리고, 전쟁에서 살아돌아온 남자가 고향의 가로등 아래서 창녀가 된 아내를 만나는 얘기와 자신의 저서를 한 권도 가지지 못한 무명작가가 손수 만든 책을 대형서점의 서가에 몰래 꽂아넣는 얘기와 귀머거리 조율사의 얘기가 바람처럼 날려갔을 때, 뇌의 주름 사이로 한 뭉텅이의 문장들이 슬로모션으로 박혀드는 것을 나는 보았다. 그것은 내 곁을 스쳐지나간 사람들, 바람들, 그리고 수많은 얘기들의 회귀였다. 그것은 어떤 느낌이 아니라 내 두 눈에 의한 발견이었다. 그것은 관념이 아니라 실재였다.

나는 어두워진 창밖을 내다보며 귀를 열었다. 목소리가 들려왔다. 다시 들려온 것이다. 가슴이 두근거리기 시작했고, 부속고등학교 뒤편 사과나무 아래로 갈 시간은 없었다. 나는 로비 구석으로 가 벽에 등을 댄 채 쪼그려 앉았다. 넷북의 덮개가 열리고, 한글프로그램이 실행되는 동안 모든 소리는 정적 속으로 함몰했다. 내 귓속에는 오직 「소심한 박애주의자」를 불러주는 목소리만이 들려올 뿐이었다. 나는 그 소리에 맞추어 자판을 두들기기만 하면 되었다.

"당신은 세계가 둘 이상으로 나누어져 있다고 생각한다. 셋, 넷, 혹은 열셋, 열넷, 어쩌면 아흔셋, 아흔넷으로 나누어져 있다고 생각할지도 모른다. 당신이 얼마나 많은 것을 알고 있느냐는 당신이 얼마나 많은 조각으로 이 세계를 나누어놓느냐와 깊은 관련이 있다. 당신의 생각이 과연 옳은지에 대해 별달리 고민을 해보지 않았으므로 당신은 결국 당신이 나누어놓은 둘 이상의 세계 가운데 어느 한 세계에 속해 있을 것이다. 당신은 이 세계가 영원히 둘 이상으로 분리되어 있어야만 한다는 사실이 당신에 의해 시작된 운명이라는 것을 결코 인지할 수 없다. 다시 말해 이 세계의 비극은 필연코 당신에 의해 시작된 것이다……."

몇 개의 문장을 단숨에 써내려간 뒤, 나는 손가락의 움직임을 멈추고 심호흡을 했다. 그러는 동안엔 내 귀로 흘러들던 목소리도 가만히 숨소리만 낼 뿐, 정지했다. 다시 목소리가 내 귓속으로 흘러들기 시작했을 때, 기다렸다는 듯 내 손가락도 움직였다.

"다 썼니?"

넷북 덮개가 닫힌 것과 내 머리 위에서 친구의 목소리가 들린 건 정확히 동시였다. 나는 고개를 젖혀 그를 올려다보았다. 그는 마치 신처럼 나를 내려다보고 있었다. 그 장면은 르네상스기 이탈리아의 위대한 화가 미켈란젤로의 천정화 작업에 참가했던 무명화가가 고개를 뒤로 꺾은 채로 물감을 칠하던 중에 신과 조우하게 되는 파라니 파셀로니의 소설 『기적』의 한 대목과 정확히 일치했다. 미켈란젤로의 조수였던 무명화가를 굽어보며 신은 이렇게 말한다. "너의 고난이 나의 위안이다." 미켈란젤로의 업적을 흠집내려는 창작에 불과하다는 비판은 충분히 일리 있는 얘기지만, 그러나 세상의 모든 창작된 업적들은 비판의 화살에 상처를 입기에는 너무도 튼튼한 갑옷을 착용하고 있다. "너의 두 번째 소설을 다 쓴 거냐?"고 물으신, 나의 신의 얼굴에 미소가 가득했다.

"넌 분명히 베스트셀러 작가가 될 거야."

고난이 위안이라는 형이상학적 아이러니와는 비교할 수 없었지만, 평범하기 그지없는 친구의 말은 나를 충분하고 흡족하게 위안했다.

내가 쓴 두 편의 단편소설 「그는 왜 달에 간 것일까?」와 「소심한 박애주의자」는 1년 남짓 사이, 모두 다섯 번 응모되었고, 다섯 번 떨어졌다. 다섯 번 중 다섯 번 모두 예심을 통과했고, 다섯 번 모두 결심까지 올라갔고, 두 소설에 대한 다섯 번에 걸친 "이렇다 할 약점이나 흠잡을 곳은 없지만, 왠지, 어디선가 본 듯한 소설,"이라는 낙선의 평은 토씨 하나 다르지 않고 똑같았다. 군입대를 연기하기 위해 대학원에 진학한 친구는 처음엔 내 소설이 공모에 다섯 번이나 떨어졌다는 사실을 의아해하다가, 차츰차츰 내 소설을 의아해했다. 그러던 그는 내 소설 속에 등장하는 인물들을 의아해하기 시작했고, 마침내 나라는 인간을 의아해했다.

"임준태, 넌 쓰레기야. 책만 읽는 쓰레기!"

그는 더 이상 내 이마와 어깨와 무릎을 손으로 쓸지 않았다. 회기동을 떠나야 할 시간이 가까웠다는 사실이 내 가슴을 아프게 압박했지만, 나는 결코 먼저 떠나겠다고 말하지는 않았다. 여전히 내 손에는 책이 쥐어져 있었다. 책은 내가 떨어져 내리던 낭떠러지에 꽂힌 단 한 그루의 소나무였다. 어느 날 내 손에 랠프 엘리슨의 장편소설『보이지 않는 사람』의 원서가 쥐어져 있는 걸 보고 친구가 내게 말했다.

"토익을 쳐라, 시발놈아."

토익이란 게 '치는 거'라는 사실을 나는 마치 처음으로 알게 된 놈처럼 눈을 동그랗게 떴다. "어떻게 치는데? 선빵을 날려?" 라고 농담을 던지려다가 그만두었다. 나는 토익과 싸우고 싶지 않았듯, 친구와도 싸우고 싶지 않았다. 이길 자신도 없었거니와, 어디까지나 나는 평화주의자였다. 하지만 운명의 발길은 예측을 불허했다. 내 입에서 믿어지지 않는 말이 튀어나온 것이다.

"토익보다는 번역을 하는 게 어떨까?"

친구의 눈에 불꽃이 일었다. 그는 내 머리맡에 놓인 몇 권의 원서들을 집어들고는 손을 부르르 떨었다. 불꽃이 일던 그의 눈에 물기가 고이는 것을 나는 보았다. 이유를 알 수 없었다. 분노가 아니기만을 바랐다.

"임준태, 이제야 네가 정신을 차렸구나. 그래, 너도 이제 네 방을 가져야지. 번역이라면 소설 쓰는 것만큼 네게는 쉬운 일일 테지. 토익 치라고 한 거 사과한다."

친구는 내 손을 덥석 쥐고는 방바닥에 흩어진 원서들 중 가장 두꺼운 것 하나를 집어 내 눈앞에다 들이밀며 어떤 책이냐고 물었다. 호모 에렉

투스 계열의 화석인류인 북경원인을 발굴한 오스트리아의 즈단스키라는 고생물학자가 어느 날 자신이 발견한 그 뼈의 주인이 전생의 자신이었다는 기이한 상상에 휘말려 들어가는, 역사적인 사실을 바탕으로 상상력을 동원해 쓴 일종의 팩션이었다. 『기행紀行의 기행紀行, The journey to the journey』이라는 의미심장한 제목을 가진 그 소설은 '나는 누구인가'를 집요하게 파고드는 전형적인 존재론의 틀을 갖춘 작품이었다. 소설에 대한 설명을 들은 친구는 나를 와락 껴안았고, 내 입술에 입을 맞추었다. 그것은 그의 방에 한동안 더 머무를 수 있다는 것을, 그리고 내 손에서 책이 떠나지 않아도 된다는 것을 의미했다.

회기동의 친구에게 느닷없이 창작보다는 번역을 하는 게 좋을 것 같다는 말을 내뱉은 이후 3년 동안, 나는 모두 아홉 권의 책을 우리말로 옮겼다. 여섯 권째 책을 번역하고 나서 나는 회기동 친구의 집을 떠나 신림9동 언덕바지, '주유소酒油所'라는 기발한 이름을 가진 술집 너머, 누우면 머리와 발바닥이 양쪽 벽에 닿아 꼭 관에 갇힌 것 같은 반지하 원룸으로 이사를 했다. 거기서 나는 중증의 알코올중독에서 빠져나온 10대 소녀의 이야기와 키가 엄청나게 큰 소년의 이야기와 영원히 이 세상으로부터 탈출해버린 탈출마술사의 이야기를 우리말로 옮겼다. 그리고 한 달쯤 뒤, 나는 출판사로부터 한꺼번에 두 권의 책에 대한 번역 의뢰를 받았다. 모두 소설이었다.

번역서 팀장이 내게 건네준 책을 펼쳐 첫 페이지를 본 순간, 나는 내가 살아 있다는 사실을 실감했다. 나의 첫사랑이자 마지막 사랑인 송미라와 만날 때도, 논산훈련소 앞 이발소에서 머리카락을 자를 때도 뛰지 않았던, 내 생애 첫 소설을 다 썼을 때에야 비로소 뛰기 시작했던 심장이 다시 뛰기 시작한 것이다. 내게 건네진 두 권의 책은 같은 소설가가 쓴 단편집과 장편소설이었다. 벤저민 벤제마— 처음 들어보는 작가였고, 읽어본 적이 없는 소설들이었다. 당연했다. 그 두 권의 책은 그의 이름으로 발간된 단 두 권의 책이었고, 그 두 권의 소설집으로 그는 일약 영국 문단의 샛별이 되었다.

조금 전, 나는 벤제마의 두 권의 책 중 단편집 『우리는 언제나 달에 갈 수 있을까?』를 모두 읽었다. 표제와 같은 제목의 단편소설은 이렇게 시작한다. "하늘의 별들이 인간의 운명을 지시하던 시절, 그들은 행복했을까?" 내 얼굴엔 그 책을 처음 펼쳤을 때 떠올랐던 미소가 여전히 어려 있다. 이제 나는 벤제마의 두 번째 책인 장편소설 『소심한 코즈모폴리턴』의 첫 장을 열었다. 하얀 모조지 한 가운데에는 『분노의 포도』를 쓴 작가 존 스타인백의 말을 인용한 에피그램이 찍혀 있다.

"작가란 자신이 세상에서 가장 중요한 일을 하고 있다는 믿음을 가져야만 한다. 그것이 사실이 아니란 걸 눈치챌 때조차 그 환상을 놓쳐선 안 된다."[1)]

다음 페이지로 넘어가는 내 손길이 심하게 떨린다. 가슴이 너무 뛰어

---

1) The writer must believe that what he is doing is the most important thing in the world. And he must hold to this illusion even when he knows it is not true.

서 숨을 제대로 쉴 수가 없다. 아련한 현기증 너머로 무슨 소리인가가 들린 것 같다.

"넌, 그저 그런 인간이 아니야……."

2014

탈출마술사 코니 킴의 달

배우가 문으로 들어오면 아무것도 아니지만,

창문으로 들어오면 하나의 상황이 된다.

— 빌리 와일더

사람은 누구나 처음 무엇이 되려할 때 그 되려는 것에 대해 지극한 환상을 갖게 마련이다. 법률가나 정치가가 되려는 꼬마들은 정의 실현에 대해 끔찍할 정도로 맹렬한 환상을 갖고 있으며, 배우가 되려는 소녀는 화면 속에 재생되는 삶이 가짜라는 것을 알지 못하며, 소설가가 되고 싶은 아이는 만들어낸 이야기야말로 진실이라는 '소설교小說教'의 사이비 강령을 철저하게 신봉하는 어린 광신도다. 그러나 정작 맹렬히 갈망했던 그 무엇이 되었을 때, 그들은 더 이상 환상의 노예로 남아 있지 않다. 이미 환상의 노예가 아닌 상태에서 그 무엇이 되었는지, 아니면 그 무엇이 되고난 뒤에 환상의 노예 상태에서 풀려난 것인지는 명확히 알 수 없지만, 아무튼 그들은 충분히, 잘, 여실히, 명백히, 그리고 완전히 알고 있다. 한때 자신이 환상의 노예였다는 것을, 그리고 더 이상 아니라는 것을. 가령, 정의 실현은 법률가나 정치가가 해낼 수 있는 일이 아니며, 화면에 펼쳐지는 삶의 거짓을 철저하게 깨우치지 못한 명배우는 없으며, 진실이나 사실과 멀리 떨어진 이야기일수록 열광하는 '신도'들을 비웃으면서도 그들에게 아첨하고 비위를 맞추지 않는 훌륭한 소설가는 단 한 명도 없다는 사실을— 환상의 바다에 몸을 던졌다가 익사 직전에 그 바다를 헤엄쳐 모래언덕으로 걸어나온 그들은 비로소 자신들이 맹렬하게 욕망했던, 더 이상 환상이 아닌 '그 무엇'이 된 것이다. 변호사, 의사, 정치가, 배우, 모텔 주인, 교사, 시인, 파일럿, 첼리스트, 중국집 주방장, 혹은 마술사 같은 것.

아버지가 억병으로 술을 마시기 시작한 것은 중국 공연을 마치고 포토맥 강변의 아파트로 돌아온 4월의 어느 날 밤 자정부터였다. 내 기억이 정확하다면 아버지는 당신의 서른다섯 번째 생일을 맞이한 최초의 순간에 잭다니엘의 회색 뚜껑을 벗기고는 마치 사막에서 오아시스를 발견한 사람이 물을 켜듯 위스키 병을 목구멍에 꽂고는 문자 그대로 들이부었다. 공교롭게도 11년 11개월 11일의 생을 살아가고 있던 나는 그 낯선 광경을 별다른 감흥 없이 (혹은 아버지의 그 모습이 명확하게 무얼 의미하는 것인지, 그리고 그럴 만한 앞뒤의 정황을 파악해야 한다는 의

식조차 없이 거의 선험적으로) 층계참에 쪼그리고 앉은 채 묵묵히 지켜보았다. 어떤 점에서 그것은 그다지 신기할 것도 없는 간단한 마술을 보는 것 같았다. 아버지의 목구멍이 술병의 압박으로부터 놓여난 것은 한참이나 지난 뒤였다. 한번도 멈추지 않고 1리터짜리 술병의 반을 목구멍 너머로 부어버린 아버지는 아주 부드럽게 마룻바닥으로 주저앉았는데, 그건 마치 까마득한 지붕 위에서 뛰어내리지만 전혀 다치지 않는 고양이의 훌륭한 낙법을 닮아 있었다. (생애 처음이었는지는 정확히 알 수 없었지만) 술에 취했다고 해서 몸을 다치기라도 한다면 그건 마술사로서 체면 문제였을지 몰랐다. 어쨌든, 그런 다음에 무슨 말인가를 하려는 듯한 몸짓을 하며 아버지는 간신히 술병을 쥔 손을 나를 향해 뻗었지만, 그때 무슨 말을 했었는지는 내 기억에 남아 있지 않다. 어쩌면 아무 말도 하지 못한 채 그 자리에 고꾸라져 잠이 들었을지도 모른다. 그 외에 어렴풋이 기억나는 장면은, 고린내가 진동하는 당신의 양말을 벌레 다루듯 손가락 끝으로 집어서는 세탁기에다 넣은 뒤 소파에 놓여 있던 담요를 가져다가 당신의 몸을 덮어주었다는 정도다. 그리곤 아버지의 친구라는 사람에게서 전화가 걸려왔던 기억도 비교적 또렷하게 남아 있다. 아마도 그 기억이 또렷한 이유는 칼 뮬리건 때문일 것이다. 물론 전화를 걸어온 그 사람이 〈스타 트리뷴〉이라는 그렇고 그런 신문에 대중문화와 관련된 허접한 칼럼들을 쓰고 있던 칼 뮬리건과 동일인물이라는 보장은 없다. 목소리나 말투는 분명히 그였지만, 그는 결코 아버지의 친구는 아니었기 때문이다. 내 기억이 전하는 바에 따르면, 전화를 걸어온 것은 분명히 아버지의 '친구'였다. 하지만 "아빠 바꿔, 난 네 아빠의 둘도 없는 친구니까," 라고 말하는 사람에게 '친구'는 오히려 '적'과 동의어일

가능성이 농후한데, 물론 그런 데까지 생각이 미칠 수 있는 능력이 그때의 내게 있었는지는 장담할 수 없다. 어쨌든 전화를 걸어온 아버지의 '친구'는, 내가 스타카토처럼 딱딱 끊어지는 말투로, "세계 최고의 탈출마술사 어니스트 셰필드는 이미 잠자리에 드셨습니다." 하고 말하자 마치 아버지에게 말하듯 그는 내게 아버지의 중국 공연에 대해 떠들어대기 시작했는데, 시종일관 만약 아버지가 들으셨다면 다음 날 오후쯤 아버지와 내가 텔레비전이나 전축 중의 하나를 사러 전자대리점을 방문해야만 했을 그런 말들이었다. 질투와 질투, 그리고 질투로 점철된 비열한 문장의 나열— 그 자체였다. 순간적으로 나는 차라리 아버지를 깨워 전화를 바꿀까도 생각했었다. 그랬다면 다음 날 우리는 명백하고도 분명히 전자대리점으로 갔을 것이고, 전자대리점에서 돌아올 때쯤이면 이미 넝마주이 대장인 피터 아저씨가 우리 집 쓰레기통을 뒤진 뒤일 것이고, 부서진 텔레비전이나 전축 때문에 아버지가 나를 닦달하는 일은 결코 일어나지 않을 것이었다. 덕분에 집으로 돌아오는 내 손에는 소니 캠코더가 당당하게 쥐어져 있을지도 모를 일이었다. 아버지의 중국 공연은 대성공이었고, 충분히 예상한 일이었지만, 당신의 지갑은 쓰이지 못해 안달이 난 100달러짜리 지폐로 가득 차 있었을 테니까. 아마도 바로 그 사실이 칼 뮬리건인지 아닌지 알길 없는 어떤 남자로 하여금 밤중에 전화질을 하게 만들 정도로 질투심을 자극했던 모양인데— 일단, 그게 얼마나 중요한 일이었는지에 대해서는, 당시의 나는 알 길이 없었다.

중요한 것은 그날 이후로 아버지가 단 하루도 술병을 손에서 놓지 않았다는 사실이다. 때로 살아가는 것 자체가 신비로운 일이긴 하지만, 다들 그렇게 하면 살지 못할 거라고 우려와 걱정을 가득 담아 말하는 그런 형태의 삶을 유지하는 것을 보면 오히려 신비가 별 거 아니라는 생각이 들기도 한다.

"투 미 잇 심즈 댓, 유쓰 이즈 라잌 스프링, 언 오버프레이즛 시즌, 디라잇플 잎 잇 해픈 투 비 어 페이브드 원, 벗 인 프랙티스 베리 래얼리 페이브드 앤 모 리마커블, 애즈 어 제너럴 룰, 포 바이링 이스트 윈즈 댄 제니얼 브리지즈."[1](청춘이란 봄과 같은 것이어서, 지나치게 찬양받는 계절— 즉, 혜택을 많이 받는 계절이 된다면 즐겁겠지만, 실제로는 혜택을 받는 건 거의 없이 대개는 기분 좋은 산들바람보다는 살을 에는 동풍이 더 눈에 띄는 계절인 것으로 내게는 느껴졌다.)

아버지는 새뮤얼 버틀러Samuel Butler의 소설 『만인의 길The Way of All Flesh』에 나오는 한 부분을, 갑자기, 읊기 시작했다. 알코올에 절은 아버지의 저음은 매력적이었다. 그것은 어린 아들에게 새뮤얼 버틀러가 펼쳐놓은 '인간의 모든 길'을 향해 진지하게 귀를 기울이도록 만들기에 충분히 아름다운 음성이었다. 아버지의 그, 사람의 가슴을 도려내는 것 같은 치명적인 저음은 "젊음은 봄과 같다"는 벽을 굴삭기의 팔이 육중한 무게감으로 툭하고 건드리는 것 같았다. 그래서 그 벽은 "지나치게 찬양받는 봄은 실은 혜택을 받는 것보다는 살을 물어뜯는 동풍이 더 눈에 띄는 계절"이 되어 맥없이 무너져 내렸다. 아버지의 음주는 낭독의 또 다른 경지를 이루어냈다. 그건 어쩌면 아버지의 돌연한 술추렴이 가져다

---

1) To me it seems that youth is like spring, an overpraised season — delightful if to happen to be a favoured one, but in practice very rarely favoured and more remarkable, as a general rule, for biting east winds than genial breezes.

준 거의 유일한 혜택이었을 것이다.

"이봐 젊은 손튼바움, 자넨 무엇이 되고 싶은 거야?"

시리얼 봉지를 우유가 담긴 대접에 쏟아부으며 나는 아버지를 물끄러미 바라보았다. 그러나 내 눈길이 이내 다다른 곳은 아버지가 앉아 있던, 은장식이 달린 높은 등받이의 단풍나무 의자 뒤편에 아무렇게나 널브러져 있던 수십 병의 잭다니엘이었다. 아버지의 주량은 놀라울 만큼 빠르게 늘어나고 있었다.

"설마 제 이름을 잊어버릴 정도로 취하신 건 아니죠?"

물론 그건 농담이었다. 사실 나는 아버지에게 만큼은 원래 이름인 캐빈보다는 손튼바움, 혹은 손튼(물론 그냥 손튼이 아니라 젊은, 혹은 어린 손튼)이라는 이름으로 훨씬 많이 불렸다. 하지만 그때는 정말 아버지가 알코올성 치매라도 걸린 것 같은 기분 나쁜 생각이 내 머리에 꽉 차 있었다는 점에서 완전히 농담인 것만은 아니었다.

"이봐, 자넨 나의 영원한 사랑, 손튼바움이야. 캐빈 따윈 지옥에나 던져버려!"

아버지가 당신의 아들을 친구처럼 여겼다는 건 부인할 수 없는 사실이다. 하지만 나를 캐빈이 아닌 손튼바움이라고 부를 때만큼 당신의 아들을 친구로 절실히 대하는 때는 달리 없었다. 손튼바움— 그는 아버지에겐 친구 이상의, 좀 심하게 과장을 하면 신과 같은 존재였다. 물론 아버지에게 있어서만큼은, 그건 과장이 아니었다. 신은 아버지가 그를 언급할 때 쓰는 여러 가지 지칭어들 가운데 하나였거니와 가장 조심스럽기는 했지만 가장 빈번하게 사용하는 지칭어였다.

"사람들은 그를 신의 마술을 행하는 자라고 했지만, 그건 그에 대한 최악의 과소평가야. 그는 바로 마술의 신이었어!"

손튼바움의 마술에 대해 아버지로부터 전해 듣거나 필름을 통해 본 것들은 대체로 내가 이해하지 못하거나, 이해할 수 없는 것들이었다. 그는 미녀를 상자 속에 넣어놓고 열다섯 개의 칼을 상하좌우로 찔러넣거나 최면을 걸어 공중에 띄어올리는 따위, 여전히 신기하긴 했지만 너무도 많은 마술사들이 했기 때문에 다소 식상한 그런 종류의 마술은 행하지 않았다. 그가 행한 마술은 뚜껑을 벗긴 통에다 물을 가득 담아놓고 그 통들을 마치 뚜껑을 덮어놓은 것처럼 밟고 지나가는데 발이 전혀 빠지지 않는다거나, 유리 상자 속에 불을 붙여놓고 안으로 들어가서는 불을 모두 끄고 난 뒤에 다시 그 상자로부터 기어나오는 마술 같은 것들이었다. 혹은 자신의 사지를 종이처럼 접어서 공중으로 날리거나, 망치의 자루를 바닥에 대고 쇠 부분을 잡은 채 한 손으로 물구나무를 서 있다가 아무도 눈치채지 못하는 사이에 망치의 위아래를 바꾸어놓거나, 객석에서 관객을 다섯 명쯤 불러내서 손목에 차고 있는 시계들을 순식간에 모두 서로 다른 사람의 것으로 바꾸어버리는 마술 같은 것들이었다. 그것을 보고 사람들은 하나같이 배꼽을 잡고 공연장의 천정이 내려앉을 듯 웃어댔지만 그건 어디까지나 자신들의 두려움을 이기기 위한, 혹은 감추기 위한 수법에 지나지 않았다고 아버지는 그 매력적인 저음으로 말씀하셨다.

"물론 손튼바움도 남들이 다 하는 유령담배 같은 마술을 하기는 했었지."

아버지는 그렇게 말을 해놓고는 술이 흘러넘칠 것 같은 두 눈을 가늘게 뜨고는 나를 꽤 오래 노려보았다.

“캐빈, 뭔지 모르겠다는 그 표정은 뭐지? 설마 그 뻔한 마술을 모른다고 할 거니? 아니면, 손튼바움 같은 마술의 신이 유령담배 같은 하찮은 마술을 한다는 게 믿어지지 않는다는 거니?”

아버지의 뭉툭한 코와 꼬리가 치켜 올라간 눈, 넙대대하고 누르죽죽한 동양인 특유의 얼굴이 그날 따라 왜 그렇게 부각되어 보였는지 이유를 알 수는 없다. 하지만 그것은 여전히 자랑스러운 아버지의 얼굴이었고, 알코올에 절어 있긴 했지만 여전히 신비로운 세계 최고의 탈출마술사 코니 킴의 얼굴이었다. 더구나 유령담배 같은 간단한 마술을 내가 모를 리도 없었고, 손튼바움이 행했다면 뭔가 달라도 달랐으리란 걸 짐작하지 못하는 바도 아니었다. 단지 문제는 아버지가 너무 취했다는 거였다. 단 한 모금의 맥주나 와인만으로도 지독하게 짝사랑하던 소녀 앞에선 숙맥의 소년처럼 발갛게 변하던 당신의 얼굴이 며칠 사이에 주정 40도의 위스키를 하루 저녁에 두 병이나 비워버린다는 사실은 이해 불능의 사태임에 틀림없었다.

“담배 한 개비와 빈 성냥갑만 있으면 저도 할 수 있는 마술이에요, 아버지.”

나의 아버지 어니스트 세필드는 끝내 손튼바움의 진정한 위대함이 깃든, 누구도 흉내낼 수 없다는 단서를 붙이고서야 조심스럽게 그 비밀을 들려주던 놀랍고 신비로운 그만의 탈출마술에 대해서는 단 한마디도 언급하지 못한 채, 고개만 그저 몇 번 끄덕거리고는 남은 잭다니엘을 말끔히 비워낸 뒤 그 자리에 고꾸라졌다. 이루 형용할 수 없을 정도의 대성공이라고 대서특필되었던 중국 공연을 마치고 포토맥 강변의 고급 아파트로 돌아온 지 꼭 한 달이 지난, 맑은 봄날의 꽃향기 흩날리던 아름다운 밤이었다.

손튼바움이 아버지로부터 '마술의 신'이라는 극진한 찬사를 받은 건 사실이었지만 그러나 내가 생각하기에 아버지가 가장 존경했던 마술사는 우제프라는 러시아 마술사였다. 하지만 아버지의 스크랩북에서 우제프에 대한 기사를 본 뒤 별 생각 없이 지나가듯 그 사람에 대해 물었을 때 아버지는 쉽사리 입을 열지 않으셨다. 그것은 손튼바움의 경우와는 완전히 상반된 것으로, 찬사와는 비교할 수 없는 극진한 무엇이었다. 가령, 존경, 혹은 경외의 대상이라는.

"우제프는 번뇌의 사슬을 끊어낸 사람이었지. 사람은 누구나 번뇌의 사슬에 얽혀 있고, 그래서 인간에게 있어 마지막 구원은 그 번뇌의 사슬을 끊는 것이거든."

나로 하여금 심리학자가 되고 싶게 만들었던 몇 개의 문장 중의 하나인 우제프에 대한 아버지의 짤막한 논평이다. 사실, 자의반타의반, 어린 시절부터 지금까지 내 손에 가장 빈번하게, 그리고 가장 오랫동안 쥐어져 있던 책은 마술사 구스타브 우제프의 자서전이었다. 러시아 왕궁에 고용된 마술사였던 그가 혁명세력에 체포돼 처형되기 직전 감옥을 탈출해 우랄 산맥을 넘어 터키로 피신하기까지의 긴장감 넘치는 대목을 나는 백 번은 읽었을 것이다. 그리고 바로 그 책 안에는, 기이하게도 러시아어가 아니라 터키어로 쓴 그리 길지 않은 그의 일기가 망망대해의 섬처럼 따로 떨어져 수록되어 있는데 거기에 바로 아버지가 사용했던 '번뇌의 사슬'이라는 표현과 비슷한 것이 등장한다.

인간은 누구나 덫에 걸려 있다. 그 덫은 신발과 같아서 침대에 들어갈 때에만 벗어나게 된다. 하지만 침대에서 내려와 다시 일상으로 돌아갈 때면 어김없이 다시 그 신발을 꿰어 차야 하는데, 그렇다면 그 덫은 이미 인생 자체의 반려자라고 해도 좋을 것이다. 밀림에 사는 원시부족이 아니라면, 그러니까 현대인이라면, 신발은 반려자가 아니고 무엇인가? 그런데도 인간은 여전히, 아니 죽을 때까지 그 덫을 덫으로만 인식할 뿐이다. 마치 죽음에서 벗어날 수 없으면서도 죽음을 두려워하고, 멀리하려 하고, 매일 떠나고 싶어하는 치명적인 연인처럼 생각하지만, 결국 그의 품에 안길 수밖에 없으면서도 말이다.

아무리 어린 소년이라도 어떤 것을 백 번쯤 읽게 된다면 '번뇌의 사슬'이 무엇을 의미하는지, 그리고 그 사슬에서 벗어나는 것과 마술, 특히 탈출마술이 어떤 연관성을 지닌 것인지에 대해서 명확하게 알게 된다고 나는 생각한다. 자신이 가진 탈출마술의 비법을 동원해 우크라이나의 감옥에서 탈출한 뒤 눈 덮인 고봉들을 넘어 터키로 잠입한 구스타브 우제프의 마지막 모습을 본 사람이 아무도 없다는 사실은 너무도 당연한 일이다. 그는 완벽한 탈출에 성공했다는 점에서 탈출마술사로서의 삶에도 성공했으며, '번뇌의 사슬'을 완벽하게 끊어냈다는 점에서 인간의 삶에도 성공한 사람이었다. 그러니 질투의 화신인 칼 뮬리건조차 우제프에 필적하는 탈출마술사라고 추켜세웠던 내 아버지 어니스트 셰필드가 그를 경모한다는 것은 의심할 수 없는 사실이다.

하지만 세상에는 '번뇌의 사슬'을 끊어내야 한다고 생각하는 사람보다는 그 사슬에 자신의 손목과 발목을, 온몸을 묶어두려는 사람들이 훨씬 많다. 이것은 행복에 대한 사람들의 태도와 관련되어 있다. 행복한 삶을 살았다고 믿어 의심치 않는 사람들은 자신들이 얼마나 경직된 사고방식을 갖고 있는지를 알지 못하거니와, 그들 대부분은 개똥밭을 굴러도 이승이 저승보다 월등하게 낫다는 공상을 굳건한 현실로 받아들인다. 가령, 한국의 전쟁고아였던 아버지를 셰필드가에 입양시키는 데 지대하게 공헌했던 워싱턴의 한 초중학교 역사 교사였으며 내 할아버지 윌리엄 셰필드의 둘도 없는 절친한 동무이기도 했던 마이클 메이플이라는 노인은 평생 동안 자신은 한 가지 신념을 갖고 있었으며 그것은 바로 "인간은 누구나 행복한 삶을 살아야 한다"는 것이라고 고백한 바 있었다. 내게는 신념이기보다는 강박관념처럼 보였던 마이클 메이플의 그것은 바로 구스타브 우제프가 말한 '경직된 사고방식'과 일치했다. 마이클 메이플의 발목을 잡고 있던 것은, 그러니까 덫은, 바로 행복이었다. 그는 타인으로 하여금, 특히 행복을 누릴 확률이 현저히 떨어지는 사람에게 — 전쟁고아 같은 — 행복을 누리게 해주는 것은 당연히 자신의 행복을 실현해주는 일이라고 굳게 믿었으며, 그런 사람이 전쟁으로 피폐해진 극동의 한 나라로부터 코흘리개 소년을 입양하는 일에 발 벗고 나선다는 건 당연하고도 당연한 일이었다. 마이클 메이플 노인은 바로 그 소년이 훗날 코니 킴이라는 엉뚱한 이름으로 불리긴 하지만 어쨌든 세계 최고의 마술사가 되었다는 사실을 직시할 필요가 있다고, 역설까지는 아니지만 역설이나 마찬가지인 신념에 찬, 혹은 강박관념으로 똘똘 뭉쳐진 빛나는 눈동자로 그 코니 킴의 아들이며 동양인과는 영 딴판으로 생긴 어린 아이를 응시하며 주먹을 불끈 쥐었다. 다행인지 불행인지, 그때 나는 표지가 해지도록 구스타브 우제프의 자서전을 읽고 또 읽은 뒤였다. 딱히 우제프의 자서전을 탐독한 결과이기보다는 내 외양이 아버지인 코니 킴보다는 마이클 메이플 노인과 더 닮았다는 사실은 이미 나로 하여금 국가니 민족이니 혈통이니 하는 것에 얽혀들지 않도록 만들었고, 어린 나이임에도 불구하고 구스타프 우제프가 궁극적으로 추구했던 존재라는 감옥으로부터의 탈출, 즉 '번뇌의 사슬'을 끊고 자유로워지는 것이 무엇을 의미하는 것인지를 고민하게 만들어주었으며, 그 비밀을 얼마큼은 알고 있다고 확신하게 만들었으므로, 메이플이 주먹을 불끈 쥐든 말든 내 의식을 흔들 수는 없었다. 물론 나는 노인의 깊은 주름을 응시하며 무언의 동정을 보냈고, 다시는 그가 자신의 무릎 위에 나를 올려놓을 수 없도록 체중을 키워야겠다고 결심했다. 그리고 나는 결코 인생에서 행복 따위가 나를 포획할 수 없도록 할 거라고 다짐했다. 그러나 만약 일이 여의치 못해 포획당하고 만다면 결국 내가 할 수 있는 일은 탈출뿐이며, 그러기 위해서는 열심히 탈출마술을 익혀야 한다는 사실을 마음에 깊이 새겨야 했다.

그렇다면 아버지는 어땠을까.

내가 아는 한 아버지는 행복한 삶을 살아야 한다고 주장하는 사람은 아니었지만 냉소가 가득 흐르는 당신의 얼굴을 보고 있으면 역설적이게도, 분명하고 섬뜩하게, 행복한 삶에 대한 당신의 주장을 읽을 수 있었다. 행복해야만 한다, 행복하지 않는 삶이란 무가치할 뿐이다, 라는 목소리는 비록 내 귀청을 울리진 않았지만 분명히 내 마음에 닿았다. 나는 지금 그것이 불행한 일이었다고 말하는 것은 아니다. 불행이기는커녕 오히려 크나큰 행운이었다. 이해가 가능할는지 모르겠지만, 아버지 역시 우제프가 그랬듯 언젠가는 '번뇌의 사슬'을 끊고 존재의 감옥으로부터 탈출하려는 신념을 갖고 있었다는 점에서 그렇다. 내 생각이 틀리지 않다면, 아버지의 행복에 대한 생각이 신념이든 집착이든 강박관념이든 무슨 상관이겠는가. 하지만 아버지의 그 냉소가 흐르는 얼굴로부터 행복에 대한 신념을 읽어낸 나는 어쩐 일인지, 아니면 비로소, 언젠가는 아버지가 '탈출'을 감행할 것이라는 사실을 직감했다. 그게 언제가 될는지는 알 수 없었지만, 그 탈출이 하루에 두 병의 잭다니엘을 비워내는 것과는 다를 것이며, 단지 위스키에 쓰러지기 전에 그 탈출이 성공할 수 있기를 바랄 뿐이었다.

"난 더 이상 아시아에는 가지 않을 거야."

어느 날 밤, 아버지는 일본 신주쿠 호텔에서 보내온 공연 팸플릿을 잘못 찍힌 사진을 보듯 흘낏 넘겨보고는 아무렇게나 집어던져버리며 그렇게 말했다.

"더 이상은 노랑 원숭이들 앞에서 물 위를 걷는 따위는 보여주지 않을 거라고. 차라리 피터를 데리고 가서 놈들의 쓰레기통을 뒤지게 하는 게 낫지. 피터에게 적선을 해줬다고 거들먹거리게 말이야. 도대체 날 불러서 어쩌겠다는 거야! 자기들하고 똑같이 생긴 노랑 원숭이의 손목과 발목에 자물쇠를 채우고 온몸에 쇠사슬을 감아놓고 낄낄거리다가 펑!—천정에 매달린 밧줄을 타고 내려오는 걸 보고 길길이 날뛰어서 어쩌겠다는 말이냐고!"

아버지는 잭다니엘로 나발을 불었고, 나는 얼핏, 환상처럼 아버지의 그 끝이 찢겨 올라간 조그만 눈에서 눈물이 수증기처럼 휘발되어 날려가는 것을 보았다. 그때 나는 비로소 확신할 수 있었다. 아버지의 중국 공연이 거둔 대성공의 뒤켠에 석연치 않은 뭔가가 단단히 똬리를 틀고 있다는 것을.

나는 그것을 알아내야 했다. 하지만 방법이 떠오르지 않았다. 궁리 끝에 일단 아버지를 놀라게 할 필요가 있다는 결론에 도달했다. 나는 아버지에게 여자가 있었다는 사실을 미끼로 쓸 생각을 했다. 어쩌다 그렇게 되었지만, 아버지는 내가 그 사실을 알고 있다는 걸 까맣게 모를 터였다. 물론 오랫동안 오직 나만 알지 못하던 때가 있었다. 넝마주이 피터도 알고 있었던 그 사실을.

나는 잭다니엘을 비우기 시작하는 초저녁이 오기 전에 아버지에게로 갔다. 기억이 정확하다면 학교에서 돌아오자마자였을 것이다. 비스듬히 해가 기울고 있었던 걸 보면 학교에서 돌아와서 아버지에게로 갈 때까지 꽤 고민을 했었는지도 몰랐다.

"아버지."

나는 궁금증을 유발하기 위해 적당히 뜸을 들이겠다는 생각을 했었는데, 막상 그렇게 하고 있으니 우스꽝스러워서 얼굴을 살짝 붉히고 말았다. 나는 얼굴빛이 원래의 파리한 색으로 빨리 되돌아오기를 기도하며 아버지를 정면으로 쏘아보았다. 아버지는 아랫입술을 삐죽이 내밀며 책을 읽고 있었는데, 『장자』가 아니기를 바랄 뿐이었다. 그걸 읽고 있는 중이었다면 얘기는 뻔했다. 진전은 되지 않고 구름 잡는 소리만, 혹은 반성에 반성을 거듭하는 얘기만 할 것이기 때문이었다. 다행이 아버지는 알버트 슈바이처를 읽고 있었다. 아버지의 가느다란 왼손 중지와 검지 사이에 그 이름이 보였고, 그 위에 큼지막하게 「내 인생과 사상으로부터」라는 제목이 위압적으로 드러나 있었다. 나는 잠깐, 번뇌의 사슬을 끊어내는 데 어느 책이 더 유용할는지를 생각했다. 뜬구름 잡는 얘기가 좋을까, 치열한 고뇌가 좋을까.

"언제까지 아버지가 제 눈치를 보시면서 살 수 있을 것 같아요?"

아버지는 코웃음부터 흘렸다. 다시 책을 펼치는 순간, 나는 그 책을 낚아채듯 한방 날렸다.

"저더러 이 집에서 나가라고 해도 전 아무 말도 할 수가 없다구요."

그것은 일종의 마술이었다. 사람들은 마술이 단순한 속임수일 뿐이라는 사실을 알고 있지만, 늘 의심한다. 사실이지 않을까, 하는. 물론, 마술에 매혹된 대부분의 사람들은 '어쨌든 내가 모를 뿐'이라고 생각한다. 이 괴상한 방식의 의혹이나 자위는 마술사에게 고스란히 전이되고, 때로는 마술사 자신도 의심하게 만든다. 내가 실제로 행하는 게 아닌가, 하는. 어쨌거나 마술사의 입에 풀칠을 해주는 건 그런, 기이한 방식의 사고들이다. 하지만, 그러나, 명백한 한 가지는, 당신이 보는 마술이 어떤 속임수인지를, 당신은, 분명히, 결코, 알지 못한다는 사실이다. 다행인지 불행인지, 아버지는 세상의 모든 마술이 가진 속임수의 비법에 통달한 사람이었다. 내가 행한 어줍잖은 마술의 비법에도.

"네게 엄마가 필요하다고 생각하지는 않는다."

그것으로 족했다. 아버지와 나의 우정은 단순한 것이 아니었다. 우리는 여전히 견고한 우정으로 맺어져 있었다. 그 중심에 어머니가 있다는 건 자명했다. 어머니는 마술사의 손가락 사이에서 하나씩 빠져나가던 여덟 개의 푸른 구슬들 중 맨 마지막의 구슬처럼 어느 날 홀연히 사라졌다. 모든 피날레가 그렇듯 마지막 구슬은 마술사의 손가락 사이가 아니라 허공에서, 까마득한 높이보다 더 까마득하고 심연보다 더 깊은 곳에서 드라마틱하게 사라지는 법이다. 아버지는 어머니라는 푸른 구슬을 가볍게 허공으로 던졌고, 아버지의 손가락 사이로 돌아오지 않았다. 초중학교 3학년 때였다. 스쿨버스에서 내렸을 때 나를 맞은 건 어머니의 환한 미소가 아니었다. 긴장할 때면 더욱 푸르게 빛나던, 마이클 메이플 노인의 주름이 자글자글한 눈웃음이었다. 그 천사의 가면을 쓴 악마 같은 노인네는 "엄마가 돌아가신 거예요?" 라고 내가 물을 때까지 천연덕스럽게 아버지의 입양에 얽힌 너무도 뻔하고 재미없는 얘기를 긴박감 넘치는 스릴러처럼 늘어놓았다. 그리곤 느닷없는 내 물음이 그가 노리고 있던 반전이라도 되는 양 비열함을 교묘히 감춘 약간 떨리는 음성으로 "아임 쏘 소리, 벗……" 하고 말끝을 흐렸다. 내 입에 고여 있던 침을 나는 힘차게 삼켰다. 그리곤 노인의 무르팍에서 훌쩍 뛰어내린 나는 내 방으로 올라가 서랍을 열어 빛이 많이 바래긴 했지만 할란 타벨[2]의 서명이 또렷하게 적혀 있는 상자를 꺼내 푸른 구슬 여덟 개를 손가락 사이사이에 끼어 넣었다. 그리곤 하나씩 손가락에서 사라지게 했고, 마지막 푸른 구슬을 허공으로 가볍게 던져 날려보냈다. 그것은 세계 최고의 탈출 마술사의 아들이 아니면 행할 수 없는 훌륭한 이별의식이었다. 그리고 나는 침대에 엎드려 다섯 시간을 울었다. 병원에서 돌아온 아버지가 내 등에 손을 얹고 매력적인 저음으로 기도문 비슷한 것을 읊조리고 난 뒤, 내게 하는 말을 나는 들었다. "친구, 이제 세상엔 우리 둘밖에 없다네. 그러니 자네 혼자 우는 건 삼가주게. 울 거면 같이 울어야 한단 말일세." 아마도 그것이 우리들 사이에 부자의 정보다 우정이 더 깊다는 사실을 내가 깨닫게 된 첫 순간이었을 것이다.

"중국에서 무슨 일이 있었던 건가요?"

---

2) Harlan Tarbell(1890~1960). 20세기 초에 활약한 미국의 뛰어난 무대 마술사.

나는 주저하지 않고 물었다. 혼자서 칼을 들고 적진을 향해 달려드는 사람의 심정을 나는 그때 명확하게 이해할 수 있었다. 다행인지 불행인지, 아버지는 내 칼을 온몸으로 받아버린 가여운 적장이었다. 왠지 용감하다는 생각은 들지 않았다. 용감했다면 내 뺨을 세차게 후려쳤을 것이다.

"이보게 친구, 뭘 듣고 싶은 건가?"

"제가 알고 싶은 건 하나밖에 없어요, 아빠."

"중국에서 도대체 무슨 일이 있었는지?"

"네. 대체 중국에서 무슨 일이 있었던 건가요? 엄청난 성공이었다는 얘기로 미루어본다면 아빠가 실수를 하신 것 같지는 않아요. 하지만 느닷없이 알코올중독자로 만들어버릴 정도로 아빠를 괴롭힌 게 무언지, 그걸 알고 싶은 건 친구라면 당연한 일이지 않겠어요? 그걸 말씀해주시지 않는다면 더 이상 아버지와 저 사이에 함께 나누어야 할 우정이 남아 있다고 생각할 수가 없어요. 아빠가 입을 다무시겠다면 지금 당장 집을 떠나겠어요."

아버지는 픽 웃었다. 그러곤 금방 정색을 하며 웃어서 미안하다고 말했다. 물론 아버지로서는 11살짜리 아들의 입에서 튀어나온 가출이라는 단어가 여간 가소롭지 않았을 것이다. 또한 물론 그것이 어줍잖은 엄포에 불과하다는 것도 충분히 알았을 것이다. 어쨌든 가소롭고도 어줍잖은 엄포나 늘어놓는 11살짜리 소년을 어니스트 셰필드는 딱딱하게 굳은 표정으로, 당신으로서는 정말 하기 싫었을 어떤 말들을 하기 시작했다.

불행인지 다행인지, 나는 그 말을 온전히 기억하지 못한다. 그러니까 여기에 옮겨놓을 수가 없다는 뜻이다. 물론 짐작은 간다. 그런 때가 있질 않는가. 무슨 일이 벌어졌는지는 정확히 알지 못하지만, 그게 무슨 의미를 가진 것인지는 충분하고도 여실하고도 명백히 아는. 아버지의 그 때 그 말이 바로 그런 것이었고, 백인의 용모와 사고방식을 고스란히 가지고 있던 나로서는 그 정도만으로도 기특하다는 소리를 들을 만한.

이제 내 아버지 코니 킴에 대해 조금쯤 더 깊이 얘기할 때가 된 것 같다. 우선, 내가 하고 싶은 것은 내 아버지는 결코 코니 킴이 아니었다는 사실이다. 코니 킴은, 빌어먹을 한국인 목사가 "코니 힐에서 오셨으니 코니 킴이라고 부르면 좋겠군," 하고, 한국인들이 미국에만 오면 깡그리 잊어먹는 자신들의 고귀한 문화유산 중 하나라는 존댓말을 깡그리 망각한 채 던졌던 한마디로부터, 그러니까 정말이지 빌어먹을 우연에 의해 붙여진 이름이었다. 하지만 그건 명백히 말해 이름이 아니었다. 아버지는 아버지의 양부였으며 내게는 더할 나위 없이 친절하고 멋진 할아버지였던 선량한 미국인 윌리엄 셰필드의 성을 물려받은 미국 시민권자, 어니스트 셰필드였다. 코니 킴 같은 우스꽝스런 이름 따위는 결코 아버지 이름이 될 수 없었다. 코니?— 이 따위 이름을 가진 미국인은 내가 아는 한 단 한 명도 없다. 나는 아버지에게 우스꽝스런 이름을 붙여준 한국인 목사를 아버지가 나중에라도 왜 가만히 두었는지 이해가 되지 않을 때가, 사실, 종종보다 더 자주 있다. 그런 식이라면, 코니아일랜드에서 태어난 남자들은 모두가 코니가 돼야 한단 말인가! 더구나, 빌어먹을 킴이라는 성은 또 무언가! 전쟁고아였던 시절의 아버지의 성은 파크(박)였다.

그러나 어쨌든, 아버지는 코니 킴이었다. 누구나 그렇게 불렀고, 그렇게 부르기를 좋아했다. 산타클로스보다 더 선량한 윌리엄 할아버지조차

가끔은 아버지를 그렇게 부르곤 하셨으니 내가 아무리 그 이름을 이름으로 생각하지 않아도 소용이 없다. 그래, 아버지는 코니 킴이었다. 아버지가 세계 제일의 탈출마술사였듯, 당신은 코니 킴이었다. 아버지를 어니스트 셰필드라고 부르는 사람은 많았지만, 마술사 어니스트라고 부르는 사람은 단 한 명도 없었다.

"코니 킴! 코니 킴! 코니, 오, 나의 사랑 코니!" 라는 외침은 "야, 이 노랑 원숭이 새끼야, 이번만은 폭탄과 함께 지옥으로 가버려!"라는 불가능한 기도 소리만큼이나 강렬하고 절실했다. 어쩌면 어느 날 아버지가 내가 가진 마술상자를 몽땅 마당에 내다놓고 불을 질러버린 것도 그 때문이었을지 모른다. 사실 그 장면은 나를 무시무시하게 만들기보다는 서글프게 만든다. 그날 아버지는 내게 고백했었다. 당신이 가장 두려워하는 것은 당신의 아들인 내가 갑자기 마술사가 되겠다고 당신 앞에 무릎을 꿇고서 눈물을 질질 짜는 장면을 목도하게 되는 거라고. 그때의 그 섬뜩한 고백이 얼마나 내 뇌리에 깊이 박혔든지, 무슨 일이 있어도 그렇게 하지 않을 거라고 나는 결심하고, 결심하고, 또 결심했다. 물론 나는 마술사가 되고 싶었다. 얼마나 강렬한 열망이었나 하면 아버지를 깜짝 놀라게 할 마술을 아버지 앞에서 행함으로써, 굳이 무릎을 꿇고 눈물을 질질 짤 필요도 없이 아버지가 도리어 내 앞에서 그런 모양을 하기를 바랐을 정도였다. 그러나 나는 끝내, 성공적으로, 하지만 내 가슴 한 구석을 시꺼멓게 썩히고 나서야 나 자신의 그 치열한 갈망을 주저앉힐 수 있었다. 그것은 다른 또 하나의 성공이었을 수도 있지만, 그러나 그것은 분명히 내 삶의 한 실패였다. 나는 마술사가 되고 싶다는 어떤 열망도 가지지 않은, 그렇다고 마술사인 아버지를 경멸하는 것도 아닌, 지독하게 냉혹하고 다정다감한, 즉, 똑똑한 소년이어야만 했던 것이다. 그 비열한 연기는 내 삶의 가장 치명적인 실패의 한 장면이다. 차라리 나는 연극배우가 되려는 꿈을 가졌어야 했던 것이다. 혹은 법률가가 되려했든가, 소설가가 되려고 했어야 했다.

아버지가 가진 마술이나 마술사에 대한 지나친 인색함은 자신의 일에 대해 흔히 가지게 되는 도덕적 강파름과는 좀 달랐다.

"'재빠른 손'이라고 불리던 마술사가 있었지. 우린 마술사라고 부르지 않고 그저 사람이라고 했었지만."

'우리'라는 건 아버지를 무척이나 따랐던 홍콩 출신의 류 아저씨나 잉크를 물로 변하게 하는 이른바 과학마술을 개발하는 데 심취해 있던 토머스, 동전을 사라지게 하거나 탁구공을 떠다니게 하는 마술에 능했던 미치 이모를 말하는 거였다. 아버지는 술병에서 입을 떼고는 트림을 하면서 한쪽 눈을 찌그러뜨린 채 남은 술을 가늠해보더니 말을 이었다.

"초짜들은 다들 그를 흠모했지. 그에게 배우고 싶어했고, 그와 친해지고 싶어했고, 그를 열심히 카피했지. 하지만 그들이 간과한 게 하나 있었어. 물론, 그걸 알아채기에 너무 이른 나이들이긴 했지만."

나는 침을 꿀꺽 삼키는 걸로 관심을 대신했고 아버지는 얼마 남지 않은 술을 아쉬워하며 얘기를 계속했다.

"그는 단지 자신의 재빠른 손에 갇혀 있었을 뿐이었어. 마술사에게 손은 무척 중요하지. 재빠른 손은 더욱. 하지만 손에 갇히면 결국 손을 감출 수가 없거든."

"손을 감춘다고요?"

"그래. 손을. 손에 갇혀 있는 한 손을 감추는 마술은 절대로 할 수 없단 말이야. 손을 감추기 위해선 그 손을 감추어야 할 또 다른 손이 필요한데, 불행하게도 사람에겐 두 개의 손밖에 없거든.”

술을 마실 때는 절대로 마술을 하지 않던 아버지가 어쩐 일인지 그날은 내 앞에서 마술을 보여주었다. 그것은 바로 손을 감추는 마술이었다. 아버지는 내가 보는 앞에서 (누구나 그렇듯) 단 두 개밖에 없는 당신의 손을 완전히 잘라내버렸던 것이다. 나는 세계 최고의 마술사의 아들답지 않게 하마터면 비명을 지를 뻔했다. 그도 그럴 것이 아버지는 마치 언젠가 텔레비전에서 일본의 가라데 사범이 했듯 말끔히 비워낸 잭다니엘 병을 공중으로 던지더니 양쪽 손을 쫙 편 채로 하강곡선을 그리고 있던 그 병을 두 손으로 싹둑 잘라내버렸고, 날카로운 칼에 무가 잘라지듯 위스키 병이 잘려나간 그 순간 아버지의 두 손마저 싹둑 잘라져버렸던 것이다! 그것은 분명 ‘재빠른 손’인지 뭔지 하는 사람이 도저히 할 수 없는 극단의 마술이었다. 그가 바로 코니 킴이었다.

언젠가 나는 아버지의 과거에 대해, 그러니까 마술사의 손가락 사이에서 하나씩 빠져나가 마침내 모두 사라져버리는 푸른 유리구슬처럼 전쟁고아가 된 아버지의 여덟 형제들이 뿔뿔이 흩어지게 된 가슴 아픈 사연을 알게 될 날이 오리라고 믿는다. 그때가 되면 내 생각이 또 어떻게 변할지 모르겠지만, 나는 아버지가 왜 그토록 탈출마술에 집착했었는지, 그러다 자신의 아내를 사라지게 하는 데 만족하지 못하고 마침내 왜 당신 자신을 우리들로부터 완전히 감추어버려야 했는지를 알게 될 것이다. 어쨌든 아직 그날은 오지 않았고, 그날이 오지 않았으니 내가 할 수 있는 얘기는, 미안하게도 여기까지다. 다만, 혹시 나의 아버지 어니스트 셰필드, 아니 마술사 코니 킴을 이해하는 데 도움이 될지 몰라 그에게는 마지막이 되고만 공연에 대해 짤막하게나마 전해드릴까 한다.

그날의 공연은 확실히 이상한 데가 있었다. 무대는 시종일관 대낮처럼 밝아서 붉게 일어선 흰자위의 실핏줄까지 선명하게 볼 수 있었다. 그 무대에서 아버지는 어두워야만 가능한 모든 마술을 감쪽같이 해치웠다. 사람들은 52장의 카드가 52송이의 장미로 변하는 걸 보고 감탄을 터뜨렸고, 52송이의 장미가 52개비의 담배가 되어 허공에 걸린 대형 담뱃갑 속으로 차곡차곡 들어가는 것을 보았을 때는 신음소리를 내뱉었다. 그리곤 아버지는 당신의 사진이 커다랗게 실린 〈스타 트리뷴〉 1면에 불을 붙인 뒤 완전히 재로 변해버린 신문지 속에서 불에 타지 않은 사진을 조심스럽게 꺼낸 다음 가슴 속에 고이 품고는 두 손과 두 발에 수갑과 족쇄를 채웠고 온몸을 보통 때의 두 배나 되는 쇠사슬로 칭칭 감고 나서 드디어 견고한 성처럼 생긴, 어른 두 사람 정도가 들어갈 수 있는 상자 속으로 들어섰다. 그런데 그 상자 역시 보통 아버지가 탈출마술을 공연할 때 사용하던 것과는 달리 완전히 투명했고, 그래서 수갑과 쇠사슬을 풀기 위해 온몸을 비트는 모양이 적나라하게 드러났다. 적막에 휩싸인 객석에서는 간간이 참아내기 힘든 신음이 비어져 나오고 있었다. 그러던 마지막 순간, 문자 그대로 눈 깜박할 동안의 짧은 순간, 요란한 폭음과 함께 무대의 모든 불이 꺼졌다가 다시 켜졌다. 그리고 모든 것이 끝났다. 무대 위의 투명한 상자는 산산조각이 났고, 코니 킴은 거기에 없었다. 모두가 예상했던 것처럼. (물론, 16년이 지난 지금까지 모습을 나타내지 않을 거라고 예상한 사람은 아무도 없었겠지만.) 투명한 유리상자의 산산조각 난 사금파리 하나에 빛이 튕겨 나오는 걸 본 사람들은 일제히, 빛이 떨어지고 있던 공연장 천장으로 눈길을 옮겼고, 사람 하나가 겨우 빠져나갈 정도의 구멍이 뚫려 있는 걸 보았다. 빛은 그 구멍을 통해 비쳐들고 있었다. 좋은 자리에 앉아 있었다면, 어쩌면, 검은 하늘에 떠 있던 달을 보았을지도 모른다.

2018

달의 사랑

— 모두를 사랑한 여자와
아무도 사랑하지 않은 남자의 사랑

그는 아무것도 알지 못한다. 그가 만약 조금이라도 알고 있었다면 그는 미쳐버렸을 것이다. 그리고 나는 살아 있을 수 없었을 것이다. 그에게 기대할 수 없는 많은 것들 가운데 가장 분명한 것은 자비심이고, 그의 무자비함은 그 자신에게나 나에게나 동일하게 적용된다. 그가 그 자신에게 베풀 수 없는 자비심은 그를 미쳐버리게 만들 것이고, 내게 베풀어지지 않는 자비심은 나를 되도록 잔인하게 살해하는 것일 테니까. 그러나 중요한 것은 그의 자비심, 즉 자비심의 부재가 아니다. 중요한 건 그가 알지 못한다는 사실이다. 그는 아무것도 알지 못한다. 그가 아무것도 알지 못하는 한, 나는 목숨을 부지할 수 있다.

나는 그날도 다른 남자를 만나고 있었다. 그 사실을 그는 물론 알지 못했다. 누군가는 내게 이렇게 물을 수도 있다. "당신은 왜 그렇게 그를 두려워하는 거요?" 이 질문은 다음과 같은 보충질문을 포함하고 있다. "그렇게 그 사람을 두려워하면서도 여전히 다른 남자를 만나는 건 무모한 짓 아닌가요?" 내가 그를 두려워한다는 말은 옳다. 그래서 두 번째 질문에 대한 나의 대답은 고개를 끄덕이는 것이다. 나는 무모한 짓을 하고 있음이 분명하다. 하지만 왜 내가 무모한 짓을 멈추지 않느냐는 이유를 요령 있게 설명할 수 없듯이, 첫 번째 질문에 대해서도 정확히 대답할 수가 없다. 나는 왜 그를 두려워하는 것일까? 그가 내 외도를 눈치채는 순간 나를 죽일 것이므로? 그렇다. 일단, 그럴 수 있다. 내가 다른 남자를 만나왔다는 사실을 아는 순간 그는 나를 죽일 것이고, 그건 확실히 나를 두렵게 한다. 하지만 공포란 순전히 미지의 것, 즉 아직 알지 못하고 있는 것에 대한 느낌이 아니던가. 그러니까 그가 나를 죽일 것이라는 사실을 충분히 인지하고 있는 나는 이미 공포를 넘어서 있는 것이 된다. 요컨대, 그가 나를 죽일 거라는 걸 뻔히 알고 있는데 내가 왜 두려움에 휩싸여야 한단 말인가, 라는 의문은 충분히 가능하다. 죽임의 때와 장소와 이유까지 모두 충분히 짐작이 가능한데도 두려워한다고 말하는 건 엄살이다. 그러니 내가 느끼는 그에 대한 두려움은 실은 두려움이 아니다, 라고 말해져야 한다. 그러므로, 적어도, 내가 다른 남자를 만나왔다는 걸 그가 아는 순간 그가 나를 죽일 것이기 때문에 내가 그를 두려워한다고 말해서는 안 된다. 그러므로, 정확히 말하면, 처음의 질문은 두 번째 질문을 포함할 수 없다. 즉, 내가 그를 두려워하는 까닭은, 적어도, 내가 다른 남자를 만나왔다는 걸 그가 알게 될 것인가가 아니다. 그 때문이었다면 나는 벌써 다른 남자와의 만남을 끊었을 것이다. 내 목숨을 부지하기 위해서라는, 하찮은, 굴욕적인, 이유 때문에라도.

그가 변태성욕자라고 알려진 것은 사실이 아니다. 그건 많은 사람들이 그를 엄청난 부자라고 알고 있는 것만큼이나 사실과의 거리가 너무도 멀다. 하지만 수식어를 조금만 바꾸면 그다지 사실이 아닌 것도 아니다. 그러니까 그는 '어느 정도'는 변태적 성욕자임이 분명하다. 그가 보통의 수준에 비한다면 확실히 부자인 것이 분명하듯. 일단, 그는 화장하기를 즐겼고, 좀 지나치게 화장을 하는 경우도 종종 있어서 아마도 그것이 그를 변태성욕자로 보이게 만들었을 것이다. 변태성욕자는 종종보다 조금 더 자주 '혐오'라는 단어를 대신해 사용되고 있으니까. 동성연애자가 자주 그렇게 사용되듯이. 사실, 화장보다는 그가 입는 의상이, 의상보다는 그의 말투가, 말투보다는 그의 글이, 그를 변태성욕자로 만드는 데 훨씬 큰 작용을 한다고 보아야 할 것이다. 가령, 그의 최근작인 장편「모든 시작은 변화의 끝이다」를 예로 들 수 있다. 소설이 시작되고 다섯 페이지쯤 뒤, 그러니까 주인공 여자가 남편의 외도를 확신하고 시안화칼륨을 발라놓은 잔에다 맥주를 부어주는 장면 바로 다음에 작가는, 그러니까 그는, 이렇게 썼다.

"뭔가가 시작한다는 건 이미 변화가 끝났다는 걸 의미한다. 그리고 또 다른 변화가 그 시작과 함께 시작한다. 가령, 아주 낯선 상황도 그것을 받아들이는 순간 더 이상 낯설지 않게 되며, 더 이상 낯설지 않게 되었을 때 비로소 '그것'은 시작되는 것이다. 그리고 그것이 시작된 뒤, 또한 변하기 시작하는 것이다. 가장 확실한 예가 사랑이다. 누군가를 사랑하는 것은 분명 낯선 일이다. 하지만 그게 낯설지 않게 되었을 때에야 비로소 사랑을 시작할 수 있다. 하지만 낯설지 않게 된 그 사랑은 이전의 사랑과 다른 사랑이고, 그 다른 사랑이 시작된 것이다. 바로 이것이다— 다른 형태의 변화가 일어나는 건 그것이 시작된 이후의 일이며, 이것은 정리된 뒤에 흩어놓아야 비로소 '흩어놓는다'는 개념에 부합한다는 이법과 같다. 이미 흩어진 것을 흩어놓는다고 해서 흩어놓는 게 될 수는 없다. 같은 맥락으로, 여전히 낯선 사랑은 있을 수 없다. 처음 동성연애를 경험하게 된 사람은 처음 살인을 저지르는 사람과 마찬가지로, 그것이, 즉 동성연애와 살인이 익숙해지는 순간, 그것을, 즉 동성연애와 살인을 자신의 행위 일반으로 시작하는 것이다. 처음 자위를 한 소년과 처음 월경을 시작한 소녀에게 있어 자위와 월경이 익숙해지는 순간 그것은 시작되고, 그 시작과 함께 변화가 일어난다. 자위는 섹스를 추구하도록 소년을 부추기고, 월경을 하지 않는 한 소녀는 임신을 하지 않는다. 또 다른 시작은, 즉 섹스와 임신은 자위와 월경에 있어서의 변화인 동시에 섹스와 임신이라는 또 다른 시작을 기대하게 하는 것이다."

물론 그의 책에는, 책에 비닐 커버를 씌워야 한다는 얘기가 나올 정도로 노골적인 성적 표현들이 등장하는데 — 대부분이 무자비한 성폭력과 차가우면서도 거친 폭력적 언어라 차마 여기에 옮길 수가 없다 — 이것이 바로 변화이며, 시작이다. 그의 언어들에 대한 반응 역시 이런 절차를 밟는다. 이때부터 그의 책을 읽은 사람들은 SNS에다 그를 성적으로 비난하는 글들을 게재되기 '시작'했다. 하지만 이것은 그의 글에 이제 익숙해졌다는 뜻이었고, 변화가 올 것이라는 것을 의미했으며, 여기에 익숙해지면 다시 뭔가가 시작될 거라는 짐작을 가능하게 했다. 그는 페이스북을 닫지 않았고, 친구 수가 한 달 사이에 2천 명이 늘었다. 일주일이 더 지나가는 사이에 5천 명을 채웠고 그 달이 다 가기 전에 팔로어 수가 그만큼 또 늘어났다. 그리고 그의 책이 팔려나가는 속도 역시 줄지 않았다. 그의 소설을 영화로 만들어 감독으로 데뷔하려는 사람을 그는 세 사람이나 만났고, 그 중 하나와 판권 계약을 했다. 그 자리에 있었던 건 아니지만 한 가지 장면은 눈에 선하다. 그는 여주인공을 고를 권한이 원작자에게 있다는 내용을 계약서에 삽입할 것을 요구했을 것이고, 그 말을 들은 신인감독은 곁눈으로 제작자의 눈치를 살폈을 것이고, 제작자가 검정색 셔츠의 깃을 천천히 쓸며 그렇게는 할 수 없죠, 라고 잘라말하는 순간 검정색 셔츠에서 손이 떨어지는 만큼의 속도로 그가 자리에서 일어났을 것이고, 그리고 그의 의견은 관철되었을 것이다. 그 시간에 나는 여전히 다른 남자를 만났고, 그는 그 사실을 알지 못했으며, 나는 여전히 살아 있었다.

내 친구들은 차라리 결혼을 하라고 말하기도 했다. 그건 충고가 될 수 없다고 말해주는 다른 친구도 있었다. 내게 그와 결혼을 하라고 하는 건 흉악한 연쇄살인범에게 날카롭게 벼린 칼을 쥐어주면서 그에게 "이 나쁜 새끼야, 살 가치도 없는 새끼야!" 라고 악다구니를 지르는 것과 같다고 그 친구는 덧붙였다. 그렇게 말하면서 그녀는 카페 안의 손님들이 힐끔거릴 정도로 과장스럽게 웃음을 터뜨렸지만 나는 울고 싶은 심정이었다. 그건 충고라는 이름으로 불려서는 안 될 말들이었다. 세상에 일어나지 않을 일을 만들어서 들려주는 걸 어떻게 충고라고 할 수 있단 말인가. 연쇄살인범에게 칼을 쥐어주며 그에게 악다구니를 쓸 사람은 없다.

속옷전문점을 운영하는 30대 후반의 남자는 내 친구들과는 확실히 다른, 그야말로 충고라는 단어에 부합하는 말을 해준 적이 있었다. "내가 사람들을 좀 알고 있어요. 그 친구들 중 몇은 실제로 경험도 있고요. 당신이 부탁을 한다면, 힘닿는 데까지 도와줄 수 있습니다." 그는 중요한 단어를 다 빼버리고도 정확하게 내용을 전달하는 묘한 재주를 가지고 있었다. 하지만 내게는 그런 재주가 없었다. 나는 해야 할 말은 정확히 해주어야 상대가 알아들을 거라는 믿음을 가진 평범한 사람이었다. "그러니까, 저를 위해서 기꺼이 살인교사범이 되어주시겠단 말이죠?" 내 말에 당혹한 그는 그 뒤로 나를 보면 뜨내기손님 취급을 했다. 정말 내가 그런 사람들을 동원해주기를 부탁이라도 할 줄 알았던 모양이었다. 5년이나 단골로 드나들던 속옷가게를 바꾼 건 어쩔 수 없는 일이었다.

그는 내게 인연에 대해 물은 적이 있었다. 내가 대답을 하지 않자 그가 말했다. "인연은 인생 그 자체지. 존재, 실존, 본질, 그 자체가 인연이야. 인연은 아주 포괄적이고 일반적이며 무한한 힘을 지니고 있지. 필연, 우연, 악연으로 나누어놓은 건 그리 올바르지 않아. 옷깃을 스쳐도 인연이라는 말조차도 인연의 포괄성을 모두 감당할 수는 없어. 인연은 삶 모두와 죽음 이후까지, 다시 살고 죽고, 다시 살고 죽고, 영혼까지 썩어 먼지가 되고 그 먼지조차 자취 없이 완전히 소멸된 뒤에야 끝이 나는, 모든 시간과 공간을 관통하고, 모든 시간과 공간에 스며있는, 모든 시간과 공간을 타고 흐르는, 모든 시간과 공간을 초월하며 그 자체인 것." 그가 만약 "너를 사랑해"라고 말하기 위해 그런 우스꽝스런 통시적 인연관을 떠벌였다면 귀엽게 봐줄 수도 있었다. 하지만 그에게 있어 나를 사랑하는 따위는 저 우주보다 드넓은 인연의 작디작은 잎사귀 한 장에 불과하다는 것을 잘 알고 있었던 나는 그의 말에 대꾸할 생각이 없었다. 어쩌면 내가 진짜 그를 두려워하는 것이 바로 그것일지 몰랐다. 오직 그에 의해서만 나란 존재가 작디작은 잎사귀 한 장이 되고 마는!

나는 그에게 외로움에 대해 물은 적이 있었다. 그는 예의 우주론을 들먹였다. "존재 자체가 외로움이지." 나는 그의 말을 계속 듣기를 원치 않았다. 나는 그를 향해 손바닥을 들어보였고, 그의 말은 곧 멈추었다. 나는 잠시 망설였다. 기회가 왔을 때 밀려드는 약간의 머뭇거림. 살짝, 두려웠다. 그러고 보면 두려움은 내겐 무척 익숙한 것인지도 모른다. "외로움은 상대가 존재하지 않기 때문이 아니라, 상대가 존재한다는 생각이 배반당했기 때문에 생겨요. 당신이라는 사람을 파트너로 확신하고 있었는데 거기에 의심이 갈 때, 난 외로워요. 존재가 다 외로운 거라면, 우선 전혀 외로움을 느끼지 못할 때를 설명할 수 없어요." 내가 말했고, 그가 웃었다. "당신이 성숙하지 못하기 때문에 외로운 거라고 말하면 당신은 금방 또 외로워지겠지?" 그가 말했고, 나는 콧방귀를 뀌었다. "당신이 그런 사람이란 걸 이미 알고 있으니 그 때문이라면 외롭진 않을 거예요."

일본으로 떠나는 그를 배웅하기 위해 공항으로 차를 몰면서 나는 L에게 전화를 걸었다. 사흘 동안 일본을 다녀올 거라는 얘기를 들었을 때 가장 먼저 떠오른 것이 L은 아니었다. 맨 먼저는, 사람이 아니었다. 푸른 바다였다. 그리고 깊은 산중이었다. 하지만 사흘은 그리 긴 시간이 아니었다. 바다와 산이 사라진 자리를 C와 M이 거의 동시에 메웠다. 그러고 나서야 L이 떠올랐다. 뒤이어 B와 S가, A와 K가, 그리고 다른 K와 H가 이어졌다. 그들 중에서 L을 택한 것은 그가 공항에서 가장 가까운 곳에 살고 있기 때문이었다. 조명기구 디자이너인 L은 세 번이나 직장에서 쫓겨났다. L은 그만둔 거라고 강변했지만, 나는 쫓겨난 거라고 확신했다. L은 그다지 재주 있는 디자이너가 아니었다. 정확히 말하면 얼치기 예술 사기범이었다. L이 만들어낸 모든 조명기구의 원안이 따로 있다는 사실을 예술에 예자도 모르는 나 같은 사람도 밝혀낼 수 있을 정도였다. L은, 말하자면, 소설가 윤수현과는 대척에 있었다. L이 자신을 조명기구 디자인계의 벤 베르켈이라고 떠벌일 때마다 눈앞으로 자꾸만 윤수현이 지나갔다. 그가 인용한 수많은 작가들의 이름과 그는 겹치지 않았다. 그런 점에서 L은 입에 올리는 모두와 겹쳤다. 그게 싫지 않아서 L을 가끔씩이라도 만나는 거라고 말한다면, 꽤 많은 사람들이 수긍해줄 거라고 믿는다. 가령, "벤 베르켈이 누구지?" 라고 물었을 때 L은 유명한 건축가라고 말하는 대신 "나,"라고 말하고, 나는 기분이 나쁘지 않다. 공항 주차장에서 빠져나와 고속도로 갓길에다 차를 대놓고 전화를 걸었을 때 L은 네 번째 직장에서 막 쫓겨나 잠에 곯아떨어져 있었다. 받을 때까지 통화 정지 버튼을 누르지 않았으므로 L은 졸음에 겨운 목소리로 전화를 받았다. 그리곤 전화기에다 대고 자신이 처한 상황을 털어놓았다. 네 번째 퇴사를 자축하며 술에 곯아 떨어져 밤을 보냈는데 깨어나 보니 집에 들어와 있더라는 얘기를 시작으로 제법 긴 사설을 늘어놓은 뒤, 만나자는 내 제안을 거절했다. 눈앞으로 바다가, 깊은 숲이 밀려들었다.

한번은 우편배달부를 유혹한 적이 있었다. 물론 그가 집에 없을 때였다. 우편배달부는 그에게 온 등기우편물을 건네주면서 전자수첩에 사인을 해달라고 부탁했다. 우편배달부는 평범한 인상의 젊은이였다. 나는 전자수첩의 액정 위에 가느다란 전자펜을 댄 채로 그의 이름을 적어야 할지 아니면 내 이름을 적어야 할지를 두고 망설이고 있었다. 젊은 우편배달부는 "윤 선생님 이름을 적어주세요," 라고 말했고, 나는 고개를 들어 그를 바라보았다. 그는 어색하게 웃었다. 그의 깨끗하게 면도를 한 얼굴은 말쑥했고, 회색 빛깔의 제복은 자극적이었다. 전혀 생각지도 못한 느낌이었다. "윤수현 씨를 아세요?" 나는 윤, 수, 현, 이라고 하얀 전자 화면 위에 쓰면서 물었다. "그럼요, 제가 이런 일을 해도 책은 좀 읽는 편이거든요. 그러잖아도 최근에 나온 윤 선생님의 책을 갖고 있는데, 지금 안 계신가 봐요? 오면서 사인을 받을 수 있으면 좋겠다 했었는데—." 나는 우편배달부에게 책을 맡겨놓고 가면 사인을 받아놓겠다고 했고, 젊은 우편배달부는, 다음 날 같은 시간에 와서 그의 서명이 담긴 책을 받아갔다. 젊은 우편배달부가 받아간 것은 윤수현의 소설책만은 아니었다.

나와 그와의 관계를 아는 사람들이 공통적으로 궁금해하는 것이 두 가지가 있는데 하나는 그의 성적 능력에 관한 것이고 다른 하나는 그의 꽤 많은 부를 내가 나누어가질 수 있을까에 관한 것이다. 그 두 궁금증 모두에 대해 나는 자주는 아니지만 두세 번쯤은 답해주었다. 하지만 사람들은 내 말을 믿지 않거나 아예 관심이 없다는 표정을 지어보였다. 그들은 내가 직접 들려준 말보다는 자신들의 짐작을 더 굳게 믿었다. 그의 성적 능력과 내가 그의 금고 열쇠를 가지고 있는지의 여부를 그들은 정교한 플롯을 구사하는 소설가처럼 교묘하게 엮어냈다. 일부 사람들은 그의 성적 능력이 형편없어서 그가 나를 곁에 두게 하기 위해 금고 열쇠를 마음대로 사용할 수 있도록 허락했다고 믿고 있었다. 다른 사람들은 그는 절륜의 성적 능력을 가지고 있어서 나 하나로는 만족하지 못하는데 그래서 언제든 마음만 먹으면 나를 떠날 것이고 그래서 금고 열쇠는 커녕 금고를 바라보는 것조차 허락하지 않을 거라고 믿었다. 그들이 가진 믿음과 내가 그들에게 들려준 것 사이에 일치하는 것은 단 하나도 없었다.

언젠가 우리는 존중이라는 문제에 대해 격렬하게 논쟁을 벌인 적이 있었다. 그날도 나는 그의 지연된 사정 때문에 적잖은 스트레스를 받은 상태였고, 헤어질 때가 가까웠다는 확신 같지도 않은 확신을, 억지로나마 끌어잡고 있었다. 만약 그와 헤어질 수 있다면 나는 적어도 하나만큼은 확실하게 해두고 싶었는데, 그게 바로 존중이라는 문제로 불거져 나왔다. 나는 "당신은 나를 존중하나요?" 하고 묻는 일에 대해 신중하고 진지하게 고민했다. 그 물음은 거두절미와 단도직입 그 자체였지만, 그렇게 물어졌을 때 그가 어떻게 그 물음을 피해갈 것인지를 나는 훤히 알고 있었기 때문이다. 그는 코웃음을 칠 것이고, 냉소의 고드름을 눈에다 주렁주렁 매달고는 "환자에게 존중을 물을 땐 적어도 진통제가 든 주사기는 보이지 말아야지," 하고 말할 것이 뻔했다. 그래, 그는 적어도 스스로를 환자로 확정하고 있었다. 그는 병적인 사정 지연을 앓고 있는 환자였다. 그는 열 번이면 여덟 번은 사정을 하지 못한 채 내 몸에서 떨어져나갔다. 그러나 사정에 성공(!)하는 두 번조차, 적어도 내게는 더할 나위없는 고통을 안겨준 뒤였다. 나는 거의 삼사십 분을, 클라이맥스가 언제 지나갔는지도 까맣게 잊은 채 끝날 줄 모르는 교향곡을 들으며 곧 터질 것 같은 오줌보를 끌어안고 객석에 앉아 있는 관객처럼 내 너덜거리는 보지를 안타까워하고 있어야만 했다. 그는 그다지 쓸모 있는 보물이 숨겨져 있지 않다는 걸 뻔히 알면서도 삽질을 멈추지 않은 채 어두운 땅을 파헤치는 멍청한 도굴꾼이었다. 그에게 존중이 있다면 그게 더 웃기는 일이었다.

사랑이 수학은 아니지만, 섹스는 수학이다. 섹스에 관한 한 내가 획득하려는 수가 10이라 해도, 그 10을 그가 모두 주어야 할 필요는 없다. 그가 아무것도 주지 않더라도 나는 10을 얻을 수 있기 때문이다. K에게서 4를, 또 다른 K에게서 3을, M에게서 2를, 그리고 L에게서 나머지 1을 얻으면 나는 내가 얻어야 할 10을 모두 얻을 수 있다. 그가 만약 내게서 3, 혹은 5를 빼앗아간다 해도 크게 문제될 건 없다. 그가 빼앗아간 만큼 다른 남자에게서 얻어오면 그뿐이니까. 하지만 수학은 어디까지나 섹스에 국한된다. 사랑은 전혀 그렇지 않다. 이것이 내가 그를 떠나지 못하는 이유였다. 왜 그게 이유가 되는지를 묻는다면 대답하기 곤란해진다. 왜 그의 사랑이 필요한지, 왜 그에게서만 사랑을 얻어야 하는지에 대해서는 뭐라고 말할 자신이 없다. 실은, 나는 그것을 알지 못한다. 혹은, 알긴 아는데 확신할 수 없다. 다른 남자로부터 사랑을 얻으려는 노력을 해보지 않은 건 아니었다. K와 L과 M과 C와 H로부터 사랑을 획득하려고 시도를 해보았었다. 집요하고도, 진지하게. 하지만 나는 그들로부터 사랑을 얻을 수 없었다. "넌, 그 모두를 사랑하고 있지, 사실은." 친구로부터 들은 이 말은 잠시 위안이 되어주었지만 오래 가진 않았다. 그녀의 말은 사실이 아니었다. 나는 그들을 사랑하지 않았다. 아니, 적어도, 그를 사랑하는 것만큼 그들을 사랑하는 건 아니었다. 사랑은 수학이 아니므로, 최고 점수를 획득한 사랑만이 사랑인 것이다. 이것이 복수複數의 섹스는 인정할 수 있지만, 복수의 사랑은 인정할 수 없는 이유였다. 내게 있어서 가장 큰 불행은 바로 그것이었다. 둘 이상을 똑같이 사랑할 수 없다는 것.

긴장을 하면 재채기를 하는 남자와 관계를 한 적이 있었다. Y라고 해두자. 세 번인가 잠자리를 같이 한 뒤에 Y의 증세는 사라졌고, 꽤 오래 만나지 않다가 다시 만났을 때 Y의 증세는 다시 시작되었지만 증세가 사라지는 걸 보는 데 다시 세 번씩 잠자리를 할 필요는 없었다. 다시 꽤 오래 만나지 않다가 내가 연락을 했을 때 Y는 아예 재채기를 하지 않았다. Y는 내게 아주 요긴한 정보를 제공해주었다. Y는 예민한 사람이었고, 상대의 긴장도와 쾌감의 상관관계를 파악하는 데 중요한 수학적 자료를 제공해준 것이다. Y에 비한다면 다른 남자들은, 그러니까 긴장을 해도 재채기 따위를 하지 않는 남자들은 내 감각을 과도하게 소비하도록 만들었다. 나와 관계를 해도 더 이상 재채기를 하지 않게 된 Y를 나는 더 이상 만나지 않았다.

우리가 만난 것은 우연 중에서도 지극한 우연이었다. 그는 그의 친구가 결강한 강의를 2주 동안 맡고 있었고, 그 2주 동안 나는 또 내 친구를 대신해 그의 수업을 듣게 된 것이다. 그때까지 나는 윤수현이라는 이름을 알지 못했다. 당연히 그가 작가라는 사실도. 2주 동안 모두 네 번의 강의를 듣는 동안 나는 그가 매우 신중한 사람이며 성실하고 친절한 남자라는 것을 알게 되었다. 그러나 그가 이메일로 자료를 제출한 모든 수강생에게 일일이 답장을 보내는 게 아니라는 사실을 알게 되었을 때, 그를 수식할 수 있는 신중, 성실, 친절이라는 단어가 무척 사적이며 그 사적 가치야말로 신중, 성실, 친절이라는 단어의 본질에 완전히 부합하는 거라는 생각이 들었다. 자료를 제출한 수강생에게 답장을 한 것은 내가 처음이었다는 것을 알게 되었을 때 나는 조만간 그와 잠자리를 할 것이고 그것은 무척 황홀한 경험이 될 거라고 확신했다. 그러나 처음부터 내 확신은 빗나갔다. 그와 잠자리를 하기까지 무려 일 년이나 지나야 했다.

사랑이 소유가 아니라는 사실은 숱한 저작들에 의해 완전히 증명되었다. 더 이상의 증명은 낭비다. 이제 증명을 필요로 하는 건, 사랑은 존재하는 것인가라는 것이다. 누군가의 소유물이 될 수 없는 것은 그 자체로 '존재함'에 마지막 가치를 다툰다. 정의나 자유 같은. 정의를 소유한 자는 그것을 무기 삼아 휘두르며 권력을 쟁취하고, 정적을 죽인다. 그의 살해는 어떤 죄목으로부터도 침해받지 않는다. 그러나 그의 정의는 존재하지 않는다. 그의 정의는 죽었고, 그것은 이미 정의가 아니다. 자유를 소유한 자는 그것을 무기 삼아 타인의 부자유를 조롱한다. 그는 자유롭지 못한 인간을 타매하며 스스로가 지닌 자유의 가치를 향유한다. 그의 난폭한 향유를 고까워하는 사람들은 하나같이 못난 질투의 화신 취급을 받게 된다. 종종보다 더 자주, 사람들은 그에게 대자유인이라는 타이틀을 부여하고, 그는 난공불락의 무제한급 타이틀 보유자가 된다. 그러나 그는 사실, 명백히, 자유로운 인간이 아니다. 그의 자유는 부자유와 완전히 동일하다. 적어도 그는 타이틀로부터 자유롭지 못하다. 자유는, 그에게, 존재하지 않는다. 사랑은? 소유되지 않는 사랑은 온전히 존재하는가? 그때 사랑은 사랑인가? 질문을 정의와 자유에게로 되돌리면 희한하게도 동일한 방식으로 물어진다. 정의는 존재하는가? 자유는 존재하는가? 존재하는 정의와 존재하는 자유는 정의이며 자유인가? 어렵다고 고개를 젓지 말라. 똑똑히 응시하라. 당신은 소유하지 않는 무엇이 존재하는 것을 보았는가? 보았다고 당당히 말할 수 있는가? 소유되지 않는 것의 존재함을? 혹시 허깨비를 사랑하고 있었던 건 아닌가? 귀신에게 정의롭고, 소설책에서나 자유를 본 건 아닌가? 비가 쏟아지는 들판에 두 팔을 치켜 올린 남자가 찍힌 포스트를 보며 자유를 믿고, 정의에 대입하고, 사랑의 존재함을 확신한 건 아닌가?

만약 사랑을 하기 전에 먼저 상대를 다 알게 된다 해도 과연 사랑하게 될는지에 대해 생각한 적이 있냐는 질문을 그로부터 받은 적이 있었다. 유명한 정신과의사의 명함을 내게 건네준 뒤였다. 그의 뒤편에 파노라마처럼 펼쳐진 푸른 가을 하늘을 잠시 구경하느라 내가 뜸을 들이는 사이에, 그는 참을 수 없는 소낙비처럼 말들을 쏟아내기 시작했다. 나는 그의 말을 전혀 기억하지 못하지는 않지만 다 잊었다. 나는 그의 질문에 대답을 하지 못했고, 그가 추천한 정신과의사를 만나지 않았다. 그때의 그는 뚜쟁이 같았다. 아름답게 펼쳐진 푸른 가을 하늘 속으로 빨려들어가는 그를 보며 나는 그에게 해야 했을 말들을 천천히 씹어 삼켰다. 만약 사랑이 상대를 알아가는 과정, 그 어떤 것보다 더 잘, 가령 오래된 그 혹은 그녀의 사진부터 최근 것까지 살펴보는 일이나 성장과정을 낱낱이 기록한 일기 따위를 들춰보는 것보다 더 잘 알게 되는 과정이라면, 모든 것을 다 아는 상대와는 결코 사랑에 빠질 수가 없다. 그것은 다 읽은 책은 어지간해서는 다시 들춰보지 않는 것과 같다. 그래, 사랑은 첫 페이지

부터 설레는 마음으로 읽어나가는 일이다. 사랑은 다 읽었을 때 어떤 감정에 젖어드는, 감동이든 실망이든 상관없이, 확실히 읽을 만한 이유가 있어서 읽게 되는 독서다. 그러나 중요한 것은 어떻게 그 책을 집어들게 되는가, 라는 것이고, 읽는 도중에 어떤 일이 발생해도 읽기를 멈추지 말아야 한다는 것이고, 다 읽고 났을 때 일어나는 느낌에 그 사랑의 가치 전부를 결코 뒤집어씌워서는 안 된다는 것이다. 인간의 사랑들 중에서 얼마큼이나 그런가? 우리는 아무거나 집어들며, 도중에 허다히 멈추며, 다 읽었을 때 실망이라도 하면 그 책의 모든 문장들을 저주한다. 그것은 독서가 아니다. 그 뻔한 질문을 그가 왜 내게 던진 것인지, 지금도 나는 알 수가 없다.

만족에 대해 말해야겠다. 대부분의 사람들은 만족을 항아리를 채우는 행위쯤으로 생각한다. 그래서 더 큰 만족을 위해 더 큰 항아리를 사려는 사람을 욕심이 많은 사람이라 여긴다. 그러나 작은 항아리에, 그것도 단 하나에 만족하는 사람이라고 해서 욕심이 많은 사람이 아닌 것은 아니다. 보석으로 치장한 화려한 항아리를 가지고 있는 사람도 있고 결코 깨지지 않는 단단한 항아리를 가지고 있는 사람도 있다. 그들은 모두 욕심으로 그득한 사람들이다. 단 한 사람, 항아리를 가지고 있지 않은 사람만이 욕심 없는 사람이다. 만족을 버린 사람. 그 단 한 사람을 제외하고, 어떤 종류의 것이든 항아리를 가지고 있는 사람은 욕심 그득한 인간이다. 바로 그런 사람들이 이 세상에서 가장 위대한 일이라 불리는 사랑에 풍성한, 현란한 사랑의 진짜 욕심쟁이들이다. 단 한 사람을 제외하고 다른 모두를 욕심 그득한 인간으로 만들어버리는 사랑! 자신의 성기에 두툼한 살점을 심어놓은 남자, 귀두의 감각을 떨어뜨려 성행위의 시간을 한껏 늘려 여자의 보지를 헐어버리겠다고 설치는 남자, 여자의 입에서 토해지는 모든 소리를 교성으로 여기는 남자! 혹은, 실리콘을 몸 곳곳에 숨겨놓고 만족을 유혹하는 여자, 밤의 쾌락을 위해 낮 동안 러닝머신 위를 내달리는 여자, 온갖 체위를 섭렵하고도 남자에게 성감대를 구하는 여자! 그가 그런 남자가 아니라고, 내가 그런 여자가 아니라고 말할 수 없는 것— 이건 확실히 불행한 일이다.

빛이 분열하지 않는다면 색깔이란 것이 존재하지 않는다는 걸 알면서도 나는 한 가지 색깔만 되기를 갈망한 적이 있었다. 나는 파란색에 미치도록 경도된 적이 있었다. 나는 사람의 피부가 파란색이었으면 좋겠다고 생각한 적이 있었다. 파란색 인간이 파란색 옷을 입고 파란색 모자를 쓰고 파란색 거리를 걸어 파란색 건물 안으로 들어와 파란색 티켓을 끊고 파란색 화면에 파란색만이 보이는 영화를 관람하는 것을 상상하면 미치도록 기분이 좋아진 적이 있었다. 파란 바다에 파란 내가 헤엄을 치고 있었다. 나는 스스로 녹을 필요가 없었다. 녹을 필요가 없다는 것은 죽을 필요가 없다는 것과 같았다. 모든 것이 내게 동화되었다. 모든 것에 동화되는 내가 좋았다. 그래서 햇볕이 싫었다. 색을 다채롭게 드러내는 밝음이 싫었다. 삶이 다했을 때 죽음이 찾아오는 너무도 뻔한 인생이란 시스템이 지겹고도 지겨웠다. 그때는. 파란색에서 벗어났을 때, 다채로움이 내 갈망의 숲을 무성하게 키웠다. 그리고 그를 만났고, 그를 만난 뒤, 내게 다른 많은 남자들이 있다는 사실이 즐거웠다. 들키면 죽는다는 사실에 개의치 않는, 복수複數에 대한 갈망이 나를 냉혹하게 진화시켰다.

자동차극장을 찾아가는 사람의 8할이 구강섹스를 생각한다는 통계는 거짓말이다. 자동차극장을 찾아가는 사람의 9할이 구강섹스를 생각한다고 해도 그것은 거짓말이다. 왜냐하면 자동차극장을 찾아가지 않는 사람도 전부가 구강섹스를 생각하기 때문이다. 농담의 진정성은 과장에 의해 훼손되지 않는다. 유머 한 조각이 농담의 진정성을 건져준다는 게 과장 그 자체이겠지만, 사실은 사실이다. 자동차극장을 찾아가는 부류의 인간은 하나같이 구강섹스를 생각한다. 그건 자동차극장을 찾아가는 사람의 전부가 이별을 생각하는 것과 같다. 자동차극장을 찾아가는 사람은 이별을 생각한다. 그들은 이별을 슬퍼하는 것이 아니라 기획한다. 모든 사람이 이별을 생각하고 기획하듯이. 어떻게 이별할 것인가는 어떻게 구강섹스를 할 것인가를 생각하는 것과 별개가 아니다. 구강섹스가 끝나면 어떻게 상대에게 잘 가, 라고 말할 것인가를 생각하는 건 모든 피조물의 조건이다. 자동차극장주는 구강섹스의 장소를 제공하고 이별의 장소를 제공하고 그리고 새로운 파트너와의 구강섹스의 장소를 제공하며 또한 또 다른 이별의 장소를 제공하는, 윤회의 사슬을 관장하는 신만큼이나 지독한 체인점 주인이다. 그리고 그도 가끔은 자동차극장에서 구강섹스를 즐긴다. 물론 이별을 기획하며. 나는? 물론, 그렇다.

그는, 그러니까 「모든 시작은 변화의 끝이다」의 작가 윤수현은, 인간의 고통 중에 가장 큰 고통은 기억이라고 했다. 그 중에서도 도저히 잊히지 않는 기억이야말로 최악의 고통이라고 했다. 그의 말은 너무도 정확해서 부인할 수가 없다. 하지만 그는 단지 존재하지 않는 일을 생각하고 있을 뿐이었다. 그런 점에서 그는 불행하다. 그것이 그의 운명이라는 점에서도. 구름이라는 말 속에는 구름이 존재하지 않는다. 당연하다. 어떤 말에도 그 말의 실체는 존재하지 않는다. 인간이라는 말에는 인간의 뼈도, 살도, 사상도 들어 있지 않다. 오직 그 의미만 들어 있을 뿐이다. 만질 수도, 먹을 수도, 핥을 수도 없는. 잊히지 않는 기억이란 없다. 기억이란 잊히기 때문에 기억이다. 잊히지 않는 기억이란, 그런 것이 있다면 누군가의 입에서 튀어나온 기억이라는 단어에만 존재한다. 하지만 그 역시 의미로만 존재할 뿐이다. 그는 그 존재하지 않는 것을 존재하는 것처럼 생각하며 살고 있었다. 작가란 그런 운명의 극단적 피해자다. 하지만 최대의 수혜자이기도 하다. 자신이 가장 큰 고통의 진정한 의미를 가지고 있다는 사실로 자위할 수 있다는 점에서. 그에 대한 내 사랑은 어쩌면 연민에 불과할지 모른다.

어떤 식으로든 개를 그려야 한다는 것만큼 괴로운 일도 없었다. 한 여자가 내 화실을 찾아왔다. 의뢰인은 개를 그려달라고 부탁했고, 나는 개를 그려야 했으며, 그건 공허한 일이었다. 개라니? 그건 인간을 그려달라는 것만큼이나 공허한 일이었다. 화가는 인간을 그리는 것이 아니라 자신의 얼굴을 그리거나 특정하지는 않지만 분명히 특정하지 않은 것도 아닌, 불특정하지만 매우 특정한 누군가를 그리는 것이다. 그리고 의뢰인은 개를 그려달라고 했다. "저는 아주머니의 개를 본 적이 없으니까, 아주머니 개의 사진을 가져다주었으면 좋겠어요. 그러면 저는 아주머니의 개를 그려드리겠어요." 내 말에는 어떤 하자도 없었다. 하지만 여자는 고개를 가로젓고는 말했다. "그냥 개를 그려주세요. 그러면 끝납니다. 나는 내 개와 똑같은 개의 그림을 원하는 게 아니라고요. 나는 지금 내 개의 그림을 원하는 게 아니라고요." 참으로 이상한 일이었다. 자신이 기른 개가 죽었을 때 그녀는 자신이 기르던 개를 생각하며 쳐다볼 수 있는 그림을 갖고 싶어했다. 그러면서도 자신의 개가 아닌 그냥 개를 그려달라고 화가를 찾아온 여자를 나는 이해할 수 없었다. 개를 그려주었을 때 그녀의 반응이 궁금해서 의뢰를 수락한 날, 나는 그에게 그녀와 있었던 얘기를 들려주었다. 그때 그가 한 말을 나는 잊을 수 없다. 그는 진지한 표정으로 고개를 천천히 끄덕이며 "그것이 사랑이란 거지. 완전히 특별하면서도 하나도 특별하지 않은 것. 그게 사랑이야." 나는 정확히 5분 정도 아무 말 없이 그를 바라보았다. 그리곤 화장실로 들어가 샤워를 했다. 샤워기에서 물이 흘러내리기 시작하자 내 눈에서도 눈물이 쏟아지기 시작했다. 운다는 것은 지나치게 결정적이다. 샤워기에서 맹렬하게 쏟아져 나오는 물속으로 욕실 손잡이가 비틀리는 소리가 스며들고 있었다.

그가 알고 있는 것이 내가 알고 있는 것과 일치하지 않는다는 사실은 중요하지 않았다. 어쩌면 그 때문에 그는 나와 결혼하지 않으며, 끊임없이 다른 여자를 찾아나서며, 또한 나로 하여금 자신과 똑같은 행위를 하도록 허락하지 않으며, 그 부정한 짓이 발견되는 순간 내 목숨을 끊어버릴 수 있을 것이다. 몇 번이나 말했지만, 내가 두려워하는 것은 그런 게 아니었다. 그에 의해 내 목숨이 끝나는 일은 일어나지 않을 것이므로 그가 하는 생각을 굳이 부인할 생각이 없었다. 하지만, 다만, 그라는 존재에 대한, 절벽을 대하는 것 같은 절망이 나를 서서히 굳어가게 만들고 있다는 것이 무서웠다. 그는 절벽이었고 나는 점점 그 절벽을 구성하는 견고한 바윗돌이 되어가고 있었다. 속옷가게 주인에게 가지 않은 건 단골 가게를 바꾸었기 때문이라고 나는 내게 농담을 하곤 했다. 내가 만약 그를 죽이게 된다면 그건 명백히 나를 위한 일이 아니었다. 그것은 그의 작품을 읽는 사람들을 위한 일이었다. 아무도 사랑하지 않는 사람의 소설이 어떻게 그렇게 많은 사람들로부터 사랑을 받을 수 있는지를 이해하지 못해서가 아니었다. 그런 건 누구도 답할 수 없는 일이고, 증명할 수도, 할 필요도 없는 일이었다. 필요한 것은 이제 절벽을 무너뜨리는 일이었다. 절벽이 사라져야 절벽에서 떨어지는 일이 멈출 것이었다. 누군가 해야 했지만, 아무도 할 사람은 없었다. 나뿐이었다. 십자가에 매달린 예수가 떠오른 건 참 그럴 듯한 일이었다.

이미 지나간 일에 대해 후회하는 사람은 그를 알 수 없다. 그는 반성하는 사람이 아니다. 그렇다고 그가 미래지향적인 사람일 리도 없다. 그는 무경계의 인간이다. 그에게는 아무것도 없다. 그가 시계를 보지 않고도 시간을 정확히 아는 건 그 때문이다. 그는 시간을 꿰뚫었다. 지금의 시간이 궁금하다면 그에게 물어보면 된다. 그는 별 지체 없이, 물론 시계 따위를 보지 않은 채로, 4시 42분, 혹은 7시 15분이라고 말한다. 그는 "새벽이네?" 라고 말하지 않는다. 그는 "다섯 시 조금 지났군,"이라고 말한다. 그때 시계를 본다면 5시 1분이 아니면 5시 2분일 것이다. 그는 어김이 없다. 그는 어떤 시제時制도 살지 않는다. 그는 과거도 현재도 미래도 살지 않는다. 그래서 흐르는 것을 정지시켜 볼 수 있었고, 시간을 정확히 아는 것은 그 때문이었다. 그에게서 모든 것은 그의 시계 안에 존재했다. 시계時計와 시계視界 안에. 하지만, 단지, 그것뿐이었다. 나는 그가 가장 좋아하는 위스키를 마시던 날, 그의 잔 밑바닥에 시안화칼륨을 바르기로 결심했다. 흔히 청산가리라고 부르는. 진짜 시간으로부터 그를 벗어나게 하는 일은, 그러니까 그에게 시간을 찾아주는 일은, 간단했다.

시간을 정확히 알아맞히는 걸 볼 때마다 내가 놀라면 그는 비웃듯이 말했다. "변질되는 건 순수의 본질과 관련이 없어. 순수한 건 순수한 상태가 유지되는 동안, 즉 어느 한 때의 일일 뿐이지. 변질은 순수와 전혀 독립적으로 존재해. 시간은 관객처럼 자신의 무대에 누가 등장하는지를 지켜보지. 순수라는 배우가 등장했다가 사라지고 변질이라는 배우가 등장하는 무대를 이어서 볼 뿐이야. 배우들은 그 순서 때문에 순수가 변질로 변질되는 거라고 착각하게 되지. 시간은 목격자에 불과해. 기껏해야 자신이 연출하는 무대의 연출가일 뿐. 인간은 숙성과 발효가 시간의 일이라고 단정하는 운명 때문에, 시간의 무대에서 인간은 그저 배우로만 등장할 뿐이야. 무대에선 무대를 볼 수 없어. 시간이 나이를 먹게 한다고 투덜거리는 배우들, 그들은 시간이 주름살을 만들고, 뼈를 약하게 만든다고 투덜거리다가 무대에서 사라지지. 시간은 존재하지 않는다는 걸 모르니까, 시간이 변질의 질료가 될 수 없다는 사실도 모르지." 시간에 대한 그의 논리가 아무리 정교하고 믿을 만하더라도 그건 어디까지나 그의 논리일 뿐이었다. 그의 논리는 외면하면 그만이었다. 하지만 중요한 건 그에게서 시간이 존재하지 않는다는 사실이었다. 그리고 나는 그에게 시간을 찾아주고 싶은 맹렬한, 필요불가결한 일을 결행하고 싶었다.

지금 막 나는 어느 작가와 그가 벌인 설전을 읽었다. 그 작가를 K라고 해두자. K는 명확한 문장을 쓰지 않는 작가들의 작품을 혐오하기로 유명한 사람이었다. 그래봐야 철자의 조합에 불과한 것을. 하여튼 K는 그만큼이나 잘난 작가였고, K와 그의 난투극을 기록해놓은 문예지를 읽으며 나는 처음으로 그가, 진짜로, 두려워졌다. 그는 논리로 완벽하게 무장된 K작가에게 이렇게 말했다. "가슴을 논리로 삼는 사람만큼 무너뜨리기 힘든 사람은 없지요, 선생님. 선생님의 가슴은 너무 냉랭해서 모든 것이 얼어붙어버리는데, 도대체 선생님의 그 가슴에 닿아 살아남을 수 있는 논리가 얼마나 있겠습니까. 선생님은 혹시 문장을 보는 것이 아니라 철자의 탑이 쌓아진 골격과 패턴을 보는 것이 아닌지요. 그건 무너지지 않을 테지만 감동이 없습니다. 감동은 실수투성이의 문장 오류자들에게서도 극히 드물게 발견된다는 거라는 점에서도 선생님의 논리는, 적어도, 일 퍼센트는 부족하지 않을까요?" 그로부터 선생님이라는 칭호로 불린 작가 K는 자신의 가슴을 손바닥으로 쓱 쓸어내면서 이렇게, 간단히, 대꾸했다. "심장이 뛰고 있을 만큼만 따뜻하면 족하지요." 그 논쟁 같지도 않은 논쟁을 끝내면서 그는 K작가를 오히려 높이 평가했다. 그리고 그는 웬일인지 자신을 덜 발효된 작가, 미성숙한 작가의 대열로 떨어뜨려놓았다. 나는 그가 논쟁에서 졌기 때문이 아니라 자신과 똑같은, 한 치의 오차도 없이 똑같은, 다만 나이가 몇 살 더 많을 뿐인 인간과 논쟁하려 했다는 미성숙한 태도 때문에 그런 결과가 초래되었다는 것을 알았고, 그 결연한 미성숙이, 진짜로 무서웠다. 그는 시간에만 경계를 두지 않는 것이 아니라 논리, 체계, 골격 따위에도 경계를 두지 않았다. 사랑엔? 번호 키를 누르는 소리가 들려온다. 나는 대답을 미루고, 그의 잔에 위스키를 붓는다. 물론 잔 바닥엔 시안화칼륨이 발라져 있다.

잃어버린 달을 찾아서

손종업/ 문학비평가, 선문대 국문과 교수

1. 하나의 역사

이렇게 단언해도 좋다면 이 소설집은 소설로 씌어진 소설론이다. 긴 세월을 전력을 다해 소설을 써 온 작가라면, 그리고 자신의 소명에 충실한 작가라면 당연하게도 이 시대에 여전히 소설을 쓴다는 일이 도대체 무슨 의미를 지니는가를 묻지 않을 수 없으리라.

조금 수정해도 된다면 이 소설집은 이후의 소설론이다. 이것은 시대적으로도, 작가 개인에게 있어서도 마찬가지다. 어떤 눈부셨던 시대는 이미 지나가버렸다. 그런데도 여전히 소설을 쓰고(소설은 씌어지고) 있다. 그것은 관성에 지나지 않는 것일까 아니면 여전한 의미의 생성일까? 도시의 마천루 꼭대기에서 세상을 내려다보라. 지금 거기에 소설을 읽는 자가 얼마나 있을 것인가? 그/그녀가 읽고 있는 소설은 무엇일까? 도대체 그러한 소설 읽기가 지니는 의미란 무엇일 것인가? 만년의 고갱이 그려낸 그림의 제목을 연상시키는—소설은 어디에서 왔으며 소설은 무엇이며 소설은 어디로 가는가라는— 이 질문을 달을 그리듯이 이야기하며 '지금 여기'에서의 '우리'와 '소설'의 관계를 탐색한다.

모두 11편의 소설들은 1995년에서 2018년 현재에 이르는 것들이다. 작가는 이 시간 동안 다른 많은 소설들을 써내면서 따로 이 소설들을 모아왔다. 이 시간들은 작가에게 소설에 바쳐진 번제물들과도 같다. 끊임없는 소지燒紙를 올렸으나, 공안公案은 여전히 답을 얻지 못했다. 그런데 왜 '이후'인가? 혹은 무엇의 '이후'인가를 물어야 하리라.

2. 달을 향해 열 걸음

첫 소설인 「달의 거리」(1995)에는 그 낡은 표지가 흐릿하게 남겨져 있다. 우리는 그 '거리'를 기억해내야 한다. '그날'이라고 작가는 적고 있다. 우리에게 '그날'은 낭만적인 추억의 대상인가 아니면 버리고 떠나야 했던 가난한 시절인가를 묻는 일은 여기서 가능하지 않다. 1995년의 그날은 '몹시 추운 겨울'이었고 '창밖으로 하염없이' 눈발이 휘날리던 순간이다. 당연하게도 거기에 기형도의 시 「그집 앞」이 노래로 울려 퍼진다. 시인은 이미 세상을 떠나고 없다. 어쩌면 세상은 그의 죽음을 거쳐 더 빠른 속도로 앞으로 나아갔으리라. 이것이 첫 소설이 놓여 있는 거리의 풍경이다.

수많은 사람들은 '그날' 이후의 시간을 눈부신 발전이라고 부르겠지만 어떤 이들에게 그것은 아득한 상실이다. 이 무렵에 무라카미 하루키의 소설이 『상실의 시대』라는 제목으로 그토록 인기를 끌었던 것은, 그것이 두 방향에서 이 정념을 바라보는 방법을 제시해주었기 때문이 아닐까?

공동체를 파괴하면서 개체 속으로 빠르게 이동하는 삶을 그려 보여주면서 동시에 이미 소멸해버린 세계에 대한 아스라한 추억을 드러내는 방식으로 말이다.

「달의 거리」에는 도처에 이러한 정조들이 담겨 있다. 한때 초상화를 그리던 주인공은 발터 벤야민이 말한 '앙겔루스 노부스(새로운 천사)'를 닮은 존재다. 거센 바람은 과거로부터 불어와서 그를 미래의 어딘가로 밀고 갈 터인데, 그렇게 떠밀려 가면서 그가 떠올리는 이는 가난한 젊은이다. 너무나도 탐이 나서 기타를— 그것은 그냥 '바다빛깔 전자 기타'로 묘사된다— 훔쳤는데, 그것을 집으로 가져갈 수 없어서 그 길로 집을 떠나버린 젊은이는 오래 전 작가의 모습이면서 우리 모두가 어느 순간에 잃어버린 젊음의 초상이기도 하다. 이제 그 거리가 없으므로 가난한 젊음에도 이를 수 없다.

「달 클럽」(1997)은 '지금 여기'의 거리 풍경을 보여준다. 소설은 미술계를 그리고 있지만 문단의 풍경과 다른 것은 아니다. 서두에 인용된 E. 헤밍웨이의 말이 암시하는 바처럼. 소설은 서울이라는 공간에 대한 고현학의 방식을 취한다. 이 소설을 통해 작가가 당대의 문단을 어떻게 바라보았는가를 추측하는 일 따위는 그만두자. 소설 속 미술평론가들의 주례사 비평과 기둥서방 짓에 해당하는 일들을 문단에서 찾아내는 일이 불가능한 것은 아니겠지만. 그게 어느 쪽이든 이 소설은 예술하는 자의 낯 뜨거운 어느 순간을 제시하는 데에 목적이 있는 게 아닐까? '이러려고 그림이든, 문학이든 했나' 하는 자괴감 같은 것 말이다.

「나는 달」(1998)에 이르면 그는 정면으로 이 자괴감과 대면한다. 주인공은 명색이 소설가지만 방송작가로 지내고 있는 인물이다. 문학판은 구텐베르크 은하계의 끝에 이르러 있다. '문학의 위기'가 운위되는 시대인 것이다. 영화나 드라마, 인터넷, 게임 들이 블랙홀처럼 문학을 집어삼킨다. 살아남은 문학은 이미 변질된 것이며 독자들은 제법 지적인 부류들마저 "문화유산답사기, 뭐 그런 거"를 읽을 뿐이다. 그러한 세계 속에서 무협지 속에서 "기이하게도 내가 궁구했던 저 아득한 문학의 세계와 연결"되어 있음을 깨닫는 일에 너무 커다란 의미를 부여할 필요는 없을지 모른다. 이 소설에서 눈길을 끄는 대목은 차라리 다른 두 곳이 아닐까?

그 하나는 비로소 '달'에 대한 단서를 살짝 던져놓았다는 점이다. "플롯이라고 할 만한 것이 따로 없는, 이런저런 등장인물들이 이런저런 일들을 벌이며" "또렷하게 보이지 않는, 허황되고 과장된""에피소드들로 가득 차 있"다거나 "단지 아주 큰 그림을 그리기 위한 낱낱의 스케치에 불과한, 매우 특이한 작품"이라고 제시된 소설 속 무협지의 특징들은 이 소설의 독법에 어떤 시사를 준다. 다음에 주목하자.

> 소설 속의 인물들이 지닌 섬세한 마음을 어루만지고 그들의 행위 하나하나에 깃들인 필연적인 인과에 골몰해야만 발견할 수 있는, 그때에야 비로소 "바람에 빗겨나는 구름, 구름에 가린 흐릿한 빛만이 그 존재를 일러주는" 달의 의미를 아주 조금이나마 알아낼 수 있는, 소설이었다.

우리는 결코 달에 이를 수 없다. 다만 달에 이르려는 지극한 마음만이 있을 뿐. 그 마음들을 섬세하게 어루만지고 의미를 찾아가는 일이 소설의 독법이라고 그는 말하고 있지 않은가. 흐르는 구름이 밤하늘의 달을 나는 것처럼飛月 보이게 하듯이, 텍스트의 의미를 살려내는 것은 읽는 이의 마음이리라.

다른 하나는 '세계의 끝'이라는 서사이다. 시간이 흐를수록 달을 찾아내려는 작가의 노력은 절박해지고 쉽게 무산된다. 달은 잊혀졌다. 그런데도 달에 이르러야 하는 존재인 탓에 소설가는 구도자와 다를 바가 없다. 사실, 이러한 본질주의는 대개 소설에는 해롭다. 소설이 언제든지 세계의 구체성에 의해 길을 열어가야 하는 탓이다. 그런데 이 소설들에서 작가는 소설의 그러한 장르적 특성에 의해 제약되었던 질문들을 전면에 내세우고 있다.

이렇게 구구절절이 떠들다가 어느 순간에 두려움에 빠져든다. 노사老師가 달을 가리킨다. 달을 보아야 하는가. 달을 가리킨 손을 보아야 하는가. 여기에 미리 정해진 답이 있을 리 없다. 그런데 제자에게 애초에 달을 보려는 마음 자체가 없다면 어떻게 해야 하는가.

이렇게 소설집 속의 소설들은 하나의 균열 또는 징후를 다루고 있다. 그것을 징후라고 말하는 것은 텍스트 자체가 해석이 아니라 질문을 향해 열려져 있기 때문이다. 소설을 읽어내는 일은 조금 어려울 수도 있는데, 그것은 작가가 독자들에게 가지 않고 그의 언어를 고수하면서 그 불가능한 거리를 함께 사유하기를 원하기 때문이다. 모든 소설들의 어딘가에는 화두처럼 달이 떠 있다.

그러니 이제 해석의 어설픈 시도는 그만두고, 나머지 소설들에 대한 이야기로 나아가자. 소설 속의 인물은 묻는다. "아침에 읽고 저녁에 죽어도 좋을 소설은 없을까?"(「무서운 독서가의 달」) 그 답은 그런 소설을 불가능하게 하는 이 세계의 허위성을 드러내는 방식으로 제시가 된다.

대부분의 소설에서 소설가는 불가능한 꿈을 지녔거나 피로에 지쳤거나 이미 다른 길에 접어든 존재들이다. 그것은 '사정지연'(「달의 사랑」)일 수도 있고 '발기불능'(「달, 표현할 길 없는…」)이기도 하다. 이러한 시대에 소설가는 어찌해야 하는가? 여기에 대해서 작가는 "계단을 버리고 하늘로 오른다, 즉 불가능한 일을 하려는 것을 이른 말"인 '석계등천釋階登天'(「발 아래 달」)의 마음가짐을 제시하기도 하고, '폐쇄 수도원'의 이미지를 보여주기도 한다. 그리고 시간의 흐름 속에서 이러한 각오들은 훨씬 더 절망적인 형태로 변해간다.

소설들은 시간적인 순서에 따라 배치되어 있다. 당연히 이 결코 짧지 않은 작가적 탐색의 끝, 이 질문들의 마지막 답은 무엇일까가 궁금해질 수밖에 없다. 가장 최근에 씌어진 소설은 「달의 사랑」(2018)이란 제목을 달고 있다. 또한 거기에는 '모두를 사랑한 여자와 아무도 사랑하지 않은 남자의 사랑'이라는 조금 긴 부제가 달려 있다.

소설의 의미는 명확하게 잡히지 않는다. 구체적인 서사와 형이상학적 물음의 중간에서 일그러져 있다고 해야 할까? 표면적인 서사는 이렇다. 여자는 다른 남자를 만나고 있다. 모두를 사랑하는 여자이기 때문이다. 그 사실을 안다면 남자는 여자를 죽이려 할 것이다. 그는 아무도 사랑하지 않기에. 그는 최근에 『모든 시작은 변화의 끝이다』란 제목의 소설을 쓴 인기작가이다. 여자는 그 소설에 남자가 그려놓은 방식대로 그를 죽이려 한다. 왜 그러는가. 아마도 그것은 "모든 시작은 변화의 끝이다"라는 말과 연관되는 듯하다.

우리는 이 소설에 나오는 두 인물을 보편성과 특수성, 신과 인간, 존재와 존재자, 작가와 독자의 관계성 속으로 자유롭게 그리고 고통스럽게 확장해서 읽을 수 있으리라. 소설 속의 그는 작가이면서 초월적이며 형이상학적인 존재다. 그는 병적인 사정지연을 앓고 있는 환자기도 하다. "그는 무경계의 인간이다. 그에게는 아무것도 없다"고 말해지는 존재다. 아마도 중요한 것은 그를 대하는 그녀의 의지일 것이다. "그에게 시간을 찾아주고 싶은 맹렬한, 필요불가결한 일을 결행하려는" 의지 말이다. 그를 죽임으로써 인간적 삶의 구체성에 이르려는 의지로 이 소설을 읽을 수 있다면, 그 이후의 향방은 다만 그 의지 속에서 짐작해볼 수 있을 따름인데, 그 단서 중 하나인 '사랑'에 대해서는 조금 뒤에 이야기해보도록 하자.

3. 달에서의 한 걸음 : 월면보행

소설 속 주인공들은 예외없이 지친 사람들이다. 그렇다고 길을 멈추지 않는다. 월드컵이 열리던 2002년에 씌어진 「월면보행」은 이러한 징후들을 가장 강렬하게 보여주는 소설이다. 이 소설의 서두로 그 징후를 읽어보도록 하자. 소설은 "나는 책을 덮고 창밖으로 고개를 돌렸다"는 문장으로 시작한다. 그 창밖의 세계는 소위 '붉은악마'들이 거리를 메우고 있다. 그러니까 책을 읽는 일은 그 우주로부터 철저히 고립되는 일일 수밖에 없다. 소설 내내 주인공은 읽고 있던 책의 저자로 알려져 있는 '중'을 만나려 찾아다닌다.

그런데 이 구절에 이르면 조금 전의 진술을 수정할 필요를 느낀다. 소설은 책을 덮고 창밖으로 고개를 돌리는 행위로 시작하는 것이 아니라, 필경 소설 속 인물이 읽던 책의 구절들이 인용되는 것으로 시작하기 때문이다. 그 내용은 아름다운 세계를 그리고 있되, 그 세계는 이미 지나가 버린 순간이기도 하다. 그 대목의 일부를 인용해 보자.

2,500년 전 그리스의 철학자 피타고라스는 천체의 운행에 의해 만들어지는 음악에 귀를 기울였다. 그는 온갖 느리고 빠르며, 사멸하고 태어나며, 겹쳐지고 분산되며, 사랑하고 시기하며, 먹고 싸는, 저 별들의 삶이 실은 우리의 육체적 삶이 겪는 것과 똑같은 과정을 밟고 있다는 사실을 알고 있었다.

이 대목을 조금 더 인간의 관점으로 가져온 것이 실은 게오르그 루카치의『소설의 이론』의 서두일 것이다. "창공에 빛나는 별빛을 보고 갈 수가 있고 가야만 하는 세계의 지도를 읽어낼 수 있었던 시대는 얼마나 행복했던가."(이는「무서운 독서가의 달」에서 "하늘의 별들이 인간의 운명을 지시하던 시절, 그들은 행복했을까?"라는 문장으로 변형된 채 스며들어 있기도 하다.) 아마도 그것은 일찍이 칸트가 다음과 같이 말할 때에도 흔들림 없는 형태로 빛나고 있었던 것이 아닌가. "나의 생각을 언제나 더 크고 새로운 감탄으로 차오르게 하는 두 가지가 있다. … 내 머리 위의 별이 총총한 하늘과, 내 마음 속에 살아 있는 도덕률이다." 이 구절을 나는 보후밀 흐라발의 소설『너무 시끄러운 고독』에서 가져왔다. 이 소설 속 주인공은 삼십오 년째 책을 압착하여 폐지로 만드는 일을 하면서 거기서 건져낸 책들을 읽어내는 자가 아닌가.

루카치에 의하면 소설은 "생활의 포괄적인 총체성이 더 이상 뚜렷하게 주어지지도 않고, 의미의 생활 내재성이 문제가 된 시대의 서사시"(『소설의 이론』 중에서)였다. 그런데 이제 소설은 그 의미의 전달마저도 의심스러워진 시대에 처하게 되었다. 세상에는 '거짓의제'로 만들어진 싸움들, 드라마나 게임으로 가득할 뿐이다. 그런 세계에서 그는 불에 타다 만 책을 들어 보이며 우리에게 묻는다. 여기에 책은 있는가, 없는가?

그는 단독자로서 끊임없이 시대의 흐름을 거스르면서 마음속에 떠오른 질문들에 대한 답을 찾아가는 인물이다. 이것이 월드컵이 열리는 동안, 소설 속 주인공이 밤길을 헤매는 이유이다. 그 외롭고 결연하면서도 — 가야할 곳을 안다는 점에서— 따뜻한 길 위에서 그는 "하나만 켜놓아도 세상을 다 밝힐 수 있는 그런 등, 즉 '무진등無盡燈'"을 떠올린다. 그런 것은 사라졌거나 가짜다. 현대문명이란 인위적인 '무진등無盡燈'이 떠서 빛나는 세계이다. 「탈출 마술사 코니 킴의 달」(2014)에서 그것은 행복이라는 '덫'으로 이야기된다. "게임도 우리 삶을 구성하는 한 부분이긴 하지만 게임이 없어진다고 해서 우리의 삶이 부실해지는 것은 아니다"(「달의 귀환」 중에서)라고 그가 말할 때 그는 진짜 달을 보려면 인조조명을 끄라고 말하는 것처럼 보인다. 아니, 조금 더 나아간다. 거기에 사랑이 자리잡고 있다. 원점으로 돌아가보자. 그 거리에서 시인 기형도는 "사랑을 잃고 나는 쓰네"라고 노래하지 않았던가. 이제 환멸이 당도한 세계 안에서 작가는 어떻게 사랑에 이르는가. 소설 속의 사랑은 대부분 어긋난 사랑이며 불가능한 사랑인데.

이 소설집 속의 징후들을 소설사적으로 제대로 읽어내려면 이청준의 『비화밀교』(1985)와 비교해보는 것이 좋을 듯하다. 그러니까 기형도의 죽음을 경계선으로 한 그 앞과 뒤의 차이를 읽어내기 위해서 말이다. 주지하다시피 이 소설은 '섣달그믐'의 서사다. 세상은 어둠으로 가득하다. 그곳에서 사람들은 스스로 불을 켜들고 산을 오른다. 그러한 세계에서 작가란 어둠 속을 헤매는 존재지만, 작가 자신에게서나 주변의 타자에게서 작가라는 존재 자체가 의심받는 경우란 존재하지 않는다. 작가는 작가로서 존경 받는다. 말하자면 작가는 어두운 밤길을 걷는 행인에게 별빛과 같은 존재가 되는 것이다. 이를 이청준은 소설의 말미에 이렇게 표현하고 있지 않은가. "소설질이란 무엇인가. 그것은 분명 (…) 그 보이지 않는 어둠 속의 세계와 삶의 현상들에 대해 인간 정신의 밝은 빛을 쏘아 비춰 그것을 가시적 삶의 질서로 끌어들이려는 노릇이 아니던가. 그 어둠 속의 것을 알리고 증거하여 보편적 삶의 덕목으로 일반화시켜나가는 일이 아니던가." 소설가란 프로메테우스 같은 존재다. 별들의 밝은 빛을 인간의 어두운 정신 위에 가져다주는 일이라는 믿음은 흔들리지 않는다. 현대의 작가들에게는 그러한 견고한 지반이 더 이상 존재하지 않는다.

이것이야말로 소설의 제목이 왜 '월면보행'인가를 말해준다. 소설 속 주인공은 달을 찾아서 떠도는 구도자와 같다. 그것을 드러내기 위해 짐짓 심우도를 이야기하기도 했을 것이다. 그는 이 시대의 신앙과도 같은 '유항산유항심有恒產有恒心'에 이의를 제기한다. 그것을 '밥중독'이라고 표현하는 단호함이 이 소설의 미덕이라면, 동시에 그것을 벗어나기란 얼마나 어려운가를 우리는 안다. 그렇다면 어디에 탈출구가 있을까? 소설가는 그것을 '마음 밖에 등불을 켜고'를 찾아가는 일로 암시했다. 그렇게 읽는다. 물론 그 순간에 그는 '유령'이 되거나 달을 걷는 사람이 되고 말지도 모른다. 소설이 "계단 중간쯤에서 눈을 꾹 감고" "앞을 향해 걸음을 내디"디는 일로 끝나는 것은 이 때문이다. 그럼에도 불구하고 마음 밖에 등불을 켜는 일이야말로 이 시대의 작가에게 주어진 최후의 임무가 아닐까?

4. 소설 이후 세계의 소설가

소설 이후의 세계를 가득 채우는 것은 이미지들, 종교들, 게임, 포르노그래피 같은 것들이다. 달이 가로등 불빛과 같은 '인조조명'에 의해 존재감을 상실하듯이 문명의 소음들 속에서 소설로 가는 길은 지워진다. 물론 달이 사라지는 것은 아닌 것처럼 소설도 여전히 거기에 있다. 소설은 그것들과의 관계 속에 있다. 그 관계를 드러내야 하므로 소설은 어렵다. 실제로 「달, 표현할 길 없는…」(2004) 같은 소설은 포르노그래피에 노출되어 있으면서도 난해한 느낌을 준다.

앞서 그러한 소설의 존재방식을 '폐쇄 수도원'(「수도원의 달」(2001))과 같은 것이리라고 말한 바 있다. 이것은 오해되어서는 안 된다. 그 '폐쇄 수도원'은 고립된 세계가 아니다. 그곳은 신조차도 그 존재가 끊임없이 불신 속에 던져지는 세계 속에서 찾아오는 이들을 막을 수 없는 폐쇄 수도원이다. 그는 모든 질문들에 답해야 한다. "눈에 보이는 것도, 귀에 들리는 것도, 만져지는 것도, 냄새 맡아지는 것도, 어느 하나 확연한 것은 없었다"는 말은 『금강경』에서 온 것이겠지만, 이 시대의 세계경험이기도 하다.

그런 의미에서 소설 속의 수도원장은 소진해가는 신념이자 사랑을 비극적인 방식으로 대변한다고 할 수 있다. "하지만 난 이제 아무런 의견도 없다네. 나는 이미 30년 전에 모든 것을 말했고, 이제 그것들은 내 것이 아니네. (…) 나는 아름다움에 몰두했던 내 삶을 하나씩 씻어내고 있는 중이라네. 아직 다 끝나지 않았어."

이 순간에야 우리는 「무서운 독서가의 달」(2010)을 시작하면서 작가가 왜 "소설은, 대개는 허구다"라는 말로 시작했는가를 짐작하게 된다.

그것은 소설이 창조된 세계임을 의미하는 것일 뿐, 그것을 실제 세계와 분별하려는 데 목적이 있지 않다. 이 소설에서 작가는 '있는 책'과 '없는 책'을 뒤섞어놓는 전략을 사용한다. 벤저민 벤제마의 두 편의 소설을 읽고 작가지망생인 주인공은 어떤 깨달음에 이른다. 그는 이미 그 두 편의 소설과 유사한 소설을 쓴 적이 있다. 소설에는 작가가 되기까지의 그의 삶이 길게 기술된다. 되고 싶은 게 없었던 만큼, 그는 낮의 아이가 아니라 밤의 아이에 속했다. 그런 아이에게 솔제니친의『수용소군도』를 읽는 일은 낮의 삶에서의 그 어떠한 성취보다 값진 것일 수밖에 없다. 그래서 그는 소설을 쓴다. 그런데 그 소설은 "처음 들어보는 작가이자 읽어본 적이 없는 소설가"의 소설의 표절 혹은 위작임이 드러난다. 소설 속의 다른 많은 소설들처럼 벤저민 벤제마는 존재하지 않는 작가다.

여기에 남는 것은 표절이라는 윤리성의 문제가 아니라, 문학이라는 행위에 대한 곡진한 사랑일 뿐이다. 주인공은 그 가상의 책의 첫 장에 존 스타인벡의 말이 에피그램으로 찍혀 있었다고 주장한다. 그 말은 이 시대 작가들이 마음 밖에 내걸어야 할 등불과도 같다. "작가란 자신이 세상에서 가장 중요한 일을 하고 있다는 믿음을 가져야만 한다. 그것이 사실이 아니란 걸 눈치챌 때조차 그 환상을 놓쳐선 안 된다." 이것이야말로 먹고 사는 일에 빠져 있는 이 시대의 인간들과, 그런 이들의 무관심 속에 절망하고 있는 작가들에게 작가 하창수가 던지는 메시지가 아닐까?

5. 맺음말

해가 떠 있는 동안 사람들은 도시를 세웠고 달빛 속에서 이야기를 만들어왔다. 밤은 낮의 그림자라거나, 대낮이야말로 현실이고 밤은 꿈에 지나지 않는다는 믿음은 어쩌면 잘못된 것일지도 모른다. 밤에 이르러서야 사람들은 겨우 낮이라는 거대한 착각에서 깨어나는 것일지도 모른다.

밤은, 죽음은, 그리고 이야기들이야말로 낮의 세계라는 짧은 꿈들을 꾸는 것인지도 모른다. 성공이라든가, 부귀공명 따위는 밤에 이르면 얼마나 하찮은 꿈으로 변해버리는가. 거기에 달이 빛나고 그 달빛이 세계의 도처에 아로새겨진다. 소설을 읽으면서 떠올린 월인천강月印千江의 이미지는 깊고도 아름답다. 여러 버전의 월인천강지곡을 들어보았으나, 마음 속에 떠오르던 그 세계의 풍경에는 비길 수 없다. 이것을 우리는 신화라 부를 수 있을지도 모른다. 굳이 "햇빛에 바래면 역사가 되고 달빛에 물들면 신화가 된다"褪於日光卽爲歷史 染於月色卽爲神話란 구절을 떠올리지 않더라도 말이다.

그러나 이 달의 세계는 오늘날 잊혀져버렸다. 그것은 무수한 별들 중의 하나로서 과학적 정복의 대상에 지나지 않는 것으로 전락했다. 달은 빛바랜 추억일 뿐이다. 달은 여전히 바다 위에 파도를 만들어내고 시간 속에 이야기를 빚어내지만, 인공조명이 빛나는 현대문명 속에서 그것은 그저 흐릿한 존재로 남았다. 에른스트 피셔에 따르자면, 일찍이 화가 몬드리안은 현실이 점차적으로 예술작품을 대체해갈 것이라고 믿었다. 어쩌면 이것이야말로 달을 잃어가는 한 가지 방식일지도 모른다.

이 소설집에 실린 11편의 소설들은 모두 '달에서 살다온 때'와 관련이 있다고 작가는 말한다. 그러면서 "젊었을 때는 자신이 가진 것들을 그러모아 달까지 다리를 만들기도 하고 지상에 왕궁이나 사원을 짓지만, 나이가 지긋해지면 오두막 한 채를 지을 뿐이다"라는 데이비드 소로의 말을 힌트로 제시한다. 우리는 마술가 앞의 관객처럼 이 말들이 가닿는 곳을 아득히 짐작해보려 애쓸 뿐이다. 그런데 여전히 우리는 모른다. 이 순간에 우리는 달을 보아야 하는가. 그렇지 않으면 달을 가리키는 손가락을 보아야 하는가. 아니 이런 모든 이야기들이 헛된 수작이 되고 마는 세계에서 이 오두막 한 채를 또한 어찌해야 하는가를.

작품 발표 지면

「달의 거리」, 1997년『문학사상』7월호.

「달 클럽」, 1999년『샘이깊은물』1월호.

「나는 달」, 1998년『작가세계』겨울호.

「발 아래 달」, 1999년『문예중앙』여름호.

「수도원의 달」, 2001년『문학과경계』가을호.

「월면보행」, 2002년『문예중앙』가을호.

「달, 표현할 길 없는…」, 2004년『작가세계』가을호.

「달의 귀환」, 2004년『한국문학』가을호.

「무서운 독서가의 달」, 2012년『문학의오늘』여름호.

「탈출마술사 코니 킴의 달」, 2011년『문장 웹진』3월호.

「달의 사랑」, 2013년『소설문학』가을호.

하창수 소설집
달의 연대기

지은이_ 하창수
펴낸이_ 조현석
펴낸곳_ 북인
디자인_ 푸른영토

1판 1쇄_ 2018년 06월 25일

출판등록번호_ 313 - 2004 - 000111
주소_ 121 - 842 서울 마포구 서교동 467 - 4, 301호
전화_ 02 - 323 - 7767
팩스_ 02 - 323 - 7845

ISBN 979-11-87413-32-5 03810

이 책은 강원도, 강원문화재단 후원으로 발간되었습니다.